Ophthalmotrope
Phänomenologie

Band 4

Die Gliederung
der Bände:

Der Augenfundus
Der Glaskörper mit Zentralkanal
Die Linsenphänomene
Das Stratum Pigmenti m. Pupillenrand
Die Pupillenform
Die Iris
Die Cornealsphäre
Das Skleralfeld
Die Bulbus-Bindehaut-Gefäße
Das Augenlid mit Wimpernbesatz
Die Adnexe um das Lichtorgan
Die Strahlaura

Umschlag und Graphik

E. Böhm

ISBN 3-88015-067-2

1. Auflage 1981

Printend in Germany © by Verlag Tibor Marczell, München, 1981

Alle Rechte, auch die des auszugsweisen Nachdrucks der fotomechanischen Wiedergabe und der Übersetzung, sowie alle sonstigen Nebenrechte vorbehalten.

Gesamtherstellung Verlag T. Marczell, München.

Satz und Druck: Maristendruck, D-8301 Furth

Ophthalmotrope Phänomenologie

Band 4
Die Iris

Von
Josef Angerer

Verlag
T. Marczell, München

Das ophthalmotrope Diagnose-Modell des Auges

1. **Die Augenbrauen**
   Das psychisch-elektronische Strahlungsbild

2. **Die Augenlid-Formen**
   Der Individuelle Bindegewebstonus (Hernie)

3. **Die Wimpern**
   Die konstitutionell und bakteriell gesteuerte Traumwelt

4. **Die Karunkel**
   Das genetische und toxische Drüsenbild

5. **Die Lederhaut** (Sklera), Band I/A, I/B und Band II
   Vaskularisation-, Intoxikation-, Mülldepot-, DNS-Code

6. **Die Hornhaut** (Cornea), Band III
   Film des Fließ-Systems

7. **Die Regenbogenhaut** (Iris), Band IV
   Organmodell − Besaftung − Mineralisierung − Gefäßbild − Hormonkarussel − Innervation

8. **Die Iriskrause**
   Enzym – Fermentspiegel – Oxydation – Dyspepsie

9. **Der Krausenrand**
   Vegetative Neurotonie – Säure-Basen-Koordination,
   D-N-S-Prägung

10. **Der Pupillenrand**
    Rückenmarkbild und Skelettfiguration

11. **Die Augenlinse und Glaskörper,** Band V
    Kristallose und Kolorose

12. **Die Netzhaut**
    Adhäsion und Intramembrane Vaskularisation

Anatomischer Schnitt des Sehorgans

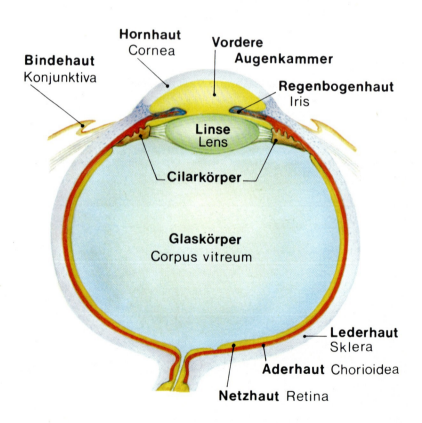

Vorwort

Dieses Buch ist die Arbeit einer Autorengemeinschaft; ein Experiment, das in der augendiagnostischen Literatur noch ohne vergleichbares Beispiel ist. Es dürften nur wenige Methoden existieren, bei denen die maßgeblichen Elemente des zugrundeliegenden Denkmodells die Interpretation in ähnlicher Weise bestimmen. Grundsätzlich werden bei solchen Unternehmungen hinsichtlich der Kontinuität des Gesamtwerkes Bedenken laut. Diese dürften jedoch in diesem Falle gegenstandslos sein, da die einzelnen Autoren Schüler, resp. Freunde Josef ANGERER's sind, deren Grundauffassungen nicht wesentlich divergieren. In seiner Person vereinigte sich Initiator und Spiritus rector wodurch die Homogenität des Werkes gewährleistet wird.

Josef ANGERER besitzt längst einen festen Platz in der Geschichte der Augendiagnose, die er ein Leben lang wesentlich mitgestaltet hat. Sein prägender Einfluß auf diese Methode ist heute noch nicht abzusehen. ANGERER verwurzelt in der Denkweise der traditionellen Medizin und lehnt in seinen Aussagen seit jeher den Schematismus linearer Kettenreaktionen im Ablauf der Pathologie ab. In Funktions- und Zustandsanalyse, Systempathologie und Kybernetik — integriert in eine allumfassende Naturheilkunde — sieht ANGERER den iridologischen Evolutionismus. Die Konsequenzen aus einer derartigen Haltung betreffen besonders die Interpretation iridologischer Phänomene, die weit über eine simple Bedeutungsanalyse hinausgehen.

Die Augendiagnose beinhaltet nur zum kleineren Teil eine determinierende Verpflichtung; sie ist weit mehr befugt, die Konnexion der strukturellen Elemente innerhalb der Person zu offenbaren. Diese allein sind Wesensmerkmale der Individualität und Ganzheit — einmalig und unwiederholbar.

Darum stellt dieses Buch auch keine Sammlung von Fragmenten zur Augendiagnose dar. Die Themen der einzelnen Kapitel bilden einen in sich geschlossenen Kreis, in dessen Mitte der Mensch als Person gestellt ist. Seine Krankheit ist letztlich die alternative Auseinandersetzung mit den Bedingungen des Sterbens. Es ist darum die Erkenntnis des individuellen Bedingungskomplexes und nicht des klinischen Befundes, den die Augendiagnose zu vermitteln imstande ist. Sie muß als genetische Methode verstanden werden, die den Menschen aus seinem Werden begreift. Die in der Augendiagnose Verwendung findenden klinischen Termini sind genaugenommen Translationen einer der traditionellen Heilkunde entstammenden Nomenklatur.

Sie sind Hilfsbegriffe der Determination im analogen, nicht homologen Sinne. Es erscheint notwendig, auf diesen Tatbestand hinzuweisen, wenn da oder dort der Eindruck einer scheinbaren Heterogenität entstanden ist.

Wenn dieses Vorwort mit einem besonderen Dank an den Verleger Herrn Tibor MARCZELL schließt, so deswegen, weil Herrn MARCZELL nicht nur die Koordination oblag, sondern weil er ohne die geringsten Einwände oder Einschränkungen das geschäftliche Abenteuer einer so aufwendigen Ausgabe akzeptierte. Daß er damit auch ein persönliches Anliegen realisiert, schmälert keineswegs seine Verdienste.

München, den 18. 3. 81

Joachim BROY

Inhalt

Vorwort   9

Einleitung: Anatomie – Physiologie   12

I.	Das juvenile Irisbild	Sutter	15
II.	Der gereatrische Aspekt	Karl	69
III.	Die endokrine Kybernetik	Broy	97
IV.	Das Energiekarussell der Hormone	Angerer	166
V.	Die ererbte und erworbene Toxikose	Hemm	217
VI.	Das Enzym- und Fermentsystem	Bley	261
VII.	Der neuro-vegetative Grundakkord	Karl	327
VIII.	Das Transitbild der Biomembrane	Lindemann	373
IX.	Die tumoröse und cancerose Indikation	Rest	442
X.	Der Säure-Basen-Kontakt als Magnet-Feld	Hemm	487
XI.	Das lympho-vasale Fließ-System	Schmitz-Petri	525
XII.	Das vielfältige Bild der Kristallose	Kohl	611

Nachwort   651

Sachregister   653

ANATOMIE-BILD DER IRIS

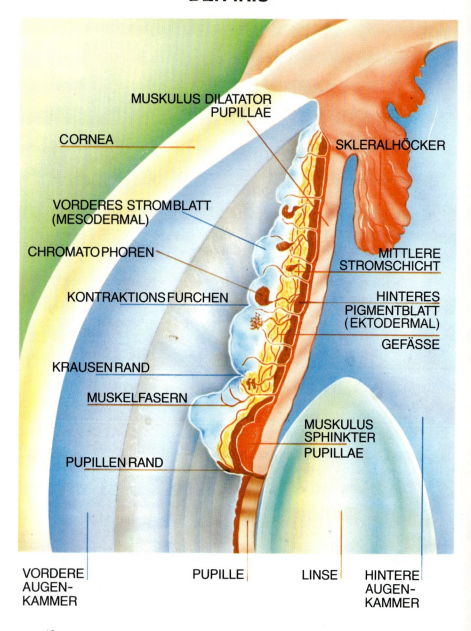

Die Iris oder Regenbogenhaut

Josef K a r l , München

Kurzer anatomisch-physiologischer Exkurs

Die Iris wird oft mit der **Blende** eines Photoapparates verglichen: sie ist der Linse vorgeschaltet, ein Sphinkter und ein Dilatator regeln die Blendenöffnung und dosieren somit den **Lichteinfall.**
Man kann zwei Teile der Iris feststellen:

1. das **Irisstroma,** das zur Uvea gehört, und

2. den rückwärtigen **retinalen Anteil.**

Das **Irisstroma** wiederum besteht aus einer **dichten vorderen und hinteren Grenzschicht** und einer **dazwischenliegenden lockeren Gefäßschicht.**

In der vorderen Grenzschicht liegen verästelte **Pigmentzellen.** Die **Gefäßschicht** enthält vorwiegend radiär verlaufende Gefäße in so großer Zahl, daß sie nur zum kleinsten Teil der Ernährung dienen können; daneben finden sich reichlich Nervengeflechte und Pigmentzellen. Die Iris ist übrigens schmerzempfindlich.

Von der Rückseite betrachtet ist die Iris tiefschwarz: hier liegt das **Pigmentepithel,** welches die Lichtstrahlen abblendet.

Auf der Vorderseite ist die Iris blau bis dunkelbraun, je nach dem **Pigmentgehalt des Irisstromas.** Bei Albinos ist die Iris durch den Widerschein des Augenhintergrundes rötlich.

Die Iris wird durch den **Krausenrand** konzentrisch unterteilt. Der

Musculus sphincter pupillae liegt im Bereich der Krause und ist bei hellfarbenen Augen häufig gut sichtbar.

Die **Pars iridica retinae** besteht aus zwei Epithelblättern, die beide pigmentiert sind und im Pupillarsaum mit ihrer Umschlagstelle sichtbar werden.

Schließlich soll noch erwähnt werden, daß die Iris eine Art **Scheidewand zwischen vorderer und hinterer Augenkammer** darstellt.

Bei Neugeborenen ist der Dilatator noch nicht voll entwickelt und die Pupille groß; im Alter ist die Pupille häufig kleiner, weil der Sympathikotonus nachläßt.

I. Das juvenile Irisbild

Ursula Sutter, München

Inhalt:

1. Einführung

2. Die Betrachtung des kindlichen Auges

3. Das Kinderauge

4. Bakteriologische Keimverschiebung

5. Säuerungsvorgang

6. Coliflora

7. Zusammenfassung

1. **Einführung**

   Eine Dokumentation über das kindliche Auge ist meines Wissens bisher in der Iridologie noch nicht vorgenommen worden.

   Aus diesem Grund versuche ich mit diesem Beitrag zu dem 4. Band der OPHTHALMOTROPEN PHÄNOMENOLOGIE Anregungen für Kollegen zu schaffen sich des „Kinderauges anzunehmen".

   Dieser Teil des Buches ist wahrscheinlich der unwissenschaftlichste, was die Betrachtung der Iris anbelangt, da ich keine Thesen oder Theorien aufstellen kann, sondern nur die **Kinderaugen,** die ich in der Praxis aufgenommen habe, beschreibe.

2. **Die Betrachtung des kindlichen Auges** ist in mehrfacher Hinsicht schwierig:

   a) ist das Auge des Kindes bekanntlich mit der Geburt noch nicht voll entwickelt,

   b) ist das Kind, besonders das Kleinkind unruhig, so daß ein längeres Stillhalten nicht zu erwarten ist, folglich muß man sehr schnell arbeiten. Häufig zeigt es zudem noch Angst vor dem „Apparat", so daß man in althergebrachter Weise mit der Lupe arbeiten muß — das Fotografieren erübrigt sich in solchen Fällen, will man das Kind nicht für einige Jahre verschrecken.

   c) ist das Kind sehr lichtempfindlich, so daß man entweder ein schwächeres Licht verwenden muß — das kann auf Kosten der Genauigkeit gehen — oder wiederum sehr schnell schauen muß.

   Gut die Hälfte der Aufnahmen mußten wir anfangs wegwerfen, da wir zu langsam arbeiteten. Im Augenblick der Aufnahme war die Einstellung schon wieder hinfällig.

Punkt b und c machen das Fotografieren des Kinderauges schwer bis unmöglich. Wir versuchten jedoch das Beste daraus zu machen.

3.

Das **Säuglingsauge** unmittelbar nach der Geburt hat schon eine Besonderheit. Es zeigt deutlich den fotografisch schwer darstellbaren **Ölfilm** — das Zeichen einer **Dysbakterie**. Von Dysbakterie kann man beim Neugeborenen nur zum Teil sprechen, da er ja keine eigene Darmflora hat.

„Die **Ontogenese** der Darmflora beginnt mit der Geburt."

Es ist bekannt, daß die mikrobiologische Besiedelung der Vagina in erster Linie das Ziel hat, eine pathologische Flora auf den Schleimhäuten sich dort überhaupt nicht entwickeln zu lassen. Die Natur hat sich zur Erreichung dieses Zieles eines Prinzips bedient, das überhaupt und generell als biologisches Prinzip immer dort auftritt und auch vom Menschen schon seit Jahrhunderten angewandt wird, wenn Fäulnisvorgänge unterdrückt werden sollen, nämlich das der Säuerung. Die auf der Vaginalschleimhaut in überwiegender Anzahl siedelnden Keime sind Lactobacillen, vorwiegend ist es **Lactobacillus acidophilus.** Durch seine Stoffwechseltätigkeit schafft dieser Lactobacillus auf der Vaginalschleimhaut ein saures Milieu und in einem sauren Milieu können bekanntlich Fäulnisvorgänge nicht oder nur sehr verzögert ablaufen.

Darüberhinaus siedeln jedoch in der Vagina noch eine zweite Gruppe von Bakterien, die ihrerseits für ihr Gedeihen jenes saure Milieu benötigen, das durch den Lactobacillus acidophilus geschaffen wird. Es handelt sich um die Gruppe der Bifidobakterien, die man früher als Bacterium bifidum, später als **Lactobacillus bifidus** bezeichnete und für die sich in der wissenschaftlichen Umgangssprache die Bezeichnung Bifidusbakterien erhalten hat. Bifidobakterien finden wir zwar regelmäßig auf der gesunden Schleimhaut, zahlenmäßig jedoch treten sie weit hinter den Keimzahlen zurück.

4. Auch im Beginn der Schwangerschaft finden wir eine **bakteriologische Keimverschiebung** nur in geringem Umfang. In den letzten Wochen der Schwangerschaft vollzieht sich jedoch ein wesentlicher Umschwung in der Vaginalbesiedelung. Zu diesem Zeitpunkt nehmen zwar die Lactobacillen nicht ab, aber die Besiedelung mit Bifidobakterien in ganz erheblichem Umfang zu. Offenbar verändern sich die Lebensbedingungen, die auf der Vaginalschleimhaut für die Bifidobakterien bestehen so, daß ihre Vermehrung in gezielter Weise gefördert wird. Bei der normalen Geburt des Säuglings, das gleiche gilt für alle Säugetiere, erfolgt nun zwangsläufig eine Infektion des Säuglings mit den auf der Vaginalschleimhaut siedelnden Mikroorganismen, das heißt in erster Linie mit Lactobacillus acidophilus und mit Bifidobakterien. Diese Keime, die natürlich zunächst nur in der Mundhöhle zu finden sind, werden beim ersten Schluckakt bereits in den noch völlig anaciden Magen befördert und gelangen von dort auch in relativ kurzer Zeit in den Darmkanal. Während das Meconium noch weitgehend keimfrei ist, lassen sich in den nächsten Stuhlportionen aber bereits erhebliche Mengen Mikroorganismen nachweisen. Man hat beweisen können, daß es sich um die gleichen Organismen handelt, die auch auf der Vaginalschleimhaut der Mutter siedeln. Unvermeidbar ist natürlich, daß auch während des Geburtsvorgangs und kurz danach eine Kontamination des Säuglings mit anderen Bakterien stattfindet. Vorwiegend mit Colibakterien, die aus der Analregion der Mutter stammen; eine ungebremste Vermehrung dieser Bakterien würde zwangsläufig eine schwere Erkrankung, wenn nicht den Tod des Neugeborenen herbeirufen.

5. Analog den Vorgängen auf der mütterlichen Vaginalschleimhaut spielt sich im Säuglingsdarm nunmehr ebenfalls ein **Säuerungsvorgang** ab, der durch die Stoffwechseltätigkeit der in den Darm gelangten Bifidobakterien verursacht wird. Um den Bifidobakte-

rien des Säuglingsdarmes optimale Vermehrungsmöglichkeiten zu bieten, enthält die Muttermilch eine Reihe von spezifischen Substanzen, die von verschiedener chemischer Konstitution sind und in ihrer Gesamtheit als **Bifidusfaktoren** bezeichnet werden. Diese Bifidusfaktoren stellen spezifische Wachstumsstoffe für die Bifidusflora dar und gewährleisten auf diese Weise die optimale Ausprägung der infantilen Darmflora. Nun ist es aber natürlich nicht so, daß die Ansiedlung anderer Keime hundertprozentig unterdrückt wird. Dies ist weder möglich, noch wünschenswert; denn wir dürfen nicht übersehen, daß natürlich auch andere Keime für den Menschen von Bedeutung sind. So ist zum Beispiel für den jungen Säugling eine geringe, aber auch nur eine ganz geringe Menge von Colibakterien von Bedeutung, ebenso eine geringe Menge von Enterokokken.

Die Bedeutung dieser Keime liegt zunächst darin, daß sie in ganz geringer Keimzahl die Darmwand zu durchdringen vermögen, von dem Organismus als Fremdkörper empfunden werden und den jungen, immunologisch unreifen Organismus zur **Antikörperbildung** anregen. Die Rolle dieser Keime liegt also in erster Linie darin, das Abwehrsystem des jungen Organismus zu schulen und es zu einer immunbiologischen Reife zu führen. Wesentlich ist jedoch dabei, daß die Anzahl dieser Keime, die im Darmtrakt siedeln, einen gewissen Höchstwert nicht übersteigen, damit erstens einmal im Darm keine Fäulnisvorgänge nennenswerten Umfanges eintreten, und damit zum zweiten die Anzahl der die Darmwand durchdringenden und in den Organismus gelangenden Keime nicht überhand nimmt. Ist dies der Fall, so besteht die Gefahr einer Septikämie. Darüber hinaus hat MAYER eindeutig nachgewiesen, daß das Bacterium bifidum, wie er es damals noch nannte, antibiotisch wirksame Substanzen bildet, deren Natur heute noch weitgehend unbekannt ist. Diese Befunde von MAYER sind übrigens, dies sei gleich hier vorweggenommen, vor kurzer Zeit von russischen Autoren bestätigt worden.

6. Schließlich gibt es noch einen anderen Grund dafür, daß die **Coliflora**, die ja ihrem stoffwechselmäßigen Verhalten nach eine Fäulnisflora ist, gerade im Säuglingsdarm nicht überhand nehmen darf. Die Stoffwechselprodukte einer solchen Fäulnisflora sind für unseren Organismus (übrigens auch für den tierischen Organismus) toxisch. Sie werden von der Darmwand resorbiert und müssen von der Leber entgiftet werden. Nun ist die Leber des Neugeborenen bekanntlich noch völlig unreif in Bezug auf zahlreiche stoffwechselphysiologische Leistungen, insbesondere aber in Bezug auf die Leistungen der Entgiftungsfunktion. „Eine übermäßige Belastung mit Toxinen, die der Darmflora entstammen, könnte unter Umständen einen frühzeitigen Leberschaden bedeuten, dessen Ausheilung zumindest mit erheblichen Folgen verbunden wäre." So Dr. Rolf SCHULER VOLKSHEILKUNDE 31. Jahrgang, Oktober 1979.

Aus meiner Beobachtung kann ich dazu sagen, daß sich bereits bei Kindern die frühzeitig Antibiotica bekamen, ohne daß dabei eine entsprechende Sanierung des Darmmilieus veranlaßt wurde, **Leberschollen** oder **Staketen** am Limbus sich abzeichneten.

Unmittelbar nach der Geburt können bereits ausgeprägte Gefäßzeichnungen vorhanden sein. So sah ich **Traumagabeln,** Leitgefäße bzw. **Tangentialgefäße** besonders im cerebralen Sektor bei Zangen- und Glockengeburten. Offensichtlich stellen diese Eingriffe für das Kind eine erhebliche Belastung dar, so daß es zu Mikroblutungen kommt. Dr. med. STELLMANN, ein Münchner homöopathischer Kinderarzt, verabreicht bei Zangen- oder Glockengeburten den Kindern grundsätzlich Arnica in Hochpotenz, um Blutungsreste zu eliminieren.

Entstand während der Geburt hochgradiger Sauerstoffmangel und sank die Herztätigkeit stark herab, so bildeten sich die entsprechenden Zeichnungen (Leit- bzw. Tangentialgefäße) auf dem pulmonalen und cardialen Sektor aus.

Feinste Gefäßzeichnungen am Limbus im Sinne der **Allergiegefäße** treten bei Säuglingen, deren einer oder beide Elternteile allergisch veranlagt sind, auf. Fotografisch konnte ich diese Phänomene bis jetzt nicht festhalten, da die Säuglinge im entscheidenden Moment die Augen schlossen oder den Kopf bewegten.

Bei der Betrachtung des kindlichen Auges muß man gegenüber dem Erwachsenenauge andere Maßstäbe anlegen und Schwerpunkte setzen. Auf Grund von Anregungen aus den Praxen von Josef ANGERER und Josef KARL haben wir folgende Systemanalyse ausgearbeitet.

Bakterielle Analyse 6.1.

(Ölfilm, Schaumbläschen, besondere Form des Krausenrandes bei Wurmbefall, der auch unter Punkt 1 fällt, Wimpernkreuz)

Fermentative Analyse 6.2.

(Cromatogene Veränderungen im Bereich der Krausenzone; Schwächelakunen im Magen-Darmtrakt, Gallenbereich, Pankreas)

Lymphatisches System 6.3.

(Verfärbung des Krausenrandes, Tophi, Zeichen auf dem Tonsillensektor, Milzbereich und Appendix)

Vegetatives System 6.4.

(dezentralisierte Pupille, Pupillenreaktion, Pupillenrandphänomene, Irisfaserstruktur, Krausenrandphänomene)

Calcifikatio 6.5.

(Zahnentwicklung, Wirbelsäule, Osteolakunen im Krausenrand,

Pupillenphänomene)

7. **Schlußbemerkung**

Die jüngsten Kinderaufnahmen haben Josef KARL und ich bei Säuglingen von vier und sechs Monaten versucht, jedoch ohne Erfolg aus oben genannten Gründen zu haben.

Im folgenden habe ich Augenpaare von Kindern aus meiner Praxis beschrieben, die ich mit meinem damaligen Assistenten Richard EBERT aufnahm.

Erwähnen möchte ich noch, daß ich nur bei den Fallbeschreibungen die Anamnese erwähnte, wo diese besonders markant war.

Christian Sch.

geb. am 20. 12. 1965 rechtes Auge

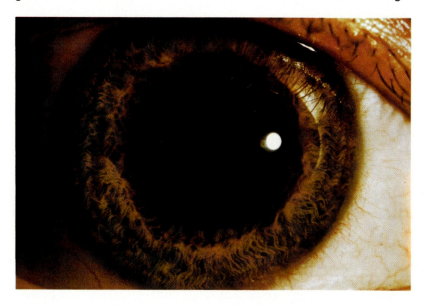

Alter zum Zeitpunkt der Aufnahme: 13 Jahre

Konstitution:

Beschwerden: Kopfschmerzen mit Erbrechen und Durchfall; Infektanfälligkeit

r. A.: Mydriasis; lakunöses Magenfeld; Trichterkrause; die Reizfasern im Bereich der Leber- und Gallenfelder korrespondieren mit dem Tangentialgefäß (erbliche Belastung von der Mutter her); Nierenlakune; thyreocardiale Lakune.

l. A.: allgemein lakunöses Magen-Darmfeld mit kleinen Spasmenfurchen; Lakune mit Reizfaser Pylorus 35 Min.; weißliche Aufhellung des Krausenrandes im absteigenden Dickdarmbereich; angedeutete Lakune Hypophyse; Lakune im thyreocardialen Bereich 15 Min.; Reizfasern im Nasennebenhöhlenbereich 50 Min.

linkes Auge

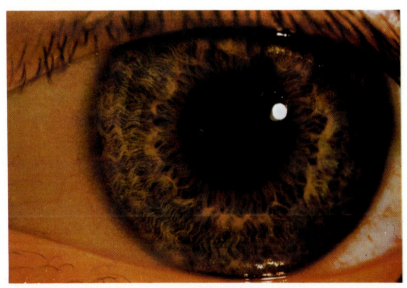

Klinische Untersuchungen:

Urin: ⌀

Herz: unauffällig

Bauch: Meteorismus, aber keine schmerzhaften Stellen

Therapie: Diätetische Maßnahmen (kein Schweinefleisch, keine Wurst, keine Süßigkeiten und keine Zitrusfrüchte)

Kreislaufanregende Maßnahmen (Trockenbürsten, Wechselduschen, regelmäßige tägliche Bewegung an der frischen Luft)

Chiropraktik im HWS-Bereich, Atemübungen

Abdomilon, Cefatropin, Chelizyn 1, Colocynthis D 2,

Extr. Passiflorae, Meditonsin, Cefasept

Der deutliche Unterschied der Pupillengrößen ist durch eine unterschiedliche Belichtung entstanden.

Christian K.

geb. am 27. 1. 1966

Alter zum Zeitpunkt der Aufnahme: 12 Jahre

Konstitution: lymphatisch-hydrogenuid

Beschwerden: Adipositas, Agrypnie, Konzentrationsschwäche, Nabelkoliken.

Klinische Untersuchungen:

Urin: zeitweilig EW-Ausscheidungen (Aufsuchen eines Urologen empfohlen; genetische Schwäche des Urogenitaltraktes kann angenommen werden)

Herz: schwache Herztöne

Bauch: Meteorismus

Zähne: unauffällig

Mandeln: leichte Vergrößerung

Lymphknoten: Halslymphknoten tastbar

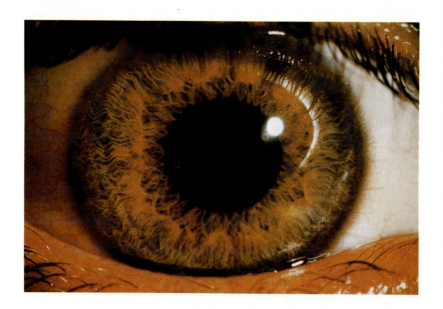

r. A.: kleine Neurolappen; Pigment Pylorus-Duodenum innerhalb der Krause (35'); Krausenrand im aufsteigenden Dickdarm aufgehellt; Lakune Hypophyse; Aufhellung Blasensektor; Pigment Nierensektor; kleine thyreocardiale Lakune nasal.

Therapie: Da das Verhältnis Mutter-Sohn sehr schwierig war, erfolgte zuerst ein Aufklärungsversuch der Mutter (Mutter hat eine Schilddrüsenüberfunktion und der Junge war ihr immer zu langsam, dies wiederum belastete das Kind so, daß es sich vollkommen zurückzog). Psychotherapie im Sinne einer Familientherapie wurde eingeleitet.

Pflanzlicher Appetitzügler

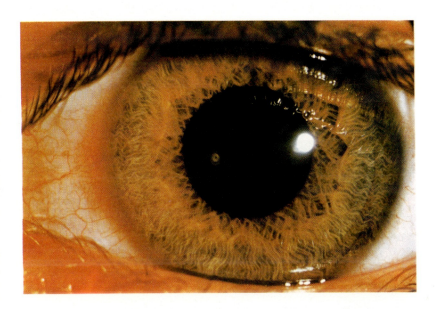

I. A.: Mydriasis; eingefärbter Krausenrand; Lakunen innerhalb der Krause im Bereich des absteigenden Dickdarms; Reizfaser Herzsektor; Lakune Pankreassektor; gekämmtes Haar am Hodensektor; Rautenlakune Niere mit sich ausbildendem Druckbogen.

Schilddrüsen anregende Medikamente

Lymphmittel und Nierenmittel

Die Darmspasmen ließen auf Colibiogen infant. und Colocynt. PTK bei gleichzeitiger Ernährungsumstellung nach und hörten nach einem Vierteljahr ganz auf.

Cornelia W.

geb. am 14. 9. 1970

Alter zum Zeitpunkt der Aufnahme: 8 Jahre

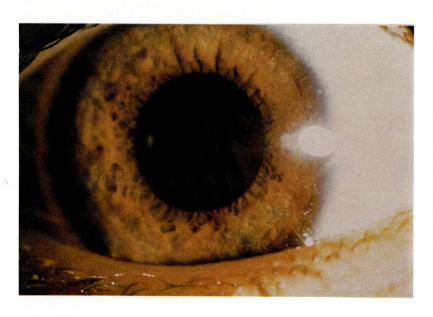

r. A.: beginnende zentrale Heterochromie; ausgeprägte Lakune Pylorus 30' und auf dem Brechzentrum ca. 5'; Spasmenfurchen von der Krause ausgehend cerebral; Reizfasern im Blasenbereich; Lakune auf Nierensektor und Ovar; im Gallensektor und im thyreocardialen Bereich massiv Krampfringe; Tetanierillen;

Konstitution: uratisch

Beschwerden: Inappetenz, Infektabwehrschwäche, die sich in rezidivierenden Bronchitiden und Cystitiden zeigte; retardiertes Wachstum, vegetative Labilität.

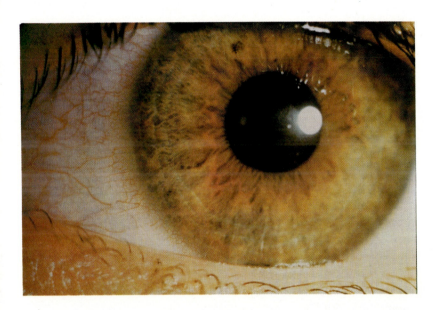

I. A.: ebenfalls beginnende zentrale Heterochromie; die kleinen Spasmenfurchen in der Magenzone deuten auf die Krampfbereitschaft und die mangelnde Besaftung hin; Hyperfollikuliepigment cerebral; thyreocardiale Lakune 15'; Reizfasern Niere und Blase; Schwächelakune Nierenbecken; Reizfasern Nasennebenhöhlen 50'; Tetanierillen; am Unterlid sind kleine Schaumbläschen sichtbar.

Klinische Untersuchungen:

Urin: zeitweilig Bakterien und EW

Herz: ⌀

RR: ⌀

Bauch: Meteorismus

Zähne: ⌀

Mandeln: stark vergrößert und stark gerötet

Lymphknoten: in Kopf-, Hals- und Leistengegend vergrößert

Schilddrüse: leichte Vergrößerungstendenz

Therapie: Umstellung der katastrophalen Ernährung auf eine biologisch ausgeglichene Vollwertkost brachte eine Regulierung der Magen- und Darmverhältnisse.

Luffa D 3, Eucalyptus D 3, Cinnabaris D 12 und Symbioflor I sanierten die belasteten Nebenhöhlen; Prospan und Thymipin linderten den Husten.

Angocin wurde über längere Zeit mit Gerner urologicum zur Ausheilung der Cystitiden gegeben.

Sabine J.

geb. am 5. 12. 1969

Alter zum Zeitpunkt der Aufnahme: 9 Jahre

Konstitution: tuberkulinisch

Anamnese: Mutter und Vater ebenfalls tuberculinische Konstitution

Mutter allergisch

Großvater mütterlicherseits an Leukämie gestorben

Beschwerden: Infektabwehrschwäche, Allergiebereitschaft, Ohrenempfindlichkeit, Inappetenz bei seelischen Belastungen, Nabelkoliken.

Klinische Untersuchungen:

Urin: während Erkältungen EW-Ausscheidungen

Herz: $\emptyset$

Bauch: während Erkältungen leichte Milzschwellung

Mandeln: vergrößert

Zähne: unauffällig

Lymphknoten: im Kopf- und Halsbereich tastbar

Ohr: keine Veränderung des Trommelfells

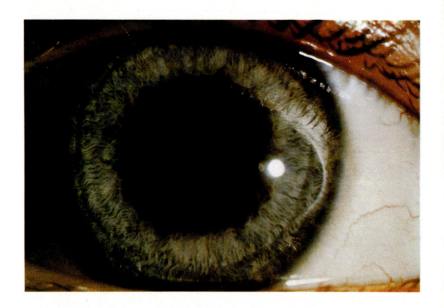

r. A.: Mydriasis; enges, abgedunkeltes Magen-Darm-Feld mit kleinen Spasmenfurchen als Hinweis auf die Krampfbereitschaft im Magen-Darm-Trakt; beginnende Verdichtung der Lymphzone um den Krausenrand; Hypophysenlakune 3'; Vaskularisation Blasensektor; thyreocardiale Lakune; Leitgefäße auf Mandel- und Blasensektor;

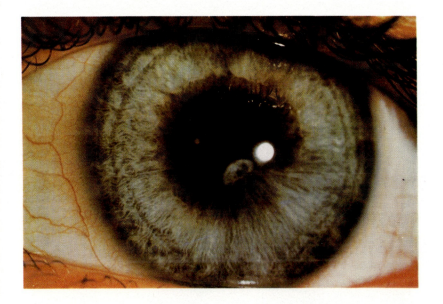

I. A.: tuberkulinisch bedingter Katarakt; Koch'scher Reiter und Faden; Reizfasern Ohr und im thyreocardialen Bereich; Vaskularisation Milz; Vaskularisation Mandeln;

der sklerale Gefäßreichtum ist bei der Mutter in gleichem Maße vorhanden.

Therapie:

Calcium carb, Oplx

Tuberculinum D 200

Otovowen

Momordica Oplx auf Fencheltee

Lymphdiaral

Marita M.

geb. am 16. 2. 1971

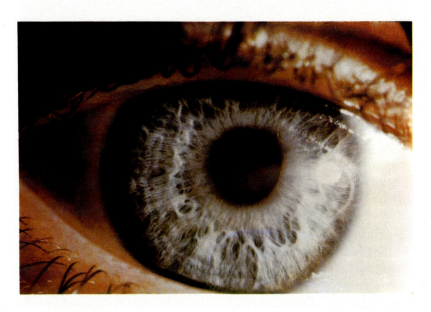

Beschwerden: Konzentrationsschwäche, „Schulschwierigkeiten", Inappetenz, Infektanfälligkeit

r. A.: der Neurasthenikerring zeigt durch sein Vorhandensein und seine leuchtende Farbe die geringe vegetative Belastbarkeit des Kindes; das relativ weite Magen-Darmfeld ist mit Neuronennetzen durchzogen, die wiederum auf das zarte Nervenkostüm des Kindes hinweisen.

Krausenrandaufhellungen im Bereich des aufsteigenden Dickdarms;
Reizfasern im Bereich des Ohrs und der Lymphknoten;
Calciumlakunen im Krausenrand
Lakune und Vaskularisation Gallensektor; Lakune Nierensektor;

Alter zum Zeitpunkt der Aufnahme: 7 Jahre

Konstitution: neurolymphatisch

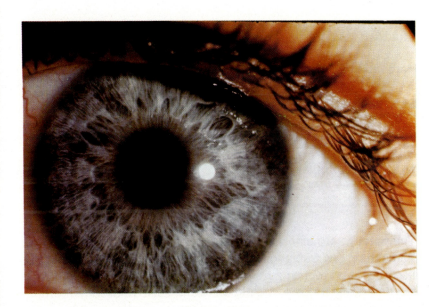

I. A.: die stehende Pupille weist auf die Kreislauflabilität hin; abgedunkeltes Magenfeld läßt auf die mangelhafte Magensaftproduktion schließen, daraus resultiert die mangelhafte Resorption (bes. von Vit. B 12 und Eisen) und bedingt dadurch eine Tendenz zur Anaemie;

ausgebuchtetes Feld im Bereich des absteigenden Dickdarms; Lakunen in den folgenden Organfeldern: thyreocardial, cerebral und im Urogenitaltrakt;

Vaskularisation Unterkiefer, Leitgefäß NNH.

Klinische Untersuchungen:

leichtes Untergewicht für das Alter des Kindes bei normaler Größe

Urin: ∅

Herz: unauffällig

Bauch: angedeuteter Kahnbauch, starker Meteorismus

Zähne: sehr schlecht

Mandeln: vergrößert

Lymphknoten im Kopf- und Halsbereich sind tastbar

Therapie: Eltern sind auf der einen Seite zu nachgiebig was das Fernsehen, das Süßigkeitsverlangen des Kindes anbelangt, schulisch gesehen jedoch zu ehrgeizig. Versuch, die Eltern aufzuklären in Bezug auf die Wichtigkeit biologisch vollwertiger Ernährung, der Schädlichkeit von toten Kohlenhydraten und des Fernsehens;

rechtzeitiges Schlafengehen verordnet;

nach der Schule eine Stunde spielen;

Rote Beete in Form von Saft oder Salat;

evtl. feucht heiße Kompresse auf den Magen v o r dem Essen.

Bryonon B 12, Aleukon, Acid. phos D 4, Cefachol + Cefasedativ + Vini pepsini, Adsella, Echtrofant, Meditonsin, Cefasept, Gerner nervinum und Gerner lymphatikum.

Eva M.

geb. am 2. 7. 1967

Konstitution: lymphatisch

Alter zum Zeitpunkt der Aufnahme: 11 Jahre

Beschwerden: Konzentrationsschwäche, Angstträume verbunden mit Kontaktschwierigkeiten im Schulbereich, Kreislauflabilität verstärkt durch eine latente Anaemie, chronische Nasennebenhöhlenbelastung.

Klinische Untersuchungen:

Urin: Neigung zu einer Spur Eiweiß,

RR 100/70, leichte Tachycardie,

Herz: unauffällig

Bauch: leicht vergrößerte Milz

Zähne: Amalgamfüllungen

Rachen: gerötete Gaumenbögen, vergrößerte Mandeln.

Therapie: Neben Gesprächen über die Schulsituation mit Kind und/ohne Mutter,
konzentrationsfördernde Medikamente wie Glutiagil, Adsella, Famulon,
Kräuterblutsaft Floradix
Gefathyreon
Sinfrontal im Wechsel mit Sinuselect.

Eva M. rechtes Auge

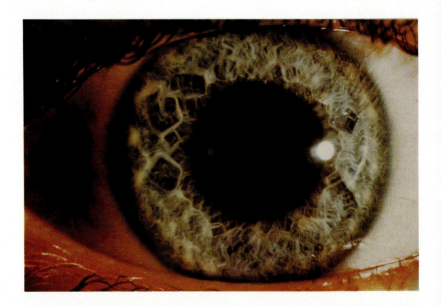

r. A.: Mydriasis, enges, mit kleinen Spasmenfurchen gezeichnetes Magen-Darm-Feld; Reizfaser Pylorus 30'; Lymphzone besonders zwischen 60' und 13' belastet; Lakune Mandel-, Blase- und Uterussektor; gekämmtes Haar im gesamten Urogenitaltrakt; Schwächelakune thyreocardial und im Ohrbereich.

Eva M. linkes Auge

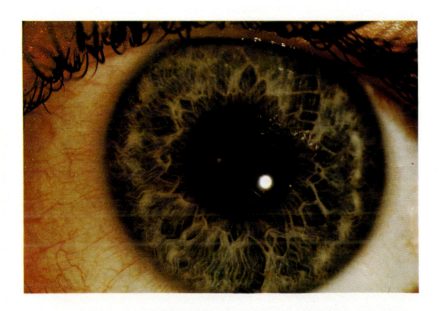

I. A.: leicht abgedunkeltes, enges Magen-Darm-Feld; partiell aufgehellte Krause; Calciumlakunen; Hypophysenlakune; Lakunen im thyreocardialen Sektor 15' und 45'; im Pankreasfeld und im Urogenitaltrakt. Der Nasennebenhöhlensektor ist durch eine Schwächelakune gezeichnet, die verstärkte Bedeutung bekommt durch das auf sie zukommende Leitgefäß; ferner sind Tophi ausgebildet; Lunula und starke Limbusgefäße zeigen die Kreislauflabilität an.

Patricia H.

geb. am 15. 5. 1963

Alter zum Zeitpunkt der Aufnahme: 15 Jahre

Konstitution: lymphatisch

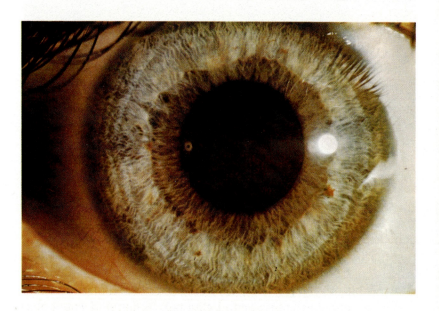

r. A.: Mydriasis mit nasaler Abflachung (Subluxation LWS); durchscheinendes Uvealblatt; ausgeweitetes aufsteigendes Dickdarmfeld mit Lakunenzeichnung; Hyperfollikuliepigmente auf fast allen Drüsenfeldern; Hypophyse, Pankreas, Uterus; Ovar (mit Reizfasern versehen); Gallenblase; thyreocardial verstärkt durch zusätzliche Lakune.

Beschwerden: Depressionen — Platzangst, hormonelle Dysregulationen, Übelkeit

Anamnese: normale Entwicklung, keine Komplikationen bei durchgemachten Kinderkrankheiten, Konzentrationsschwäche und leichte Überforderung in der Schule. Patricia erscheint etwas zu ehrgeizig bezüglich der schulischen Leistungen.

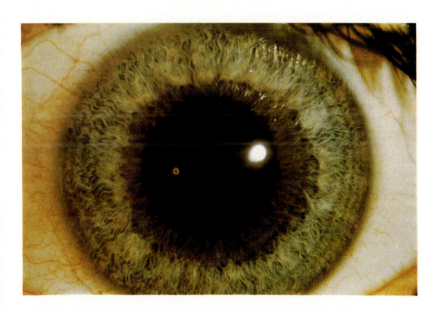

I. A.: Mydriasis; durchscheinendes Uvealblatt; leicht ausgeweitetes absteigendes Dickdarmfeld; partiell aufgehellter Krausenrand; verschmierte Lymphzone; Reizfaser im Bereich des Ohres korrespondiert mit dem Tangentialgefäß; Reizfaser im Milzbereich; angedeutete Lakune im thyreocardialen Bereich; Lakune Nierensektor; Pigment und Lakune Uterussektor; Pigment auf dem Blasensektor; aufgehellte Fibrillen im Epi- und Hypophysenbereich; Gefäßzeichnung Limbus.

Klinische Untersuchungen:

Urin: ⌀

RR: 95/70

Frequenz: unauffällig

Atmung: unregelmäßig; Atemtherapie empfohlen

Bauch: Meteorismus, sonst unauffällig

Zähne: Amalgamfüllungen

Mandeln: leicht vergrößert

Schilddrüse: leichte, weiche Struma

Therapie: Acid. phos. D 4, Hypericum ⌀, Neuropresselin, Meta-Neuron, Apomorphinum D 4
für die hormonelle Dysregulation: Cefaglandol, Gernerton F und

Cefathyreon

Andreas K.

geb. am 19. 5. 1968

Alter zum Zeitpunkt der Aufnahme: 10 Jahre

Konstitution:

Beschwerden: vermindertes Wachstum, Konzentrationsschwäche, Inappetenz

Anamnese: keine Anhaltspunkte für die Wachstumsschwäche in der Familie, Kinderkrankheiten: Masern, Windpocken und Röteln ohne Komplikationen, gelegentliche heftige Mandelentzündungen.

Klinische Untersuchungen:

normales Gewicht für zu geringes Längenwachstum

Urin: ⌀

Herz: ⌀

Bauch: ⌀

Zähne: katastrophal

Mandeln: vergrößert und gerötet

Lymphknoten: im Unterkieferbereich und Hinterhauptbereich tastbar

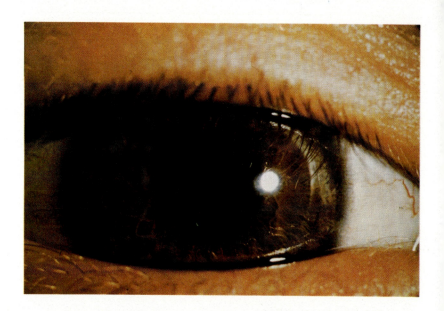

r. A.: schräg stehende Pupille; enges Magen-Darm-Feld mit eingefärbtem Krausenrand; Krausenrand zeigt Brückenbildungen (Pankreasschwäche); kleine Lakune im Oberkiefer- und Unterkiefersektor, auf der Gallenblase und im thyreocardialen Bereich; Reizfasern im Ohr- und Halslymphknotenbereich; das Leitgefäß in Richtung Mandeln zeigt die tonsillogene Belastung an.

Therapie:

Kostumstellung auf biologische Vollwertkost angestrebt

Hypophysis D 60 im Wechsel mit Epiphysis D 60

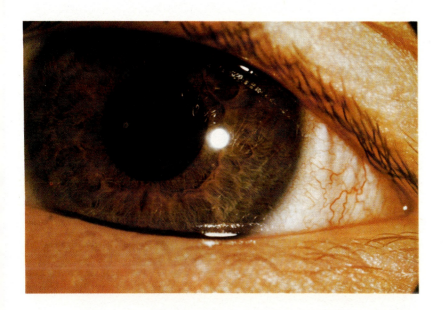

I. A.: ebenfalls schräg stehende Pupille; sie deutet auf die Kreislauflabilität hin und erklärt die zeitweilig auftretenden Konzentrationsstörungen; beginnende Einfärbung des Krausenrandes; Krausenrand zeigt Brückenbildungen, besonders um 10' (oberes Pankreasfeld); Lakunen in folgenden Organbereichen: oberes Pankreasfeld, thyreocardiale Zone 15', Niere 30'; sie drängt in den Krausenrand hinein, Nierenbecken und Blase; Mandel 45'; Pigment auf dem nasalen thyreocardialen Sektor.

Winar, Selektafer B 12, Bionektarin,

Piscin, Metaossyl, Symphytum ϕ, Calc. fluorat. D 3 biochem., Natr. bicarb. D 12, Meditonsin und Cefasept, Zinc. val. D 4.

Fredi F.

Geb. am   3. 7. 1964

Alter zum Zeitpunkt der Aufnahme: 14 Jahre

Konstitution: Lymphatisch

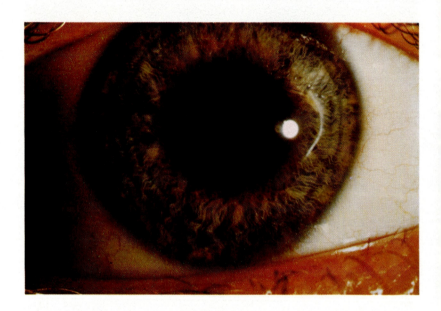

r. A.: Mydriasis; spastisches Magen-Darmfeld; Lakune Pylorus 30' (auf Befragen stellt sich heraus, daß Fredi bei nervlicher Belastung teilweise morgendliche Magenschmerzen hat); Verfärbung Krausenrand; Lakunen in folgenden Sektoren: nasal und temporal-thyreocardial, auf der Niere zusätzliches Pigment (Mutter hatte Nierensteine); Oberkiefer 8' mit Reizfasern (Fredi hatte zum Zeitpunkt der Aufnahme eine starke Erkältung mit Ohrenschmerzen), Reizfasern Ohr 50 Min.

Beschwerden: Diabetes mellitus, Infektabwehrschwäche, vegetative Dystonie

Anamnese: kein bekannter Fall von Diabetes mellitus in der Familie; Fredi selbst hat stark schwankende Zuckerwerte seit einem halben Jahr, war zeitweilig im Kinderkrankenhaus zur Beobachtung und Einstellung, ohne daß die Schwankungen beseitigt werden konnten.

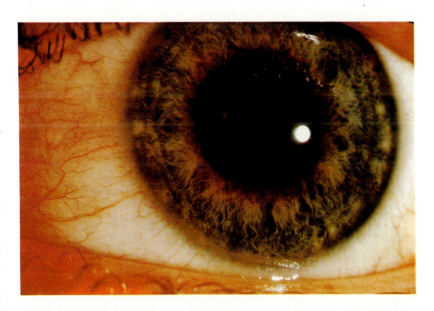

I. A.: leicht dezentralisierte Pupille; Neurasthenikerpupillensaum; Mydriasis; spastisches Magen-Darmfeld, Reizfaser 35' Duodenum; Lakune oberes Pankreasfeld; thyreocardiale Lakunen nasal und temporal; Nierenlakune; Tophi besonders im pulmonalen Raum.

Klinische Untersuchungen:

Urin: schwankende Zuckerausscheidungen

RR: 100/75

Bauch: epigastrische Pulsation, starke Bauchdeckenspannung
Zähne: Amalgamfüllungen

Mandeln: Tonsillektomie

Schilddrüse: Tendenz zur weichen Vergrößerung

Therapie: Umstellung auf biologische Vollwertkost

Bohnenschalentee, Löwenzahnwurzeltee,

Sucontral, Taraxacum Oplx, Myrtillus Oplx und Cefamelit ließen den Zuckerspiegel leicht sinken,

Metavirulent, Grippetropfen A „Gernerpharma", Hanotoxin zur Abwehrsteigerung,

Lycopus spezial Nestmann, dystologes und thyreologes, Thyreopasc.

Christoph H.

geb. am 23. 2. 1958

Konstitution: neurolymphatisch

Alter zum Zeitpunkt der Aufnahme: 14 Jahre

Beschwerden: Lymphknotenschwellungen, Mandelentzündungen

Klinische Untersuchungen:

Urin: ∅

RR 120/80

Herz: keine Geräusche

Gelenke: frei

Zähne: Amalgamfüllungen

Mandeln: vergrößerte Rachenmandeln, gerötete Gaumenbögen
Lymphknoten: submandibuläre, retroauriculäre und occipitale Schwellungen

Milz: nicht tastbar

Therapie: Meditonsin, Tonsillgon, Cefatonsillan,

kalte Heilerdehalswickel,

Gurgeln mit Salbeitee, Lacuprin, Echtroseptgurgeltinktur,

Retterspitz Mundwasser   Lymphdrainage

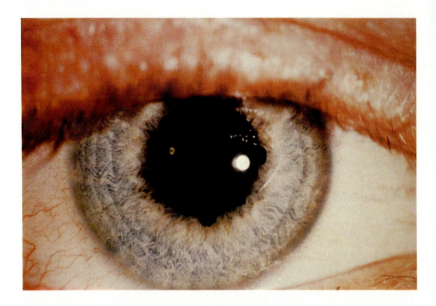

r. A.: das imponierende an diesem Auge sind die ausgeprägten Neurolappen sowie die Vaskularisation des Limbus. Das enge Magen-Darmfeld ist durchzogen von kleinen Spasmenfurchen und erscheint bereits in einer mausgrauen Farbe. Zudem zeichnen sich Lakunen auf dem Cardia- und Pylorusfeld ab. Der Krausenrand erscheint aufgehellt, die Lymphzone in beiden Iriden verwaschen.

I. A.: im cerebralen Bereich brechen die Krampfringe ab; ferner sieht man eine Hypophysenlakune.

Gabriele Z.

geb. am 16. 6. 1961

Konstitution: lymphatisch

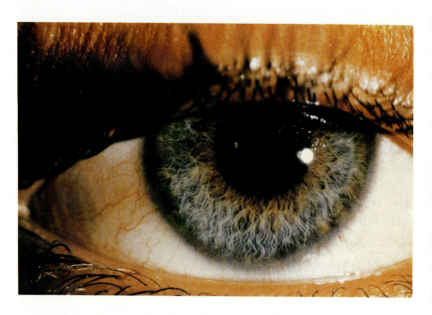

r. A.: kleine Spasmenfurchen im Magenfeld; Einfärbung der Magen-Darmzone lassen auf einen Fermentmangel schließen; Lakune Ovar; Reizfasern im Nierensektor mit danebenliegenden kleinen Lakunen; aufgehellte Fasern im Blasensektor; gelblich eingefärbte Tophi.

Klinische Untersuchungen:

Urin: ∅   RR: 150/80   Herz: keine Geräusche

Zähne: unauffällig   Mandeln: unauffällig

Alter zum Zeitpunkt der Aufnahme: 13 Jahre

Beschwerden: nephrogener Hypertonus

Anamnese: Nierenexstirpation mit 6 Jahren

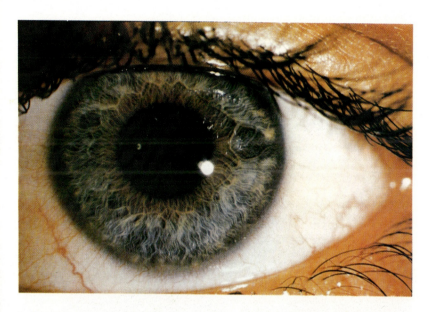

I. A.: seitens der Magen-Darmzone entsprechendes wie im rechten Auge; Krausenrand von 3' bis 12 Min. abgeflacht; in Richtung Schneebrett nach ANGERER mit Tendenz zur Depression; 15' Schwächelakune im thyreocardialen Sektor; Reizfasern Milzsektor; Lakune Ovar; Reizfaser mit daneben liegender Rautenlakune auf dem Nierensektor; im Uterus- und Blasensektor ebenfalls Lakunen mit Reizfasern; Tangentialgefäß im Blasensektor.

Therapie Solidago ϕ, Metasolidago, Solidago Dr. Klein, Helleborus Oplx. Koeminett Iso

Gerner urologicum   Folindortee.

Monique M.

geb. am 6. 10. 1971

Konstitution: hydrogenuid

Alter zum Zeitpunkt der Aufnahme: 7 Jahre

Beschwerden: keine

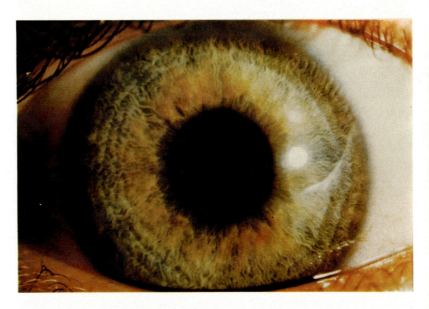

r. A.: enge, leicht abgedunkelte Magen-Darmzone mit Lakune im Brechzentrum; Krausenrand beginnt sich einzufärben (thyreogene Belastung); Lakune Uterus mit Ausbildung eines Hyperfollikuliepigmentes.

Anamnese: hin und wieder als drei- bis vierjähriges Kind Darmbeschwerden, als Baby Milchschorf, Allergien auf Insektenstiche, Großvater mütterlicherseits an Dickdarm-Ca verstorben; zwei Brüder mütterlicherseits haben Morbus Hodgkin; Schwester mütterlicherseits Mamma-Ca; Mutter mit Lymphknotenschwellungen belastet, bisher gutartig.

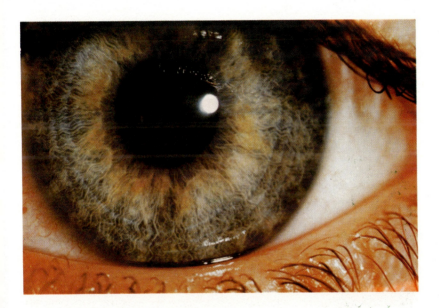

I. A.: die leicht stehende Pupille weist auf eine vorhandene Kreislaufflabilität hin; Magen-Darmzone wie rechtes Auge; Lakune und Schilddrüsenpigment auf dem thyreocardialen Sektor; Aufhellung Milzsektor; Lakune Nierensektor; Reizfaser im Unterkieferbereich.

Klinische Untersuchungen: keine, da keine Patientin

Therapie: gelegentlich Lymphmittel

Stefan Sch.

geb. am 29. 12. 1958

Alter zum Zeitpunkt der Aufnahme: 14 Jahre

Konstitution:

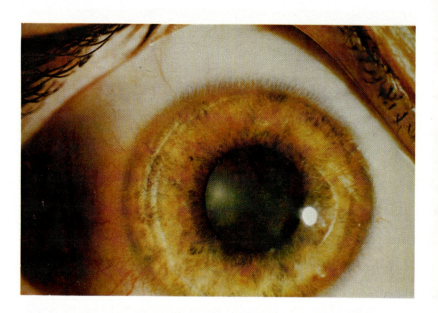

Beschwerden: Häufige Mandelentzündungen, Infektanfälligkeit

r. A.: juveniler Katarakt; Spasmenfurchen im Magen-Darm-Feld; Lakune im Bereich des Brechzentrums 5'; Lakune im Gallen- und Nierensektor; uneingefärbte Staketen und Gefäßreichtum im Limbusbereich.

Klinische Untersuchungen

Urin: ⌀   RR 110/80   Herz: Herztöne unauffällig

Schilddrüse: Struma parenchymatosa
Mandeln: leicht vergrößerte Tonsillen

Therapie: Thujacyn, Lymphdiaral, Echinacin, Alymphon, Badiaga Oplx, Vespa Oplx.

Christine S. geb. 1959

Konstitution: haematogen

Alter zum Zeitpunkt der Aufnahme: 12 Jahre

Beschwerden: keine

Christines Augen habe ich gewählt, weil man an ihnen die besondere Gewebsspannung sieht, die nahezu allen Kinderaugen eigen ist. Die ausgeprägten Spasmenfurchen im Magenfeld, die Krampfringe und die kleinen Calciumlakunen im Krausenrand weisen darauf hin, daß die nervale Ansprechbarkeit bei Christine groß ist, die Belastbarkeit des Vegetativums jedoch klein.

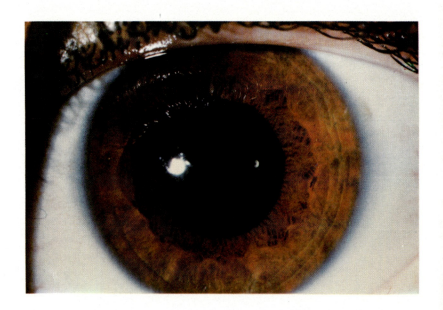

Im rechten Auge sieht man deutlich aufgehellte Fasern im Mandelbereich und in der Praxis von Josef ANGERER wurde ich immer wieder darauf hingewiesen, daß sich Aufhellungen und Entzündungszeichen im Mandelbereich besonders vor und während der Pubertät verstärkt darstellen. Die ausgeprägte Blaufärbung der Sklera weist auf familiäre Ossifikationsdefekte hin (Ophthalmotrope Phänomenologie Band II S. 45) mit genetischer Tbc-Toxicose.

Die lokale Inspektion der Tonsillen ergab, daß diese leicht vergrößert waren. Die submandibulären, retroaurikulären und occipitalen Lymphknoten waren tastbar. Die sonstigen Untersuchungen ergaben keine Befunde.

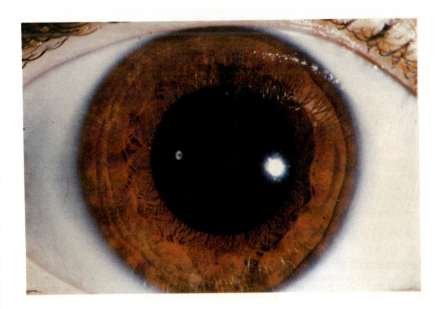

Monika D.

geb. am 23. 2. 1966

Konstitution: neurolymphatisch

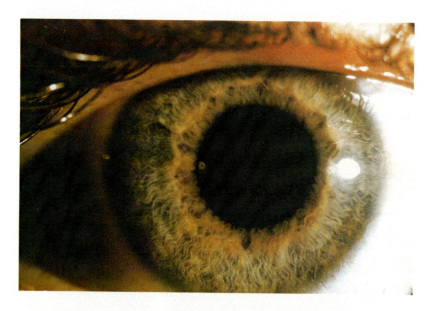

r. A.: Mydriasis; beginnende Verfärbung des Magenfeldes, das außerdem mit kleinen Strahlen versehen ist; Lakunenausbildung im Cardia- (15') und Pylorusbereich (30'); doppelter Krausenrand im aufsteigenden Dickdarm; Lakune Hypophyse (Andeutungsweise auf der Photographie zu erkennen); NNH-Lakune; thyreocardiale Lakune; Lakune im Uterus- und Ovarsektor; Reizfaser Gallengänge; Lakune Ohrbereich.

Alter zum Zeitpunkt der Aufnahme: 12 Jahre

Beschwerden: Heuschnupfen, Kreislaufschwäche

Anamnese: Operation vor ½ Jahr an Zyste Ovar rechts

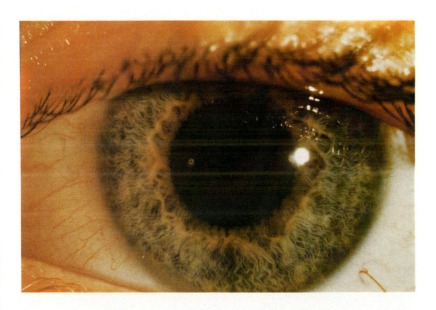

I. A.: kleine Strahlen im Magenfeld; aufgehellter Krausenrand; Hyperfollikuliepigment Hypophysensektor; Lakunen auf thyreocardialem, Ovar-, Nieren-, Uterus-, Blasen- und NNH-Sektor; allergische Gefäßstruktur.

Klinische Untersuchungen:

Urin: $\emptyset$

Herz: leichte Herztöne

leicht unterdrückbarer Puls

RR 90/70

Bauch: Meteorismus

Therapie: Kal. chlorat Oplx, Sinapis Oplx, Wyethia Kpl. Felke, Elhallergin

Tardolyt, Alymphon

Peter D. geb. am 23. 7. 68

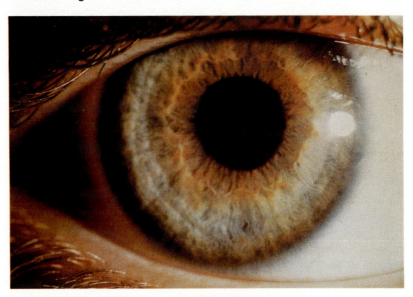

r. A.: Neurasthenikerring; leicht stehende Pupille; zentrale Heterochromie; Aufhellung des Krausenrandes sowie auffällige Verdickung (seilförmig) des ganzen Krausenrandes im Bereich des aufsteigenden Dickdarms; Dysplasie des Krausenrandes im thyreocardialen Bereich; Pigment 15' im thyreocardialen Bereich; Lakune Pankreassektor; Lakunen im unteren und oberen Nierenfeld.

Konstitution: neurolymphatisch mit uratischer Tendenz

Alter zum Zeitpunkt der Aufnahme: 11 Jahre

Beschwerden: Konzentrationsschwäche, Agrypnie, intermittierende Nabelkoliken

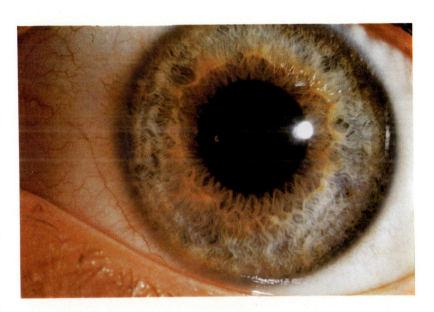

I. A.: beginnende zentrale Heterochromie; Lakunen im oberen Nierenfeld um 5'; Lakune im thyreocardialen Feld 15' am Krausenrand (Doppellakune); das Pigment im gleichen Feld weist auf die Schilddrüsenbelastung hin; Halbseitenlakune im thyreocardialen Feld 45'; Schwächelakune NNH-Sektor; schwache Transversale Milzsektor; Tangentialgefäß Blasensektor.

Klinische Untersuchungen:

Urin: ∅ Herz: leichte Arrhythmie Bauch: Meteorismus
Schilddrüse: leichte Vergrößerung

Therapie: abdomilon, Cefatropin, Pankreovowen

Nervinfant, Euvegalsaft, Kavasporalperlen,

Tuberculinum D 200 einmal wegen stark ausgeprägten Angstträumen

Eine Seltenheit in der Praxis waren die beiden letzten Kinderaugenpaare: es sind die Augen von eineiigen Zwillingen.

Wolfgang und Siegfried K.

geb. am 18. 9. 64

Alter zum Zeitpunkt der Aufnahme: 14 Jahre

Anamnese: Beide haben eine leichte Struma und eine gewisse Kreislauflabilität. Sie sind diesbezüglch von beiden Elternteilen belastet.

Bei beiden Augenpaaren imponiert die nahezu identische Farbe und Zeichensetzung.

r. A.: bei beiden rechten Iriden ist nasal das Magen-Darm-Feld eingeengt, dagegen der aufsteigende Dickdarm leicht ausgeweitet; ebenfalls zeigt sich der Krausenrand als sehr plastisch mit beginnender Farbveränderung. Schilddrüsen-, Blasen-, Nieren- und Gallenblasen-Sektor sind mit Lakunen versehen.

l. A.: wie schon bei den rechten Iriden ist der Magen-Darm-Trakt nasal eingeengt, der absteigende Dickdarmteil leicht ausgeweitet; die Krause ist auch hier farblich verändert und die Lakunensetzung auf dem oberen Nierenfeld, dem thyreocardialen Sektor, Bauchspeicheldrüsen-Sektor, und im Urogenitalbereich bei Wolfgang und Siegfried nahezu gleich.

Klinische Untersuchungen:

Urin: ∅

Glukose: ∅

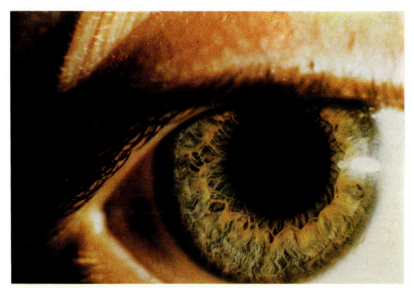
Siegfried K. rechtes Auge

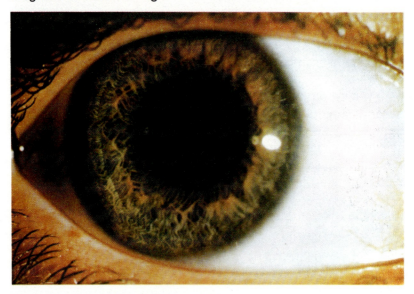
Wolfgang K. rechtes Auge

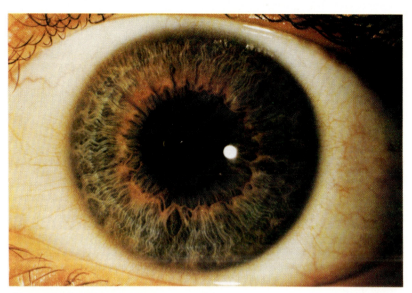
Siegfried K. linkes Auge

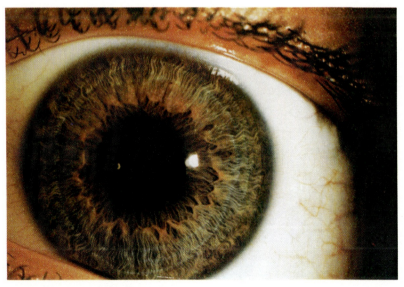
Wolfgang K. linkes Auge

RR: 100/80

Herz: keine Geräusche, leise, weiche Herztöne

Therapie: Cefarobit, Lymphdiaral, Acid. phos. D 4, Camphora Oplx, Coccolus D 4.

II. Der geriatrische Aspekt

Josef K a r l, München

Inhalt:

Einführung	1.
Vorfahren	1.1.
Mäßigkeit	1.2.
Bewegung	1.3.
Gemütslage	1.4.
Iris und Konstitution	2.
Iris und Grundsysteme	2.1.
vegetatives System	2.1.1.
hormonelles System	2.1.2.
Lakunen	2.1.2.1.
Pigmente	2.1.2.2.
enzymatisches System	2.1.3.
Iris und Alter	3.
Zusammenfassung	4.

II

Wie sehen die Augen von Menschen aus, die gesund alt wurden?

1. **Einführung**

    Untersuchungen vieler Altersforscher und eigene Beobachtungen lassen folgenden Schluß zu: Wenn man alt werden will, muß man

1.1. **Vorfahren haben,** die alt geworden sind (Erbfaktor)

1.2. eine Lebensweise einhalten, die in jeder Hinsicht von **Mäßigkeit** bestimmt ist (Essen, Trinken, Rauchen etc.)

1.3. **viel Bewegung in frischer Luft** (Arbeit, Wandern, Sport etc.)

    und

1.4. **eine gelassene Gemütslage haben** (Humor, Zufriedenheit, Heiterkeit).

    Neben diesen vier Kriterien haben sich keine weiteren wesentlichen Gemeinsamkeiten gezeigt (Prof. E. FRANKE, Prof. M. BÜRGER u. a.). Alle anderen bisweilen angegebenen „Patentrezepte" haben Zufallscharakter und sind nicht essentiell. Und schließlich: die Gesundheit der Alten ist umso besser, je mehr von diesen vier Grundfaktoren zusammenfallen (Multikausalität). Im übrigen spiegelt die Reihenfolge 1—4 die Wichtigkeit wider.

Iris und Konstitution 2.

Aus der Vorbemerkung Punkt 1 ergibt sich, daß hohes Lebensalter hauptsächlich genetisch vorbestimmt ist. Da die Iris des Menschen im hohen Grad in Struktur und Farbe vererbbar ist (Josef DECK, Prof. Karl SALLER, Prof. Gerfried ZIEGELMAYER u. a.), bietet sie Einblick in die „Konstitution zum Altwerden" — oder anders ausgedrückt: ist sie prognostisch ein wichtiges Kriterium bezüglich hereditärer Langlebigkeit.

Da es — konzentriert gesehen — im wesentlichen drei Systeme sind, die uns steuern

das **vegetative Nervensystem**

das **hormonelle** und

das **enzymatische** System

lenken wir unser Augenmerk auf diese und es ist verständlich, daß bei „gutem genetischem Material" diese **Grundsteuerungen** funktionieren werden — die **Basis für ein langes Leben in Gesundheit.** (Es bestätigt sich übrigens eine Bemerkung von Prof. SCHLIEPHAKE: „Bei der allgemeinen unspezifischen Abwehr kommt es auf das Zusammenspiel von Enzymen, vegetatives Nervensystem und Hormonen an...")

Iris und Grundsysteme 2.1.
Zunächst soll an Beispielen gezeigt werden, was ich konkret an der Iris meine und wie sich in Struktur und Kolorit die Insuffizienz bzw. die Entgleisung dieser Systeme darstellen.

Das vegetative System 2.1.1.
Das vegetative System zeigt sich vielseitig: extreme Miosis oder Mydriasis, auffällig hellroter und/oder besonders stark gezähnter Pupillenrand, evtl. sogar Neurolappen, extrem kleine oder außerordentlich große Krause, eckiger oder unterbrochener Krausenrand, starke radiäre („Speichen") oder/und zirkuläre („Ringe") Spasmenfurchen (wobei die radiären sich in verschie-

II

denen Längen darstellen: kurze = innerhalb der Krause, halblange und lange), Irisfaserstruktur und -form wie z. B. sehr große Dichte, Korkenzieherform, netzartige aberrable Fasern, sehr helle Fasern („Silberfäden") und andere Zeichen mehr – sie alle zeigen Störungen des vegetativen Systems an und sind entsprechend ihrer Multiplikation zu werten: d. h. je mehr dieser einzelnen Phänomene auftreten, desto größer dürfte die vegetative Insuffizienz sein.

Bildbeispiele:

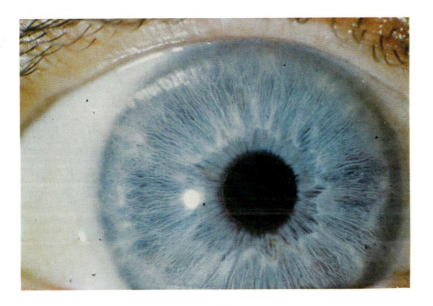

1: Dieses geradezu makellose Auge einer Frau von 74 – die lediglich wegen einer leichten rheumatischen „Anfälligkeit" und mehr der Vorsorge halber zu mir in die Sprechstunde kommt – zeigt immerhin die vegetative Belastung durch die Faserstruktur. Das Bild könnte auch unter dem Begriff „neurolymphatische Diathese" laufen. Leicht aberrable Fasern, auch einige Korkenzieherphänomene (48'), verquollene Fasern. Sie hat (zwei Kriege!) „viel durchgemacht".

II

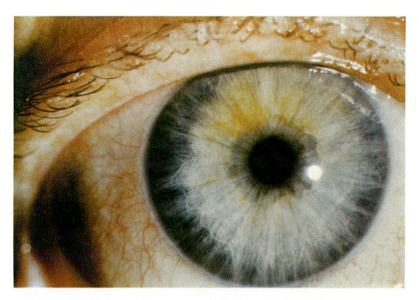

rechtes Auge   Bild 2

3: Weiblich, 64 Jahre, „eigentlich gesund" mit Ausnahme eines vor kurzem aufgetretenen leichten Diabetes. Klagen tut sie aber weniger über diesen als über ihre „Nerven": Neuronennetze (Fischernetze), die hier geradezu klassisch zu sehen sind. Leichte Schilddrüsenüberfunktion (gelb-oranges Pigment kranial?). Kli-

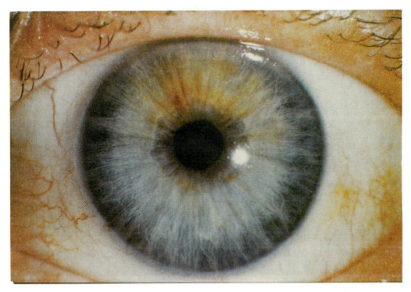

linkes Auge   Bild 3

nisch ist sie durchuntersucht und ohne größeren Befund. Gerner Nervinum Tee, Lycovowen von Vogel und Weber, Metaneuron von Fackler und ein Mariendistelpräparat (Stauungstransversale rechtes Auge) tun ihr gut.

2.1.2. **Das hormonelle System**

Das hormonelle System stellt sich durch
Lakunen am äußeren Krausenrand (einzeln oder multiple) oder/und
Pigmente dar.

Nach meinen Beobachtungen spiegeln sich die inkretorischen Organe gut in der Iris — bei der hormonellen Situation des Nebennierensystems allerdings habe ich Identifizierungsschwierigkeiten. Ferner muß eine mögliche Wechselbeziehung in der Lokalisation Hypophyse/Epiphyse (Topografie nach ANGERER) meines Erachtens zur Diskussion gestellt werden: Hypophysentumore, die klinisch eklatant waren, fanden sich wiederholt auf dem sog. Epiphysensektor.

Die **pluriglanduläre Schwäche** soll an dem folgenden Bildbeispiel Bekanntes wiedergeben:

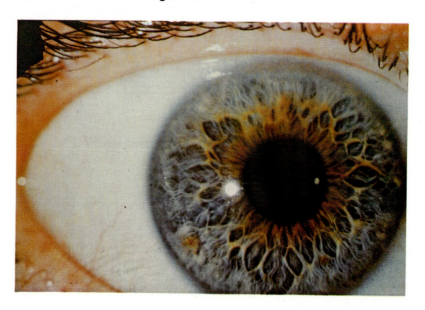

rechtes Auge

Bild 4 und 5 – rechtes und linkes Auge, weiblich, 45 Jahre –

Dieses Bildpaar soll – da es vom Alter her nicht in das Thema paßt – lediglich die pluriglanduläre Schwäche und zugleich auch die Fermentschwäche demonstrieren.

Die Frau hat drei Kinder geboren und seitdem ist nach eigenen Aussagen ihr Hormonhaushalt „eine Katastrophe": die Regel kommt seit Jahren völlig unregelmäßig, ist stark und schwächt sie sehr. Gleichzeitig tritt Migräne und totale Erschöpfung auf. Libido gleich Null, psychogene Frigidität. Dazu kommt eben die Verdauungsschwäche mit vielen Blähungen, was letztlich zu einem reduzierten Allgemeinzustand und Ernährungszustand geführt hat.

Es sind hier herabgesetzte Voraussetzungen für ein hohes Alter gegeben.

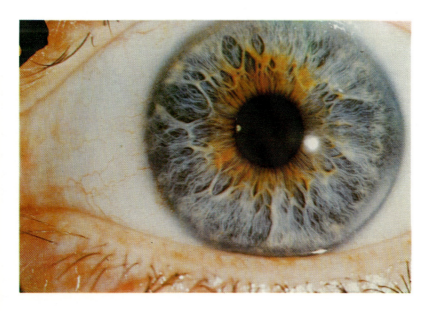

linkes Auge

II

Die **hormonellen Pigmente** können in Struktur und Farbe wechseln: es gibt m. E. nicht d a s hormonelle Pigment. Dies dürften die grundlegend wichtigen Arbeiten von ANGERER, DECK, HERGET, JAROSZYK, LINDEMANN, MARKGRAF, SCHIMMEL u. a. bestätigen. Man kann, meine ich, sagen, daß **eine Lakune die Schwäche eines Organs** (meist ererbt, also genotypisch), **ein Pigment** hingegen häufig eine über **einen längeren Zeitraum bestehende Irritation (Chronizität)** indiziert. Ein Pigment wird also unsere Aufmerksamkeit schon um eine Alarmstufe mehr beanspruchen als eine sog. hormonelle Schwächelakune (die den Anfänger oft sehr beeindruckt — für den Träger häufig genug ohne Bedeutung sein kann!).

Am häufigsten dürften die hormonellen Pigmente, wie sie auf dem folgenden Augenpaar zu sehen sind, vorkommen:

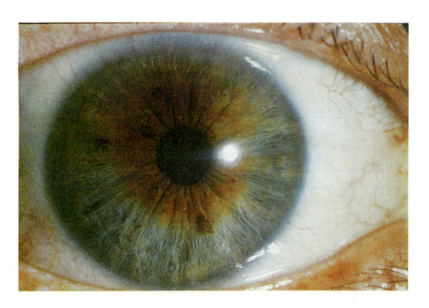

rechtes Auge

Bild 6 und 7, weiblich, 54, hormonelle Pigmente Schilddrüse, Ovar, Uterus, Hypophyse, Epiphyse — Brustkrebs beiderseits operiert. AZ schlecht, psychisch „am Boden".

Wir haben hier ein Bild, bei dem unglücklicherweise eine Insuffizienz aller drei maßgeblichen Systeme angegeben ist: das vegetative (starke Spasmenfurchen besonders verebral), das enzymatische (totale Heterochromie der Krause) und das hormonelle (Pigmente). Es handelt sich um ein typisches Negativbeispiel.

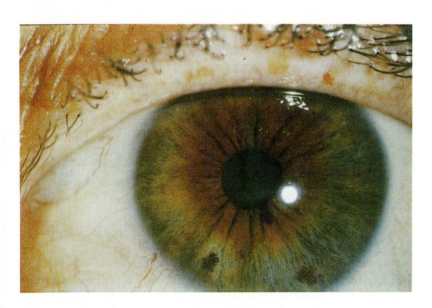

linkes Auge

2.1.3. **Das enzymatische System**

Das enzymatische System zeigt seine (unspezifische) Insuffizienz durch **Heterochromie** der sog. Magen-Darm-Zone (Krause). Ich möchte hier nicht auf diverse Farbwerte und ihre Organbezüglichkeit eingehen (Magen — Leber/Galle — Pankreas): dies wurde bereits von Josef ANGERER 1953 in seinem grundlegenden Werk „Handbuch der Augendiagnostik" getan. Ernst Hugo KABISCH hat mit seiner ausführlichen Farbtafel hier ebenso wie

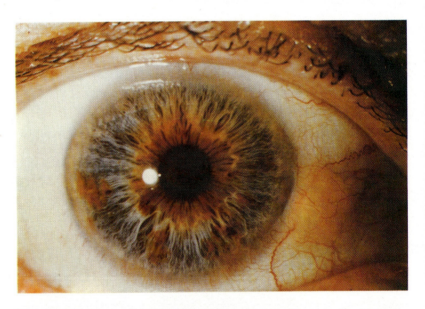

Bild 8 und 9 — männlich, 63, Frührentner. Chronische Verdauungsstörungen mit permanent weichem Stuhl, mittelgradige Diabetes (25' rechts — aber auch 37' rechts — beide Male Krausenrand z. B.!), Prostataschwellung mittleren Grades (Operation wird erwogen), erhöhter Cholesterinspiegel (Lipoidflecken Konjunktiva), erhebliche Kreislaufstörungen (Mäandergefäße). Demonstriert werden soll mit diesem Bild 2.1.2. (hormonelle Pigmente Prostatasektor rechts und Hypo/Epiphysensektor links) und 2.1.3. — die enzymatische Insuffizienz. Auch hier sind die

Günter JAROSZYK, Dr. Dr. Helmut SCHIMMEL und Prof. Dr. H. F. HERGET gründlich gearbeitet. Meiner Ansicht nach ist es für diesen speziellen Beitrag auch gar nicht so entscheidend, welches Ferment genau nun chronisch unzureichend produziert wird (in vielen Fällen wird es sowieso Überschneidungen geben und eine Schwäche wird über kurz oder lang eine weitere nach sich ziehen). Entscheidend scheint hier die Tatsache, daß über einen längeren Zeitraum ein enzymatischer Mangel besteht.

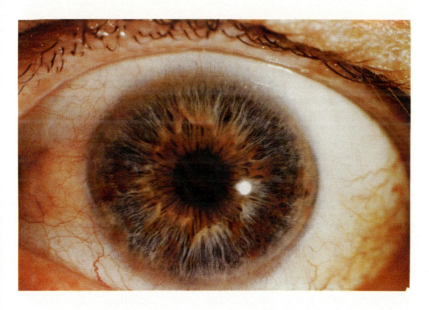

Chancen, ein hohes Alter in Gesundheit zu erleben, erheblich eingeschränkt. (Therapeutisch „halten wir ihn einigermaßen über Wasser" mit Metaharonga Fackler, Gernertonikum M, Tee aus Heidelbeerblättern, Bohnenschalen, Löwenzahn, Condurangorinde, Mariendistelsamen, LP Truw, Secale corn. D 4 und Kalium jodatum D 6.)

3. **Iris und Alter**

An sechs Bildbeispielen soll gezeigt werden, wie im allgemeinen Iriden von Menschen aussehen, die in relativ guter Gesundheit ein höheres Alter erreicht haben.

Bild 10 und 11 (rechts — links)

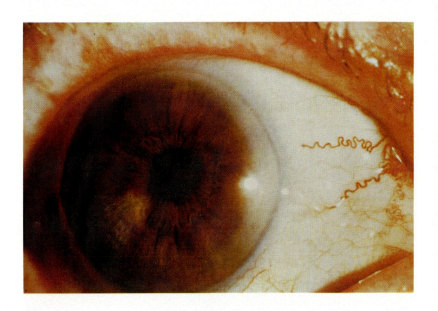

Weiblich, 85, gute körperliche und „geistige" Verfassung. Kommt ohne Begleitperson alleine in die Sprechstunde, in der sie sich sporadisch Rat wegen Verdauungsstörungen holt (Pankreasdyspepsie, Reizkolon). Stammt aus gesunder Familie und erfüllt alle Kriterien der „gesunden Lebensweise". Die gewisse Achromie um 40' rechts ist schwer zu deuten: sie selbst hat leber-galle-mäßig nichts Wesentliches gehabt, der Vater jedoch könnte an einem Leber-Ca gestorben sein, das ist anamnestisch unsicher. Wenn Josef ANGERER immer wieder darauf verweist, daß bei diesen sektoralen Heterochromien die Psyche gestört sei, dann denkt man hier auch an die Bemerkung der anthroposophischen Medizin, daß Depression und Leber in einem engen Zusammenhang stehen. Eine erkennbare Symptomatik liegt in diesem Fall allerdings nicht vor.

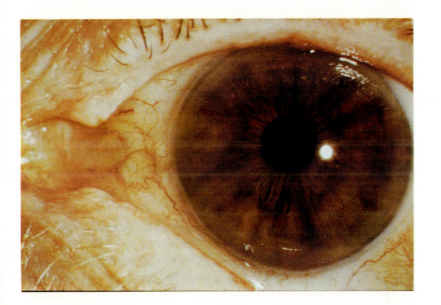

II

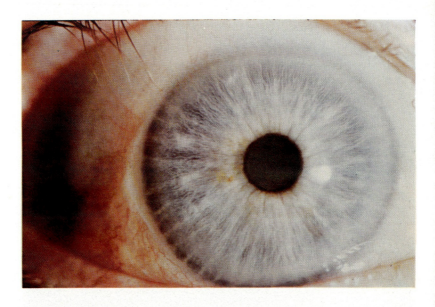

Bild 12 und 13

Weiblich, 80: gesund und in sehr guter Verfassung — in die Sprechstunde gekommen, weil die Tochter in Behandlung ist und diese eine Untersuchung der Mutter wünscht (die jene wiederum überflüssig findet und sich darüber mokiert, daß „die jungen Leute dauernd was anderes hätten an Krankheiten"). Die neurogene Konstitution ist kaum zu übersehen: sie hat jedoch Schicksalsschläge, die auch ihr nicht erspart blieben, mit Gleichmut getragen. Die vegetative Hypersensibilität wirkt sich

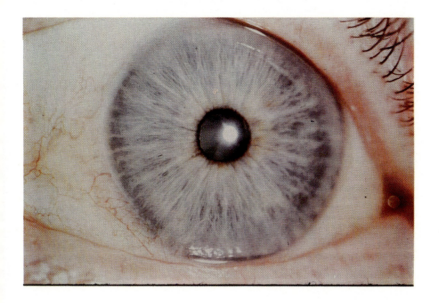

bisweilen auf das Herz aus: Lunula rechts (wo sie bekanntlich seltener als links auftritt) gut sichtbar, links aus phototechnischen Gründen nicht so deutlich. Schon viele Jahre Herzstolpern und gelegentlich Tachykardien. (Der Katarakt links entspricht dem Alter und beeinträchtigt die Sehfähigkeit nicht.)

Therapiert mit Spartiol Dr. Klein und Metaneuron Fackler, gelegentlich mit einer Tasse Gerner Nervinum Tee mit einem Eßlöffel Nerventonikum B von Nestmann.

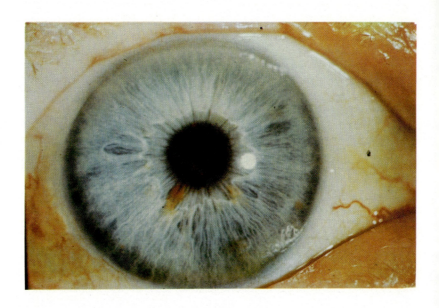

Bild 14 und 15

Weiblich, 86, von unwahrscheinlicher Lebendigkeit, Unternehmungslust und Gesundheit. Lediglich eine Kniegelenksarthrose, die im Anschluß an einen komplizierten Beinbruch auftrat, führt sie in meine Behandlung. Grob auffällig sind
a) eine leichte Heterochromie der Krause
b) ein orangefarbenes Pigment innerhalb der Krause 35' rechts
c) ein heller Krausenrand
d) ein erweiterter Krausenrand links temporal
e) Lakunen 46' rechts, 46' links mit Leitgefäß und 15' links.

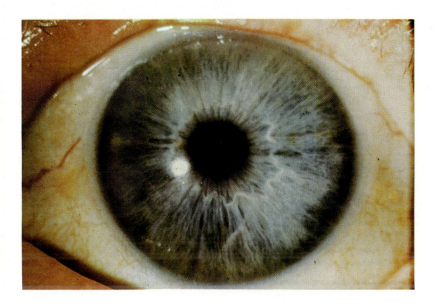

Eine Empfindlichkeit des Magens war früher stärker als jetzt, eine Obstipation besteht „schon ewig", eine leichte Schilddrüsenüberfunktion (thyreocardiale Lakunen) kommt ihr im Alter anscheinend eher entgegen — wir wissen, daß eine solche antiarteriosklerotisch wirkt und geben ja bekanntlich Kalium jodatum oder raten zu Kuren in den Jodbädern Bad Tölz oder Bad Wiessee!

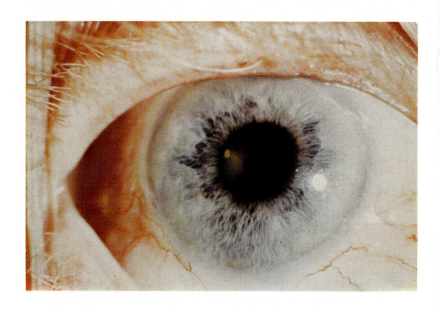

Bild 16 und 17

Weiblich, 88, für das hohe Alter in überdurchschnittlicher Verfassung. „Mit der Niere" hat sie früher „etwas gehabt" (Lakune links), insgesamt „viel durchgemacht", es aber letztlich immer mit gläubiger Gelassenheit getragen. Die Kindheit und Jugend wurde in erheblicher Armut erlebt, „unvorstellbar einfach" wie sie heute sagt, manchmal auch bis an die Grenze des Hungers (nach dem

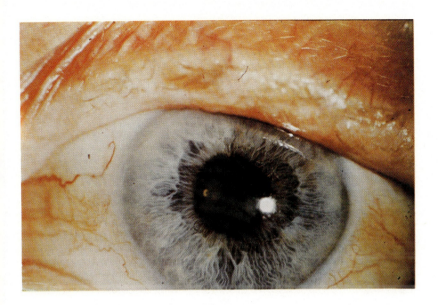

1. Weltkrieg). Magen-Darm-empfindlich, die Abdunklung und das durchscheinende Uvealblatt dürfen jedoch in diesem hohen Alter nicht überschätzt werden: eine gewisse Atrophie der Sekretionsdrüsen dürfte wohl normal sein. Im übrigen hatte sie immer eher Untergewicht — wie überhaupt die dünnen Alten gegenüber den dicken Alten erheblich in der Überzahl sein dürften.

II

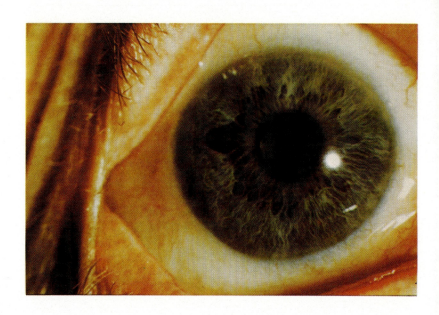

Bild 18 und 19

Weiblich, 83, gesund, mit Ausnahme, daß sich die letzten Jahre ein leichter Bluthochdruck (um 180–190/110) eingestellt hat, der sich als Erfordernishochdruck darstellen dürfte: seit einer schweren Grippe mit 79 Jahren besteht eine mittlere Herzinsuffizienz, die mit Scillatinktur und Spartiol Dr. Klein recht gut kompensiert wird (Lakunen 46' rechts, 10'–15' links). Die auch

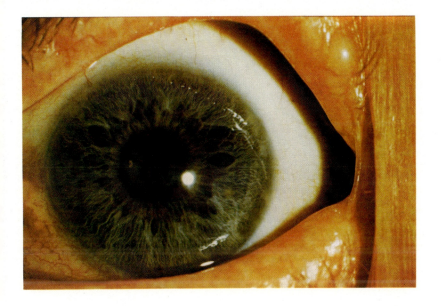

hier zu beobachtende Abdunklung des Krausenfeldes und der plastische „Magenring" (durchscheinendes Uvealblatt) sind – wie auch auf vorhergehenden Bildern – vorhanden und für das Alter oft typisch. Es darf dies nicht verwechselt werden mit der sog. toxischen Imprägnation (sprich auch totale Heterochromie) im Sinne des chronischen Enzymdefizits.

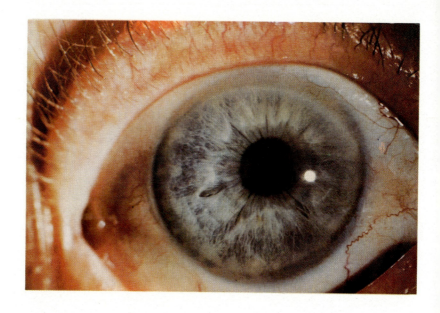

Bild 20 und 21

Männlich, 75, fühlt sich gesund und bringt keine wesentlichen Klagen vor. Eine neurolymphatische Diathese dürfte in der Kindheit und Jugend eine Rolle gespielt haben (viele Erkältungen) — im Alter geht sie bekanntlich häufig in rheumatische Belastungen über, das Bild zeigt es anschaulich. Mäßige Arteriosklerose, leichte Lipidämie. „Die Nerven waren noch nie besonders gut" —

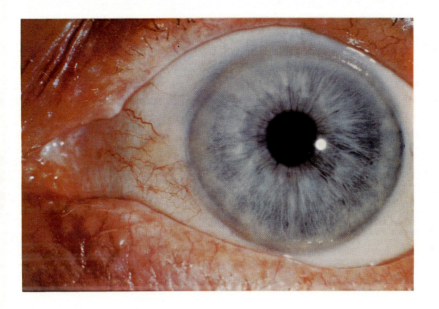

Koronarspasmen nach Aufregungen (Choleriker!), die er als Meister in einem Betrieb früher reichlich hatte.
Metacoronat „Fackler", zum besseren Schlafen Gerner Nervinum Tee mit 2 oder 3 Drag. Valmane, in Ausnahmefällen Nitro-Crataegutt.

4. Zusammenfassung

Da die Iris in hohem Maße erbmäßig (genotypisch) geprägt ist, gibt sie Aufschluß über die anlagemäßige Verfassung von biologischen Grundsystemen wie vegetatives Nervensystem, hormonelles und enzymatisches System. Empirisch wissen wir von der möglichen Veränderung der Iris im Laufe des Lebens durch Umwelteinflüsse, Erlebtes (Phaenotypie). Die Summation von Ererbtem und Erworbenem bestimmen mit Gesundheit und Lebensalter. In systematischer Zusammenschau (Synopsis) können wir die Iris als einen wichtigen Faktor der Diagnose und Prognose hinzunehmen.

Literaturverzeichnis

(Beitrag Josef Karl, München)

ALTMANN, Eduard G.:
„Einführung in die Krankenphysiognomik"
Helioda Verlag, Gretzenbach/Schweiz 1974

ANGERER, Josef:
„Handbuch der Augendiagnostik"
Tibor Marczell Verlag, 2. Aufl., München 1975

BÜRGER, Max:
„Altern und Krankheit"
Leipzig 1960

DECK, Josef:
„Grundlagen der Irisdiagnostik"
Selbstverlag, Ettlingen 1975

GABLER-ALMOSLECHNER, H. R.:
„Wer — was — wie bist du?"
Eigenverlag, 7091 Neuler-Ramsenstrut 1979

HEIMANN, Karl O. und LINDEMANN, Günther:
„Bibliographie der Augendiagnostik"
in „Methodik und Grenzen", 7 und 8, 1977

HERGET, Horst:
„Grundsätzliches zu Zeichen und Pigmenten in der Iris
und deren physiologische Zusammenhänge"
in „Acta Biologica" Pascoe, Giessen, 1/62, 3/62, 5/63, 1/64, 3/66, 2/67

JAROSZYK, Günter:
„Augendiagnostik"
Medizin Verlag Jaroszyk, Solms/Lahn 1978

KABISCH, Ernst Hugo:
„Die Irispigmente und ihre Deutung für die Therapie",
Eigenverlag, Uslar o. J.

KRIEGE, Theodor und LINDEMANN, Günther:
„Grundbegriffe der Irisdiagnostik",
Iris Verlag, 6. Aufl., Osnabrück 1978

LANG, Walter:
„Die anatomischen und physiologischen Grundlagen der Augendiagnostik"
Karl F. Haug Verlag, Ulm 1954

MARKGRAF, A.:
„Bilderatlas der Augendiagnose"
3 Bände, Eigenverlag, Bad Lauterberg o. J.

SCHIMMEL, Helmut:
„Grundsätzliches zu Zeichen und Pigmenten in der Iris und deren physiologische Zusammenhänge",
in „Acta Biologica" Pascoe, Giessen, Heft 2/64, 3/65, 1/66, 2/66

III. Die Endokrine Kybernetik

Joachim B r o y, München

Inhalt:

Einführung	1.
Iris und Endokrinum	2.
hypothalamisch-limbisches System	3.
Der Informations-Kreislauf bei der hormonellen Regelung	4.
Das Prinzip der Funktionsregelung einer Drüse	5.
Allgemeine Iriszeichen bei Überfunktion einer Drüse	6.
Allgemeine Iriszeichen bei Unterfunktion einer Drüse	7.
Iriszeichen bei schweren organischen Veränderungen einer Drüse	8.
Verschiedene Lakunenformen	9.
Iriszeichen bei funktioneller Hypophysen-Insuffizienz	10.1.
Iriszeichen bei erworbener funktioneller Hypophysen-Insuffizienz	10.2.

Das vegetativ-endokrine Syndrom der Frau	11.
Neurolymphatische Konstitution	11.1. und 2.
Hydrogenoide Konstitution	11.3.
typisches Gefäßbild	11.4.
Die Regulation der Schilddrüsen-Hormone	12.
Hypothyreose und Kropfbildung	12.1.
Irisbilder bei Schilddrüsen-Insuffizienz	12.2.
Auswirkung einer Schilddrüsen-Überfunktion auf den Organismus	12.3.
Hyperthyreose	12.4.
Der „Teufelskreis" der Thyreotoxikose	13.
Die homöopathische Therapie bei Schilddrüsen-Unterfunktion	14.
Die homöopathische Therapie bei Schilddrüsen-Überfunktion	15.
Hypothalamus-Hypophysen-Wirkung	16.
Förderung/Hemmung des Glycogens	17.
Erhöhung des Blutzuckerspiegels	18.
Nebennierenrinden-Überfunktion	19.
Funktionshemmung der NNR	20.

Diagramm des Calciumhaushaltes   21.

Zusammenfassung   22.

Literaturverzeichnis   23.

1. Einführung

Die Erkennung endokriner Störungen und Erkrankungen im Rahmen der Augendiagnose ist außerordentlich schwierig. Daß sich dieses Problem gleichermaßen der klinischen Diagnose stellt, sei nur am Rande vermerkt. Die Unzulänglichkeiten unserer medizinischen Modellvorstellung wird hier besonders deutlich. Das Thema ist vom landläufigen Gesichtspunkt der Funktions- und Organpathologie nicht zu bewältigen. Moderne Geisteswissenschaften, zusammengefaßt in der Kybernetik, erlauben in Bezug auf das Hormonsystem ein tieferes Verständnis als die klassische Physio-Pathologie (Organisations-System-Informations-Kommunikations-Regelungs-Automatentheorie).

Die Kybernetik befindet sich in erstaunlicher Expansion und man darf zu Recht behaupten, daß kein Teilgebiet der Naturwissenschaften mehr auf sie verzichten kann. Ohne die Kybernetik wären die Fortschritte in diesen Sachbereichen nicht denkbar. Nach ihrem Begründer, Norbert WIENER, ist die Kybernetik die Wissenschaft von Regelung und Information, angewandt sowohl „auf Lebewesen als auch auf unbelebte Maschinen".

STEINBUCH: „Kybernetik ist die Wissenschaft von den informationellen Strukturen im technischen und außertechnischen Bereich."

PARSEGIAN: „ ... biologische Erkenntnisse beruhen zu einem großen Teil auf der Einengung des Studiums komplexer Phänomene auf das Studium ihrer Elemente. Letzten Endes aber muß man doch den Körper als Organismus, als ein funktionierendes, denkendes, sprechendes „Ganzes" auffassen, will man ein sinnvolles Bild von dem gewinnen, was den Körper ausmacht. — ... reduziert man das „Ganze" auf seine Teile, dann gehen höchstwahrscheinlich die Eigenschaften des ‚Ganzen' verloren."

Die Konfiguration eines Organismus, der morphologische Aspekt substanzieller Konstruktionselemente, sind für die Kybernetik von geringerem Interesse als das Verhalten der Ganzheit.

„Die Einheit der Natur äußert sich in den Gesetzmäßigkeiten, d. h., in den Beziehungen zwischen den Strukturen, weniger in den Strukturen selbst" (EIGEN/WINKLER).

Das „Organ" ist kybernetisch als Strukturelement der Person zu verstehen, das Gefüge und Wirkung in sich vereinigt als „Wirkgefüge".

In der **Augendiagnose** wie in der Naturheilkunde wird seit jeher Organ und Funktion als Ganzheit betrachtet.

Biologische Funktionsketten unterliegen der Gesetzmäßigkeit von Algorithmen. Ohne Planmäßigkeit in der Durchführung funktioneller Unterprogramme, ohne Kommunikation der Systeme und Untersysteme untereinander und ohne Kontrolle mit Hilfe rückkoppelnder, informationsverarbeitender Strukturen ist die Erhaltung des Lebens nicht vorstellbar. Die assoziative Verbindung externer Signale mit internen Informationen ist für jeden Organismus die Grundvoraussetzung, in seiner natürlichen Umwelt zu überleben, deren einzig konstanter Faktor der permanente Wechsel der Bedingungen ist. Die entwicklungsgeschichtlich älteste intraorganismische Kommunikation wird durch das biochemisch-humorale Informationssystem wahrgenommen, von dem wiederum das endokrine Drüsensystem Gegenstand unserer Betrachtungen sein soll.

Jedes Lebewesen stellt eine „Organisation" dar. Sie läßt weitere Unterteilungen zu; in Unterorganisationen, Systeme, Untersysteme und Regelkreise. Der Inbegriff des Lebendigen äußert sich nicht in der Existenz seiner substanziellen Bestandteile (diese sind ja auch nach dem Ableben noch vorhanden), sondern in der

III

Intaktheit des Organisationsprinzips. Die Behauptung ist sicher nicht zu weit gegriffen, daß die Organisation ihre Konstruktionselemente letztlich selbst gestaltet. Bei der Analyse der Evolutionsmechanismen und der konstitutionellen Ausformung der Person läßt sich diese Auffassung unschwer belegen. Eine Organisation ist nur mittels kommunikativer Nachrichtensysteme betriebsfähig; einlaufende Daten müssen empfangen und verarbeitet werden, Entscheidungen getroffen und neue Impulse ausgesandt werden. Diese These der Kybernetiker: „Die Information ist der Kitt der Gesellschaft" kann zwanglos auf das Individuum übertragen werden. „Die interne und externe Informationsübertragung ist der Kitt lebendiger Organismen." Information ist die Voraussetzung zu einem zieladäquaten Organisationsverhalten und erhöht, zusammen mit unzähligen internen Regelkreisen, die Varietät einer Organisation. Ein störungsfrei arbeitendes Hormonsystem erweitert die Grenzen der Anpassungsfähigkeit und erhöht nicht nur die Überlebenschancen, sondern setzt das Individuum in den Stand, auch Extremsituationen zu bewältigen, ohne dabei zu erkranken. **Endokrine Störungen sind identisch mit Fehlinformationen.** Die Folge ist inadäquates Verhalten auf äußere Störungen und (im Sinne der Automatentheorie) äquivalentes Reagieren und Spontanverhalten. Für die Praxis bedeutet das: Der Organismus versucht mit immer wieder gleichartigen, und damit meist ungeeigneten Methoden Gesundheitsstörungen zu beseitigen; auf v e r s c h i e d e n e Reize produziert er immer wieder die g l e i c h e n Reaktionen. Dieses Phänomen ist uns als **„Diathese"** wohlbekannt; auf unterschiedliche Reize (thermische, chemische, psychische) wird beispielsweise jedesmal mit einem Katarrh geantwortet (katarrhalisch-exsudative Diathese).

Wie die vorangegangenen Ausführungen bereits ahnen lassen, werden sich endokrine Störungen vorwiegend in den Erfolgsgeweben und -organen manifestieren.

Wenn der Mensch ein einfacher Automat mit nur zwei Zuständen wäre, nämlich den Zuständen: Z_1 = gesund und Z_2 = krank, könnten die Funktionsabweichungen durch Z u o r d n u n g definiert werden (Befund A = Z_1; Befund B, C, D = Z_2).

Ebensowenig sind Rangordnungen der Befunde vertretbar.

(Befund A > B; Befund C < D)

Die Erkennung biologischer Zustände entzieht sich der simplen Methode der Interpolation, ganz besonders in der Endokrinologie. Die **augendiagnostische Systemanalyse** hormoneller Störungen kann darum nicht nur Sektordiagnostik sein, sondern ist das Ergebnis modellhaft-geistiger Verknüpfung unter Einbeziehung aller Aussagen des ganzen Menschen. Der Anfangszustand eines Systems (hier Konstitution-Disposition-aktuelle, funktionelle Situation) ist nicht immer mit Sicherheit zu ermitteln — nicht einmal bei realen Automaten. Das hormonelle Konzept des Menschen ist einzig und allein informativer Natur. Darum wird auch dem Faktor Zeit, wie in jeder Informationskette, seine besondere Relevanz nicht abzusprechen sein. Gerade zeitliche Unsymmetrien haben ihre Ursachen ausschließlich in den Anfangsbedingungen* — nicht so sehr auf den kooperativen Gesetzlichkeiten der Drüsen untereinander. Fehlinformationen führen zu pathologischen Zuständen, auch bei organisch intakten Hormondrüsen. „Information ist ein Maß der Ordnung" (SHANNON). Auch diese Probleme hat die Augendiagnose mit der klinischen Diagnose gemeinsam. Die Beurteilung hormoneller Zustände wird noch dadurch beträchtlich erschwert, daß die endokrinen Drüsen ein vernetztes Regelsystem bilden, in dem beinahe jeder jeden im positiven oder negativen Sinne beeinflußt. Das hat zur Konsequenz, daß eine hormonelle Fehlleistung noch keinen Rück-

---

* z. B. die vegetative Ausgangslage oder das aktuelle psychische Verhaltensmuster

schluß auf die organische Tätigkeit der zugehörigen Drüse erlaubt. Eine ausschließliche Hormontherapie wird sich daher in vielen Fällen selbst ad absurdum führen. Ebensowenig ist zu erwarten, daß beim Vorliegen einer Schilddrüsen-Insuffizienz sich in jedem Falle eine Lakune im Sektor vorfindet. Ihr Fehlen ist nicht beweisend für Normalfunktion. Die Schuld geht andererseits in diesem Punkte nicht zu Lasten der Augendiagnose.

Leider wird die Effektivität der Hormone an der **Zell-Grenzmembran** noch weiter kompliziert. Sie hängt nämlich weitgehend von der Sensibilität der Membranrezeptoren ab. Über ein Rezeptor-Protein und einen „zweiten Messenger" (Adenylat-Zyklase-System) erfolgt erst die Gen-Aktivierung und damit die Veranlassung der Enzymsynthese. Die Sensibilität der Erfolgsorgane weist unterschiedliche Werte auf und wechselt mit den inneren und äußeren Bedingungen. Im Wachstumsalter etwa ist die Thyroxinwirkung größer als im Erwachsenenalter und im Klimax der Frau die Sensibilität für Östrogene geringer.

Auch die quantitative Verteilung der Hormone ist nicht konstant; sie ist situationsabhängig. Beständig ist lediglich das Bestreben, eine Ordnung zu erzielen. Es wäre jedoch falsch, Ordnung mit harmonischem Gleichmaß zu verwechseln. Analogien zur thermischen Wahrscheinlichkeit sind dabei unübersehbar. Demgemäß ist der aktuelle Stand des hormonellen Spektrums nicht ohne weiteres erkennbar. Selbst exakte analytische Untersuchungen, da im Faktor „Zeit" dimensioniert, könnten nur ein annäherndes Abbild vermitteln.

„Ordnung" ist also als Zustandsgröße zu definieren, sie ist charakteristisch für jedes objektivierbare, real existierende System. Für die Praxis hat das zur Konsequenz, daß die hormonelle Situation nur für einen längeren Zeitraum zu bestimmen ist. Absolutwerte für die effektive Potenz einzelner Drüsen sind hierbei jedoch nicht zu erwarten, da die Verfügbarkeit der Hormone in Relation von Produktion und metabolischem Abbau zu sehen ist. Es wird daher vorgeschlagen, analog zur Entropielehre, die Zustandsfestlegung mit dem Terminus „Komplexion" zu belegen. Der hormonelle Status besteht weder aus einer Menge konstanter Faktoren (mit Pendeln um einen Normwert), noch ist er als einfache lineare Funktion von Bedingung und Produktion anzusehen.

Richtig ist vielmehr, daß das hormonelle System unzählige Zustände (Komplexionen) annehmen kann, wobei die einzelne Drüse unterschiedliche Funktionsgrößen annimmt. Es bedarf in diesem Zusammenhange der Unterstreichung, daß eine organisatorische Normalität auch durch verschiedene Komplexionen realisiert werden kann, denn alle können durch eine stabile Gleichgewichtslage charakterisiert sein (Gesundheit-Wohlbefinden). Selbstverständlich sind dabei die Parameter einzelner Drüsen nicht für das ganze System repräsentativ. Gesundheit und biologische Leistungsfähigkeit bedeuten, daß ein Gleichgewichtszustand solange aufrechterhalten wird, bis innere und äußere Bedingungen einen Übergang in einen anderen stabilen Zustand notwendig machen — daß jedoch andererseits kein spontaner, zweckfreier Zustandswechsel eintritt.

Da das Endokrinum ein System mit Fließgleichgewicht darstellt, sind mit Hormonsynthese und -abbau relativ rasche, situationsadäquate Anpassungen möglich, wenn auch nicht in der Geschwindigkeit des vegetativen Nervensystems. Daß zwischen diesen beiden kybernetischen Regelstrukturen enge kommunikative Beziehungen bestehen ist bekannt und wird nicht näher erörtert werden. Die Zahl der möglichen Gleichgewichtszustände, die ein Organismus zu realisieren imstande ist, entzieht sich ganz unserem Vorstellungsvermögen.

„Die Bezeichnung Leben umfaßt eine komplexe Vielfalt von Erscheinungen, und eben diese Vielgestaltigkeit sehen wir als eines ihrer wesentlichsten Merkmale an" (EIGEN/WINKLER).

Man wird im Einzelfalle berechtigte Zweifel hegen müssen ob Bezeichnungen wie Drüsenüber- resp. -unterfunktion überhaupt gerechtfertigt sind. Die offensichtliche Dysfunktion einer Drüse ist kaum als isoliertes, organisches Ereignis zu verstehen. Die Möglichkeit der Überfunktion einer gegenkoppelnden Drüse wird nie auszuschließen sein.

Beispiele:

Überfunktion/Nebennierenmark

    hat zur Folge   Unterfunktion/Schilddrüse

Überfunktion/Schilddrüse

    hat zur Folge   Unterfunktion/Sexualdrüsen

Unterfunktion/Nebennierenrinde

    hat zur Folge   Überfunktion/Thymus

Diese Tatsachen schließen therapeutische Konsequenzen ein. Ein Eingriff an einer einzelnen Drüse, welcher Art auch immer, wird das Gesamtsystem in einen indifferenten Zustand überführen, der uns von der Lösung des Problems nur noch weiter entfernt. Diesbezüglich verhält sich das Endokrinum wie ein Ökosystem; wenn e i n Faktor verändert wird, werden zugleich alle anderen Faktoren ebenfalls mit verändert. Unter Umständen wird die hormonelle Situation instabil. Der Verlust des Gleichgewichts zerstört, zumindest vorübergehend, die Einheit der menschlichen Organisation. Nur im Zustand des stabilen Gleichgewichtes ist ein Maximum an Realisierungsmöglichkeiten garantiert.

Iris und Endokrinum

Es ist konsequenterweise von der Irisdiagnose nicht zu erwarten, daß sie Rückschlüsse auf stationäre Aktualzustände einzelner Drüsen zuläßt. Vielmehr erlauben die Befunde lediglich Aussagen über die statistische Wahrscheinlichkeit bezüglich des Privilegs bestimmter hormoneller Komplexionen. Man wird sich ebenso von dem liebgewordenen Gedanken trennen müssen, es gäbe grundsätzlich nur eine, in sich harmonische hormonelle Komplexion, die allen Bedingungen gerecht wird. Die Ausformung iridologischer Konstitutionen bei durchaus gesunden und leistungsfähigen Menschen beweisen das Gegenteil. Das Zusammenwirken äußerer Bedingungen und innerer konstitutioneller Voraussetzungen erfordert unzählige endokrine Konzeptionen der Organisation „Mensch", um sie an die Varianten der Innen- und Außenwelt anzupassen.

Die Iris vermag dennoch wertvolle Auskünfte zu erteilen, die nachfolgend interpretiert werden sollen.

Generell gilt, daß bei einem auffälligen Drüsenzeichen auch die anderen Drüsenfelder inspiziert werden müssen. In der Regel sind in einigen strukturelle Veränderungen feststellbar, nicht selten solche, die auf genetische Defekte schließen lassen. Ebenso sind eine Reihe von Pigmenten typisch für endokrine Erkrankungen. Den größten Raum nehmen allerdings die Diabetes-Pigmente ein. **Pigmente** sind bekanntlich immer Anzeichen für das Auftreten toxischer Metaboliten und bei endokrinen Störungen durchaus nicht ungewöhnlich. Diabetes-Pigmente haben mit Sicherheit keine spezifische Beziehung zu den Inselzellen. Infolge der komplizierten Vernetzung des Drüsensystems (die Inselzellenfunktion wird vom HVL, dem Thymus und dem NNM inhibiert) kann der Anstieg des Blutzuckerspiegels auch durch andere Drüsen bewirkt werden. Dabei sind Leber und A-Zellenfunktion noch nicht berücksichtigt. Da die Leber den größten Teil der Hormone abbaut, wird man diesem Organ diagnostisch erhöhte Aufmerksamkeit zuwenden müssen. (Beispiel: Gynäkomastie bei der männlichen Leberzirrhose infolge relativer Östrogenzunahme). Andere Drüsenstörungen werden ihre Zeichen in den Feldern der betroffenen Erfolgsorgane setzen. So kann eine schwache Verdunkelung mit vereinzelten hellen Radiären im linken Herzfeld das einzige Zeichen einer Überfunktion des Nebennierenmarkes sein. Da der Sympathikus die Ausschüttung von Adrenalin und Noradrenalin steigert, ist es notwendig, auch nach derartigen Anzeichen zu suchen. (**Mydriasis,** lebhaftes Pupillenspiel, mangelhafter Schließreflex der Pupille, Glanzauge, weite Lidspalte usw.) Das Auftreten von **Tophi** gilt, wenn sie ziliarrandständig und unscharf begrenzt sind, als Zeichen einer lymphatischen Hyperplasie. Es kann sich jedoch dahinter, besonders im Erwachsenenalter, eine Überfunktion der Nebennierenrinde verbergen. Konstitutionelle Merkmale gilt es ebenfalls in Betracht zu ziehen, da diese regelmäßig bestimmte hormonelle Komplexionen anzeigen. Mesenchymale Hypoplasie, die „**Maßliebcheniris**" sind bekannte Beispiele für eine allgemeine endokrine Insuffizienz. Charakteristisch für die hydrogenoide Konstitution ist der Defekt der homöostatischen Kontrolle auf der hypophysär-hypothalamischen Ebene und der Nebennierenrindenfunktion. Bei der atonisch-asthenischen Konstitution ist die Insuffizienz der Nebennierenrinde der maßgebliche Faktor.

Wie jedes Gewebe synchronisiert auch das Drüsengewebe seine Tätigkeit mit den eintreffenden Reizen. Die alten iridologischen Termini „**Unterreizung—Überreizung**" verweisen bereits auf die funktionellen Größenordnungen und sind in diesem Zusammenhang zutreffend.

Aufhellung im entsprechenden Sektor

= Überreizung/Überfunktion

Auflockerung/Verdunkelung im entsprechenden Sektor

= Unterreizung/Unterfunktion

Daß es von dieser Regel Ausnahmen gibt, sei nur am Rande vermerkt. Dennoch lassen sich bereits aus diesen einfachen Zeichen wertvolle Hinweise entnehmen. Daß sich die Drüsenfelder grundsätzlich peripher der Krause in der humoralen Zone projizieren, darf als bekannt vorausgesetzt werden.

Lakunen deuten genetisch determinierte Insuffizienzen an. Sie unterliegen im Laufe des Lebens nur geringen Veränderungen. Eine gewisse Variabilität bleibt jedoch erhalten. Wichtiger als die Kategorie der Lakunen selbst, sind deren perifokale Zeichen, wie helle Umrandungen, Reizradiären, Silberfäden, Pigmente usw.

Des weiteren sind die sektoralen Strukturveränderungen der Krausenzone und des Ziliarringes zu beachten.

Krausenzone im gleichen Sektor verdunkelt oder ausgeweitet, mit Krypten, deuten auf anabole Drüsenstörungen.

Krausenzone im Sektor aufgehellt: übersteigerter Anabolismus. Letzteres Zeichen ist ein sicherer Hinweis auf eine Überfunktion. Verwechslungen mit Erkrankungen des Magen-Darmtrakts sind möglich. (Anamnese!)

Verdunkelungen, Auflockerungen des sektoralen **Ziliarrandabschnittes** weisen auf strukturellen und geweblichen Umbau der Drüse hin und sind immer mit Insuffizienz verbunden. Nicht selten finden sich dabei auch Gefäßzeichen in der Sklera.

Solarstrahlen — radiale Lockerungszeichen — Astheniefurchen

Diese wurden bereits von LILJEQUIST beschrieben. Die letzte Bezeichnung drückt bereits aus, daß Schwächezustände und Tonusmangel vorhanden sind. Es handelt sich bei diesen Zeichen durchweg um „Nervenzeichen", besser gesagt, mangelhafte Impulse seitens des Hypothalamus, des Bindegliedes zwischen nervöser und humoraler Regulation. Im Bereich von 55'—5' sind sie am häufigsten. Sie dürfen an dieser Stelle nicht nur als Störung der Neuro-Sekretion des Hypothalamus ausgelegt werden, sondern gleichermaßen als insuffizientes Verhalten der **Neurohypophyse**. Es ist für die augendiagnostische Deutung nicht sehr glücklich, wenn Neuro- und Adenohypophyse zu einem Organ zusammengefaßt werden; besitzt doch die Neurohypophyse eindeutig engere Beziehungen zum Hypothalamus als zum endokrinen System, was bereits aus ihrem histologischen Aufbau (Nervengewebe) und ihrer Funktion zu schließen ist. Der Neurohypophyse sind deswegen die Nervenzeichen, der **Adenohypophyse** die organischen und humoralen Zeichen zuzuordnen. Ähnliches gilt für das Nebennierenmark. Auch dieses besteht aus umgewandeltem Nervengewebe. Astheniefurchen deuten im Sektor 30' auf Insuffizienz der Drüse.

Helle Radiären — Zick-Zack-Radiären

Werden diese sonst in der Ziliarzone als Schmerz- und Kolikzeichen gewertet, sind sie in den Sektoren 55'—5' und bei 30' als Anzeichen der Überfunktion genannter Drüsen zu verstehen.

Es zeigt sich wieder einmal mehr, daß überfunktionelle Normabweichungen zusammen mit Schmerzzuständen und Koliken dem Oberbegriff der hyperkinetischen Syndromatik zuzuordnen sind.

Topographie der wichtigsten

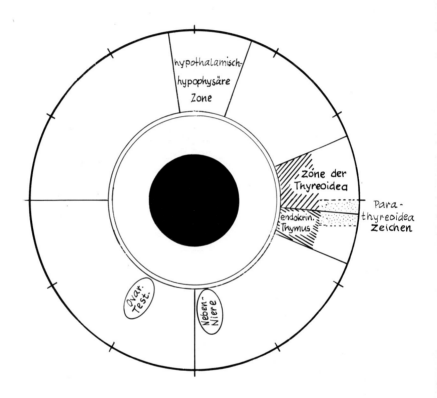

endokrinen Drüsenfelder in der Iris.

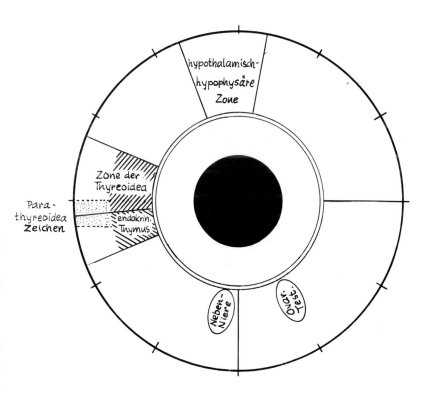

3. Hypothalamisch-limbisches System

Die Umweltsignale, die von den Sinnesorganen registriert werden, gelangen zum hypothalamisch-limbischen System und werden dort auf ihre Wertigkeiten überprüft. Entsprechende Steuersignale veranlassen daraufhin das Vegetativum (Endokrinum und vegetatives Nervensystem) zu zweckgerichtetem Verhalten.

Je nach Stellenwert der Sinnesempfindungen wird die Welt in einem anderen Ausschnitt erlebt. Aktuelle Stimmungslagen spielen bei der Bewertung eine wesentliche Rolle. Das Zentralnervensystem, das über die eingehenden Wahrnehmungen informiert wird, wirkt mit bei der Informationsverarbeitung und steuert weitere, die Empfindungen modifizierende Daten bei (z. B. Antipathie, Ästhetik, psychische Bereitschaft, angenehme oder unangenehme Erfahrungen).

Alle diese Vorgänge dienen der Umwelt-Situationsanalyse, so daß der Hypothalamus zu Recht das „Tor zum Bewußtsein" genannt wird.

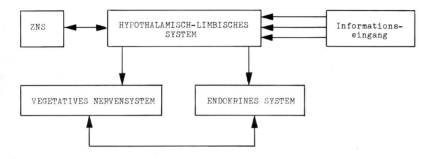

Der Hypothalamus-Umschaltstelle zwischen Sinnesempfindung und Vegetativum.

4. **Der Informations-Kreislauf bei der hormonellen Regelung**

Die autonome Regelung des hormonellen Systems erfordert verschiedene Kontrollen und Rückkoppelungen. Nur so ist zusammen mit der Hormonsynthese und dem Hormonabbau ein situationsadäquater Hormonspiegel zu erzielen. Der Nachteil der hormonellen Regelung gegenüber der des VNS ist ihre geringe Reaktionsgeschwindigkeit. Diese Tatsache macht eine größere „Lagerhaltung" notwendig. Sie ist beim Endokrinum jedoch leichter zu verwirklichen als beim vegetativen Nervensystem. Um auch Notfallsituationen zu bewältigen sind Speicher erforderlich. Im Nebennierenmark wird die Hormonabgabe aus dem Speicher durch das Nervensystem kontrolliert.

Der Vorteil der hormonellen Regelung ist zweifellos ihre größere Stabilität gegen Schwingungserscheinungen, die bei „schnellen Reglern" gelegentlich unvermeidlich sind. Im Zusammenspiel beider Systeme, bei gegenseitiger Gegenkoppelung, ist so eine optimale Regulierung der physiologischen Funktionen zu erreichen.

Den größten Gewinn, den die Natur jedoch aus der hormonellen Regelung erzielen konnte, ist die große Kanalkapazität. Diese ist beim VNS um ein Vielfaches geringer. Bei großem Informationsfluß wird daher das VNS früher verstopft. Jeder Signalstau führt zwangsläufig zur Deformierung der übertragenen Informationen, was man **„vegetative Dysregulation"** nennt. Der „Organisation Mensch" bietet sich in diesem Falle die Alternative der Umschaltung auf das endokrine System. Ob dann Hypothalamus-Blockade und Hormontherapie wirklich die ultima ratio darstellen, bleibt dahingestellt.

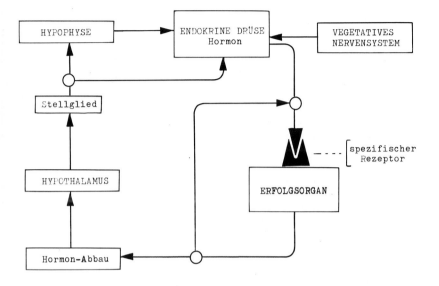

5. Prinzip der Funktionsregelung einer Drüse

Die hormonelle Regelung ist ein Organisationsprinzip des Lebens. Ihre Effektivität kann nur an der Ganzheit des Organismus beurteilt werden. Die aus dieser Ganzheit isolierte Drüse ist weder repräsentativ für das ganze System, noch erlaubt ihre aktuelle Funktion irgendwelche diagnostischen Rückschlüsse. Jede Drüse wird letztlich von jeder nach vorbestimmten Spielregeln im anregenden oder dämpfenden Sinne beeinflußt. Dabei müssen fusionierende Steuerelemente angenommen werden. Zahlreiche Rückkoppelungen verhindern wiederum eine explosive Hormonausschüttung. Das vegetative Nervensystem bleibt bei diesen Schemata unberücksichtigt. Es darf mit Sicherheit angenommen werden, daß noch einige Verbindungen der Drüsen untereinander unbekannt sind. (Die Computer-Simulation endete bei allen Versuchen mit einer Regler-Katastrophe!)

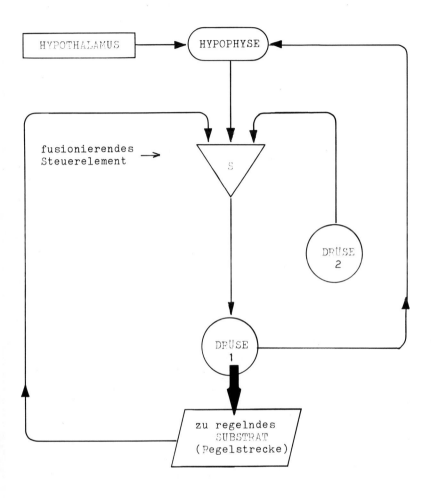

Prinzip der Funktionsregelung einer Drüse (1) durch
Hypophyse, einer zweiten endokrinen Drüse (2) und
   durch das betroffene Gewebe.

Die Verknüpfung der

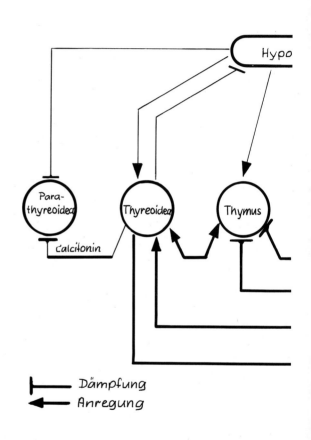

⊢──── Dämpfung
◄──── Anregung

hormonalen Regulation

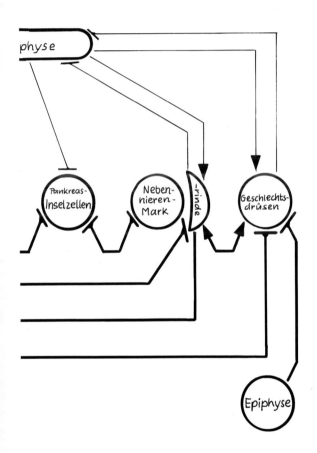

6. Allgemeine Iriszeichen bei der Überfunktion einer Drüse

6.1. Faseraufhellung im Sektor

6.2. Verdickte oder geringelte Radiären im Sektor

6.3. Helle, verschmierte Faserbündel im Sektor

6.4. Aufhellung der sektoralen Krausenzone als Zeichen eines verstärkten Anabolismus der Drüse

6.5. Eckige, hell umrahmte Auszackung der Krause mit vereinzelten hellen Fasern in der Krausenzone. Zeichen für verstärkten Anabolismus und erhöhte Hormonausschüttung der Drüse.

6.6. „Neuronennetze" am Krausenrand in der humoralen Region; (toplabil!), Zeichen für Übererregung im hypothalamisch-limbischen System.

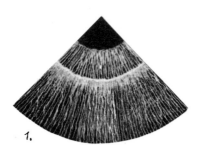
1.

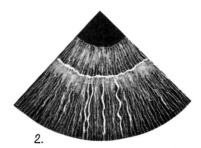
2.

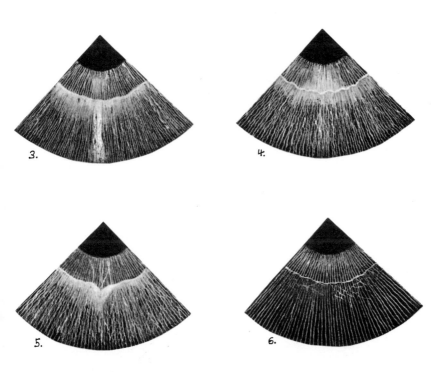

Iriszeichen bei Drüsenüberfunktion

7. Allgemeine Iriszeichen bei der Unterfunktion einer Drüse

7.1. Verdunkelung des zugehörigen Irissektors durch Stroma-Auflockerung und Stroma-Lücken.

7.2. Verdunkelung des sektoralen Ziliarrandes.

7.3. Verdunkelung und Stromalücken des zum Sektor gehörigen Krausenzonenabschnittes (anabole Insuffizienz).

7.4. Astheniefurchen und Solarstrahlen im Sektor und seiner Umgebung (gilt vorwiegend für Hypothalamus und Nebennierenmark).

7.5. Halbseitenlakune im zugehörigen Sektor (organisch bedingte, zunehmende Insuffizienz der Drüse.

7.6. Krypten- und Wabenstrukturen im Sektor, besonders wenn die Krause dabei nach zentral eingedrückt ist (bindegewebige Proliferation oder degenerativer Umbau der Drüse).

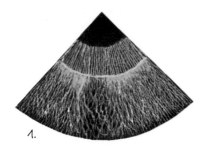
1.

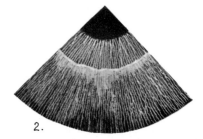
2.

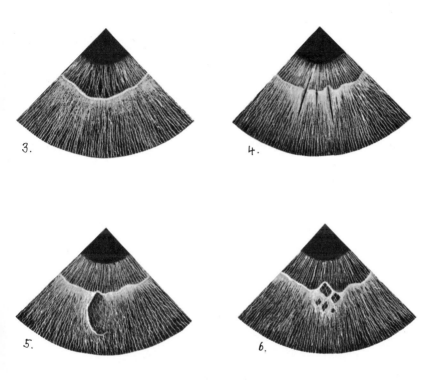

Iriszeichen bei Drüsenunterfunktion

III

8. **Zeichen für schwere organische Veränderungen einer Drüse**

8.1. **Keilzeichen** (rechts), das scheinbar zur Krausenzone gehört. Das Zeichen durchstößt die Krause und reicht bis zum Pupillenrand (erworbene Hemmung des anabolen Stoffwechsels, Minderung der Blutversorgung durch Stauung). Links daneben zum Vergleich echtes, zur Krausenzone gehöriges Keilzeichen!

8.2. „**Schwellungszeichen**". Es handelt sich dabei um keine Lakune, es enthält keine Krypten! (Versagen der sensiblen Nerven – immer erhebliche funktionelle Leistungsminderung. Übergang in organisches Leiden ist möglich, desgl. in ein malignes Geschehen).

8.3. „**Schweres Auflockerungszeichen**". Multiple, lakunenähnliche, hell umgrenzte Bildungen in lockerem, oft streifigem Stroma; jedoch nicht, wie Lakunen im Niveau eingesunken (Schwerwiegende Organinsuffizienz wegen Durchblutungsstörungen. Geringe Resistenz).

8.4. „**Lakunen-Nest**". Hellumrandete, teils offene, teils geschlossene Lakunen, die Krause eindrückend (Ausfall der Drüsenfunktion infolge geweblichen Umbaues des Organs).

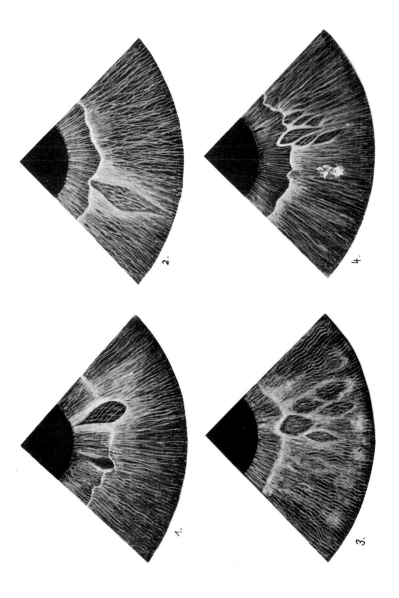

9. Verschiedene Lakunenformen

9.1. Maßliebchen-Iris

Pluriglanduläre Insuffizienz. Stoffwechselstörungen, vermehrte Schlackenbildung. Wegen der allgemeinen Drüsenschwäche besteht Leistungsminderung und Resistenzschwäche. Disposition zu Wasserretentionen.

9.2. Riesenlakunen

Familiäre Disposition zu verschiedenen Stoffwechselerkrankungen, besonders Diabetes (sekretorische Drüseninsuffizienz). Das Zeichen ist nur bedingt organbezüglich!

9.3. Kreuzblume

Gelegentlich bei Drüsen-Tumoren. Topolabil!

9.4. Blattrippenlakune

Unspezifisches Zeichen bei endokrinen Störungen. Ist auch bei Drüsentumoren anzutreffen.

9.5. Bohnenzeichen

Keine Lakune sondern muldenförmiges Zeichen! Am peripheren Rand plastische Auflagerungen. Thymus-Dysfunktion. Pubertäts-Psychosen.

9.6. Zigarrenlakune

Kein spezifisches Drüsenzeichen, jedoch besonders häufig bei Drüsen-Tumoren (auch der Brustdrüsen).

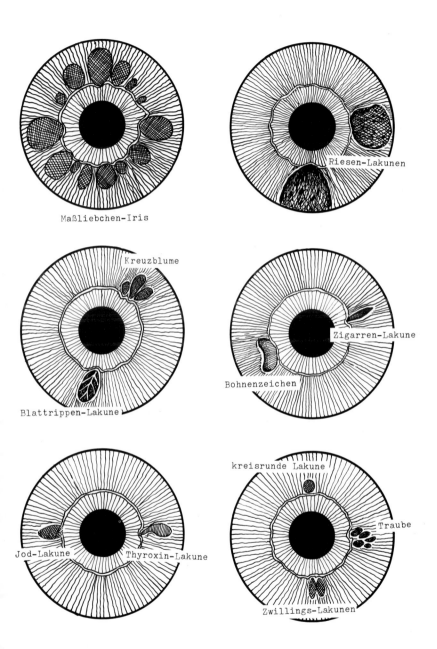

9.7. **Jod-Lakune**

Liegt, im Gegensatz zu allen anderen Lakunen der Krause breitbasig an. Mangelhaftes Jodspeicherungsvermögen der Schilddrüse (topostabil).

9.8. **Thyroxin-Lakune** (krummschnabelige Schnabellakune)

Zeichen für vegetativ bedingte hyperkinetische Syndrome, überwiegend mit Hyperthyreose vergesellschaftet. Auch topolabil! Auf dem Herzsektor bei Tachycardie. Perifokale braune bis schwarze Pigmente können ein Hinweis auf ein malignes Geschehen sein.

9.9. **Kreisrunde Lakune**

Nach ANGERER ist sie, wenn auf dem Hypophysensektor oder den Feldern der hypophysotropen Drüsen lokalisiert, ein Zeichen für Wasser- und Elektrolythaushaltsstörungen.

9.10. **Traube**

Kleine geschlossene, dunkle Lakunen mit traubenförmiger Anordnung. Bindegewebiger Umbau der Drüse, insbesondere der Schilddrüse; Kropf.

9.11. **Zwillingslakune**

Gelegentlich bei gutartigen Tumoren der Nebennieren.

Iriszeichen bei funktioneller Hypophysen-Insuffizienz 10.1.

Die hormonelle Dysfunktion der Hypophyse zeigt sich nach ANGERER am häufigsten durch Ausbildung eines fleischfarbenen Pigments. Sie bleibt nie ohne Folgen auf die anderen Hormondrüsen. Schon bei geringgradiger konstitutioneller Insuffizienz zeigen sich Insuffizienzzeichen (Verdunkelungen) in den Sektoren der Schilddrüse und der Keimdrüsen. Die Verdunkelung des Schilddrüsensektors kann auch fehlen, es kann sogar eine Aufhellung vorhanden sein, wenn die betreffende Person in der Jugend erregenden Ausnahmesituationen, Streß, ausgesetzt war. (Die Kombination: hypophysäre Insuffizienz und Hyperthyreose war in der Nachkriegszeit, z. T. sogar noch heute, bei den Menschen zu sehen, die als Kinder oder Jugendliche die Bombenangriffe in den Großstädten miterleben mußten.)

Die psychischen Veränderungen bei einer hypophysären Insuffizienz der vorgenannten Art sind äußerst komplex und nicht generell darzustellen. Am häufigsten läßt sich eine gestörte soziale Einpassung des „ICH" in die Umwelt, Indolenz mit mangelhafter Impulsivität und der bekannten „hypophysären Gutmütigkeit", feststellen. Eine geradezu vertrauensselige Euphorie ist nicht selten.

Bei gleichzeitiger Hyperthyreose wird das Bild allerdings durch die nervöse Unruhe und erhöhte Reizempfindlichkeit stark modifiziert.

Homöopathische Therapie: Calc. carb. — Graphites — Silicea — Pulsatilla — Hypophysis D 3

Bei gleichzeitiger Hyperthyreose: Nux vomica (Erethismus und Gastrizismus)

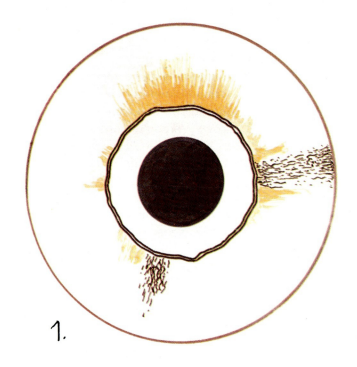

1.

Typische Irisbilder bei funktioneller

10.2. Erworbene funktionelle hypothalamisch-hypophysäre Insuffizienz

Auch funktionelle Insuffizienz der Hypophyse führt mit der Zeit zur Nebenniereninsuffizienz (Astheniefurchen, Nebennierenrinden, Lakune, Beerenstrauch-Pigment). Die zirkuläre Rasterung in der humoralen Region an der Krause gilt als Zeichen mangelhafter Glykogenspeicherung in der Leber.

Die wesentlichen Beschwerden sind: allgemeiner Tonusmangel, konstitutionelle Hypotonie, Asthenie mit Gewichtsreduktion,

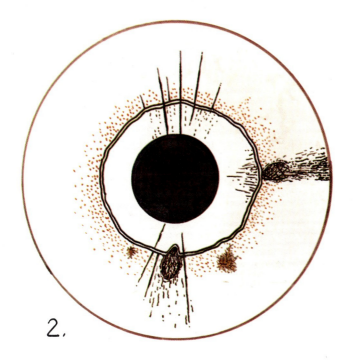

2.

Insuffizienz der Hypophyse

Hypoglykämie, orthostatischer Schwindel, „Beinmüdigkeit". Das Herz weist eine deutlich reduzierte Belastbarkeit auf, was sich im zugehörigen Sektor als Verdunkelung der Krausen- und Ziliarzone abzeichnet.

Homöopathische Therapie: Calc. hypophosphorosum — Ambra — Sepia — China — Camphora — Strychninum phos. — Cinnamomum — Hypophysis D 3 — Gland. suprarenalis D 3

11. Das vegetativ-endokrine Syndrom der Frau

Das vegetativ-endokrine Syndrom der Frau (CURTIUS/KRÜGER 1952) wird als Beispiel des Zusammenwirkens von endokrinem und neurovegetativem System herangezogen.

Diese beiden großen Steuer- und Regelsysteme sind, wie bekannt, mehrfach miteinander kybernetisch vernetzt. Das ist der Grund für das besonders auffallende Hervortreten der extragenitalen Hormonwirkung des Ovariums. Dabei wird regelmäßig die Trias deutlich:

1. konstitutionelle Ovarialinsuffizienz

2. konstitutionelle Vasolabilität

3. habituelle Obstipation

In unterschiedlicher Verteilung, offensichtlich infolge spezieller konstitutioneller Bahnung, gesellen sich weitere Funktionsstörungen dazu, die in nachfolgender Tabelle aufgeführt werden. Sie manifestieren sich häufig in den dargestellten Irisbildern.

Irisbilder zum vegetativ-endokrinen Syndrom der Frau

Das vegetativ-endokrine Syndrom der Frau

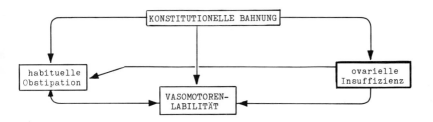

11.1. Neurolymphatische Konstitution

Spasmophile Krausenkonfiguration, Kontraktionsfurchen, helle Zickzackfasern im Sektor des Herzens und in den Kopfzonen.

11.2. Neurolymphatische Konstitution

Dunkle Radialfurchen in der Krausen- und Ziliarzone, meist vom Pupillenrand ausgehend, vorwiegend bei 30' und 60'. Dunkler Ziliarrand.

11.3. Hydrogenoide Konstitution

„Wolken" und Tophie in der Ziliarzone. Helle, verschmierte Stellen am Ziliarrand.

11.4. Typisches Gefäßbild

Relativ dünne Gefäße mit spindelförmigen Kaliberauftreibungen als Zeichen der angioneurotischen Symptomatik. Dreieckförmige Auftreibungen an einigen Gefäßverzweigungen (Insuffizienz der präkapillaren Schleusenmuskeln). Spasmen in der terminalen arteriellen Strombahn.

Stenokardie (1)

Akroparaesthesien (G)

habitueller Kopfschmerz
Migräne   (1)

Dermographismus

Schwindel-und
Ohnmachtsneigung (2)

kalte Extremitäten
Frösteln   (2,G)

vasomotorische Ödeme
(Finger,Unterschenkel) (3)

erhöhte Schweißneigung (3)

Akrozyanose (G)

Cutis marmorata

<u>Ovarialinsuffizienz:</u>
Amennorrhoe
Hypermenorrhoe
Mensesunregelmäßigkeit
Frühmenarche
Hypogenitalismus

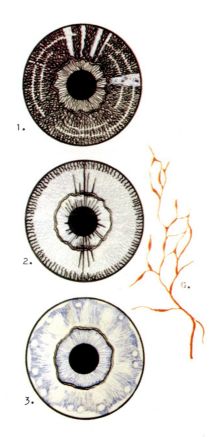

In Anlehnung an Curtis-Krüger: Das vegetativ-endokrine Syndrom der Frau

12. Die Regulation der Schilddrüsenhormone

Regelsysteme, deren Führungsgrößen durch das limbische System eingegeben werden. Äußere Einflüsse modifizieren über periphere Strukturen und den Hypothalamus die Drüsenfunktion in anregendem oder hemmendem Sinne.

Es ist im Rahmen dieses Buches unmöglich, auch nur annähernd die möglichen hormonellen Komplexionen vorzustellen. Repräsentativ für alle anderen soll die Schilddrüse im Rahmen eines kybernetischen Modells zur Darstellung gelangen. Es ist sicher gerechtfertigt, sie bezüglich ihres Stellenwertes unmittelbar nach der Hypophyse einzustufen, bestimmt sie doch, gerade in den Kleinkind- und Wachstumsjahren, die Ausformung von Konstitution und Persönlichkeit. In dieser Zeit ist der Organismus für das Thyroxin besonders sensibel. Das zweite Schilddrüsenhormon — Calcitonin — ist der wichtigste Antagonist des Parathormons und ist bei Jugendlichen ebenfalls wirksamer als bei älteren Menschen. Das Thyroxin gilt als Entkoppler der oxidativen Phosphorilierung, wodurch bei Überfunktion eine unökonomische Energieverwertung eintritt. Beim Jugendlichen potenziert das Thyroxin die Somatotropinwirkung. Die auffallende Größenzunahme in unserer hektischen Zeit ist mit Sicherheit auf diesen Sachverhalt zurückzuführen.

Bei der Schilddrüsenunterfunktion ist die Somatotropinsekretion der Hypophyse vermindert, Wachstum und Skelettreife sind reduziert, verlängerte Reflexzeit, Verlangsamung der Denkprozesse und Gedächtnisschwäche weitere Symptome. Mehr als alle Worte verdeutlichen die nachfolgenden Flußdiagramme die verwickelten Vorgänge.

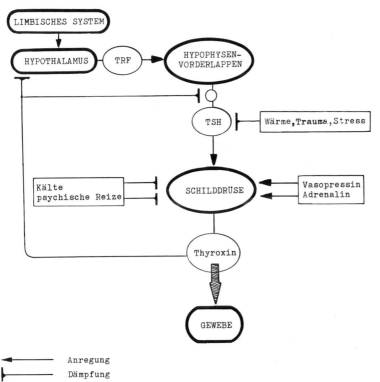

── Anregung
├── Dämpfung

TRF = Thyreotropin Releasing Factor
TSH = thyreoidea-stimulierendes Hormon (Hauptkontrolle der Drüsenfunktion)

12.1. Hypothyreose und Kropfbildung

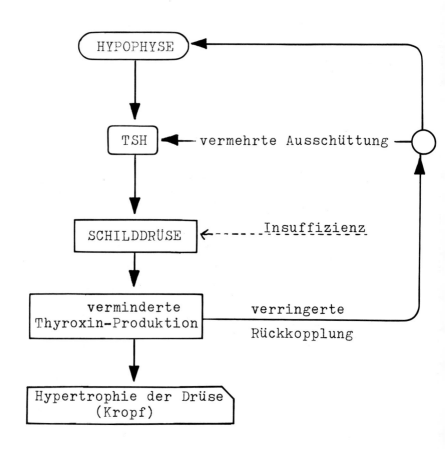

Die Hyperthyreose

12.2.

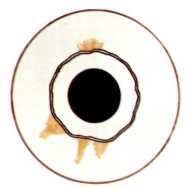

Das grau-beigefarbene Pigment

Häufigstes Aufteten in den Sektoren der Hypophyse,der Nebennieren,
der Geschlechtsdrüsen,des Pankreas und innerhalb der Krausenzone
im unteren,temporalen Quadranten der linken Iris.

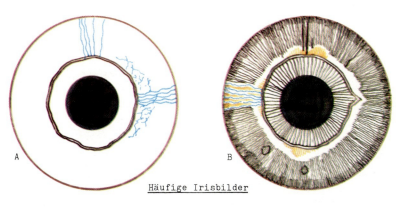

Häufige Irisbilder

<u>Iris A (rechte I.)</u>Konstitutionell bestimmte Hyperthyreose.
Die Erkrankung ist hypothalamisch-hypophysären Ursprungs.

<u>Iris B (linke I.)</u> Durch Lebensweise,Umwelteinflüsse etc.erworbene
Hyperthyreose (Primär-Erkrankung der Drüse).
Hypophyse funktionell reduziert als Folge des dauernden,übermäßigen
feed-back der Thyreoidea.Aufhellung und Eintrübung der humoralen
Region = Acidose.Spitzer Krausenausläufer zum Herzfeld = anabole
Insuffizienz des Herzmuskels."Fenster" (n.Angerer)als Zeichen einer
Osteoporose.Pigmente in den Feldern der Hypophyse,Schilddrüse und
der Nebennieren.

12.3. Auswirkung einer Schilddrüsenüberfunktion auf den Organismus

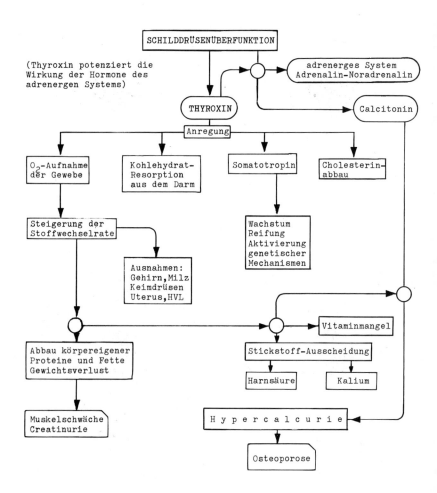

Typische Irisbilder bei Schilddrüsen-Insuffizienz   12.4.

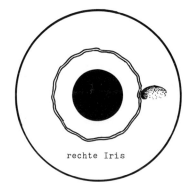

Halbseiten-Lakune
progressive, funktionelle Insuffizienz
der Schilddrüse.
Oft gleichzeitig Herzinsuffizienz.

Verdunkelung der Krausenzone
und des Ziliarrandes im Sektor
Drüseninsuffizienz mit zunehmendem Umbau des Gewebes

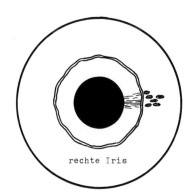
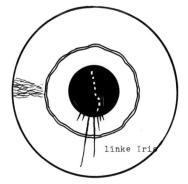

"Traube" und Verdunkelung der
Krausenzone im Sektor
knotige Drüsenentartung
Struma

Verdunkelung des Schilddrüsen-
Sektors, Astheniefurchen im
Nebennierenfeld, "Drachenschwanz"
(kettenförmig angeordnete
"Cholesterin-Sternchen.")

Hypothyreose in Verbindung mit
Nebenniereninsuffizienz.
(Hypotension, Kreislaufschwäche)

13. **Der „Teufelskreis" der Thyreotoxikose**
Fall-Beispiel:

Krankheitsbild: Herzbeschwerden (Druckgefühl, Klopfen), rascher, kräftiger Puls. Müdigkeit. Transaminasen an den oberen Grenzwerten.

Irisbefund: oxygenoide Konstitution, Mydriasis

rechte Iris: Stromaauflockerung, Verdunkelung im Lebersektor mit tiefer Kontraktionsfurche und pigmentierten Tophi. Halbseiten-Lakune im Sektor der Nebenniere mit hellen Reizradiären.

linke Iris: Thyroxin-Lakune im Herzsektor.

Die Iris weist gleichfarbige beige Pigmentierung auf; nach ANGERER „Thyreo-Pigment" in beiden Iriden im hypothalamisch-hypophysären Sektor.

Im Schilddrüsen-Sektor links (verklebte, pigmentierte Radiären) auf den Tophi rechts

Palpationsbefund: leicht vergrößerte prall-elastische Leber, Milz schwach tastbar.

Diagnose: hyperthyreotische Fettleber, hyperkinetisches Herzsyndrom.

SCHNABEL beschreibt ein schmutzig-gelbes Pigment, das er in Beziehung zu Leber- und Galleerkrankungen setzt. Möglicherweise sind beide Pigmente identisch. Zahlreiche Beobachtungen legen den Schluß nahe, daß dieses Pigment bei einer Übererregung im Hypothalamus entsteht und einer verstärkten Sekretion thyreoidea-stimulierenden Hormons (TSH) zuzuordnen ist.

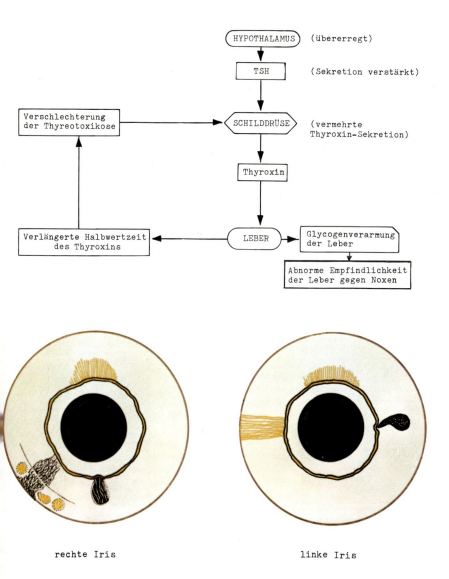

rechte Iris linke Iris

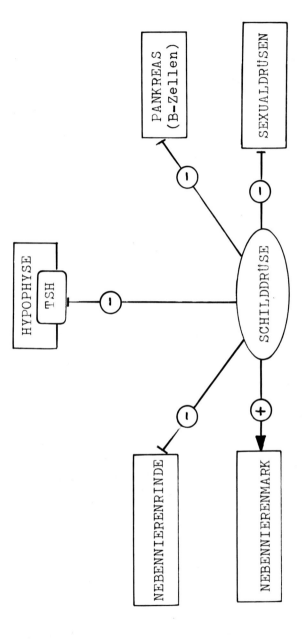

Auswirkungen einer juvenilen Hyperthyreose auf das Drüsensystem

(− = Dämpfung + = Anregung)

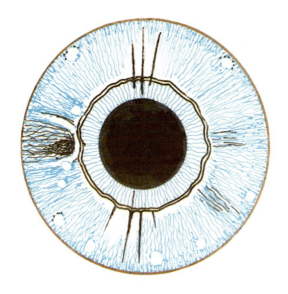

linke Iris

Hyperthyreose im jugendlichen und mittleren Alter

Die helle Umrandung des Schilddrüsen-Sektors und die kalkweißen Flecken in Krausennähe sind Zeichen einer Störung in der Calcium-Verwertung. Die Astheniefurchen deuten auf leichte Erschöpfbarkeit. (Calc.phos.-Bild d.Homöopathie)

14. **Die homöopathische Therapie bei Schilddrüsenunterfunktion**

Thyreoidinum D_4

Spongia D_2-D_3 Engegefühl, Pulsieren im Hals, nächtliche Atemnot

Fucus vesicul. D_1 Fettsucht, Schleimhautaffektionen

Ferrum jod. D_3 Struma der Juvenilen, Wallungen

Barium jod. D_3 Struma der Älteren

Ammonium mur. D_3 substernale Struma, Fettsucht, kongestive Leberschwellung

Brassia oleracea D_2 Struma — weich oder hart

Lapis alb. D_3 elastischer Bindegewebskropf

Calc. fluor. D_3 harter Bindegewebskropf

Calc. jod. D_3-D_4 Parenchym und Bindegewebe hypertrophisch, Lymphatismus

Die homöopathische Therapie bei Schilddrüsenüberfunktion.

Thyreoidinum D15 eine Woche lang — mit anschließend zweiwöchiger Pause

Lycopus virg. vermutlich auf TSH-Ausschüttung wirkend. Herzklopfen (Fertigpräparat: Lycocyn)

Leonorus card. Hyperthyreose-Herz. (Fertigpräparat: Thyreogutt — enthält außerdem Lycopus)

Konstitutionsmittel: Phosphor, Calc. phos.

Jaborandi D3 Herzklopfen, Zittern, Hitzewallungen

Hedera helix D6—D12 nervöse Unruhe

Scutellaria lateriflora D2 nervöse Herzstörungen, Reizbarkeit, Schlaflosigkeit, Migräne

Ferrum jod. D4—D6 thyreotoxische Struma, Magerkeit, zerebrale Kongestionen

Magn. phos. — Magn. carb. D6 neurovegetative Störungen, seelische Labilität

Anabolika, Roborantia:

Arsen jod. D4—D6 thyreotoxische Struma, schwacher unregelmäßiger Puls, cardiale Dyspnoe

Chinin. ars. D4 Anämie, Kälteunverträglichkeit

Sulfur jod. D4—D6 Oxygenoidismus, Magerkeit, Kreislauferethismus, Wärmeunverträglichkeit

Geranium Robertianum bewährtes Mittel bei Magerkeit

Flor de Piedra D3–D4 Basedow-Leber

16. **Hypothalamus — Hypophysen — Wirkung**

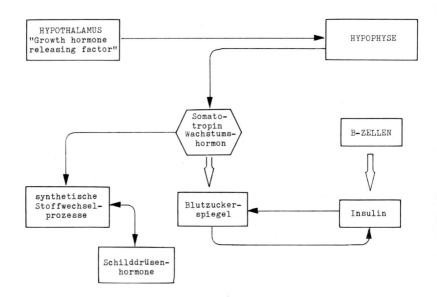

Förderung / Hemmung des Glycogens 17.

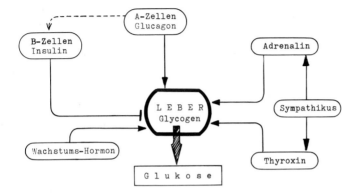

◄─── Förderung des Glycogen-Abbaus
├─── Hemmung des Glycogen-Abbaus

18. **Die Erhöhung des Blutzuckerspiegels bei andauernder Hyperaktivität der Hypophyse und des Sympathikus infolge endogener und exogener Faktoren.**

Die Fasern des rechten Vagus, die normalerweise die Pankreasinseln innervieren, werden durch den überhöhten Sympatikustonus in ihrer Wirksamkeit abgeschwächt. Die permanente Erhöhung des Blutzuckerspiegels hat eine Dauerstimulierung der B-Zellen des Pankreas zur Folge. Nach anfänglicher Hypertrophie des LANGERHANSschen Inselorgans folgt Sekretionsminderung und zuletzt Einstellung der Sekretion. Das Ergebnis ist ein manifester Diabetes. Frühzeitig erkannt können sich die B-Zellen wieder erholen. Diät und Normalisierung der Lebensweise, geeignete Schilddrüsentherapie können das Leiden wieder zum Verschwinden bringen. Wenn Hyperaktivität von Hypophyse und Sympathikus weiter bestehen bleiben, steht am Ende die hyaline Degeneration des Inselorgans.

Diese Diabetesform wird, eigentlich nicht ganz zu Recht, als hypophysärer Diabetes bezeichnet. Es ist zu beachten, daß es sich dabei nicht um eine Insuffizienz der Hypophyse handelt!

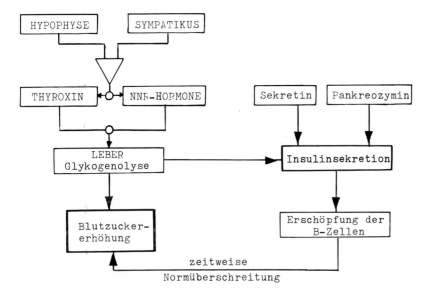

III

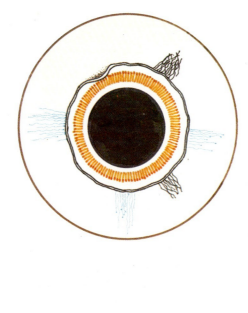

Linke Iris beim B-Zellen-Erschöpfungssyndrom

Mydriasis
"Zuckerring" in der Krausenzone (Neugold)
helle Radiären in den Sektoren der
Hypophyse, Schilddrüse und Nebenniere

Verdunkelung der Pankreas-Sektoren
"Torbogen"der Krause

In den Skleralgefäßen wird das sogenannte
"blood-sludge-Phänomen"sichtbar als Folge
nicht-veresterter Fettsäuren im Blut.

" blood-Sludge-Phänomen "

Aggregation der Erythrozyten bei
Hyperlipidämie.

Da dieses Phänomen auch bei anderen Zuständen
auftreten kann,(harnsaure Diathese,Schock etc.)
ist es nicht signifikant für eine diabetische
Stoffwechsellage!

Pigmente und Gefäßzeichen
bei diabetischer Stoffwechsellage

III

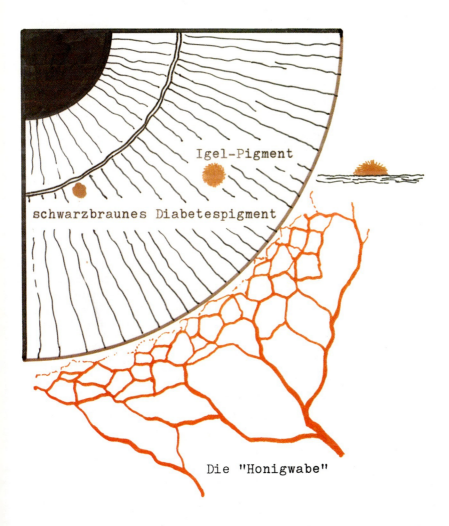

19. **Nebennierenrinden-Überfunktion**

Das Nebennierenmark ist gleichfalls an der kybernetischen Regelung des Blutzuckerspiegels beteiligt und zwar in Form einer sog. Sprungfunktion. Eine Sprungfunktion ähnelt einem Sicherheitsventil. Wenn ein Parameter, hier der Blutzuckerspiegel, einen vorgegebenen Wert überschreitet, tritt diese Funktion in Tätigkeit. Im Falle des Systems Nebennierenmark-Blutzucker wird sichergestellt, daß bei erhöhter körperlicher Anforderung ausreichend Glukose bereitsteht. Infolge der gegenseitigen Regelung von Sympatikus und NN-Mark wird diese Sprungfunktion äußerst sensibel und setzt sich bereits bei geringfügigen Normwert-Unterschreitungen in Tätigkeit. Dadurch wird die Totzeit des Reglers stark verkürzt. Diese Maßnahme, für adäquate Situationen durchaus nützlich, führt bei zu häufiger Wiederholung, wie sie in einer Massengesellschaft durchaus üblich ist, zur Instabilität der Regelstrecke (Blutzucker). Dieser wird dadurch „labil".

Die biologisch korrekte Einstellung des Blutzuckerspiegels ist für die Organisation von erheblicher Relevanz. Er unterliegt darum einer ultrastabilen Regelung. Durch die Anwendung verschiedenartiger Regler verfügt das System über die Möglichkeit der Auswahl unter mehreren Verhaltensstrategien. Das eben macht die Anwendung von Stufen- und Sprungfunktionen notwendig.

Das hormonelle System hat nicht nur, wie oft angenommen wird, eine steuernde Funktion. Die Vernetzung der Regelkreise erlaubt auch den durch Regler stabilisierten Parametern ihrerseits funktionsbestimmende Einflußnahmen auf die Hormondrüsen. Als Beispiel wird die kybernetische Verknüpfung des Calciumspiegels und der Nebennierenrinde dargestellt.

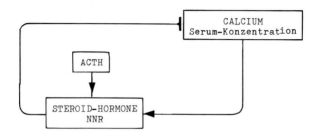

Calcium als Regelsubstanz der Nebennierenrinde

(Zur Bildung der Steroid-Hormone in der Nebennierenrinde ist Calcium unbedingt notwendig!)

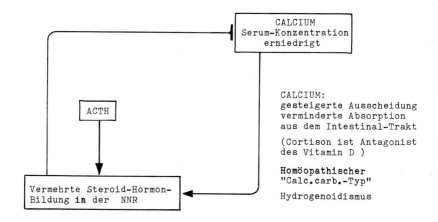

Nebennierenrinden-Überfunktion und Calcium-Haushalt
(z.B. bei Schilddrüsen-Unterfunktion)

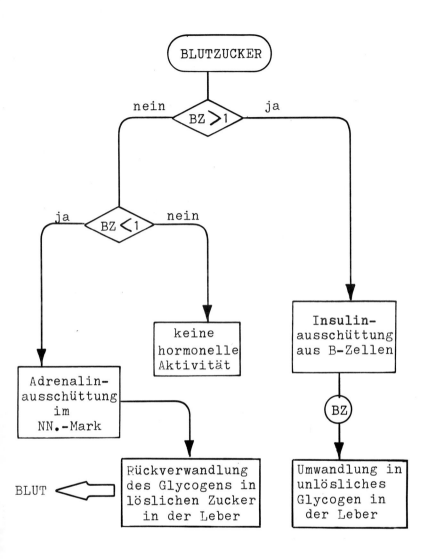

"Sprungfunktion" des Nebennierenmarks zur Regulation des Zuckerspiegels

normal: 1mg/cm³ im Blut   Zuckerspiegel = BZ

20. Funktionelle Hemmung der Nebennierenrinde

Beim Vorliegen einer Hyperthyreose werden die Potentialdifferenzen der Elektrolyte Natrium, Kalium und Calcium zwischen intra- und extrazellulärem Raum verändert. Die Ruhepotentiale sind dabei der Dissimilationsphase angenähert. Die Reizschwellen der Nerven und Funktionsgewebe werden deutlich erniedrigt und antworten bereits auf geringere als normale Reize. Der katabole Energiegewinn der Zellgewebe liegt unterhalb des normalen Niveaus; die Erholungsfähigkeit ist herabgesetzt. Der Calciumspiegel wird durch das vermehrt (oder verfrüht?) ausgeschüttete Thyreocalcin (Calcitonin) unter die Norm abgesenkt. Wie das vorherige Flußdiagramm aufzeigt, bleibt dieser Umstand nicht ohne Folgen für die Nebennierenrinde. Bei dieser hormonellen Situation wird das Calcium zum Stellglied der Regelstrecke „Nebennierenrinde". Es ist zu vermuten, daß das Calcitonin nur die frei diffusiblen Plasma-Calcium-Ionen anspricht, denn nur so wäre seine rasche Wirksamkeit zu erklären. Die durch die sinkende Calciumkonzentration aktivierte Parathyreoidea bewirkt eine vermehrte Phosphatausscheidung über den Harn; eine beim homöopathischen Calc. phos. Typ regelmäßig zu beobachtende Erscheinung.

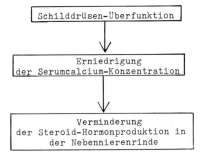

Erhöhte Natrium-Verluste
(Na wird vermehrt in die Zellen eingeschleust)

Erhöhte Kalium-Retention
(K jedoch nur im Plasma vermehrt, dadurch erniedrigtes K-Potential zwischen IZR und EZR)

Homöopathischer
"Calc.phos-Typ"

Oxygenoidismus, nervöse Erregbarkeit, leichte Erschöpfbarkeit, Kalkmangel-Erscheinungen

21. **Diagramm des Calciumhaushaltes**

Der Calcium-Haushalt des Organismus wird im Wesentlichen von der Nebenschilddrüse, der Schilddrüse, den Nebennieren und den Sexualhormonen geregelt. Bemerkenswert ist die gegenseitige Anregung der Adrenalin- und Calciumfreisetzung. Dieses positive „feed-back" ist die schwache Stelle im System. Die daraus resultierenden Schwierigkeiten sind nur mit Hilfe übergeordneter Regelkreise zu bewältigen. Das Flußdiagramm macht deutlich, daß ein rein ernährungsbedingtes Kalkmangelsyndrom äußerst unwahrscheinlich ist. Störungen bzw. anpassungsbedingte hormonelle Konstellationen des endokrinen Systems dürften in solchem Falle ausschlaggebend sein. Das trifft insbesondere für die zweite Lebenshälfte zu, in der natürlicherweise die Produktion der Keimdrüsen nachläßt. Doch auch in der vorpubertären Lebensphase, in der die Keimdrüsenfunktion noch nicht ausgereift ist, wird hinsichtlich der Calcium-Bilanz mit Störungen zu rechnen sein. Dieser Umstand wird insbesondere dann eintreten, wenn eine, durch entsprechende Lebenssituation hervorgerufene übermäßige Erregung der Schilddrüse vorliegt.

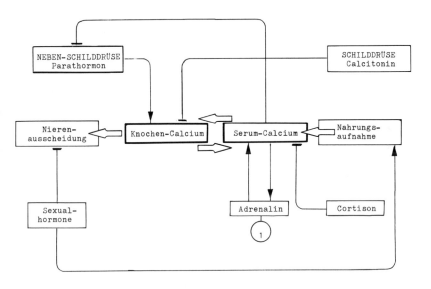

(1) a.) **Adrenalin** und Serum-Calcium in positver Rückkoppelung!
b.) Adrenalin erweitert die Pupille

Kybernetisches System - Diagramm mit dem Calciumhaushalt
als Mittelpunkt

22. Zusammenfassung

Der Einblick in die Netzwerke der vegetativen Regelung entbehrt nicht einer gewissen Faszination. Er hinterläßt, das soll nicht verschwiegen werden, aber auch ein Gefühl der Unsicherheit bei der Beurteilung hormoneller Komplexionen. Das gewissenberuhigende Modell einer Ursache — Wirkungsrelation scheint seine Gültigkeit verloren zu haben. Dieser Schritt zu einem neuen Standpunkt ist immer dann unvermeidlich, wenn man mit tiefergehenden Erkenntnissen der biologischen Organisation konfrontiert wird. Das Denkmodell, das das praktische Handeln am Menschen bestimmt, ist zu einfach — muß einfach sein. Für das Vegetativum reicht es meist nicht aus. Wenn die Natur von einfachen, überschaubaren Regeln beherrscht würde, hätte sie gar nicht erst entstehen können. Vom Verständnis des Phänomens Leben sind wir noch weit entfernt, daran ändert auch unser enorm angewachsenes Wissen nichts. Modellhafte Vergleichsoperationen lassen uns nur zu oft im Stich. Das einzig wirklichkeitsgetreue Modell der Leber ist die Leber selbst. Die allgemeine Physiologie ist für das Individuum nur mit Einschränkung gültig. Unser Wissen um die Prinzipien der lebendigen Organisation und deren autonome Regelung und Kontrolle enthält noch zahlreiche Lücken, die wir auch fernerhin mit dem Terminus des „übermechanischen Faktors" schließen müssen. Die Naturheilkunde ist nicht so unbescheiden diese Tatsache zu leugnen und respektiert die Eigenwilligkeit der individuellen Gestaltung. Grobe Eingriffe in das hormonale System verändern nachhaltig die Kontinuität und Integrität der Person. Die Hormontherapie setzt ein hohes Maß an Sorgfalt, Behutsamkeit und Verantwortungsgefühl voraus. Die bloße Einverleibung von Hormonen zu therapeutischen Zwecken ist in jedem Falle nur ein sehr unvollkommenes Plagiat der physiologischen Vorgänge, da die Komplexität der autonomen Regelungsvorgänge notgedrungen unberücksichtigt bleiben muß.

Literaturverzeichnis

Schneider A., Hypophyse und Konstitution (1944) Hippokrates-Verlag, Stuttgart

Curtis Friedrich/Krüger Karl-Heinz, Das vegetativ-endokrine Syndrom der Frau (1952) Urban & Schwarzenberg, München-Berlin

Ganong W. F., Medizinische Physiologie (1972) Springer-Verlag Berlin-Heidelberg-New York

Carlson Peter, Biochemie (1972) Georg Thieme Verlag

Bersin Theodor, Biochemie der Mineral- und Spurenelemente (1963) Akademische Verlagsgesellschaft, Frankfurt/Main

Schäfer Hansjörg, Zellcalcium und Zellfunktion (1979) Gustav Fischer Verlag, Stuttgart-New York

Vogel Günter/Angermann Hartmut, Atlas zur Biologie Bd. 2 (1968) Deutscher Taschenbuch-Verlag München

Ashby W. Ross, Einführung in die Kybernetik (1974) Suhrkamp Verlag Frankfurt/Main

Eigen Manfred/Winkler Ruthild, Das Spiel (1979) R. Piper & Co. Verlag München/Zürich

Flechtner Hans-Joachim, Grundbegriffe der Kybernetik (1972) S. Hirzel Verlag, Stuttgart

Parsegian V. L., Kybernetik und moderne Welt (1974) Verlag Herder KG, Freiburg im Breisgau

Steinbuch Karl, Automat und Mensch (1971) Springer-Verlag Berlin-Heidelberg-New York

Wiener Norbert, Kybernetik (1969) Rowohlt Taschenbuch Verlag GmbH, Reinbeck bei Hamburg

IV. Das Energiekarussel der Hormone

Josef Angerer, München

Inhalt:

Einführung	1.
Drüsenhormone	1.1.
Neurohormone	1.2.
Gewebshormone	1.3.
Zellhormone	1.4.
Die Epiphyse	2.
Antigonadotrope Funktion	2.1.
Fehlinformationen der Zirbeldrüse	2.2.
Antitumorale Lenkung	2.3.
Wachstumssubstanzen der Zirbeldrüse	2.4.
Melatonin-Erzeugung	2.5.
Die Hypophyse	3.
Hypophysenvorderlappen	3.1.
Das Follikel stimulierende Hormon	3.1.1.
Das Corpus-luteum-Hormon	3.1.2.
Das adreno-corticotrope Hormon	3.1.3.
Das somatotrope Wachstumshormon	3.1.4.
Das thyreotrope Hormon	3.1.5.
Das luteotrope Hormon	3.1.6.
Der Hypophysenmittellappen	3.2.
Der Hypophysenhinterlappen	3.3.
Die Schilddrüse	4.
Die Schilddrüse als Organisationselement	4.1.

Die Schilddrüse als Zentrallenker	4.2.
Regulierung des Blutzuckers	4.2.1.
Regulierung der Entfettung	4.2.2.
Regulierung des Eiweißstoffwechsels	4.2.3.
Thyroxin als Vitaminbrücke	4.3.
Thyroxin als Assimilator	4.4.
Thyroxin als Wasserhaushalt-Hormon	4.5.
Die Nebenschilddrüse	5.
Kalzium-Phosphat-Austausch	5.1.
Zellabdichtung der Membranen	5.2.
Allergische Parathyreoidin-Auswirkungen	5.3.
Die Thymusdrüse	6.
Mitregulator am Zellwachstum	6.1.
Mitregulator der Kalziumeinlagerung	6.2.
Drei Aspekte des Thyroxin	6.3.
Mitregulation zur Nebennierenrinde	6.4.
Mitregulation der Immunität	6.5.
Die Nebenniere	7.
Das Nebennierenmark	7.1.
Das Adrenalin	7.1.1.
Das Noradrenalin	7.1.2.
Die Nebennierenrinde	7.2.
Natrium-Kalium-Haushalt	7.2.1.
Kohlenhydratstoffwechsel	7.2.2.
Das Pankreas	8.
Die Leberhormone	9.
Das Yakriton-Hormon	9.1.
Das Heparin	9.2.
Das Rhythmin	9.3.
Die Gewebshormone	10.
Das Acethylcholin	10.1.
Das Histamin	10.2.

IV

Die Hormone des Magen- und Darmtrakts	11.
Das Gastrin	11.1.
Das Sekretin	11.2.
Das Pankreozym	11.3.
Das Enterokrinin	11.4.
Das Enterogastron	11.5.
Das Urogastron	11.6.
Das Anthelon	11.7.
Das Enteramin	11.8.
Das Duokrinin und Vilikrinin	11.9. u. 10.
Das Cholezystokinin	11.11.
Das Inkretin	11.12.
Das Parotin	11.13.
Die Sexualhormone	12.
Die Östrogene	12.1.
Die Follikelhormone	12.1.1.
Das Progesteron	12.1.2.
Die Androgene	12.2.
Die intragenitale Sexualkraft	12.2.1.
Der extragenitale Streueffekt	12.2.2.
Zusammenfassung	12.3.
Literaturverzeichnis	13.

Einführung

1.

Der Einblick in den Energiekreislauf der Hormone ist heute eine fundamentale Voraussetzung für die Diagnose und damit für die Therapie. Die Kontaktfunktionen der Hormone zu den Fermenten und Vitaminen, zu den Mineral- und Spurenstoffen, die Bindung an die körperlichen und psychischen Reaktionsabläufe, sowie die Rhythmusabhängigkeit von den kosmisch-elektronischen Impulsen tauchen am Rande der Hormonanalyse immer wieder auf. Als Hormon bezeichnet man einen körpereigenen Wirkstoff, der in besonderen Drüsen oder Geweben gebildet, direkt oder indirekt in die Blutbahn abgesondert wird und so auf andere Organsysteme einwirkt.

IV

Man unterscheidet heute 4 spezifische Hormongruppen:

die Drüsenhormone, die den Vitalitäts- und Immunkreislauf in Gang halten;

1.1.

die Neurohormone, die in sezernierenden Nervenzellen gebildet werden und die Kontaktinformationen zwischen Hypophyse, Zwischenhirn und den vegetativen Zentren über den Synapsenkontakt absichern;

1.2.

die Gewebshormone, die in jedem Körpergewebe gebildet werden und schon in ihrer nächsten Umgebung in Aktion treten können;

1.3.

die Zellhormone, deren Entstehung und Wirkung in derselben Zelle stattfindet.

1.4.

Man rechnet heute mit ungefähr 60 Hormonen, die das potentielle Schicksal des Individuums steuern.

An der Spitze des Hormonkarussells sitzt die Epiphyse.

ENERGIEBILD

HYPO

EPIPHYSE
HYPO
PANKREAS
DARM
SCHILD
MAMMA
THY
MEMBRAN-
HORMON
CORPUS SEX.
KEIMDRÜSE
NEBEN-
NIERE

SEXUAL-

DER HORMONE

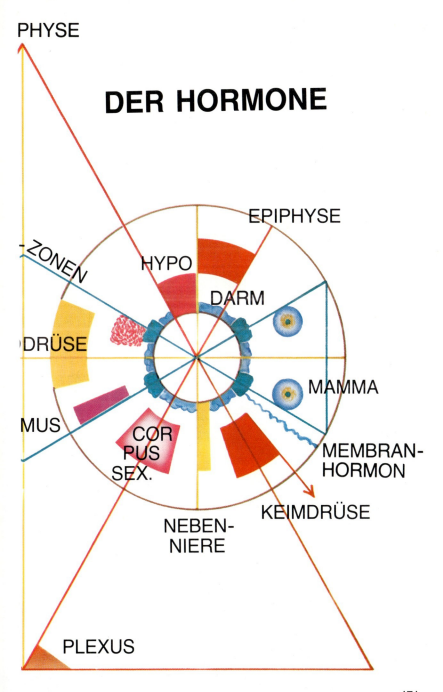

2. **Die Epiphyse**

Die Zirbeldrüse (Corpus pineale) liegt an der Gehirnbasis nahe dem Kleinhirn und wirkt als Balanceorgan zwischen der Zellexplosion und der Entwicklung der Geschlechtsorgane. Dieser Antagonismus zwischen Zirbeldrüse und Hypophyse läuft über fünf endokrine Leitungen:

2.1. Eine antagonadotrope Funktion zeigt sich im Sinne einer langsam nachlassenden Bremse der Geschlechtsdrüsenentwicklung ungefähr bis zum 7. Lebensjahr.

2.2. Genetische oder toxische Fehlinformationen der Zirbeldrüse (Impfungen oder Nuklearstrahlen) verändern das Blutbild und führen zur Nymphomanie oder anormaler sexueller Hyper- oder Hypoergie.

Eine antitumorale Lenkung steuert nach ENGEL und BERGMANN (1951) die juvenile Zellexplosion und sichert damit ein harmonisches Wachstum. 2.3.

Die Zirbeldrüse funkt eine rhythmisch geordnete Lieferung von Wachstumssubstanzen an die spezifischen Organe in Koordination mit der Hypophyse. 2.4.

Die Epiphyse erzeugt Melatonin, eine dem Serotonin verwandte Substanz, die vasokonstiktorische Aktivität besitzt mit einer erregenden Wirkung auf die glattmuskeligen Organe gegenüber dem Adrenalin. 2.5. IV

Die ophthalmologischen Zeichen für eine Zirbeldrüsenstörung sind das Sklerom, das Colobom, Figuranomalien, insbesondere Verstellungen im Augenbereich.

EPIPHYSE

ANTIGONADOTROPE HEMMUNG DES SEXUALPLEXUS

ANLAGE FÜR HORMONELLE ANOMALIEN

ANTITUMORALE LENKUNG DER ZELLEXPLOSION
TUMORANLAGE

RHYTHMISCHE FUNKSENDUNG AN DIE WACHSTUMSSUBSTANZEN DER ORGANE
GRÖSSENDIFFERENZ DER ORGANE

ABGABE VON MELATONIN AN DIE GLATTMUSKELIGEN ORGANE
AUGENVERSTELLUNG

IV

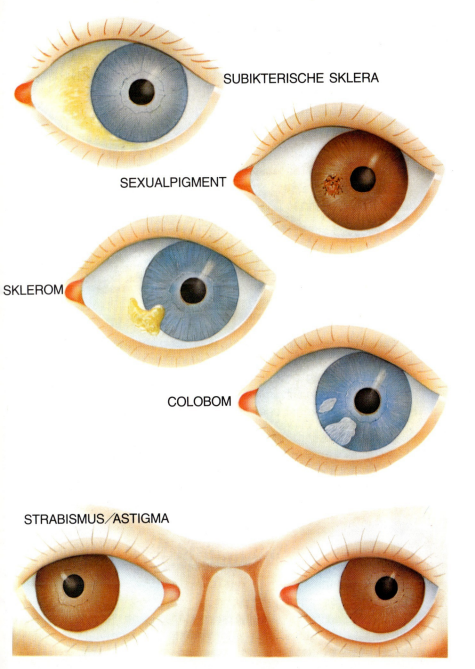

3. **Die Hypophyse**

Ungefähr ab dem 7. Lebensjahr tritt die Funktion der Hypophyse in den Vordergrund. Anatomisch und physiologisch gliedert sie sich in drei Abschnitte: Vorder-, Mittel- und Hinterlappen.

3.1. **Der Hypophysenvorderlappen**

Er hat eine zentrale Funktionsstellung im endokrinen Drüsensystem auf dem Weg über sechs Hormone und eine hohe Reaktionsfähigkeit auf Säure- und Basenimpulse im Bereich der Membranen. Die Hormone gliedern sich:

3.1.1. in ein das Follikel stimulierendes Hormon mit Wirkung auf den germinativen Anteil der Keimdrüsen. Die Hyperfollikulie zeigt sich iridologisch an dem KOCHschen Zeichen mit der Trinität: Dyscholie mit Migräne, Überfunkton der Schilddrüse und Vergrößerung der Keimdrüsen. Spezifische Zeichen sind: Myomlakune und Spargelkopf mit Kristallose.

3.1.2. In das Corpus-luteum-Hormon mit der regenerativen Wirkung auf die interstitiellen Zellen der Gonaden und damit auf die Innidation des befruchteten Eies. Der Mangel an diesem Hormon zeigt sich iridologisch an den sektoralen und zirkulären Wellenbildungen der Regenbogenhaut.

3.1.3. In das adreno-corticotrope Hormon (ACTH), das die Nebennierenrinde zur Produktion der Corticoide anregt. Der Cortisonmangel zeigt sich am Auge an der KOCHschen Perlenkette, die den Krausenrand überhängt. Der hypophysäre Abfall des ACTH ist meist genetisch bedingt und daher kausal nicht zu bereinigen.

3.1.4. In ein somatotropes Wachstumshormon, das in Kontakt mit der Thymusdrüse, den Betazellen der LANGERHANSschen Inseln und der Nebennierenrinde das Längen- bzw. Breitenwachstum des Körpers beeinflußt.
Der iridologische Hinweis auf diese Höhen- und Flächenentwicklung des Individuums ist die horizontale bzw. vertikale Ausdeh-

nung der Regenbogenhaut, die damit zugleich ein Hinweis ist auf die psychische und vitale Potenz.

3.1.5. In das thyreotrope Hormon, welches die generelle Funktion der Schilddrüse übergeordnet steuert. Der iridologische Hinweis ist der angeborene Enophthalmus bzw. Exophthalmus und die genetische Anlage zur Struma.

3.1.6. In das luteotrope Hormon Prolaktin, das die Impulsation der Milchdrüsen steuert. Der iridologische Hinweis auf Dysfunktion ist die periphere Regenbogenhautaufstülpung.

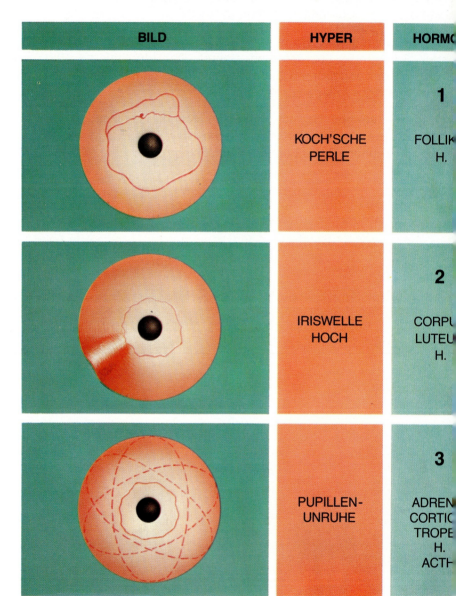

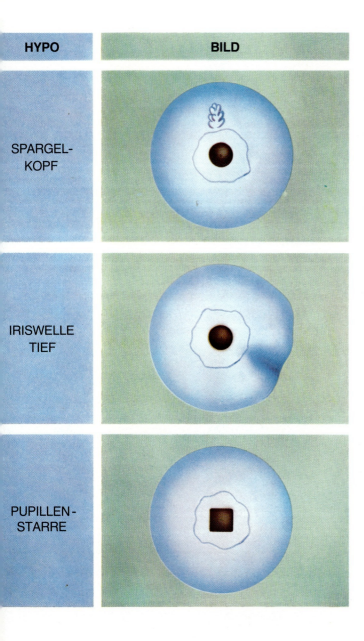

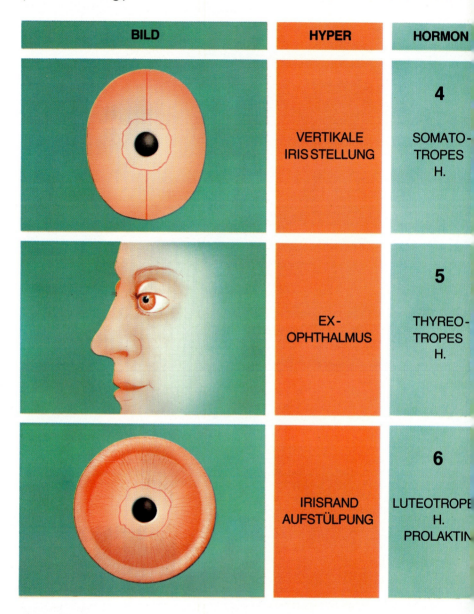

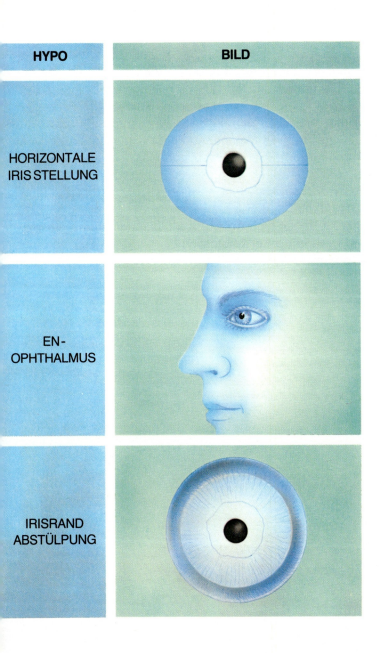

3.2. **Der Hypophysenmittellappen**

Der Mittellappen ist zuständig für die Lieferung des die Melanophoren stimulierenden Pigmenthormons, das für den Aufbau der Photosynthese notwendig ist. Die Verteilung der Farbkörnchen in den Pigmentzellen des Bindegewebes steuert die Farbe der gesamten Membranwelt, was besonders am Auge und der Haut in Erscheinung tritt. Das Melanophorenhormon wird aktiviert bei der Schwangerschaft, bei Nävusbildungen und beim Morbus ADDISON, der von einer erhöhten ACTH-Produktion begleitet ist. Die Sehkraft des Auges ist an die Aktivität des Melanophorenhormons gekettet.

Iridologisch ist daher jegliche Art von Melanombildung ein Hinweis auf eine Störung der Photosynthese im Grundgewebe und daher therapeutisch über den HML zu steuern.

HYPOPHYSE
MITTELLAPPEN

PIGMENT HORMON

MELANOPHOREN

FARBTÖNUNG
DER ORGANE
UND GEWEBE

NAEVUS

MELANOM

AURA

SINNE-HORMON

PHOTOSYNTHESE

ENERGIE-STRAHLUNG
DER 5 SINNE

IV

3.3. **Der Hypophysenhinterlappen**
Der Hinterlappen ist die Nervenzentrale für zwei Transportimpulse: Das Hormon Oxytocin steuert den Fluß in die Milchdrüsen und lenkt den Spermientransport in der Gebärmutter bei gleichzeitiger Anhebung der Diurese.
Auf der Regenbogenhaut zeigt sich das Bild des Nervenballons als Hinweis auf eine ödematöse Blockierung von Laktation und Innidation.
Das Hormon Vasopressin steht dagegen im Dienst der Homöostase, d. h. es gleicht den osmotischen Druck der Körperflüssigkeit im intra- und extrazellulären Raum aus. Die Störung dieser vaskulären Balance zeigt sich im Phänomen des vaskularisierten Krausenrandes und versinnbildlicht damit den Zusammenhang mit der Nebennierenrinde und dem Pankreas.

HYPOPHYSE
HINTERLAPPEN

VASOPRESSIN

NEUROGENER
DRUCKAUSGLEICH
IM INTRA-EXTRA-ZELLULÄREN
RAUM

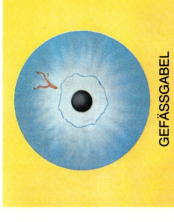

GEFÄSSGABEL

OXYTOCIN

TRANSPORTHORMON
DER SÄFTE
LAKTATION-INNIDATION-
DIURESE
HYDROGENOIDE KONSTITUTION

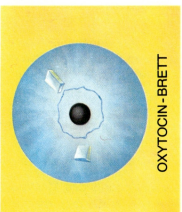

OXYTOCIN-BRETT

IV

4. Die Schilddrüse

Ungefähr ab dem 14. Lebensjahr tritt die Funktion der Schilddrüse in den Vordergrund der Aktion als Kontaktzellensystem für die individuelle Raumeinordnung des Individuums und für die klimatische Rhythmusangleichung des Organsystems. Die enge Verbindung mit dem Stoffwechsel erklärt sich durch die embryonale Entstehung aus dem Kopfdarm. Die 20 bis 25 g schwere Schilddrüse enthält 10 mg Jod in organischer und anorganischer Bindung; Import und Verwertung sind jedoch an die Information des Hypophysenvorderlappens gebunden. Fünf Funktionsbereiche und deren pathologische Abgleitungen sind unterscheidbar:

4.1. Die Schilddrüse als Organisationselement des Energieumsatzes in Leistung und Heizung: die Verbrennung wird durch das heizregulatorische Thyroxin über Einschwemmung von Jod in die Blutbahn erhöht und damit Temperaturanstieg erzeugt, während bei Jodausfall Vergärung und Temperaturabfall erfolgen.

Iridologisch zeigt sich diese Fehlbilanz an den am Krausenrand zu offenen, lanzettförmigen Lakunen, den Jodlakunen, die besagen, daß der Wechsel zwischen Jodspeicherung in den Follikeln und dem Jodfluß in die Blutbahn gestört ist.

4.2. Die Schilddrüse als Zentrallenker des organischen Stoffwechsels:

4.2.1. Das Thyroxin reguliert den Blutzucker durch Umbau der Aminosäuren in Zucker bei verbrauchter Glukose. Die Wabengefäße am Irisrand und der Sklera geben den Zuckerhinweis.

4.2.2. Die Entfettung des Muskels, der Leber und der Haut über das Thyroxin läuft über das an das Serumeiweiß gebundene Jod. Die Lipidablagerungen an der Karunkel und der Sklera weisen auf erhöhten Cholesteringehalt des Blutes hin.

4.2.3. Der Einfluß der Schilddrüse auf den Eiweißstoffwechsel ist aus dem Abbau des Serumalbumins in der Muskulatur, besonders des Herzens ersichtlich. Die große, offene Herzlakune in der Iris ist der typische Hinweis auf die Herzmuskelschwäche.

4.3. Thyroxin als Vitaminbrücke: Wirksam wird diese für die fettlöslichen Vitamine A und E. Die schnabelförmige Thyroxinlakune in Begleitung von Reliefschwankungen des Irisblattes deutet auf Schwankungen im Kreatin des Uterus hin.

4.4. Die Bedeutung des Thyroxins für die Assimilation der Mineralien und deren elektronische Koordination: besonders Kalzium, Magnesium und die Phosphate zeigen ihre pathologische Anordnung durch die Traubenlakune, durch die Kalkbänder im Stroma und durch die Tetanierillen an, besonders bei Osteoporose, Haarausfall und Faltenbildung der Haut.

4.5. Die Phänomene Myxödem und Morbus BASEDOW charakterisieren das Thyroxin auch als in den Wasserhaushalt eingeschaltetes Hormon. Besonders der extrazelluläre Raum steht als Wasserspeicher oder als Vakuum im Vordergrund. Neben dem Tränenfilm auf der Hornhaut erscheint die aufgeblasene oder eingesunkene Regenbogenhaut als deutlicher Hinweis.

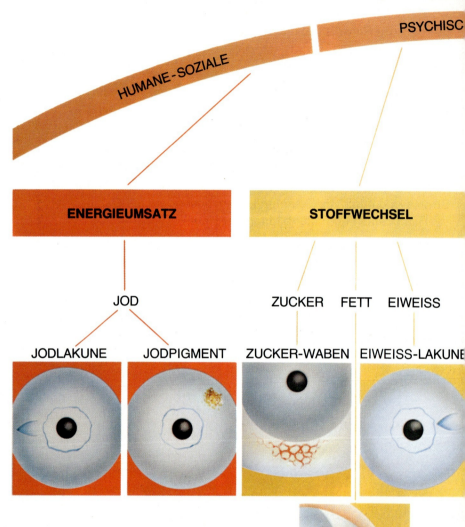

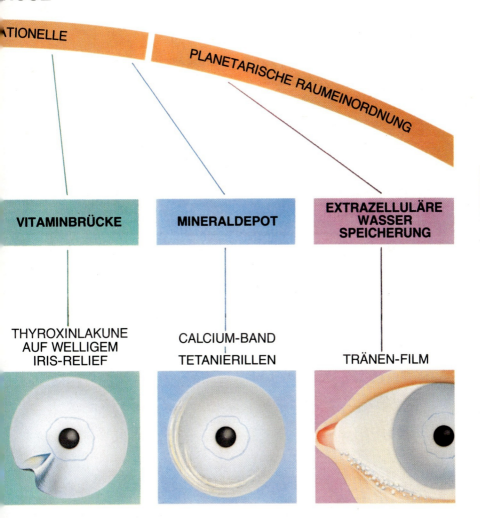

5. **Die Nebenschilddrüse**

Die Störungen der Nebenschilddrüse mit dem Zeichen der blauen Skleren und den verschiedenen Parathyreoidin-Pigmenten liegen in drei Bereichen:

5.1. Der kontinuierliche Austausch von Kalzium und Phosphat zwischen Liquor und Knochensubstanz in Verbindung mit dem Vitamin D schützt vor dem Morbus RECKLINGHAUSEN wie vor der Tetanie. Die Tetanierillen und die Cataracta tetanica deuten auf die Austauschblockaden bei der Hypocalcämie hin.

5.2. Auch die Zellabdichtung in den Membranen läuft über das Parathyreoidin; exsudative Pleuritis, Hämophilie und Synovialergüsse sind Abdichtungsversager und sprechen daher auf Vitamin K und parathyreoide Kalziumtherapie an. Neben den Vitamin-K-Rillen auf der Sklera und Blutungen im Konjunktivalbereich bilden sich Exsudate am Irisrand.

5.3. Die allergische Nervenexplosion ist dermatologisch und psychisch vom Parathyreoidin abhängig und zeigt sich als duftiges, graubeiges, randloses Thyreopigment.

NEBENSCHILDDRÜSE

WEISSE SKLERA	BLAUE SKLERA
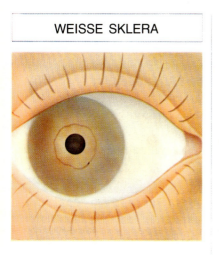	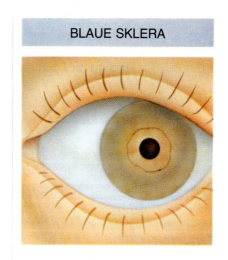

CALCIUMTRANSIT	MEMBRANÖSE ZELL-ABDICHTUNG	ALLERGIE SOMATISCH U. PSYCH.
KATARAKTA TETANICA	VITAMIN K-RILLEN	RANDLOSES TYREO-P. DORNENKRONE CORNEA SPINALIS

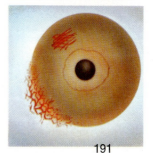

BROY S.175

6. **Die Thymusdrüse**

Aufgrund der heutigen Forschungsergebnisse spricht man der Thymusdrüse die folgenden Funktionen zu:

6.1. Sie ist Mitregulator am Zellwachstum in Verbindung mit Schilddrüse und Hypophyse und daher bei Fehlsteuerung an der Tumorbildung beteiligt. Die Torpedolakune in der Iris ist der Hinweis auf eine endokrin bedingte Zellwucherung.

6.2. Das Thymushormon unterstützt die Kalziumeinlagerung in das Knochensystem und wird damit zu einem Antirachiticum. Eine stimulierende Wirkung auf die thyreotrope Funktion der Hypophyse unterstützt die organische Abwehr von Radium- und Röntgenstrahlen. Die leuchtenden Kalkbänder in der Iris illustrieren die fehlende Funktion der Thymusdrüse.

6.3. In der geschlechtlichen Entwicklung zeigt das Thymushormon drei Aspekte: Hemmung von Thyroxin in der embryonalen Entwicklung, Verzögerung der Geschlechtsreife zugunsten der Konstitutionsentwicklung und, im Alter, Atrophie des Sexualsystems zugunsten der endokrinen Membranbeflutung. Die sektorale bzw. regionale Heterochromie ist immer der Hinweis auf eine rhythmale Thymusstörung.

6.4. Die Kontaktnahme der Thymusdrüse zur Nebennierenrinde und zum Insulin äußert sich durch Mitsteuerung des Vitamin C und durch die Einschleusung von Traubenzucker in die Blutbahn. Das Kardinalwappenpigment ist ein Hinweis auf Störungen.

6.5. In der Immunitätsreaktion bei Tumorbildung und Leukämie erzeugt das Thymushormon einen Anstieg der Lymphozyten bei einer Verminderung der Eosinophilen im stömenden Blut und in der Milz. Iridologisch liegt die Torpedolakune in der Lymphschwemme bei anämischer Bindehaut.

IV

THYMUS-DRÜSE

LENKUNG

1. **DES ZELL-WACHSTUMS**

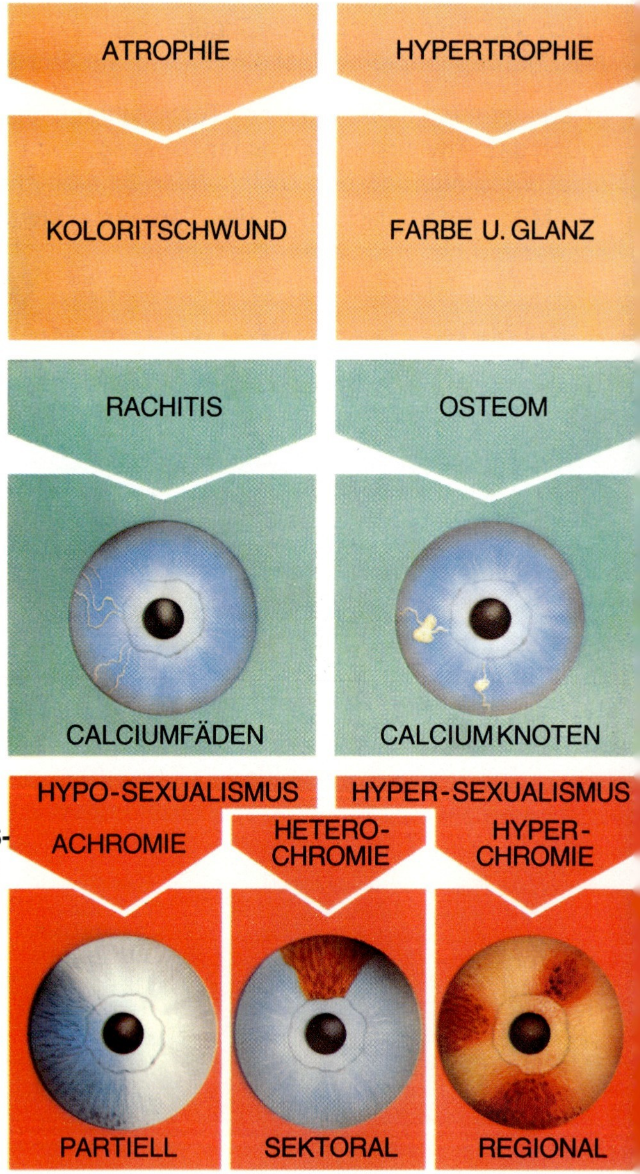

ATROPHIE	HYPERTROPHIE
KOLORITSCHWUND	FARBE U. GLANZ

2. **DES MINERAL-HAUSHALTES**

RACHITIS	OSTEOM
CALCIUMFÄDEN	CALCIUMKNOTEN

3. **DER GESCHLECHTS-ENTWICKLUNG**

HYPO-SEXUALISMUS		HYPER-SEXUALISMUS
ACHROMIE	HETERO-CHROMIE	HYPER-CHROMIE
PARTIELL	SEKTORAL	REGIONAL

IV

194   Fortsetzung

LENKUNG

4. DER
N.NIEREN U.
DES
BETA-ZELLEN
KONTAKTES

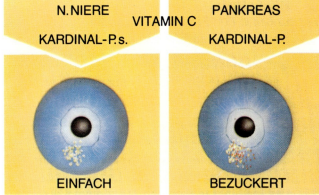

5. DER
IMMUNGLOCKE

ELEKTRONISCHE
ASSIMILATION
ODER DEFENSION

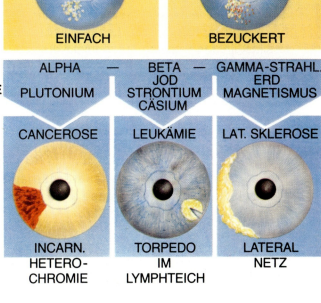

7. **Die Nebenniere**

Die Entstehung des Nebennierenmarks aus dem Nervengewebe und die der Rinde aus dem Darmrohr verlangen eine getrennte Betrachtung der jeweils produzierten Hormone.

7.1. **Das Nebennierenmark**
Das aus dem Ektoderm stammende Nebennierenmark entwickelt zwei Hormone:

7.1.1. das Adrenalin verläuft parallel zur Wirkung von Thyroxin; es wirkt sympathikoton mit Erhöhung des Blutdrucks, balanciert den Abstand zwischen systolischem und diastolischem Gefäßdruck und mobilisiert das Leberglykogen zu Glukose, während das Insulin den Fluß von Traubenzucker in die Blutbahn hemmt.
Die ophthalmologischen Hinweise auf Adrenalinstörungen sind das Fischernetz auf einer sympathikotonen Bauchiris und das Gefäßlabyrinth.

7.1.2. Das Noradrenalin funktioniert in der Form des Dopamin als Überträgerstoff zwischen Mark und sympathischem Nervengeflecht und ist verantwortlich für die arterielle Vasokonstruktion im Bild der Migräne oder der essentiellen Hypertonie.
Iridologisch zeigen sich besonders frontal astförmige Gefäßbildungen auf grau-grüner Grundfarbe.

DIE NEBENNIEREN-HORMONE

A
N. N. MARK

ADRENALIN: VASOPRESSIN	1	HOCHDRUCK-LABYRINTH	
DOPAMIN: VASOSPASMUS	2	MIGRÄNE-KOMPLEX Iridolog. Gefäßäste	

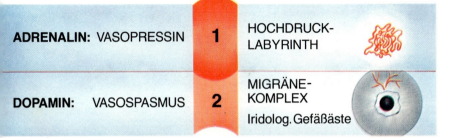

B
N. N. RINDE
ANTISTRESSHORMON

ELEKTROLYT-POTENZ IM Na-Ca HAUSHALT	1	ÖDEM-KRISTALLOSE I. FLIESS-SYST.	RH-Kristall — rot betupfte Pigment-Wölkchen
KOHLEHYDRAT-VERWERTUNG	2	ARTHRITISCHE SCHÜBE	Sternschnuppen Pigment
BINDEGEWEBS-SPANNUNG	3	HERNIEN- U. PROLAPS-ANLAGE	Lidüberhang Falteniris Prolapstrichter
REGULATION DER MINERALIEN	4	MORBUS CUSHING	Ödematöses Kardinal-Wappen
BALANCE DER HETERO-SEXUELLEN ANLAGE	5	HOMOSEXUAL. ONANIE LESBISMUS	Sektorale Achromie
GLUKOKORTICOID-LENKUNG IN DEN VERDAUUNGSDRÜSEN	6	STÖRUNGEN DER DARM-MOTORIK	Gelbliche Einlagerungen im Pankreas-Pigm.
PHOSPHORILIERUNG DES LAKTOFLAVINS IM DÜNNDARM	7	LYMPHSTAU DER MAMMA	Kristallose der Niere

Fortsetzung ▶

N. N. RINDE
Zeichnungen

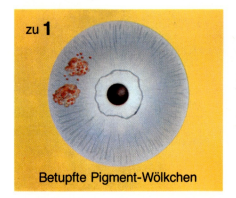
zu 1 — Betupfte Pigment-Wölkchen

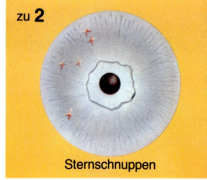
zu 2 — Sternschnuppen

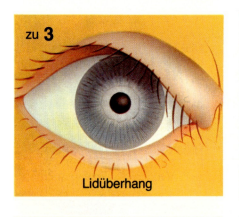
zu 3 — Lidüberhang

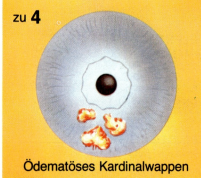
zu 4 — Ödematöses Kardinalwappen

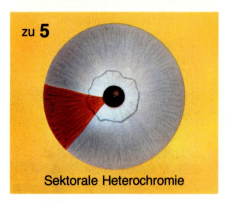
zu 5 — Sektorale Heterochromie

zu 6 — Gelbliche Einlagerung

Fortsetzung

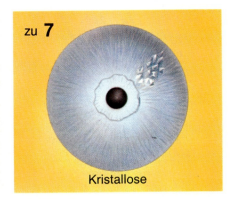

zu **7**

Kristallose

IV

Die Nebennierenrinde 7.2.

Die Nebennierenrinde, aus dem Mesoderm stammend, liefert ungefähr 30 Wirkstoffe, die unter der Bezeichnung: Corticosteroide und Heteroseroide in der Anaylse zusammengefaßt werden. Eine Panoramaübersicht zeigt folgende Funktionskreise:

Das Rindenhormon steuert über den Natrium- und Kaliumhaushalt die Kristallose, die Elektrolytpotenz und den energetischen Anteil des Stoffwechsels. Rheumakristalle, rot betupfte Pigmentwölkchen und achrome Iriskrause mit Übersäuerungsring weisen auf diese Hormonstörung hin. 7.2.1.

Das Rindenhormon steht in Kontakt mit den Betazellen der LANGERHANSschen Inseln und damit zum Kohlenhydratstoffwechsel. Sporadisch verteilte rote Sternschnuppenpigmente deuten auf diesen Zusammenhang hin. 7.2.2.

Die Abhängigkeit des Bindegewebes von der Nebennieren-Rinde zeigt sich in seiner Elastizität bzw. seinem Spannungsabfall bis zur Hernie und zum Prolaps. Beim Morbus ADDISON mit seinem vollständigen Abfall aller Funktionen zeigt sich NNR-Abfall besonders dramatisch. Ophthalmologische Hinweise sind das trichterförmig abfallende Unterlid, der paranasale Überhang des Oberlides gekoppelt mit der faltig einsinkenden Iris.

Die Bindung der Mineralien an das Rindenhormon zeichnet sich besonders klar beim Morbus CUSHING ab; dem abnormen Fettansatz steht die Osteoporose gegenüber, die durch pathologische Kalziumausscheidung entsteht.
Das Kardinalwappen über Kalziumlinien gekoppelt an die skleralen Lipidhügel zeigt die gestörte Balance.
Das Adrenosteron kann einen Eingriff in die andersgeschlechtlichen Wirkstoffe, die jeder Mensch in sich trägt, hervorrufen und damit zur Onanie oder Homosexualität führen. Ein iridologischer Verdachtshinweis ist die sektorale Heterochromie.
Von einer Fehlfunktion der Glukokortikoide im Leber-, Magen- und Bauchspeicheldrüsenbereich berichten die Leber und Pankreaspigmente mit den gelblichen Zwischeneinlagerungen.
Das Rindenhormon hat Verwandtschaft zum Progesteron der weiblichen Keimdrüse und steuert die Phosphorylierung des Laktoflavins im Dünndarm; dies ist therapeutisch beim Stillprozeß zu beachten. Eine linksseitige Nierenkristallose ist häufig ein Hinweis auf eine solche spezifische Fehlfunktion.

8. **Das Pankreas**

Insulin, das Hormon der Betazellen der LANGERHANSschen Inseln ist Endprodukt aus dem Proinsulin, dem Peptidasesystem des Zwölffingerdarms und den exkretorischen Produkten der Bauchspeicheldrüse; es wirkt im Gegensatz zum Adrenalin blutzuckersenkend. Es bremst die Abgabe von Glykogen als Traubenzucker aus der Leber und fördert die Glykogensynthese und die Oxydation in den Muskeln. Besonders die Membranen wie z. B. das Zwerchfell sind extrem insulinabhängig.
Über- und Unterfunktion des Inselsystems zeigen sich ophthalmologisch an den Zuckerwaben, am vaskularisierten Krausenrand, an der insulären Rasterung, am Ameisenhügel, an den Igelpigmenten und an der Morgenrotkrause.

PANKREAS

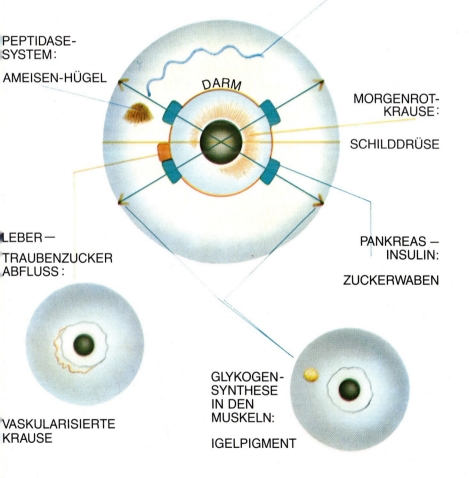

9. Die Leberhormone

Drei Leberhormone sind aktiv am Stoffwechsel beteiligt:

9.1. Das Yakriton-Hormon* mit seiner regulierenden Wirkung auf den Blutammoniakgehalt und als Entgiftungsfaktor. Das Versagen des Yakriton zeigt das inkarnierte, melanöse Leberpigment.

9.2. Das Heparin in seiner Eigenschaft als Gerinnungs-Schutzfaktor. Bräunliche Einlagerungen in fettig degenerierte Gefäßwände am Irisrand weisen auf das Versagen dieser Schutzfunktion hin.

9.3. Rhythmin, ein Herzhormon, entstehend aus Milz und Leber, reguliert normalerweise die Herzrhythmik. Bei Versagen z. B. bei Gallenstau, entsteht Arrhythmie und Tachycardie. Iridologischer Hinweis ist die Gefäßgabel mit Kristallosenansatz im Gallenbereich.

---

* Yakriton: kürzlich von den Japanern entdecktes Leberhormon mit entgiftender Wirkung auf das Immunsystem.

LEBER HORMONE

1. YAKRITON

ENTGIFTUNGSHORMON — INCARNIERTES MELANIN-PIGMENT

2. HEPARIN

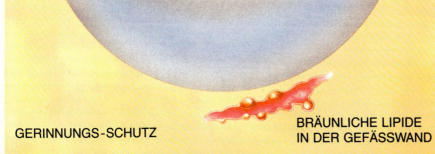

GERINNUNGS-SCHUTZ — BRÄUNLICHE LIPIDE IN DER GEFÄSSWAND

3. RHYTHMIN

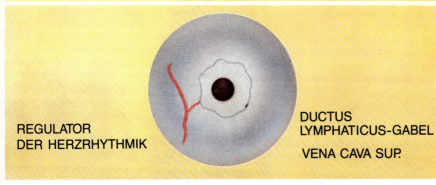

REGULATOR DER HERZRHYTHMIK — DUCTUS LYMPHATICUS-GABEL VENA CAVA SUP.

10. **Die Gewebshormone**

Von den in den verschiedensten Geweben entstehenden Membranhormonen, die die Information und Regulation des humoralen Fließsystems steuern, stehen 2 im Vordergrund:

10.1. Das Acetylcholin vermittelt die neuromuskuläre Erregungsübertragung besonders im Magen- und Darmbereich im Gegenspiel zum Atropin, die ganglionäre somatische Impulsation und die Regulation der rhythmischen Automatik an den zentralen Synapsen. Es steuert damit neurovegetativ die Zellregeneration. Iridologisch erscheinen in der Krausenrandzone schmutzig pigmentierte Aushöhlungen mit KR-Gitterung.

10.2. Das Histaminhormon, das in der Lunge, im Rückenmark, in den Nerven und in der Haut existiert und als Transmitterstoff die jeweilig erforderliche cholinergische oder adrealinerische Nerveninformation vollzieht. Die Säure-Basenbalance im Verdauungsbereich, die Befeuchtung der Atmungsmembranen und die Kontraktionsfähigkeit der glatten Muskulatur wird vom Histaminhormon mitgesteuert.

Iridologischer Hinweis ist ein weit ausgezogener hohler Krausenrand mit innerlichem und äußerlichem Pigmentkontrast.

GEWEBSHORMONE

Receptive Biomembran-Information durch:

A ACETYLCHOLIN

NEURO-MUSKULÄRE
ERREGUNGS-LENKUNG IM VERDAUUNGSSYSTEM
RHYTHMUSBLOCK DER MOTORIK UND DER DARMHORMONE

VERSCHMUTZTE UND VERGITTERTE KRAUSENRAND-HÖHLEN

B HISTAMIN

TRANSMITTERHORMON
FÜR DEN EXTRA-INTRAZELLULÄREN SUBSTANZTRANSPORT
SÄURE-BASEN-BALANCE · BEFEUCHTUNG-BEFLUTUNG
ELASTIZITÄT DER MEMBRANEN

 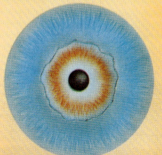

DEHNUNG ODER VERENGUNG
DES KRAUSENRANDES MIT PIGMENTKONTRAST

DARMHORMONE
Zeichnungen

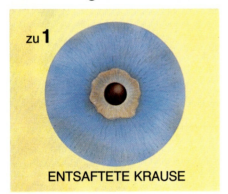
zu 1 — ENTSAFTETE KRAUSE

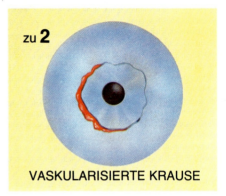
zu 2 — VASKULARISIERTE KRAUSE

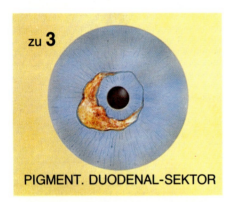
zu 3 — PIGMENT. DUODENAL-SEKTOR

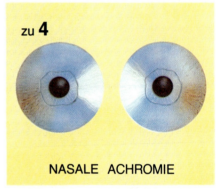
zu 4 — NASALE ACHROMIE

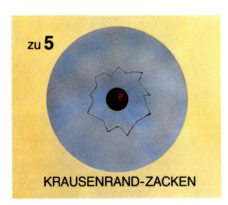
zu 5 — KRAUSENRAND-ZACKEN

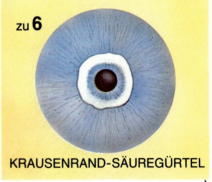
zu 6 — KRAUSENRAND-SÄUREGÜRTEL

Fortsetzung ▶

zu 7 — LEUCHTENDE IRIS-FASERBÜNDEL

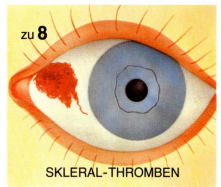
zu 8 — SKLERAL-THROMBEN

IV

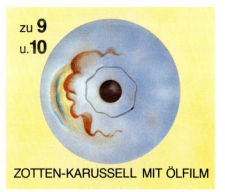
zu 9 u. 10 — ZOTTEN-KARUSSELL MIT ÖLFILM

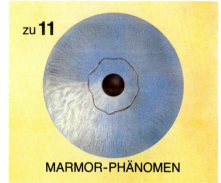
zu 11 — MARMOR-PHÄNOMEN

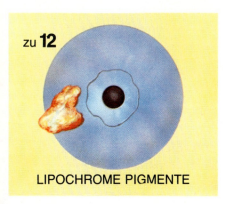
zu 12 — LIPOCHROME PIGMENTE

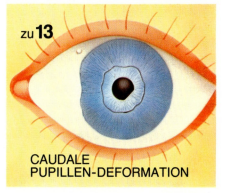
zu 13 — CAUDALE PUPILLEN-DEFORMATION

11. **Die Hormone des Magen- und Darmtrakts**

In der Mukosa des Magen- und Darmtraktes entstehen nach der heutigen Erkenntnisbreite 13 Hormone, die entweder über Nahrungsreiz oder Sinneseindruck in die Blutbahn ausgeschüttet werden:

11.1. Das Gastrin, auch als Magensekretin bezeichnet, entsteht in der Pylorusschleimhaut und wird auf dem Blutweg zur Aktivierung der Sekretion den Magenfundusdrüsen zugeführt.

11.2. Das Sekretin wandert von seiner Geburtsstätte, dem Duodenum, auf dem Blutweg in das Pankreas und regt dort die Sekretion an. Zum oben geschilderten Entsaftungsbild gesellt sich bei Nachlassen oder Versagen iridologisch der vaskulierte KR.

11.3. Das Pankreozym entsteht im oberen Duodenum und erhöht die Absonderung eines fermentreichen Bauchspeicheldrüsensaftes. Bei Störungen erscheinen Pankreaspigmente im Duodenalbereich.

11. 4. Das Enterokrinin entsteht in der Dünndarmschleimhaut und steigert den Enzymgehalt des Darmsaftes in Jejunum und Illeum.
Der nasal achrome Krausenrand schildert die Enzymverarmung und damit den Abbau der Flüssigkeitsturbulenz im Dünndarm.

11.5. Das Enterogastron hemmt die Sekretion und Motilität des Magens und hat einen Kontakt mit den Myelinscheiden der Muskelnerven. Achtung bei MS: Iridologischer Hinweis ist die Krausenrandzacke besonders im rechten Auge.

11.6. Das Urogastron hemmt die Sekretion der Magensäure und scheidet den Überschuß über die Niere aus. Der Ausfall von Urogastron bringt eine Hyperazidose, Blutdruckanstieg und Rheuma. Der innere Säuregürtel am Krausenrand zeigt die Anomalie.

11.7. Das Anthelon verhindert die Bildung von Schleimhautentzündung und Geschwür im Magen- und Darmfeld durch Entspannung des

PANORAMA DER MAGEN- UND DARMHORMONE

	NAME	FUNKTION	PHÄNOMEN
1	GASTRIN	SEKRETIONS AKTIVATOR	ENTSAFTETE KRAUSE
2	SEKRETIN	PANKREAS-STIMULATOR	VASKULARISIERTE KRAUSE
3	PANKREOZYM	PANKR. FERMENTATOR	PIGMENTIERTER DUODENALSEKTOR
4	ENTEROKININ	DARM BESAFTER	NASALE ACHROMIE
5	ENTEROGASTRON	MYELIN-BLOCKER	KRAUSENRAND-ZACKEN
6	UROGASTRON	SÄURE-BLOCKER	KRAUSENRAND-SÄUREGÜRTEL
7	ANTHELON	ENTZÜNDUNGS-HEMMER	LEUCHTENDE IRIS-FASERBÜNDEL

IV

Gewebes. Bei Ausfall von Anthelon sind aufleuchtende Irisfasern, besonders in gebündelter Form, die Alarmzeichen für Geschwürbildung.

11.8. Das Enteramin ist identisch mit dem Serotonin und steuert die Zusammenziehungskraft der Gefäßwände. Beim Ausfall entstehen arterielle oder venöse Erweiterungszustände, die an den Skleral- und Konjunktivalgefäßen eindeutig erkennbar sind.

11.9. u. 10. Das Duokrinin und im Duodenum überwiegend das Villikrinin sind an der Bewegung der Darmzotten und an der Sekretion der BRUNNERschen Drüsen beteiligt. Besonders bei Wurmbefall leuchtet das Zottenkarussel auf wie in einem Ölfilm.

11.11. Das Cholezystokinin ist ein spezifisches Bewegungshormon für die Gallenblase und bringt durch den Ausfall das Marmorbild der Gallenblase nicht nur röntgenologisch, sondern auch iridologisch klar hervor.

11.12. Das Inkretin unterstützt die Insulinbildung des Pankreas und zeigt sich bei Fehlfunktion durch Anlagerung von Pankreaspigmenten im Darmbereich.

11.13. Das Parotin, das normalerweise in der Parotis und im Speichel vorkommt, findet sich auch in der Schleimhaut des Darms und wirkt bis in die Keimdrüsen. Das Verhältnis der Albumine und Globuline im Serum wird vom Parotin modelliert.
Der Abfall vom Parotin führt zu Adipositas und Impotenz und zeigt sich iridologisch an spezifischer Pupillenabflachung und nasaler Deformation der Regenbogenhaut.

8	**ENTERAMIN**	GEFÄSS KONSTRIKTOR	SKLERAL-THROMBEN
9	**VILLIKININ**	DARMZOTTEN-BEWEGUNG	ZOTTENKARUSSEL MIT ÖLFILM
10	**DUOKRININ**		
11	**CHOLEZYSTOKININ**	BEWEGUNG DER GALLENBLASE	MARMOR-PHÄNOMEN
12	**INKRETIN**	INSULIN-AKTIVATOR	LIPOCHROME PIGMENTE
13	**PAROTIN**	ALBUMIN-GLOBULIN BALANCE	CAUDALE PUPILLEN-DEFORMATION

Fortsetzung ▶

IV

12. Die Sexualhormone

Die Einteilung der Keimorgane in die weiblichen Östrogene und die männlichen Androgene und deren Analyse sind die Voraussetzung für den bilateralen Synergismus.

12.1. Die Östrogene:

12.1.1. Die Follikelhormone. Unter diesem Begriff laufen alle Stoffe der Östrogengruppe mit Brunstwirksamkeit. Die Bildung des Hormons erfolgt im reifenden Follikel in dier ersten Hälfte des Zyklus, dagegen in der 2. Hälfte im Gelbkörper und in der Plazenta. Der Baustoff des Hormons stammt aus dem Abbau des Cholesterins, aus der Synthese mit Essigsäure und aus dem Androgenbestand im Ovarium. Aktivierung und Lähmung der Follikelhormone laufen über die Leber.

Das Sexualpigment der Iris mit seiner ziegelroten Farbe und dem cholesterinartigen Sternchenbelag deutet auf eine Hyperfollikulie mit einer Bindung an das Galle-Lebersystem hin. Zeit und Volumen der Menstruation, der Harnsäurestatus, arterielle Migräne und venöse Dilatation verbergen sich hinter diesem Follikelpigment.

12.1.2. Der alkalische Gegenspieler ist das Gelbkörperhormon Progesteron. Es entsteht im Ovarium, in der Plazenta und in den Nebennieren und aktiviert sich in der 2. Phase des Menstruationszyklus. Es bewirkt eine drüsige Umwandlung der Gebärmutterschleimhaut als Vorbereitung für die Einnistung des befruchteten Eies. Die Senkung der Harnsäure durch die Aktivität des Gelbkörperhormons erklärt den Abfall der gichtigen Beschwerden in der Progesteronphase.

Das Gelbkörperpigment bei Funktionsausfall, das gelblich-weiß kristallisiert und meist mit Vitamin-E-Mangelzeichen kombiniert ist, erklärt manchmal den Innidationsausfall und den Gichtanfall.

PANORAMA DER SEXUALHORMONE

A ÖSTROGENE

1. DAS FOLLIKELHORMON: BRUNSTPHASE
BAUSTOFFE: CHOLESTERIN   ESSIGSAURE ANDROGENE

HYPERFOLLIKULIE

HYPERTHYREOSE - KRISTALLOSE
LIBIDO - REIZ

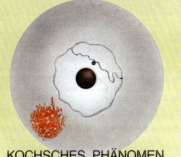

KOCHSCHES PHÄNOMEN
ZIEGELROTES SEXUALPIGMENT
MIT STERNCHEN-BELAG

HYPOFOLLIKULIE

LYMPHSTASE - AMENORRHÖ
LIBIDO - ABFALL

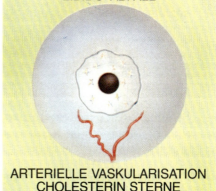

ARTERIELLE VASKULARISATION
CHOLESTERIN STERNE

2. DAS GELBKÖRPERHORMON: INNIDATIONSPHASE
BAUSTOFFE: BASISCHE MINERALIEN   VITAMIN E

HYPERPROGESTERON

MEMBRANBEFLUTUNG DER
KEIMSPENDER-POTENZ

WELLIGE AUFBAUCHUNG
DES IRIS-STROMAS

HYPO-PROGESTERON

DYSMENORRHOE
KONZEPTIONSSCHWÄCHE

WELLIGE EINDELLUNG
DES IRIS-STROMAS

12.2. Die männlichen Hormone:
Die im Hoden und in der Nebennierenrinde entstehenden Hormone, laufen unter dem Sammelnamen: Testosteron. Der Effekt zeigt sich

12.2.1. in der Entwicklung der intragenitalen Sexualkraft mit Leuchtkraft auf die Hypophyse und der Schilddrüse als geistigen und sozialen Orientierungsraum;

12.2.2. der extragenitale Streueffekt läuft über die Submandibulardrüsen und Tonsillen, über die Kalziumversorgung des Skelettsystems und den Kieselsäureunterbau der Haare und über die myotrope Leistung der Muskulatur.

Störungen des Testosteron zeigen sich iridologisch durch kleine rötliche Pigmente im Irisrandareal, Kalkstreifen im Sexualbereich und Irisdellen.

12.3. **Das Zusammenspiel der männlichen und weiblichen Hormone** im Körper jedes Menschen erklärt sich durch das Nebeneinandervorkommen in einem Organismus und die pathologische heterogeschlechtliche Verschiebung erscheint als Ursache des Tumor- und Carzinomgeschehens. Das typische Bild der sektoralen Heterochromie meist gekoppelt mit peripheren Irisausstülpungen weist auf den anormalen Synergismus von Östrogen und Androgenen und damit auf eine Anlage zu Zellwucherung hin.

So wird das Karussel der Hormone zu einem Aspekt des Schicksals, dessen Steuerung und Lenkung der korrekten Interpretation der ophthalmotropen Phänomenologie zu einem nicht unbeträchtlichen Teil anvertraut ist.

PANORAMA DER SEXUALHORMONE
B ANDROGENE
TESTOSTERON

GENITALBILD
DES HORMONS

CA-GENESE
SPARGELKOPF

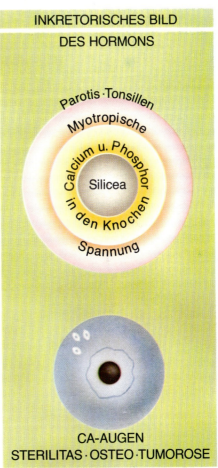

INKRETORISCHES BILD
DES HORMONS

CA-AUGEN
STERILITAS · OSTEO · TUMOROSE

Literaturverzeichnis

Fermente - Hormone - Vitamine: R. AMMON u. W. DIRSCHERL,
  Georg Thieme-Verlag
Innere Erkrankungen und Auge: Andreas HEYDENREICH, Ferdinand Enke V.
Lehrbuch und Atlas der Augenheilkunde: Theo AXENFELD, Fischer Verlag
Farbatlas der ärztlichen Diagnostik: COLLINS, Medica Verlag
Grundbegriffe der Irisdiagnostik: G. LINDEMANN, Irisverlag
Die Konstitution: Joachim BROY, Marczell Verlag
Grundlagen der Irisdiagnostik: J. DECK, Selbstverlag
Augendiagnostik: A. MAUBACH, Haug-Verlag
Diagnose aus den Augen: N. LILJEQUIST, Stockholm
Enzyklopädie der Irisdiagnostik: K. SCHULTE, Pick-Verlag, Köln
Die Augendiagnose: Pastor FELKE, Verlag v. Worms u. Lüthgen
Praktische Iriswissenschaft: P. J. THIEL, Leipzig
Augenfibel: Prof. BRÜCKNER, Thieme-Verlag
Die Augendiagnose: K. BAUMHAUER, Selbstverlag Wien
Ophthalmo-Symptomatologie: R. SCHNABEL, Oculusverlag München
Zitat: ENGEL und BERGMANN; Zeitschrift: Vitamin-Hormon-Fermentforschung,
  Wien 1951/564

V.

Die ererbte und erworbene Toxikose

Werner Hemm, München

Inhalt

Genetische Grundlagen	1.
Morphologie und Biochemie der Vererbung	1.1.
Genregulation	1.2.
Penetranz und Expressivität	1.3.
Mendelsche Genetik	1.4.
Autosomal dominanter Erbgang	1.4.1.
Autosomal rezessiver Erbgang	1.4.2.
X-chromosomale Vererbung	1.4.3.
X-chromosomal rezessiv	1.4.3.1.
X-chromosomal dominant	1.4.3.2.
Multifaktorielle Vererbung	1.5.
Immungenetik	1.6.

2.	Augendiagnostische Zeichen der Toxikose
2.1.	Erbtoxische Dyskrasie
2.1.1.	Psora
2.1.2.	Tuberkulotoxikose, larvierte Tuberkulose
2.1.3.	Luetische und sykotische Zeichen
2.2.	Chromatische Zeichen
2.2.1.	Die braune zentrale Heterochromie
2.2.2.	Die sektorale Heterochromie
2.2.3.	Gelbe transparente Pigmente
2.2.4.	Gelbe und ockerfarbene kompakte Pigmente
2.2.5.	Braune und Teerpigmente
2.2.6.	Moospigment
2.2.7.	Schnupftabakpigment
2.2.8.	Harnsäureintoxikation
2.2.9.	Fokalintoxikation
3.	Literaturverzeichnis

Die ererbte und erworbene Toxikose

Genetische Grundlagen 1.

Morphologie und Biochemie der Vererbung 1.1.

Der menschliche Zellkern enthält 46 **Chromosomen** (= diploider Chromosomensatz). Zur Erhaltung der Konstanz der Chromosomenzahl ist es erforderlich, daß bei der Reifung der Geschlechtszellen eine Reduktionsteilung stattfindet, wodurch die Zahl der Chromosome auf die Hälfte reduziert wird **(Meiose)**. Bei der Befruchtung vereinigen sich jeweils zwei Gameten zur sog. Zygote, welche die erste Zelle des werdenden Lebens darstellt. Die Kerne von Ei- und Samenzelle mit haploidem Chromosomensatz verschmelzen zu einem Kern, in dem sich die Erbanlagen aus der mütterlichen und väterlichen Linie verbinden.

Die Chromosome des Zellkerns bilden den Sitz der genetischen Information, auf denen die Gene als kleinste funktionelle Einheiten linear aufgereiht sind. Der biochemische Trägerstoff der Erbinformation ist die **Desoxyribonukleinsäure,** die eine Doppelhelix-Struktur aufweist mit der Möglichkeit der identischen Reduplikation und damit der Fähigkeit der Informationsübertragung auf alle Zellen und Gewebe des entstandenen Organismus. Die Gene als Merkmalsträger realisieren demnach das gesamte Erscheinungsbild eines Individuums **(Phänotyp)**.

In der Zelle liegen von jedem Gen zwei Kopien vor, welche nicht identisch sein müssen. Unterschiedliche Formen desselben Gens nennen wir **Allele.** Die Funktion eines Allels kann die Funktion des anderen vollkommen maskieren; es ist dominant, das andere rezessiv. Das hat zur Folge, daß der Phänotyp eines Organismus nicht die Wirkung einzelner Gene widerspiegelt, sondern vom Zusammenspiel der Allele im **Genotyp** geprägt wird. Sowohl der Gesamtorganismus als auch seine Teile in Struktur und Funktion sind von diesem Genwirknetz abhängig.

Vererbung bestimmter Merkmale wie zum Beispiel Augen-, Haar-, Hautfarbe, Körperlänge und -gewicht, auch Krankheiten etc. werden nach den **Mendel'schen Regeln** von Generation zu Generation weitergegeben. Auch die Struktur der Iris folgt diesen Gesetzmäßigkeiten; die Kenntnis der vielfältigen Form- und Farbzeichen der Iris ermöglicht es, den Menschen als Dreiheit Geist — Seele — Körper grundlegend und umfassend zu beurteilen und ihm im Rahmen der Möglichkeiten erfolgversprechend ganzheitlich zu behandeln.

1.2. Genregulation

Gene, die für den Aufbau von Proteinen und Polypeptiden verantwortlich sind, heißen **Strukturgene.** Da eine Zelle nicht alle in ihrem Kern verankerten Programme gleichzeitig abwickeln kann, enthält die Zelle sog. Kontroll- und Regulatorgane, die nach einem kybernetischen Prinzip arbeiten. Sie steuern die Tätigkeit der Strukturgene.

Die **Eiweißsynthese** läuft ab im Sinne der Genwirkkette. Für jedes Glied der Kette ist ein eigenes Enzym notwendig, das wiederum von einem eigenen Gen (Ein-Gen-ein-Enzym-Beziehung) induziert wird. Durch feedback inhibition bremst dann das entstandene Produkt die Genaktivität. Der Anfangsort der Ablichtung der DNS zur Erzielung eines bestimmten Produktes wird durch das Operatorgan bestimmt.

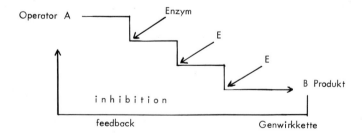

Penetranz und Expressivität 1.3.

Häufig ist zu beobachten, daß Merkmale in einer Generation ausbleiben, also eine Generation überspringen. Die Manifestation des Merkmals ist nicht durchgebrochen: unvollständige Penetranz, obwohl die Anlage genetisch fixiert ist.

Umgekehrt kann ein Merkmal phänotypisch in Erscheinung treten, ohne daß der Träger selbst schwere Krankheitssymptome zeigen muß: schwankende Expressivität (z. B.: Organzeichen der Iris in der Latenzphase, zeigt Abhängigkeit vom Faktor Zeit).

Penetranz und Expressivität stehen in Abhängigkeit von sogenannten **Modifikationsgenen**. Diese selbst werden nach den Gesetzen Mendels weitergegeben, haben aber phänotypisch in diesem Fall keinen Effekt (Suppressorgene).

Mendelsche Genetik 1.4.

Autosomal dominanter Erbgang 1.4.1.

Eine zentrale Heterochromie sei das Merkmal.

Wenn bei **Heterozygotie** ein Gen über sein Allel überwiegt und damit für ein Merkmal maßgebend ist, bezeichnet man es als dominant. Jeder heterozygote Genträger ist demnach Merkmalträger und gibt dieses statistisch an die Hälfte seiner Nachkommen weiter, sowohl an männliche als auch an weibliche.

♂	♀	a	a
	A	Aa	Aa
	a	aa	aa

A = dominativ
a = rezessiv

1:1

Klinische Beispiele dominanter Leiden:

Achondroplasie, Osteogenesis imperfecta, Marfan-Syndrom, Chorea Huntington, Neurofibromatose, Ichthiosis, Osler-Syndrom, Zollinger-Ellison-Syndrom, Noonan-Syndrom, Basalzell-Naevus-Syndrom.

1.4.2. **Autosomal rezessiver Erbgang**

Hier soll das Merkmal nicht durch ein dominantes Gen, sondern über ein rezessives hervorgerufen werden. In diesem Fall wird das Merkmal an ein Viertel der Nachkommen weitergegeben. Rezessiv ist ein Gen, wenn es in homozygotem Zustand in Erscheinung tritt. Bei der heute üblichen geringen Nachkommenschaft errechnet sich die Häufigkeit des Auftretens der Merkmale nach den Gesetzen der Wahrscheinlichkeit.

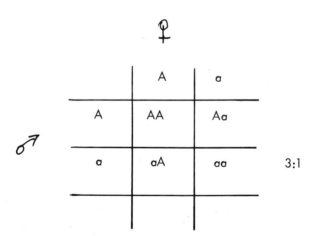

Klinische Beispiele:

Mukoviszidose, Phenylektonurie, Albinismus, Alkaptonurie, Taubstummheit, Xeroderma pigmentosum.

X-chromosomale Vererbung 1.4.3.

X-chromosomal rezessiv 1.4.3.1.

Dieser Vererbungsmodus setzt voraus, daß beim männlichen Genetyp Hemizygotie besteht. Das X-Chromosom besitzt beim Mann keinen homologen Partner, so daß dort lokalisierte Gene keine Allele aufweisen. So führt das X-chromosomal rezessive Gen zur Ausprägung des Merkmals, jedoch nur bei männlichen Nachkommen. Weibliche Nachkommen sind lediglich Merkmalüberträger, da hier das „normale" Allel dominant ist über seinen Partner und keine Penetranz zeigt.

Klassisches Beispiel dieses Erbmoduls ist die Hämophilie; weiter fallen unter diesen Erbgang: Muskeldystrophie vom Typ Duchenne, X-chromosomal bedingte Taubheit, X-chromosomal bedingter Nystagmus, hypophosphatämische Rachitis, Rot-Grün-Blindheit.

X-chromosomal dominant 1.4.3.2.

Hier hat das Merkmal bei Männern und Frauen Penetranz. Charakteristisch ist das doppelt so häufige Auftreten bei Frauen als bei Männern.

Klassisches Beispiel: Vitamin D-resistente hypophosphatämische Rachitis (Phosphatdiabetes).

1.5. Multifaktorielle Vererbung

Eine Vielzahl normaler und pathologischer Merkmale werden nicht durch einzelne, sondern durch mehrere Genpaare bewirkt. Wahrscheinlich trifft diese Tatsache auch für bestimmte Iriszeichen zu.

Multifaktoriell bedingte Erbanlagen beweisen am deutlichsten das Kann-Prinzip für die volle Ausprägung von Penetranz und Expressivität (sensible Prägungsphasen, Realisationsfaktoren, Therapie). So gelten als multifaktoriell bedingt: **Adipositas, Diabetes mellitus, Hypertonie.** So gesehen bedeutet das Vorhandensein einer Morgenrotkrause etc. die Möglichkeit des Auftretens von Diabetes, nicht unbedingt die zwingende Notwendigkeit. Konstitutionsgemäße Lebensweise und Therapie verbessern die individuelle Situation des Menschen.

Diese Tatsache nährt die Hoffnung auf eine Verbesserung des Erbgutes auf lange Sicht; vorausgesetzt, daß jeder an sich arbeitet und verantwortungsbewußt in der Schöpfung steht. MURKEN und CLEVE schreiben zum Thema multifaktorielle Vererbung:

„Bekanntlich werden nicht reale Merkmale vererbt, sondern codierte Informationen. Die Erbinformation steckt den Kreis des Möglichen ab, aber die Umwelt hat großes Mitspracherecht, was realisiert wird und wie es realisiert wird. Die erblichen Anweisungen sind mehr oder weniger streng und erlauben mehr oder weniger Spielraum: Es gibt umweltlabile (z. B. Körpergewicht) und umweltstabile (z. B. Körperhöhe) Eigenschaften. Dies gilt ganz besonders für psychische Merkmale.

Bei Polygenie ist an der phänotypischen Ausprägung eines Merkmales eine größere Zahl von Genen beteiligt, die sich von Generation zu Generation neu kombinieren; dazu kommen häufig noch Umweltfaktoren. Wir sprechen bei solchen Merkmalen von polygener Vererbung bzw. multifaktorieller Bedingtheit. Die Wirkung mehrerer Gene addiert sich (additive Polygenie). Mitunter liegt ein Schwellenwerteffekt vor: Es bedarf einer bestimmten Zahl von Genen, bis sich überhaupt eine Manifestation zeigt."

Immungenetik 1.6.

Die Immungenetik befaßt sich mit den genetisch festgelegten Verhältnissen für die Funktion des Immunsystems. Die Problematik der Transplantatabstoßung hat diese Sparte der Genetik stark vorangetrieben. Die Ergebnisse sind zwar längst noch nicht ausreichend, jedoch konnte mittlerweile eine Menge wichtiger Beobachtungen angestellt werden, die interessante Aspekte eröffnen für die Bedeutung der in der Augendiagnose bekannten Hinweise auf **Erbtoxine**.

Das System der Immunglobuline (mit variabel konfigurierter Zelloberfläche) und das Haupthistokompatibilitäts-System bewerkstelligen immunologische Reaktionen. Für die Produktion von Antikörpern gegen synthetische und natürliche Antigene wurden verschiedene Immun-Antwort-Gene gefunden.

Seit 1972 sind eine Reihe von Krankheiten bekannt geworden, die eine enge Beziehung zum HLA-System aufweisen (**H**umen **L**eucozyte **A**ntigene). An dieses System eng gekoppelt werden Krankheitsempfindlichkeitsgene assoziiert. Nach MURKEN und CLEVE sind einige Besonderheiten zu nennen, die all diesen Krankheiten eigen sind:

„1. Familiäre Häufung bei unklarem Vererbungsmodus (am ehesten dominante Vererbung mit niedriger Penetranz)

2. Beteiligung immunologischer Mechanismen bei der Pathogenese

3. Umwelteinflüsse (z. B. Infektionen) als Realisationsfaktoren."
Folgende Erkrankungen zählen dazu:

Akute lymphoplastische Leukämie, Idiopathische Hämochromatose, M. Bechterew, Reiter-Syndrom, Uveitis anterior, Subakute Thyreoiditis, Adrenogenitales Syndrom, Multiple Sklerose, Juveniler Diabetes, M. Addison, Myasthenia gravis, Chronisch aggressive Hepatitis, Thyreotoxikose, Zöliakie, Dermatitis herpetiformies, Rheumatoide Arthritis.

Abschließend noch ein Zitat zu diesem Thema:

„Die Tatsache, daß so viele verschiedene Erkrankungen mit dem HLA-System assoziiert sind, legt nahe, daß es sich hier nicht um einen genetischen Zufall handelt, der die Empfänglichkeitsgene für bestimmte Erkrankungen in die Nachbarschaft des HLA-Systems gebracht hat. Die weithin akzeptierte Arbeitshypothese zur Erklärung der HLA-Krankheitsassoziationen besagt, daß es es sich bei den Krankheitsempfänglichkeitsgenen um „pathologische" Immun-Antwortgene handeln könnte. Eine Erkrankung wie z. B. die ankylosierende Spondylitis (M. Bechterew) würde dann entstehen, wenn ein Individuum mit der genetischen Disposition (in diesem Fall mit HLA-B27) eine Infektion im Urogenitaltrakt erleidet, was dann eine pathologische (überschießende) Immunantwort hervorruft, die ihrerseits zu den arthritischen Veränderungen des M. Bechterew führt" (MURKEN u. CLEVE).

2. **Augendiagnostische Zeichen der Toxikose**

2.1. **Erbtoxische Dyskrasie**

Auch wenn die alten Theorien für das Zustandekommen ererbter Zeichen nicht immer ganz zutreffend sind, so hat doch die Praxis die Richtigkeit der diagnostischen Aussagen sich immer wieder unter Beweis gestellt. Es bleibt Aufgabe der Augendiagnostiker, die vorhandenen Fakten zu ordnen und unter Zuhilfenahme der modernen grundlagenwissenschaftlichen Erkenntnisse die Phänomene zu erklären.

In früheren Zeiten machte man sog. Ferment- oder Dispositionsgifte (KREIDMANN, HENSE) verantwortlich.

Tatsache bleibt, daß **Erbgifte** zu Dysfunktionen im Zusammenspiel der Organe und Säfte bedingen. Diese Zeichen können sich äußern in einer Neigung zu rezidivierenden Erkrankungen der Gelenke, der Schleimhäute, im Auftreten primär chronischer Entzündungen, schwacher Organlage und Unterfunktion infolge toxischer Imprägnation, welche sich erst bei stärkerer Beanspruchung bemerkbar machen. Die Palette reicht von funktionellen bis hin zu organischen und psychischen Störungen.

Es sind dies Erkrankungen, deren therapeutischer Angriff erst durch den Gebrauch von Nosoden oder nosodisch wirkenden Mitteln befriedigender sich gestalten; Reaktionsblockaden werden dabei verringert. Vererbte Toxikosen sind an der Ausprägung konstitutioneller und dispositionierender Faktoren in hohem Maße mitbeteiligt.

Psora 2.1.1.

Die Psoralehre geht auf S. Hahnemann zurück. Die Behandlung chronischer Krankheiten bereitete ihm immer wieder Schwierigkeiten, indem vikariierende Symptome entstanden. So entwickelte er seine Psoralehre, die bis in die jüngere Zeit mißverständlich ausgelegt wurde. TISCHNER kommt das Verdienst zu, mehr Licht ins Psoradunkel gebracht zu haben.

Heute wissen wir um den psorischen Konstitutionstypus, bei dessen Reaktionsabläufen Stoffwechselanomalien bestehen, die auf Leberminderleistung beruhen; nicht nur im Sinne des Säftefilters

Leber, sondern auch ihre immunologischen Leistungen betreffend (System der Kupffer'schen Sternzellen).

Durch multifaktorielle Bedingtheit haben Milieu, Lebensweise. Klima nicht unerheblichen Einfluß auf die verschiedensten **Erkrankungen dieses Konstitutionstyps:**

Allergische Reaktionen von Haut und Schleimhäuten, Erkrankungen mit Rezidivneigung, verzögerte Rekonvaleszenz, ungenügende Bluterneuerung, Gelenkerscheinungen, Disposition zur Malignität. Die Psyche ist gezeichnet von Angst und Sorge, Hoffnungslosigkeit, Verzweiflung und Depressionen, Minderwertigkeitskomplexen.

Die **Pigmentbildung** in der Iris tritt schon in den ersten Lebensmonaten auf im Gegensatz zu den übrigen Fremdfärbungen. Dunkle Krausenzone, Rareffizierung des Stromas, Substanzzeichen und verschiedenartige Pigmentbildungen charakterisieren den Psoratyp.

Therapie: Psorinum, Sulfur, Elhapsorin, Graphites-Galmesin, ausleitende Maßnahmen, Balneotherapie, Licht, Luft, Sonne.

2.1.2. **Tuberkulotoxikose, larvierte Tuberkulose**

Auch die Tuberkulose als chronische Infektionskrankheit setzt im Auge ihre Merkmale.

Die Empfänglichkeit erscheint dermaßen groß, daß mehr als neunzig Prozent der bundesdeutschen Bevölkerung einen tuberkulinischen Erstinfekt durchgemacht haben; zwar ohne massiv zu erkranken, aber doch nosodisch imprägniert zu sein (**larvierte Tuberkulose**); größere Infektanfälligkeit, chronisch werdende Katarrhe, Belastung der Lymphdrüsen, hyperimmunisierender Effekt, der besonders bei der Nachkommenschaft zu allergischen Reaktionen führt mit der Ausbildung inkompletter, univalenter

Antikörperkomplexe; Störungen des Säure-Basen-Haushaltes, Störungen des Calcium-Stoffwechsels mit Neigung zu Skrofulose, exsudativer Diathese, Rachitis, Erkrankungen der Haut.

Der **Koch'sche Faden** als familiäres Toxikosezeichen spannt sich in unterschiedlicher Stärke und Formation von Krausenrand zu Krausenrand über das Lumen der Pupille.

Auch der hyperplastische Krausenrand und der **Torbogen** weisen auf diese Belastung hin.

Einzelne Fäden mit darauf reitenden Konkons richten das Augenmerk auf entsprechende Belastungen des Darmes, Neigung zu Wurmbefall, Veränderungen der physiologischen Zusammensetzung der Darmflora.

Drüsenballons, Abrisse des Krausenrandes, gelten als Hinweise für Traumen des Bauches und Affektion der Drüsen, speziell der Mesenterialdrüsen.

Hinweisend auf larvierte Formen sind das **gekämmte Haar** nach MAUBACH, das gleichzeitig die Mesenchymschwäche signalisiert, aberrable Fasern im Lungensektor als Verklebungszeichen nach exsudativen Prozessen, ebenso Abdunkelung und Faserrarefikation.

Achtung bei gleichzeitigem Auftreten von Zeichen im Lungen- und Nierensektor.

Therapie: Tuberkulinum, Calcium phos., Magnesium phos., Natrium phos., Silicea, Equisetum, Myosotis oplx, Kreosotum oplx, Cefapulmon, Umckaloabo.

2.1.3. Luetische und sykotische Zeichen

Sie haben Infektionen der Sexualorgane zur Grundlage. Deshalb sollen beide hier zusammengefaßt werden.

Der **Sykosebegriff** geht wie der der Psora auf S. HAHNEMANN zurück, der zu den ersten zählt, die Lues und Gonorrhoe pathogenetisch unterschieden haben. Der Begriff „Feigwarzenkrankheit" für Sykosis stellt einen ohne weiteres sinnvollen Bezug her, weil die Affektionen von Haut- und Schleimhäuten im pathologischen Gefüge dieser Erkrankung klar zutage tritt. Allerdings bestehen Berührungspunkte zu Psora, Skrofulose und Lymphatismus allgemein.

„Die... auftretenden unphysiologischen Metaboliten... bewirken eine übermäßige Sensibilisierung des neurovegetativen und hormonellen Systems, sowie eine Beeinträchtigung der mesenchymalen Vitalität, vor allem des retikulären Bindegewebes." (BROY)

Während die toxische Zeichnung der hereditären **Lues** vorwiegend ihre Spuren an Linse und Pupillensaum setzt — SCHNABEL nennt noch streng in der Säfteregion zirkulär verlaufendes Schnupftabakpigment —, ist bei der Sykosis mehr die Iris gezeichnet, und zwar mit abgedunkelter Ziliarmittelzone (Muskelregion) und evtl. auftretenden Tophi sowie verschmierter Krausenrandzone. Die Tendenz zu nervösen Leiden ist beiden gemeinsam, ebenso die Neigung zu chronischen Gefäß- und Gelenkkrankheiten und die Anfälligkeit der Harnwege.

Psychische und neurologische Aberrationen sind häufiger bei luetischer Toxikose anzutreffen.

Chromatische Zeichen 2.2.

— **Pigmente** sind Ausdruck von Stoffwechselstörungen und weisen auf ständig steigende Toxinanhäufung und damit mesenchymale Belastung hin.

— Im Zusammenhang mit anderen Iriszeichen bedeuten sie Erschwernis des Krankheitszustandes, Tendenz zu Chronizität und Malignität.

— Pigmente sind grundsätzlich topolabile Zeichen; jedoch erfolgt ihre Deposition am locus minoris resitentiae.

— Solitärpigmente stellen ein erhöhtes Risiko dar.

— Farbe und Struktur des Pigmentes weisen auf seine Herkunft.

V

Die braune zentrale Heterochromie 2.2.1.

Sie weist auf intestinale Autointoxikation hin, Koprämie. Qualitativ unzureichende Besaftung bedingt Störungen des Säure-Basen-Gleichgewichtes im Verdauungstrakt. Es entsteht Dyspepsie und Dysbakterie. Die Darmtätigkeit ist reduziert. Kotgifte werden resorbiert und beeinträchtigen Leber- und Nierenfunktionen.

Die sektorale Heterochromie 2.2.2.

Sie stellt eine Belastung der betroffenen Sektoren dar. Trophik und Funktion der Organe sind gestört. Auch Karzinom- und psychische Imprägnation gehören zu dieser Art der Fremdfärbung.

2.2.3. Gelbe transparente Pigmente

Gelbe und strohgelb durchscheinende Pigmentschleier sind **nephrogenen Ursprungs (Urosein).** Sie können mit einem dunkleren Farbton überschichtet sein. Ihr Vorkommen ist variabel: sektoral im Nierenfeld, als Flecke über die Iris verteilt oder als Heterochromie.

Urinuntersuchungen fallen meist negativ aus, außer bei einem akuten Schub.

Das Organ ist funktionsträge und bedingt leichte Rest-N-Erhöhung, Fernschmerzen wie Kopf-, Rücken- und Kreuzschmerzen. Begleit- oder Ausscheidungskolitis ist möglich. Oft besteht Steindiathese.

2.2.4. Gelbe und ockerfarbene kompakte Pigmente

Gelbe, schmutziggelbe, gelbbraune, braunrote, ockerfarbene kompakte Pigmente gehen auf **Störungen der Leberfunktion** zurück **(Fuszin, Lipofuszin).**

Sie entstehen aus dem Bilirubinmetabolismus.

Die Störungen können das RES-System der Leber (Kupffer'sche Sternzellen im Disse'schen Raum), die Gallenwege (Dyskinesien) und die Leberzelle selbst betreffen (Hepatopathie).

Die Pathogenese reicht von der Stauungsleber über die chronische Insuffizienz bis hin zur Leberzirrhose.

Die Leber erscheint vergrößert, der Leberrand wird stumpf (Fettleber); Meteorismus, Hämorrhoiden, Proktitis, Analpruritus, Stauungs- und Begleitgastritis, hepatogene Dyskardien gehören zum Syndromenbild. Serumbilirubin ist erhöht; Urobilinogen und

Urobilin treten im Harn auf.

Schwarzgalligkeit kennzeichnet das psychische Verhalten.

Braune und Teerpigmente 2.2.5.

Braune, tiefbraune und schwarze Pigmente (Teerpigmente) erscheinen bei **Dysfunktion von Pankreas und Leber.** Proteinasemangel des Pankreas führt zu Fäulnis mit Bildung von Indol, Skatol, Phenol, Kresol.

Diese Stoffe werden resorbiert und müssen in der Leber entgiftet werden. Mangelnde Pufferungsaktivität der Leber läßt das braune Pigment, bei Verdichtung das Teerpigment entstehen: Karzinomtendenz, mesenchymale Verschlackung.

Das Moospigment nach SCHNABEL 2.2.6.

Sein Aussehen ist moosflechtenartig, seine Farbe rötlich-gelb bis braun. Wie alle Pigmente ist es topolabil.

SCHNABEL sagt dazu: „Symptomatisch betrachtet, zeigt es uns zumeist schwere funktionelle **Störungen des renalen Abschnittes** des Urogenital-Traktus an, erscheint oft nach Pyelitiden oder ernsteren Entzündungen der Nieren, die eine Schwächung der Funktion mit sich brachten, so daß sein Vorkommen immer gewisse Intoxikationszustände auf renaler Basis verrät.

Auch werden zumeist Nierenerkrankungen als familiäre Belastung zugegeben oder doch solche lokale Allgemein-Symptome, die sich zwanglos in den Symptomenkomplex renal komplizierter Krankheitszustände einreihen lassen, wie „erhöhter Blutdruck" mit Apoplexiefolge, „Arterienverkalkung", „Blasenkrankheiten" etc.

Oft bestätigen schon die urinösen Hautausdünstungen des Patienten die Richtigkeit der Annahme, daß eine Blasen- und Nierenaffektion und eine darauf beruhende spezifische Autointoxikation vorliegt."

2.2.7. Das Schnupftabakpigment

Es handelt sich um ein körniges Pigment von braunroter oder tiefbrauner Farbe. **Bedeutungen:**

— Von Krausenspitzen ausgehend:

renale Stoffwechselintoxikation mit Hypertension, Schwindel, Kopfkongestion, Ohrensausen, Parästhesien.

— Von Krausenbuchten ausgehend:

zusätzlich Darmträgheit, Flatulenz, Zirkulationsstörungen, Roemheld-Syndrom.

— In der Säftezone:

Hämotoxikose durch Kotgifte, harnsaure Schlacken, Metaboliten. Mangelnde Glykogenspeicherung der Leber. Gestörte Prothrombinsynthese der Leber. Dysbakterie.

2.2.8. Harnsäure-Intoxikation

Kennzeichnend sind weißliche Auflagerungen in der Säftezone und im übrigen Ziliarteil. Verschmierung der humoralen Region, eventuell Schnupftabakpigment.

Der Diathese liegt eine gestörte Wechselwirkung zwischen Harnsäureproduktion und -Ausscheidung zugrunde. Dabei kommt der endogenen Entstehung die größere Bedeutung zu. Renale Ausscheidungsstörungen komplizieren das Bild.

Symptomatik:

Ausscheidungsgastritis mit Brennschmerz. Dyspepsie. Katarrhneigung. Prämenstruelle Syndrome. Kopfschmerzen und Migräne. Hyperkinetische Syndrome. Aggressivität.

Fokalintoxikation 2.2.9.

Ein Fokalgeschehen zeigt ähnliche Wirkung wie die ererbten Toxikosen. Sein Einfluß auf die Organfunktionen ähnelt dem einer nosodischen Blockade. Ja, es kann – wie J. KARL in seinem Buch „Therapiekonzepte für Naturheilkunde" schreibt – die Wirkung von Erbtoxinen potenzieren.

Die sensibilisierende Wirkung eines Herdes kann nach PISCHINGER auf humoralem und neuralem Wege stattfinden. Vorausgesetzt wird, daß eine proliferative Abkapselung des Herdes abgelaufen, also eine Milieuänderung im betreffenden Gewebe vor sich gegangen ist, wie wir sie aus der allgemeinen Pathologie der chronischen Entzündung her kennen. So kann ein Fokus letztlich Ursache funktioneller und organischer Erkrankungen werden. Die funktionellen Störungen ergießen sich in allerlei Symptomen vegetativer Anpassungsstörungen: Müdigkeit, Unlust, mangelnde Frische etc. An Herdmitwirkung ist bei folgenden Krankheiten zu denken: rheumatische Polyarthritis, Neuritiden, Tendovaginitis, Wirbelsäulensyndrome, Herz- und Nierenerkrankungen, allergischen Zuständen, Migräne.

Als **Herde** kommen in Frage: Zähne, Tonsillen, Nebenhöhlen, Mittelohr, Gallenblase, Ovarien, Prostata, Appendix. Augendiagnostisch finden sich in den entsprechenden Sektoren Reizfasern, aberrable Fasern, Substanzverlustzeichen, vaskularisierte Radialen, Pigmente, Silberfäden.

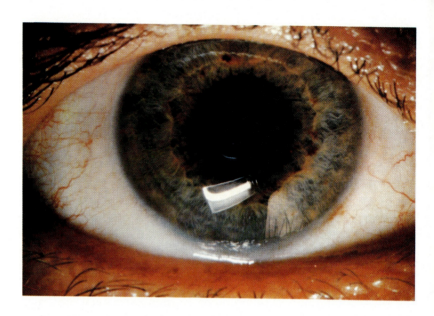

re Iris, weiblich, Jahrgang 1932

Psora

Seit 15 J. allergische Schleimhautreaktionen, es gibt kaum einen Stoff, auf den sie nicht reagiert, Leber-Galle-Beschwerden, Obstipation wechselt mit Durchfall, klin. Untersuchungen o. B. Sehr schwierige Psyche. Migräne.

Anamnese: Vater und Bruder Asthma, Mutter Bronchitis.

Therapie: Eigenblutbehandlung mit Psorinoheel und Acirufan. Elhapsorin, Sanasi, Cardiospermum D 3 + Histaminum D 12 + Luffa D 12 āā Petasites Ø und Petaforce, Kavosporal, Biral.

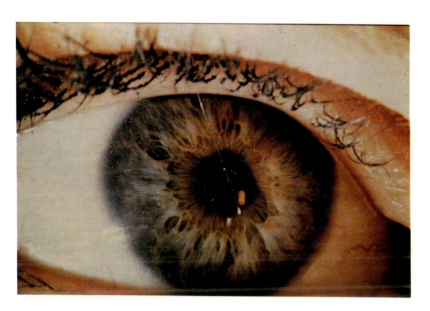

re Iris, weiblich, Jahrgang 1941

larvierte Tbc., Verdunkelung, aberrable Fasern.

Anamnese: der Sohn leidet unter Heuschnupfen, rhachitischer Thorax.

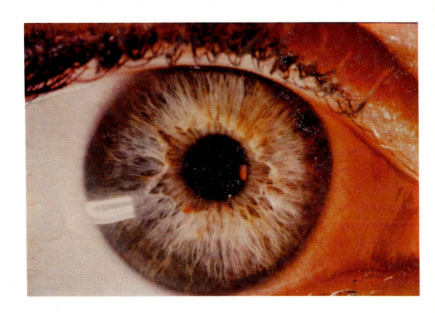

re Iris, weiblich, Jahrgang 1944

Im Alter von 15 J. Lungentuberkulose, jetzt seit 12 Jahren allergisches Ekzem, will vom Kortison loskommen; Gastralgie, Erstickungsgefühl, Angst!

Aberrable Fasern bei 9.00 Uhr nach exsudativem Prozeß der Lunge. Da mir die Zeichen im Lungen-Sektor ungut vorkamen, ließ ich bakteriologisch und röntgenologisch untersuchen: negativ. Nierenzeichen mit eingedrückter Krause.

Therapie: Elhallergin, Rhus tox. D 12, Solidago Dr. Klein, Scabiosa oplx, Euphorbia oplx, Fenistil. Beherrschung eines akuten Anfalles mit Akupunktur. Im Urlaub nochmal wegen erneutem Aufflackern Kortison erhalten.

Umckaloabo (Iso).

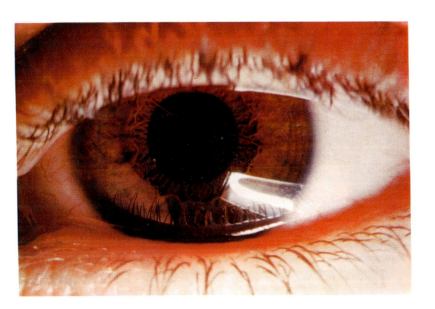

li Iris, weiblich, Jahrgang 1958

Ekzem der Hände (Allergiepaß)

V- bei der Periode, im Winter

Kochsche Diathese

Therapie: Elhapsorin, Euphorbia oplx, Scabiosa oplx, Cardiospermum D 3, Acidophilus Jura, Sulfur D 6, Cholesterinum D 4, Kalium sulf. Aktinoplex, Silicea Aktinoplex.

V

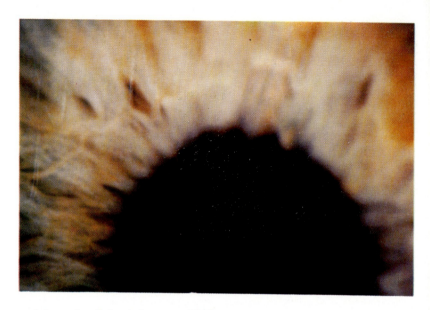

re Iris, männlich, Jahrgang 1940

Kopfschmerzen, Lumbago, beginnende Spondylosis, Meteorismus, Diarrhoetendenz, labiler Hochdruck, ausgesprochen „verrückter Kerl", streckenweise zwanghaftes Verhalten, Sammler (wie oft bei luetischen Typen). Gelenkbeschwerden.

Neurolappen
Therapie: Luesinum, Meta-RES, Phytolacca, Staphisagria, Secale cornutum, Ammi visnage D1 und D2; Gelsemium, Cyclamen und Rhus tox. helfen ihm immer wieder gegen seine Kopfschmerzen.

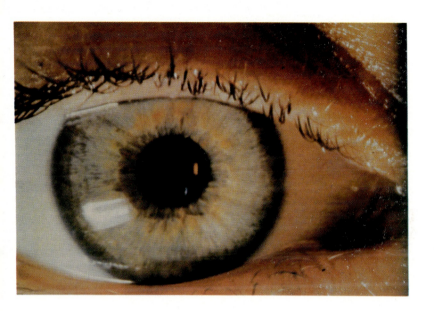

re Iris, weiblich, Jahrgang 1950

bullöse Dermatose, nässend, verschorffend, vernarbte Blasen, Pyelonephritis 1978.

Anamnese: Großmutter Gallensteine.

Lithämie, Sykosis

Medorrhinum D 200, Rhus tox. oplx, Rubia oplx.

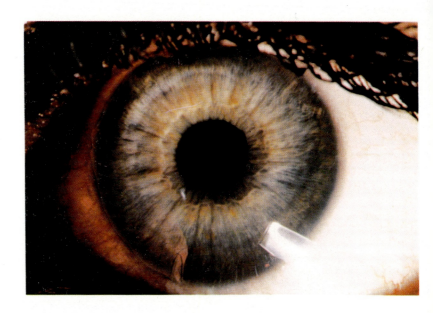

li Iris, weiblich, Jahrgang 1949

Nephrolithiasis, immer Nieren- und Blasenbeschwerden

Lithämie, Sykosis (schmutziges gelbl. Pigment)

Ohr-Blasen-Linie (Vaskularisation)

Letzte Konsultation: wegen eigroßer Leistendrüse rechts.

Die Diagnose „GO" hätten schon 3 Fachärzte ausgeschlossen. Der Vierte hat sie dann bestätigt.

Therapie: Rubia oplx. Rubia Teep, Abrotanum Galmesin, Pulsatilla, Sepia, Santalum album D 2, Acid. benz. D 4.

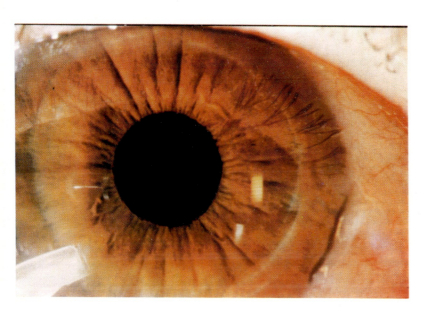

re Iris, weiblich, Jahrgang 1918

Beschwerden: variköses Ekzem, kleine offene Stellen am Bein, Hypertonieneigung.

Drüsenballon 42', Torbogen 7'

Therapie: Sarsaparol, Venoplant, Taraxacum oplx., Nosoden.

Wider Erwarten ist das Ekzem samt kleinen Ulcera verschwunden.

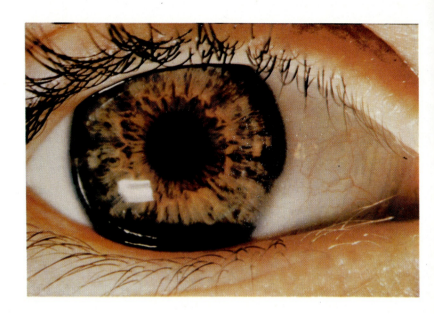

re Iris, männlich, Jahrgang 1975

Zentrale Heterochromie, lineal konfigurierte Krause, Dysbiose, Lymphatismus, Zeichen im Lungen- und Bronchiensektor

Wurmbefall, alle 4 bis 6 Wochen Bronchitis (Infektionsweg der Spulwürmer!), Polypen und Rachenmandel-Op.

Therapie: Vermicym pro infantibus, Calc. carb. D 30, Umckaloabo Iso, Natr. phos., Scrofularia Similiaplex, Thujacyn.

Der Patient hat trotz Bedenken der Eltern in den Monaten mit „r" Lebertran eingenommen. Im Sommer Licht, Luft und Sonne verordnet. Die Flocke bei 45' ist inzwischen stark abgeblaßt.
Es versteht sich, daß die angegebenen Mittel nicht alle auf einmal gegeben wurden, sondern im Laufe der Zeit. Das trifft selbstverständlich auch für alle übrigen Therapiehinweise zu.

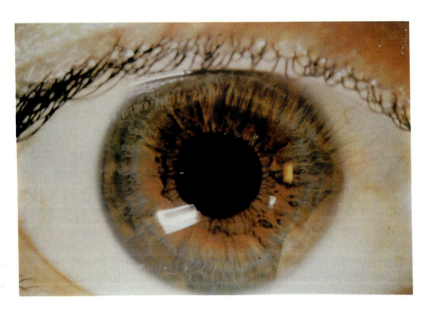

re Iris, weiblich, Jahrgang 1946

Akne im Gesicht und an den Schultern, nach Abheilung bleiben unschöne Narben bestehen (seit 4 Jahren).

Zentrale Heterochromie (Obstipation), renales Zeichen (2-3 x tgl. Harnentleerung), pigmentierte Mesenchymzone mit Brückenbildung zur Säfteregion hin.

Therapie: Eigenblutkur mit Acirufan und Psorinoheel, Biopurgon, Hepar sulf. D 12, Hylac forte, Comocladia dentata D 4, Sarsaparilla D 2, Silicea Aktinoplex.

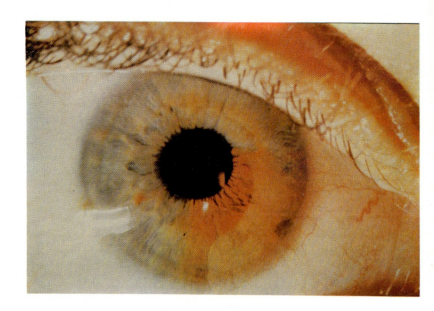

re Iris, weiblich, Jahrgang 1951

Klagen im Sinne eines vegetativen Überforderungssyndroms

Mit 11 J. Hepatitis, 1979 Abortus, Otalgie 1 Monat danach. Sturz b. Skilaufen (Traumagabel) – HWS-Syndrom.

Sektorale Heterochromie (Bereich beachten), in der zweiten Schwangerschaft stellen sich Ödeme ein, die durch Verordnung von Helleborus D 4 abklingen. Diese Verordnung (die sich sehr oft bestätigt fand) stammt von unserer alten verstorbenen Kollegin Maria Wagner.

Schwangerschaftsniere und Helleborus D 4 ist mir seither zum Begriff geworden. Es ist auch nie „etwas passiert".

Therapie: HWS-Behandlung manuell. Hyoscyamus Galmesin, Lobelia oplx.

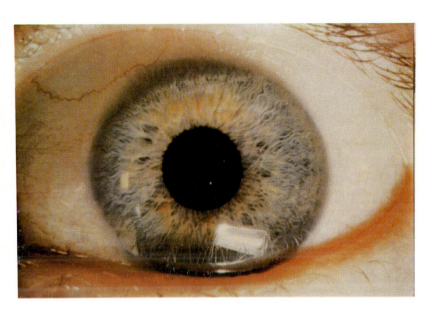

li Iris, weiblich, Jahrgang 1930

Schlafstörungen seit 1972, Nervosität, täglich Kreuzschmerzen

Urin: 2-3 mal täglich.

Nierenlymphatiker, Neurozeichen

Therapie: Arthrophön, Lobelia oplx, Löwenzahntee.

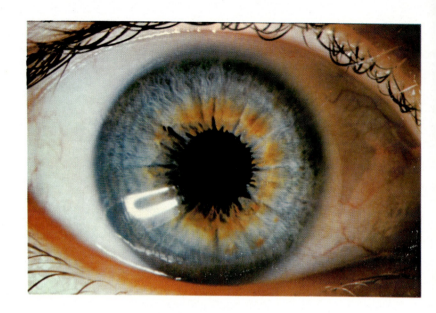

re Iris, weiblich, Jahrgang 1942

immer müde und schwach, Anämie, hormonelle Dysregulationen, Venenleiden

Hepato-lienales Syndrom, Gallelöcher

Therapie: Brennesseltee, Löwenzahntee, Aesculus D 2, Melilotus ⌀.

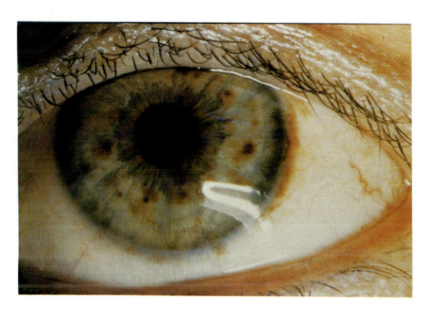

li Iris, weiblich, Jahrgang 1917

Eine Patientin, die außer progressiv-chronischer Polyarthritis keine Beschwerden hat, nur immer abnehmen will. Tausend Abnehmkuren hat sie schon hinter sich: der Erfolg davon ist die kranke Leber, wie man leicht erkennen kann. Das Blutbild objektiviert die Diagnose. Leberschaden, Bz. erhöht. Diese Frau ist die Unvernunft in Person.

Therapie: Carduus-Tee, Medivitan, Ononis G 7 Pflüger, Legapas, Lycopodium Spl., Flacar, Rheumamittel. Mit unbefriedigenden Erfolgen.

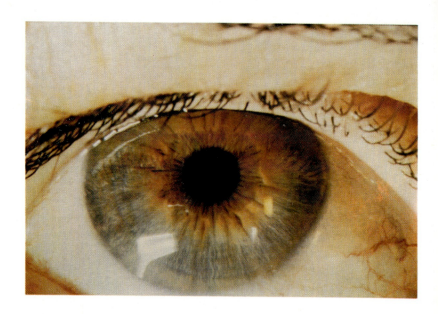

re Iris, weiblich, Jahrgang 1920

HWS-LWS-Syndrom, Kribbeln und Einschlafen der Hände, Wadenkrämpfe, Oberbauchschmerzen.

Leber-Galle Pigmentierung, Kopf-Bein-Linie, beg. Leberdreieck

Therapie: Massage Schulter-Nacken, ebenso Schröpfen und Baunscheidt (GA 301), Capillaron, Magnesium fluorat. D 4, Lycopodium Similiaplex, Phönix Tartarus III/020.

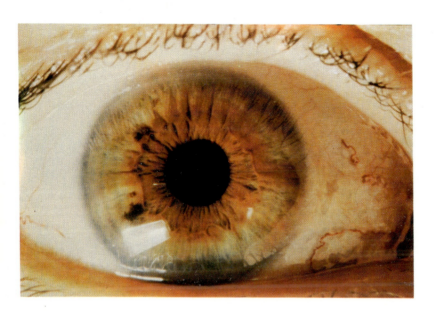

re Iris, weiblich, Jahrgang 1918

Schmerzmittelallergie, Coxalgie, Brachialgie, Obstipation seit 20 Jahren (hepatogen).

Teerpigment, Heterochromie

Therapie: Araniforce, Berberis D 2, Tee mit Mariendistelsamen, Pfefferminze, Boldo, Frangula, wenig Sennes.

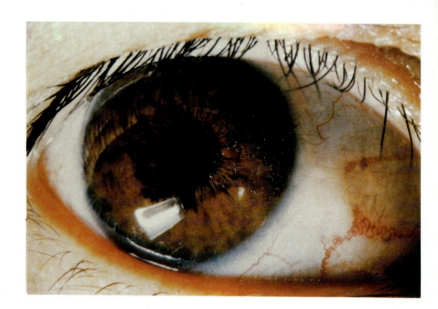

re und

Ewige Obstipation, Ulkuskrankheit (Magen und Duodenum), Gallenblasenoperation, Unterleibsoperation (Portio), keine oder besser noch keine Bösartigkeit. Nach Operation starke innere Narbenbildungen.

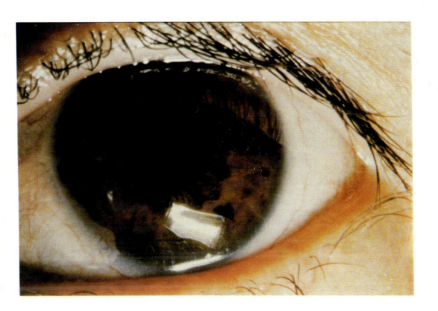

li Iris, weiblich, Jahrgang 1932

Teerpigment in der Krause, Torbogen bei 40', Gallelöcher, Leberdreieck, links Teerpigment 23'.

Therapie: Chelidonium D 3, Chelicyn L, Dolichos oplx, Cholesterinum oplx, Grindelia oplx, Flenin, Calc. fluorat. Aktinoplex, Sulfur, Hylac forte etc.

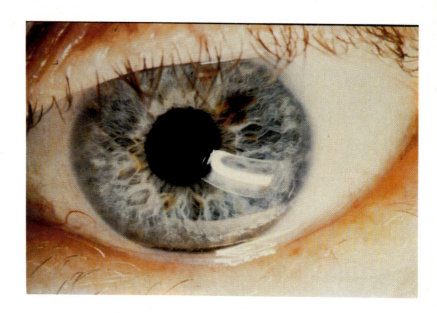

li Iris, weiblich, Jahrgang 1924

Klagen: Hitzewallungen, hoher Blutdruck (220/140), prätibiale- und Knieödeme.

Operation eines Gallenblasenempyems.

Moospigment

Therapie: Reserpinum comp. Dr. Probst (Leopold-Apotheke München), Cimicifuga oplx., Aalserum D 6, Solidago-Präparate.

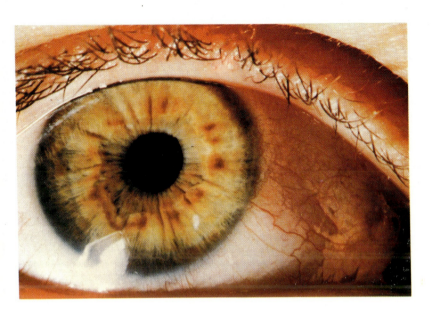

re Iris, weiblich

Müdigkeit, Konzentrationsschwäche, Obstipation, Depressionen, Wasserlassen 2 mal am Tag, Myom, Bandscheiben-Operation wegen Prolaps.

Schnupftabakpigment stark verdichtet

Säureiris

Therapie, Berberis D 2, Chelicyn-L, Kal. phos. Aktinoplex, Lithium chlorat. D 6, Bewegungstherapie in frischer Luft und Sonne, Gnaphalium D 2, Ononis ⌀.

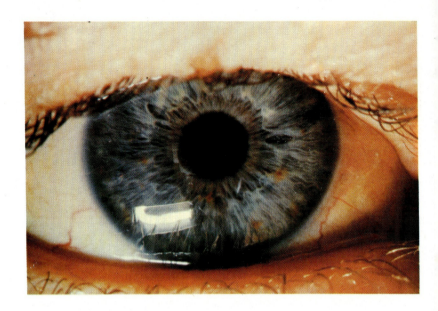

re Iris, männlich, Jahrgang 1923

Träge Verdauung, Süßes wird nicht vertragen, immer müde und gereizt; blutige Ejakulation; im Krieg Go.

Leberdreieck, Leitgefäß, gelbe Sklera, Fettleber.

Schnupftabakpigment im Nieren-Sektor, Ausscheidungsinsuffizienz (einmal tgl. Urin).

Zum Urologen geschickt: Prozeß Prostata rechts.

Therapie: Medorrhinum, Sulfolitruw, Rephaprossan, Fluid grün, Berberis, Dolichos, Flor de Piedra, Picrorhiza, Blutbildungsmittel. Beseitigung von Amalgamplomben und sonstigen Zahnherden.

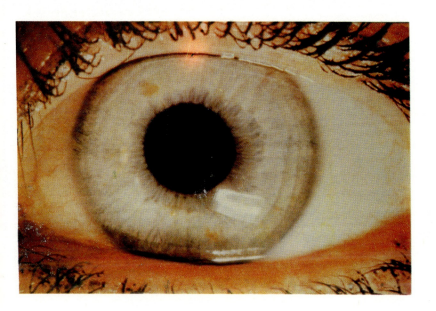

li Iris, weiblich, Jahrgang 1939

Pat. kam wegen Kopfschmerzen, ewiger Bakteriurie, 1978 Quinckeödem auf Kopfschmerzmittel.

Säure-Iris, Pigmentation im Bereich von Stirn-Ovarlinie, Thyreocadialer Sektor, zirkuläre Kontraktionsfurchen.

Therapie: Behandlung der Trias Schilddrüse-Gallenblase-Ovar; säureausscheidende Mittel, Akupunktur.

Juniperus oplx., Cholesterinum oplx., Iris D 2, Cimicifuga D 3.

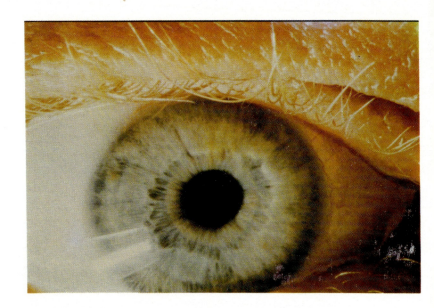

re Iris, männlich, Jahrgang 1934

Kopfschmerzen seit Kopfsturz von der Garage auf das Auto vor 15 Jahren. Damals nur 4 Tage Bettruhe.

Harnsaure Diathese. Renal: Substanzzeichen – Phenacetin-Niere.

Therapie: Gelsemiumpräp. und Akupunktur hatten wenig Wirkung. Erst Silicea-Aktinoplex brachte Erleichterung durch Auflösung des dann röntgenologisch festgestellten Hämatoms nach dem damaligen Unfall.

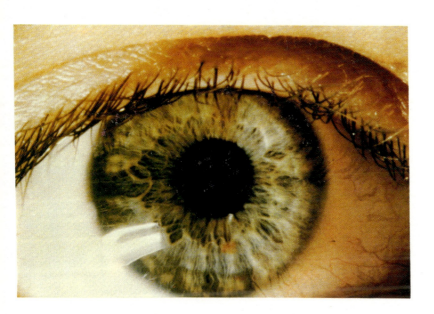

re Iris, männlich, Jahrgang 1956

Fokus im Appendixbereich.

Fokale Situation im Blutbild objektiviert.

Nach Appendektomie bei guter Gesundheit.

V

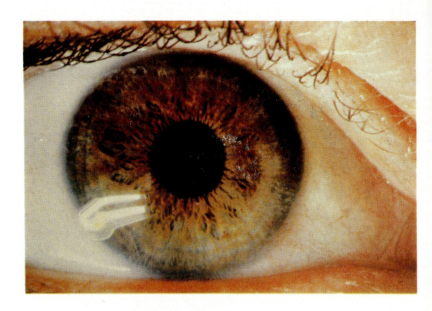

re Iris, weiblich, Jahrgang 1934

Fokus im Zahnbereich, Patientin verweigert zahnärztliche Behandlung. Gelenk- und Verdauungsbeschwerden, rez. Tendovaginitis.

VI. Das Enzym- und Fermentsystem

Heinz B l e y , Wuppertal

Inhalt:

1. Einleitung

2. Grundsätzliches zum Verständnis enzymatischer Reaktionen

2.1. Hypertrophie

2.2. hypotrophe Störungen

2.3. dystrophische Enzymopathien

2.4. eutrophische Fermentlage

3. Enzymatische Aufspaltungsvorgänge

3.1. durch Erkrankung von enzymproduzierenden Geweben

3.2. durch Verlegung von Drüsenausführungsgängen

3.3. durch isolierten Enzymmangel

3.4. angeborene Defekte der Enzymsynthese

3.1.1. atrophische Gastritis

3.1.2.	Pankreasinsuffiziens
3.1.3.	Zollinger-Ellison-Syndrom
3.1.4.	Mukoviszidose
3.2.1.	Gallensteine
3.2.2.	Verdrängung
3.2.3.	Entzündungen
3.2.4.	Hyperparathyreodismus
3.3.1.	Disaccharidasemangel
3.3.2.	Enteropeptidase- und Trypsinogenmangel
3.3.3.	Lipasemangel
3.4.1.	Glukose-Galaktose-Mangel
3.4.2.	Hartnup-Erkrankung
3.4.3.	Zystinurie
3.4.4.	Methionin-Malabsorption
3.4.5.	bakterielle Infektionen
4.	Die Gärungs- und Fäulnisdyspepsie
4.1.	Gärungsdyspepsie
4.2.	Fäulnisdyspepsie

4.3.	eiweißspaltende Fermente
4.3.1.	Pepsin
4.3.2.	Trypsin
4.3.3.	Enterokinase
4.4.	Salzsäurehaushalt
4.4.1.	Salzsäurering
4.4.2.	Begleitschatten
4.5.	Kohlenhydrat-Fermente
4.5.1.	Zuckerring
4.5.2.	Amylasenphänomen
4.6.	Fetthaushaltsstörungen
4.6.1.	Labfermentring
4.6.2.	Darmsäftering
4.6.3.	Schleimhautring
5.	Zeichen von Fermentstörungen
5.1.	zentrale Heterochromie
5.2.	sektorale Heterochromie
5.3.	zentrale Hyperchromie

VI

5.4.	zentrale Anachromie
6.	Motorische Dynamik der Nutritionsorgane
6.1.	Das Linearrelief
6.1.1.	Linearrelief allgemein
6.1.2.	Linearrelief pathologisch
6.1.3.	Linearrelief gekantet
6.1.4.	Linearrelief gewölbt
6.1.5.	sektorale Relieferhabenheiten
6.1.6.	ringförmige Aufwerfung des Reliefs
6.1.7.	gepunktete Reliefbildung
6.1.8.	pigmentierte Relieftäler
7.	Sensibilitätszustand der Verdauungsorgane
7.1.	parasympathischer Typ
7.2.	sympathischer Typ
7.3.	gewölbte Krausenzone
7.4.	schlüsselförmige Krausenzone
8.	Irritationszeichen der Verdauungsorgane
8.1.	psychisch-seelisch

8.2. Lamellzeichnung

8.3. Gitterzeichnung

8.4. Netzzeichnung

8.5. Querfaserung

Das Enzym- und Fermentsystem

1. **Einleitung**

Die Frage nach enzymatischen Veränderungen der Nutritionsorgane klinisch zu erfassen, ist längst durch chemische Analytik, labortechnische Perfektion und Röntgendiagnostik weitgehend gelungen. Die Naturheilkunde hingegen, die es gewohnt ist, das dynamische Antlitz der Krankheit außerchemisch, nämlich durch die Diagnostik der Sinne und des Antlitzes, zu erfassen, wird in Zukunft noch mehr das lebendige dynamische Antlitz des Menschen in sein diagnostisches und therapeutisches Blickfeld einbeziehen und somit im Vorfeld der klinischen Enddiagnostik neue Perspektiven, neue Impulse setzen.

Solange man in den Lehrbüchern der klinischen Physiologie des Menschen vom Energieumsatz spricht — weil man eine chemische Denkweise voraussetzt — sprechen wir in der Erfahrungsheilkunde von einer Diagnostik der Umsatzdynamik.

Die Assimilationsvorgänge von Eiweiß, Fett und Kohlenhydraten sowie die nervalen Störungsvorgänge sind sichtbar zwischen Pupillenrand und Krausenrandzone. So kann man an Ansammlungen von Farbauflagerungen, an Abbaubildern und an Unter- und Übermalungen der Iriskrause Hinweise für enzymatische Veränderungen bekommen, sei es der gestörte Salzsäurehaushalt, das Pepsin, das Labferment, das Ptyalin, Maltose, Laktose oder die Gallensäure und der Gallenfarbstoff. Erhöhter Verbrauch und krankhafte Anspeicherungen werden sichtbar durch Pigmente. Substantielle Auflagerungen, Schwellungen und Einschmelzungen am Irisgewebe demonstrieren dem Seher entzündliche, destruktive und atrophische Prozesse im Digestionstrakt.

Die Krausenrandzone gewährt uns tiefen Einblick in fermentative Störungen im Verdauungskanal, und der Heilkundige wird diese ophthalmotropen Phänomene nutzen und umsetzen ins Heilpflanzen-, Tier- und Mineralreich und damit den Weg zum richtigen Heilmittel finden.

Grundsätzliches zum Verständnis enzymatischer Reaktionen 2.

Enzyme sind Biokatalysatoren, d. h. sie ermöglichen oder beschleunigen bestimmte chemische Reaktionen im Stoffwechsel lebendiger Organismen, die ohne ihre Mitwirkung unendlich langsam ablaufen würden. Sie gehören zur Stoffklasse der Proteine und besitzen ein oder mehrere aktive Zentren, die entweder Keim des Proteinen Moleküls sind oder Coenzyme mit Nicht-Proteincharakter darstellen und verbinden sich mit dem allein nicht wirksamen Enzym-Protein (Apoenzym und Holoenzym). Viele Coenzyme sind Derivate von Vitaminen, wodurch ein Zusammenhang zwischen Störungen im Vitaminhaushalt und bestimmten Stoffwechselentgleisungen gegeben ist. Jedes Enzym besitzt eine spezifische Affinität zu einem Substrat oder einer Stoffgruppe, wobei bezüglich einer optimalen Reaktion das Mengenverhältnis zwischen Enzym und Substrat sowie Temperatur und pH-Wert neben anderen Faktoren der Hemmung bzw. Aktivierung eine entscheidende Rolle spielen. Das Enzym geht mit dem entsprechenden Substrat eine kurzfristige Verbindung ein, welche die notwendige Spaltung oder Synthese ermöglicht, geht aber selber wieder unverändert daraus hervor.

Soweit die Definition der Enzyme in Stichworten.

Metallkomplexverbindungen, z. B. Haemoglobin und zum Teil Vitamine, stellen das Bindungselement zwischen Co- und Apofer-

VI

ment dar. Aus diesem Grunde können Avitaminosen und Metallmangelerscheinungen die Ursache einer verhinderten Fermentsynthese sein. Fermentschädigungen beruhen aber hauptsächlich auf Vergiftungen, wie sie bei Blausäure, Nitrit, Jodessigsäure, E 605, Blei- und Quecksilbervergiftungen vorkommen können; aber auch veraltete Lebensmittel zerstören durch Autolyse die Assimilation durch pH-Wert-Veränderungen.

Da in jedem Lebewesen die Enzymstruktur genetisch verankert ist — außer den angeborenen Enzymopathien wie Morbus Fölling, Phenyketonurie, Mongolismus, genetische Anämie und evtl. die Leukämie — zeigt sich in der ophthalmotropen Phänomenologie eine vierfache Erbschicht in der Funktionssystematik der Fermente ab. Darüber sollen vier Grundmodellbilder Hinweise vermitteln.

VI 2.1. Die **Hypertrophie,** die sich mit einer endokrinen, humoralen, auch hormonellen Übersteuerung abzeichnet, wobei pigmentierte, plurilakunäre Strukturen der Iris sich abzeichnen

ENZYMMUSTER

vierfache Erbschicht der Funktionssystematik der Fermente

1. HYPERTROPHIE = Endokrin, humoral, hormonelle Übersteuerung, pigmentierte purilakunäre Strukturen

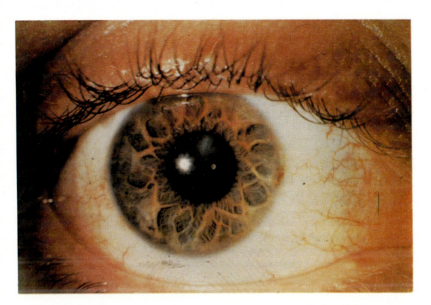

ENZYMMUSTER　　　　　　　HYPERTROPHIE re.

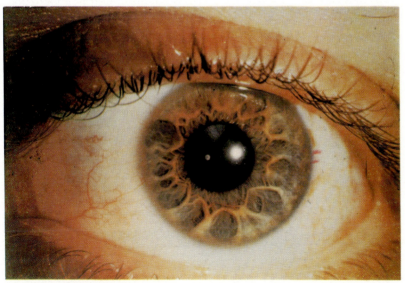

HYPERTROPHIE li.

2.2. Die **hypotrophe Situation** mit Anlage zur Adipositas bei venös-lymphatischer Diathese und zentraler Heterochromie

> 2. HYPOTROPHE FORM: Adipositas, venös-lymphatische Diathese, zentrale Heterochromie

VI

2.3. Die **dystrophische Enzymopathie** mit Magersucht und Exsikose trägt das Bild der anachromen und dunkelfarbigen Krausenzone. Die Situation wird dann noch erhärtet, wenn neuro-psychische Randphänomene aufleuchten

> 3. DYSTROPHISCHE FORM: Magersucht, Exikose, Anachromie, neuro-psychische Randphänomene

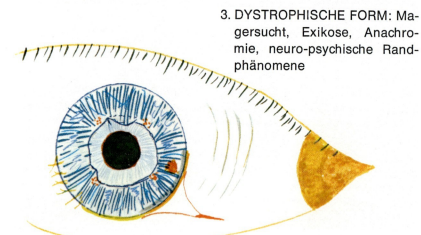

Die **eutrophische Fermentlage** zeigt ein ausgeglichenes Farbenspiel von der Krause bis zur Irisrandzone und plastisch aufgefüllte Strukturschichten. Am Rande der Regenbogenhaut findet man weder wellig veränderte noch farbig abgeschwächte Phänomene. Die Fermente, der Vitaminhaushalt und die Hormone sind einheitlich ausgeglichen

2.4.

4. EUTROPHISCHE FORM: Plastisch aufgefüllte Strukturschichten, ausgeglichenes Bild der Fermente, Hormone, Vit. Keine Randphänomene

VI

Die Enzyme sind wichtige Faktoren als Spaltwerkzeuge im Verdauungsprozeß. Dieses Prinzip enzymatischer Spaltung ist es, welches den Umsetzungsprozeß ermöglicht, den wir als Verdauung bezeichnen. Verdauung ist die Überführung unlöslicher, nicht resorbierbarer Nahrungsstoffe in lösliche, resorbierbare Substrate des Stoffwechsels. Beteiligt sind Mundspeichel, Magensaft, Pankreas- und Darmsekrete, Leber und Gallenflüssigkeit. Regulativ wirken sich psychische, mechanische und chemische Einflüsse über das Nervensystem und die Gewebshormone aus. Da nur wenige Stoffe dem Organismus zugeführt werden, die direkt zur Resorption gelangen, möchte ich die Aufspaltungsvorgänge anhand von drei Tabellen in Erinnerung bringen.

Tabelle I:
Verdauung und Resorption
Die hauptsächlichen Vorgänge bei der Eiweißverdauung

Bildungsort	Enzym (Proenzym)	Wirkungsmechanismus	Substrate	Endprodukte
Magendrüsen, Hauptzellen	Pepsin (Pepsinogen)	Endopeptidasen; spalten bevorzugt Peptidbindungen zwischen NH$_2$-Gruppen von Tyrosin bzw. Phenylalanin und COOH-Gruppen anderer Aminosäuren; pH-Optimum 1,5–3,5	Proteine	Polypeptide
Exokrines Pankreas	Trypsin (Trypsinogen)	Endopeptidase; spaltet bevorzugt zwischen COOH-Gruppe von Lysin oder Arginin und NH$_2$-Gruppe anderer Aminosäuren; pH-Optimum 7,5–8,5	Proteine	Polypeptide
	Chymotrypsin (Chymotrypsinogen)	Endopeptidase; spaltet bevorzugt zwischen COOH-Gruppe aromatischer Aminosäuren und NH$_2$-Gruppen anderer Aminosäuren außer Glutamin- und Asparaginsäure; pH-Optimum 7,5–8,5	Proteine Polypeptide	Polypeptide Oligopeptide
	Carboxypeptidase A, B (Procarboxypeptidase)	Exopeptidasen; Typ A spaltet aromatische, nicht polare Aminosäuren am C-terminalen Ende ab; Typ B spaltet entsprechend basische Aminosäuren ab	Polypeptide Oligopeptide	C-terminale Aminosäure und Peptidrest
Duodenalschleimhaut (?)	Enterokinase	Endopeptidase; spaltet zwischen Isoleucin (Pos. 7) und Lysin (Pos. 6)	Trypsinogen	Trypsin und Hexapeptid
Bürstensaum der Enterocyten (membrangebunden)	Tripeptidase	Exopeptidase; spaltet N-terminale oder C-terminale Aminosäuren ab	Proteine, Poly-, Oligopeptide	N- oder C-terminale Aminosäure und Poly- bzw. Oligopeptide

	Aminopoly-peptidase	Exopeptidase	Tri-, Dipeptide	Aminosäuren
	Amino-peptidase	Exopeptidase; spaltet Amidbindungen	Tri-, Dipeptide	Aminosäuren
	zahlreiche, teils spezifische Dipeptidasen		Dipeptide	Aminosäuren

Tabelle II:
Die wichtigsten Vorgänge bei der Kohlenhydratverdauung

Bildungsort	Enzym (Proenzym)	Wirkungsmechanismus	Substrate	Endprodukte
Speicheldrüsen	α-Amylase (Ptyalin)	Endoenzym, α-Amylase; spaltet 1,4-α-Bindungen (Amyloseanteil der Stärke); pH-Optimum 6,7	Stärke	Oligosaccharide und Amylopectin (1,6-verknüpfte Ketten)
Exokrines Pankreas	Pankreas-amylase	Endoenzym, α-Amylase; vgl. Ptyalin; pH-Optimum 7,1	Stärke	Oligosaccharide
Bürstensaum der Enterocyten (membrangebunden)	Amylase	Glucoamylase	Stärke, Oligosaccharide	Maltose und Glucose
	Oligo-1,6-α-Glucosidase	spaltet 1,6-α-Bindungen (Amylopectinanteil der Stärke)	Glykogen Amylopektin	Oligosaccharide, Maltose und Glucose
	Zahlreiche, teils spezifische Disaccharasen			
	Sucrase	β-Fructosidase	Rohrzucker (Saccharose, Sucrose)	Fructose und Glucose
	Maltase	α-Glucosidase; spaltet 1,4-α-Bindungen	Maltose	Glucose
	Isomaltase	entspricht Oligo-1,6-α-Glucosidase		
	Lactase	β-Galaktosidase	Milchzucker (Lactose)	Galaktose und Glucose

Tabelle III:
Fettverdauung

Bildungsort	Enzyme/ wirksames Agens	Wirkungsmechanismus	Substrat	Endprodukt
Leber (entero- hepatischer Kreislauf)	Gallensäuren	Aktivierung der sezernierten Lipase Emulgierung der Fette zur Vorbereitung der enzymatischen Spaltung	Fett	emulgiertes Fett aktivierte Lipase
Dünndarm und Pankreas	Lipase	hydrolytische Spaltung der Fette	Fett	Fettsäuren und Glycerin Mono- und Di-Glyceride

3. Enzymatische Aufspaltungsvorgänge

Solche enzymatischen Aufspaltungsvorgänge durch Nahrungsbestandteile können in vielerlei Hinsicht gestört sein:

3.1. Durch Erkrankung von enzymproduzierenden Geweben

(Pankreas, Magen, Darmschleimhaut)

3.2. durch Verlegen von Drüsenausführungsgängen

3.3. durch isolierten Enzymmangel

3.4. durch angeborene Defekte der Enzymsynthese.

3.1.1. Hier wäre die **atrophische Gastritis** zu nennen, wobei chronische Entzündungen der Magenschleimhaut allmählich zu einem Epithel- und Drüsenschwund führen (Hypo- bzw. Anadenie) und letztlich zu einer völligen Verödung der Schleimhaut (Atrophie). Die Folge der Atrophie ist eine Verminderung der Enzymproduktion des intrinsic faktor (Hypo- und Anacidität). Die sich daraus entwickelnde perniciöse Anämie ist Ausdruck des intrinsic factor Mangels. Dieser Mangel ist gewöhnlich erworben und nur selten heriditär bedingt. Wie weit bei einer atrophischen Gastritis gedacht werden muß, zeigt ein Fall mit der Folge einer perniciösen Anämie: Neurologische Ausfallerscheinungen, Parästhesien, Gangunsicherheit in der Dunkelheit, allgemeine Muskelschwäche und psychische Störungen, Konzentrationsschwäche, Euphorie bis zur Benommenheit gingen Jahre voraus. Später zeigten sich Tiefensensibilitätsstörungen, Ataxie, gesteigerte Eigenreflexe mit positiven Pyramidenzeichen, Vorderseitenstrangschädigungen oder fehlende Eigenreflexe mit muskulärer Hypotonie (Hinterstrangläsion), die Hunter'sche Glossitis, Leber- und Milzvergrößerungen und eine Herzverbreiterung mit akzidentiellen Herzgeräuschen.

Die **Therapie** liegt in Gaben von hohen Dosen Vitamin B 12, einer Schleimhauttherapie des Magens mit gezielten Bitterstoffdrogen und einer Substitution.

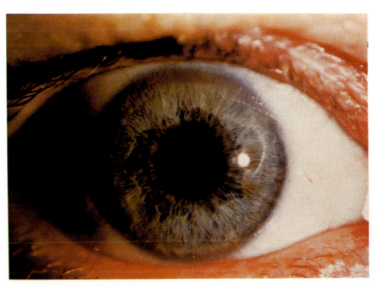

atroph. Gastritis

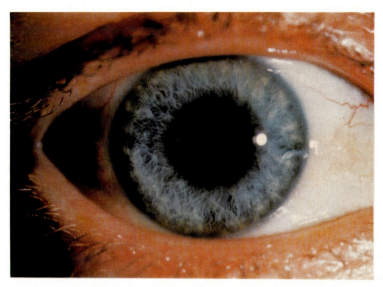

atroph. Gastritis

VI

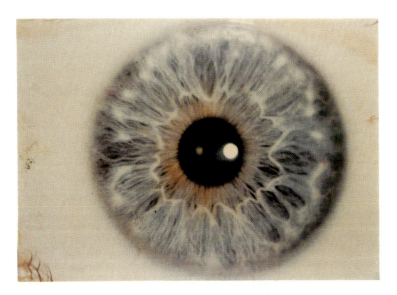

perniciöse Anämie

VI

3.1.2. **Die Pankreasinsuffizienz**

Bei der chronischen Pankreatitis und ausgedehnten destruierenden Tumoren ist die Menge der in das Duodenum sezernierten Proenzyme herabgesetzt. Die Herabsetzung kann alle Enzyme, Lipasen, Amylasen und Proteasen betreffen, doch werden auch isolierte Verminderungen dissozierter Insuffizienzen beobachtet. Die Ausnutzung der Kohlenhydrate, Fette und Eiweiße ist ver-

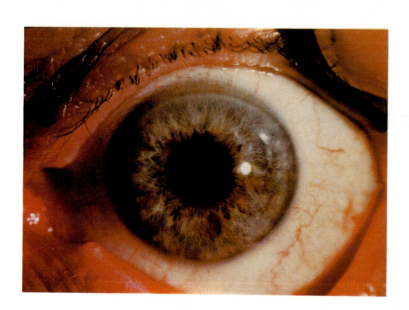

mindert, so daß ein großer Teil dieser Nährstoffe entweder einer bakteriellen Zersetzung unterliegt oder unverändert ausgeschieden wird. Z. B. ist bei einer gestörten Fettresorption die Resorption der fettlöslichen Vitamine A, D, E und K gestört. Neben Hautveränderungen können Osteoporose oder eine haemorrhagische Diathese beobachtet werden als Folge einer Pankreasinsuffizienz.

3.1.3. Als dritte Störung von enzymproduzierenden Geweben wäre das **Zollinger-Ellison-Syndrom** zu erwähnen. Es handelt sich hierbei um einen nicht Insulin produzierenden Inselzelltumor des Pankreas in Verbindung von multiplen und häufig rezidivierenden Magen- und Darm-Ulceras. Die Gastrinsekretion unterliegt hierbei nicht der normalen Regelung, sondern einer Überproduktion. Diese Gewebshormonstörung führt zur Steigerung der Darmmotilität und damit zur Diarrhöe.

Der irisdiagnostische Hinweis, das Gastrin-Phänomen, ist ein Austrocknungsbild der Krausenrandzone bei einem eingezogenen oder ausgeweiteten Krausenrand und Substanzverlustbildern in der Dünndarmzone.

Die Therapie liegt in einer operativen Resektion des Magens, um die lebensbedrohenden Komplikationen durch die rezidivierenden Ulcera zu vermeiden

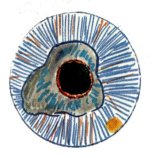

Gastrin Phänomen
Substanzverlustbilder Duodenum

Als weitere, zwar für die Klinik bestimmte Erkrankung, ist die **Mukoviszidose** oder zystische Pankreasfibrose der Vollständigkeit halber zu nennen. Dabei handelt es sich um eine angeborene generalisierte Sekretionsstörung mit Auswirkung besonders im Pankreas, den bronchialen Schleimdrüsen und den Darmdrüsen

3.1.4.

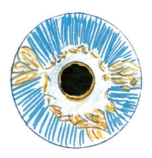

re. Pankreas –

Bronchial – Tracheal

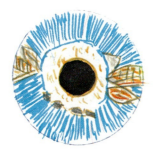

li. Pankreas – Bronchial –

Tracheal – Darmdrüsen

3.2. **Verlegung von Drüsenausführungsgängen:**

3.2.1. Gallensteine
3.2.2. Verdrängung durch Tumore, Zysten, Polypen, Divertikelbildungen und Parasiten

3.2.3. Pankreatitis infolge von Steinen, Verhärtungen, Verklebungen z. B. bei Alkoholikern, sklerotisierende Formen

3.2.4. Hyperparathyreodismus bei der essentiellen Hyperlipidämie und der bereits oben angeführten Mukoviszidose.

3.3. **Isolierter Enzymmangel**
3.3.1. **Disaccharidasemangel**

Zwei Störungen sind bisher gut charakterisiert, und zwar der seltene Saccharase-Isomaltasemangel (Saccharose-Intoleranz) und der häufiger vorkommende Laktasemangel (Laktase-Intoleranz). Neben dem bereits im Säuglingsalter klinisch manifesten Laktasemangel gibt es bei Erwachsenen äthiologisch unklare Formen. Die Beurteilung der Mangelzustände bei Erwachsenen wird dadurch erschwert, daß der Laktasegehalt der Organepithelien stark altersabhängig und ethnisch unterschiedlich ausgeprägt ist. Das Auftreten klinischer Symptome hängt von dem Disaccharidasegehalt der Nahrung ab. Die Laktase-Intoleranz wird bereits im Säuglingsalter, die Saccharose-Intoleranz erst beim Übergang zur Saccharose gesüßten Nahrung beobachtet. Die jeweiligen Disaccharide können nicht gespalten werden und gelangen im Überschuß in die distalen Darmabschnitte, wo sie eine osmotische Diarrhöe und eine Gärungsdyspepsie auslösen mit der Folge weiterer Vitaminstörungen

Weiter bekannt ist noch der **Enteropeptidase-** und der **Trypsinogenmangel** mit der Folge einer Unterernährung. Entwicklungsstörungen, Hypoprotinämie und Ödemen treten auf.

Lipasemangel

Hierbei treten keine Entwicklungsstörungen auf, da die noch resorbierbare Lipidmenge offensichtlich ausreicht und die Entwicklung nicht beeinträchtigt wird.

Angeborene Defekte der Enzymsynthese

Hierzu zählen die Formen der Malabsorptionen. Bei diesen intestinalen Resorptionsstörungen werden oft auch Defekte der renalen tubulären Rückresorption beobachtet. Die gleichzeitige Manifestation an Dünndarm und Nieren zeigt, daß die Transportsysteme beider Organe genetisch nahe verwandt sind.

Zu den angeborenen Transportstörungen zählt die **Glukose-Galaktose-Malabsorption.** Bei dieser Transportstörung mit autosomal rezessivem Erbgang fehlt der intestinale Carrier, der sowohl Glukose als auch Galaktose transportiert. Die Mukosa ist nicht in der Lage, die beiden Heptosen aufzunehmen. Ein vergleichbarer Transportdefekt ist manchmal im proximalen Nierentubulus vorhanden, wodurch die Glukoserückresorption beeinträchtigt ist. Die klinischen Symptome können sich bei osmotisch bedingter Diarrhöe zeigen; bei Nierenbeteiligung findet sich eine Glucosurie ohne Hyperglykämie

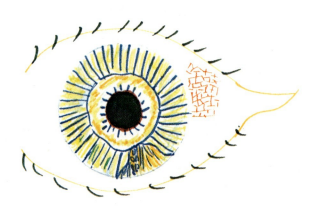

3.4.2. Hartnup-Erkrankung

Bei der Hartnup-Erkrankung, die autosomal vererbt wird, ist der Transport neutraler Aminosäuren sowohl im Darm als auch in der Niere gestört. Das klinische Krankheitsbild äußert sich wie bei einer cerebellaren Ataxie und die pellagraähnlichen Hautveränderungen beruhen offensichtlich dabei auf einem Mangel an Nikotinamid. Das Tryptophan, aus welchem Nikotinamid synthetisiert wird, wird im Dünndarm des Kranken ungenügend resorbiert. Das nicht resorbierte Tryptophan wird von der Darmflora in Indolderivate umgewandelt, resorbiert und mit dem Urin ausgeschieden. Der Indol-Nachweis hat deshalb auch diagnostische Bedeutung.

Irisdiagnostisch zeigt sich der verdichtende koloritive Krausenrand, Krausenrandkrypten (Wurmnester), latente Dermatitis in der Lidrandzone und Hyperpigmentierungen

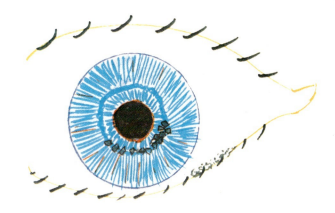

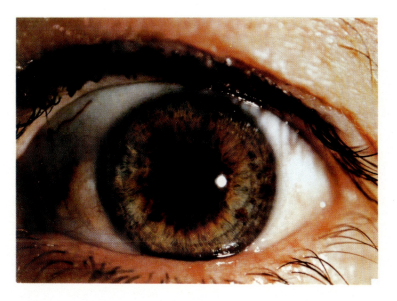

3.4.3. Die Zystinurie

Hierbei liegt der Defekt bei den basischen Aminosäuren im Transportsystem der Nieren. Die Folge dieser Störung zeigt sich in Zystinsteinen. Pyelitis, Pyelonephritis und Niereninsuffizienz begleiten das Krankheitsbild.

Die Meerschaumkrause und Urosinpigmente geben dem Iridologen einen Fingerzeig auf diese Störung

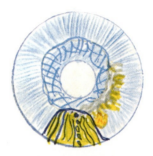

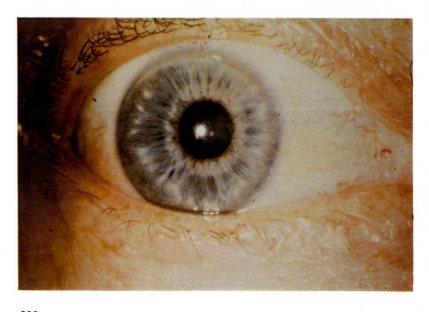

Die Methionin-Malabsorption 3.4.4.

Neben Methionin werden auch Thyroxin und Phenylalanin nur ungenügend resorbiert. Die vorherrschenden klinischen Symptome sind eine geistige Retardierung, Konvulsionen und eine Diarrhöe.

Der Irisdiagnostiker findet hierbei massive Pigmentationen (Leberpigmentationen), Leberzeichen und Krampfdiathesen sowie Defektzeichen in den Hirnzonen und Lymphstaketen am Limbusrand. Solarstrahlen

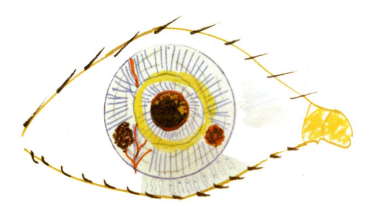

3.4.5. Weitere Störungen des Intestinums können **bakterielle Infektionen** sein, von der Reisediarrhöe zur Ruhr und Cholera. Außerdem sei an die Transportstörungen erinnert, die Veränderungen der Lymphzirkulation verursachen. Dabei sei ins Gedächtnis gerufen der Morbus Whipple, die Enteritis regionalis, die primäre intestinale Lymphangiektasie, auch die einheimische Sprue (Zoeliakie oder auch die Herter'sche Erkrankung genannt), die sich durch eine gluteinfreie Kost und Podophyllum D 6 gut therapieren läßt.

Iridologische Hinweise:

Ölfilterkarunkel, Lymphstaketen

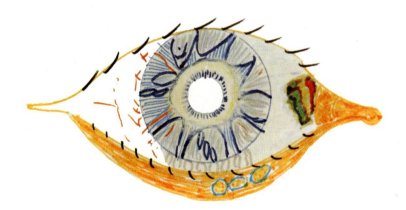

Die Gärungs- und Fäulnisdyspepsie 4.

Besonders in blauen Iriden treffen wir das gärungsdyspeptische 4.1.
Pigment nach Schnabel an, was uns immer auf gärungs- und
fäulnisdyspeptische Symptome im gastrischen Anteil des Magen-
Darmtraktes hinweist. Dabei unterscheidet man.

a) das in der ersten und zweiten kleinen Region oder am Krausenrand aufsteigende mukoide samtartige, aber scharf be-
grenzte rötlich-gelbfarbene Pigment,

b) das gekörnte in unscharfer Form bei gleicher Farbe, aber
dem Krausenrand angelagerte Pigment.

Während man bei a) einen äußerst sensiblen Patienten vorfindet
mit fast regelmäßigen Magen- und Darmbeschwerden, mit Hepa-
thopathien und Begleitobstipation, finden wir bei b) eine hyper-
acide Gastritis mit Ulkusneigung. Die Therapie bewegt sich bei

a) in einer Extraktum Caricae papaya, evt. Phelandrium D 2,
einem Dekoktum Radix Chamomillae oder einem Dekoktum von
Geum urbanum, einer Mixtura Sternalis von der Gerner Pharma,
München, und evt. Nux vomica similiaplex von Pascoe, besonders

dann, wenn Empfindlichkeit nach Genußmitteln auftritt. Die Therapie bei b) hingegen benötigt ein Extraktum Solani tuberosi, ein Extraktum Tamarindorum, Robinia D 4, Acidum sulfuricum D 6, Natrium phosphoricum D 6 neben einem Infus von Herba Centauri, evt. Artemisia similiaplex und Cefatropin oder der Tinctura amara aus der Gerner-Apotheke, München, und gleichzeitig einen Gerner Stomachicum Tee als Basismittel.

4.2. Die **Fäulnisdyspepsie** beruht auf einer Störung der Eiweißdigestion infolge einer abnormen Steigerung der Fäulnisprozesse. Die intestinale Fäulnisdyspepsie findet man meist bei schweren entzündlichen Darmerkrankungen wie Enterokolitis, Morbus Crohn und beim Ileus. Eine eiweißarme oder eiweißfreie Kost neben Antiseptika, Darmdesinfizienzen, wie Extr. Radix Tropeoli, Extr. Endiviae crispae, Echtrosept Tbl. von der Fa. Vogel und Weber, Perenterol, Carbo Königsfeld oder Moor lös Moor von der Firma Iso ist angebracht.

Der augendiagnostische Hinweis ist ein aufgehellter Krausenrand mit gärungsdyspeptischen Pigmenten und Schaumbläschen am äußeren Lidwinkel. Die Folge einer Gärungs- und Fäulnisdyspepsie ist eine Herabsetzung der Vitamin-B-Resorption, wobei atypische Kolistämme zu einer Colitis mucosa führen können (herabgesetzte Vitamin-B-Resorption) und dadurch die Schilddrüse irritieren mit der weiteren Folge einer stürmischen

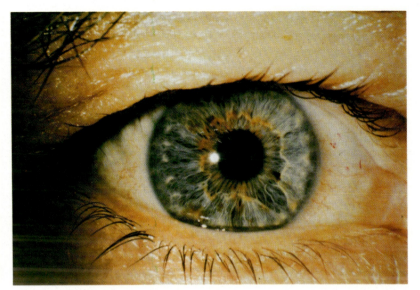

Gärungsdyspepsie

Fäulnisdyspepsie

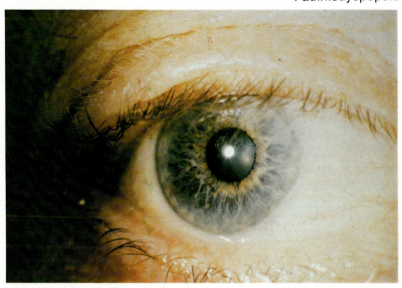

Darmperistaltik und einer Tachycardie. Aus diesem Grunde reguliert der Naturheilkundige die Darmflora mit Marcalact (Fa. Pascoe), Acidophilus Jura, Eugalan Toepfer forte, Symbioflor I und II, um nur einige zu nennen, neben phyto- und homöopahtischen Mitteln. Erinnern möchte ich an Alliocaps, den Knoblauch von der Fa. Galmeda.

Das Aufzeigen der bisher bekannten Enzymstörungen, wie sie hier in klinischen Stichworten aufgeführt sind, läßt bereits erkennen, wie tiefgreifend solche Enzymdefekte Störungen des Stoffwechsels auslösen können und meist der klinischen Diagnostik vorbehalten bleiben müssen.

Für uns Ophthalmologen ist die Krausenrandzone für fermentative Steuerungsvorgänge im Säftehaushalt der Verdauungsabläufe durch das Kolorit geprägt. Als Hinweis und Bedeutungsdiagnostik sind solche verschiedenen Koloritprägungen für Entgleisungen im enzymatischen Bereich kennzeichnend. Aus diesem Grunde sollen Entgleisungen im Enzymhaushalt aufgezeigt werden, wie sie uns täglich in der Praxis begegnen

4.3. **Die eiweißfermentspaltenden Enzyme**

4.3.1. **Das Pepsin**

Hier möchte ich als erste das Pepsinproferment aufzeigen. Es zeigt sich in der Krausenrandzone als sog. Pepsinring. In einer leichten Absetzung vom Pupillenrand und in einer Filigrananlagerung mit feinsten Körnungen und der Farbe des Goldregens erkennen wir eine Störung der Eiweißverdauung.

Die therapeutische Konsequenz dieser Pepsinstörung ist eine Substitution von Salzsäure, damit das Pepsinogen in Pepsin übergeführt werden kann

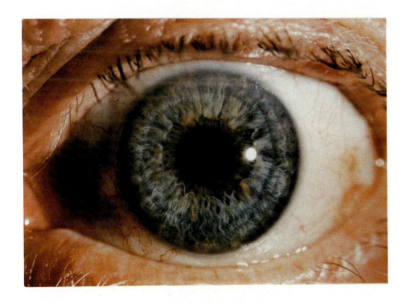

VI

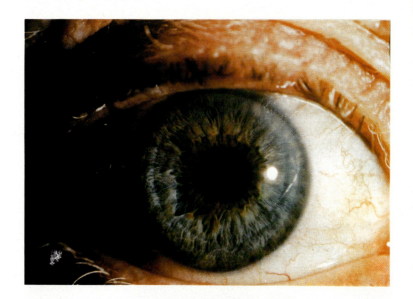

Pepsinring

4.3.2. Das Trypsin

In der zentralen Zone der Krause manifestiert sich der Trypsinring. Die Farbe ist hierbei ockergelb in unterschiedlicher Dichte

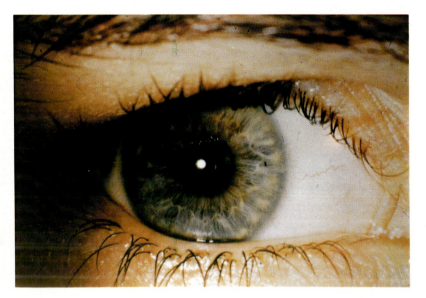

Trypsin

4.3.3. Die Enterokinase

Sie leuchtet dem Beobachter in einer hyperchromen ockergelben Farbnuance im Duodenalbereich entgegen. Bei der Wichtigkeit dieses Trypsinmangelzustandes und der Enterokinasestörung im Fermenthaushalt des Pankreas ist dieser diagnostische Hinweis besonders bedeutsam, da es bereits in einem Vorstadium eines malignen Geschehens steht. Die Patienten mit einem Trypsin- und Enterokinasering haben absolute Abneigung gegen Fleisch. Aus diesem Grunde sollte dieses Zeichen bereits ein Warnruf sein und für weitere klinische Untersuchungen Anlaß geben.

Meist gesellt sich zu diesem Phänomen das Zeichen für das Gewebshormon Sekretin, das für die Absonderung dieser Fermente verantwortlich ist. Der vaskularisierte Krausenrand als Versagungszeichen und das Pankreozymin manifestieren sich als Pankreaspigment im Duodenalbereich

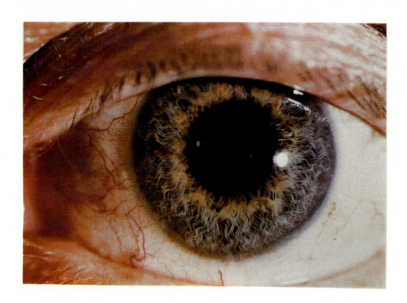

Der Salzsäurehaushalt 4.4.

Der Salzsäurering 4.4.1.

Der sog. Salzsäurering erscheint direkt um den Pupillenrand als elfenbeinfarbener Ring. Er weist auf eine Steigerung des Salzsäurehaushaltes und damit auf die Bildung eines Ulc. pepticums hin, auch für das Zollinger Ellison Syndrom wird Tür und Tor geöffnet (s. 3.1.3.).

Das Gewebshormon Gastrin zeigt sich in einer erweiterten Krause besonders im Antrumgebiet des Magens. Gleichzeitig wird eine mangelhafte Sekretion von Salzsäure als Hyposekretion von Gastrin durch die eingeengte Krausenzone ersichtlich. Sie wird auch bedeutsam im Phänomen des Begleitschattens

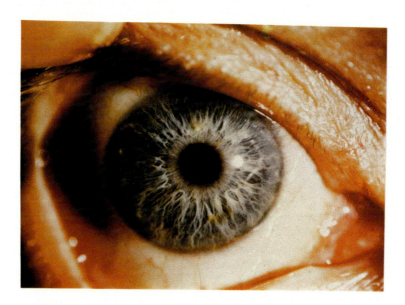

Salzsäurering

4.4.2. **Begleitschatten**

Der anacide Magen zeigt sich im Phänomen des Begleitschatten. Die Magensäure sinkt unter die Norm, wobei dieser Mangel sich beim Patienten in Appetitverlust, in Unlustgefühlen, Magendruck und schneller Erschöpfung körperlicher wie geistiger Art zeigt.

Hier liegt die Therapie in Substitution und einer gezielten Bitterstofftherapie

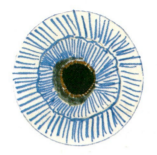

Begleitschatten

4.5. Die Kohlenhydratfermente

4.5.1. Der Zuckerring

zeigt sich in der Farbe des Neugoldes. Er weist darauf hin, daß eine blockierte Glykogenspeicherung in der Sklera einer diabetischen Situation Vorschub leistet. Zu beachten sind außerdem die Wabenmuster auf der Sklera, insuläre Rasterung, Ameisenhügel, Igelpigmente, die Morgenrotkrause, die Großlakune und evt. das Katzenkopfphänomen.

Die therapeutischen Ansätze mit den Medikamenten aus der Cichorii intybi, Taraxaci, Myrtillus, Syzygium jamb. und einer gezielten Lebertherapie sind die Voraussetzungen für das Aufhalten dieser prädiabetischen Situation

Amylasenphänomene 4.5.2.

Amylase (Ptyalin), Pankreasamylasen (Succase, Maltase, Isomaltase und Lactase) kann man erkennen einmal an dem erwähnten Zuckerring, an Pankreaspigmentationen im Bereich des Duodenums, Jejunum und Ileum und am Krampfring innerhalb der Krausenzone mit in der Tiefe liegenden rotbläulichschwarzen Körnungen. Pankreasdyspepsien und das Roemheld-Syndrom sind Folgeerscheinungen

4.6. Fetthaushaltstörungen

Das Gewebshormon Cholezystokinin ist verantwortlich für die Bewegungen der Gallenblase und zeigt bei Ausfall das augendiagnostische Zeichen des Marmorbildes. Leberpigmentationen, Dyscholiepigmente, Schilddrüsenpigmente und Hyperfollikulipigmente geben uns weitere Hinweise auf Fetthaushaltstörungen. Auch die fettlöslichen Vitamine A, E, D u. K sind in die Fettverdauung und ihre Folgeerscheinungen mit einbezogen. Eine Abflachung der Pupille in zwei Temporalquadranten, ein Hinweis auf Th 7–8, kann ein weiteres Zeichen für eine Fetthaushaltstörung sein und auf Stauungszustände der Gallenblase hinweisen. Gallensäurestörungen sind erkenntlich im Bild des wie mit Säuren zerfressenen Ziliarrandes. Auch der leicht ins Grün schimmernde Steapsinring weist auf Lipasestörungen und damit auf Störungen im Fetthaushalt hin. In ANGERER Band II Skleralfeld S. 81–151 sind weitere Zusammenhänge aufgezeigt

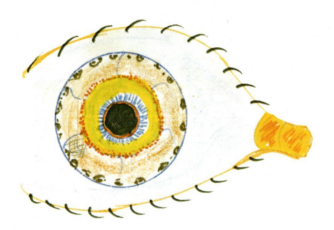

Der **Labfermentring** zeigt sich in einem aluminiumfarbenen Kolorit und weist darauf hin, daß das Labzymogen nicht in Lab übergeführt werden kann. Die Folge dieser Kaseingerinnungs-Störung der Milch ist eine Gärungs- und Fäulnisdyspepsie

4.6.1.

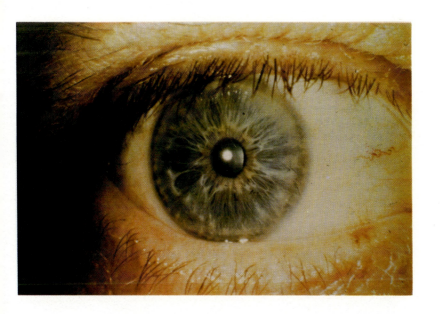

4.6.2. Der Darmsäftering

Im Bild des aufsteigenden hellen, weißlichen Ringes am Krausenrand hin und dem absteigenden dunklen abfallenden Ring, erkennt man die Darmsäfte. Während im Duodenalsektor sich verschiedene Farbnuancen zeigen können, sind im Dickdarmgebiet nur Schwarzweißbilder zu finden als Ausdruck fermentloser schleimiger Sekrete der Becherzellen. Das für die Darmzotten zuständige Villikinin und Duokrinin aktiviert die Brunnerschen Drüsen und zeigt sich als Ölfilm bei den Wurmnesterzeichen innerhalb des Krausenrandes

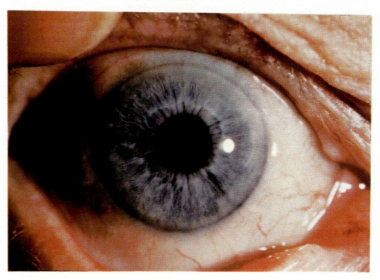

Der **Schleimhautring,** der sich in multiplen Krypten der Iris-Krausenrandzone anlagert, weist auf Schädigungen des Zottenepithels durch Enterobionten hin. Erwähnen möchte ich die grünlich-gelben Pigmentationen und pagodenförmigen Zeichnungen des Krausenrandes und den gestörten Wimpernbesatz neben dem Ölfilm als Dysbakteriezeichen auf der Hornhaut

4.6.3.

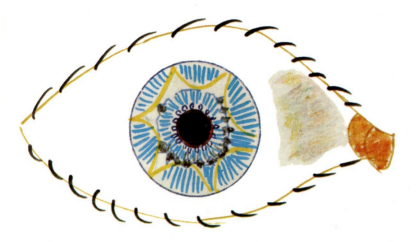

5. **Zeichen von Fermentstörungen**

Als weitere Fermenthinweise sind zu nennen das reichhaltige Kolorit der Krausenzone, die schon bekannte zentrale Heterochromie, die zentrale Hyperchromie, die Anachromie und die sektorale Heterochromie.

5.1. **Zentrale Heterochromie**

bedeutet generell eine Belastung des Digestionstraktes mit dem Hinweis auf Gastritis und Ulkustendenz. Dabei ist immer an eine maligne Anlage zu denken. In der Familienanamnese ist häufig festzustellen, daß Karzinome der Verdauungsorgane vorhanden waren

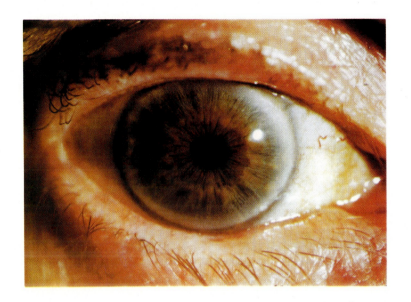

Sektorale Heterochromie 5.2.

weist auf Störungen des Acetylcholins, das neuromuskuläre Erregungshormon der Verdauungsorgane, hin. Neben trophischen Störungen in Teilgebieten des Verdauungstraktes läßt die sektorale Heterochromie an kanzerogene Anlage denken. Neben psychischer Labilität klagen viele Patienten über Wirbelsäulenstörungen von Morbus Scheuermann bis zur Kyphoskoliose und dem Bandscheibenprolaps. Gesellen sich an den spitzen Pankreassektoren des Krausenrandes insuläre Pigmentanhäufungen hinzu, so markieren diese den vorgenannten Zustand und lassen an Kieselsäurehaushaltstörungen und Vitamin-B-Verarmung denken

VI

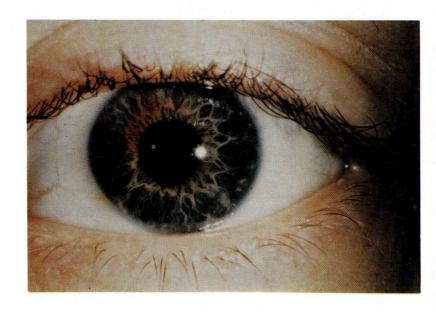

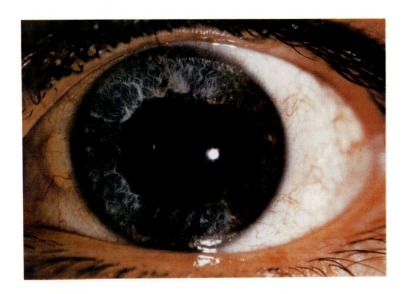

Die zentrale Hyperchromie mit den Farben 5.3.

a) hellrot — Übersäuerung und Neigung zu Steindiathese

b) rostrot — Sodbrennen, Koprämie

c) schwarzrot — chron. Magen- und Darmulzera mit Blutungstendenz und CA-Neigung

d) ockergelb — zirrhotische Prozesse im Leber- und Pankreasgebiet und eine Säfteverarmung im Duodenum

e) strohgelb — Diarrhöe (evt. auch Darm- oder Bauchtuberkulose)

f) bleigrau — Atrophie der Schleimhäute, wiederum maligne Tendenz

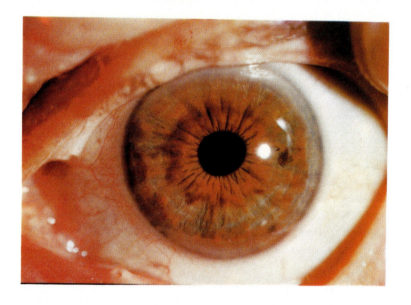

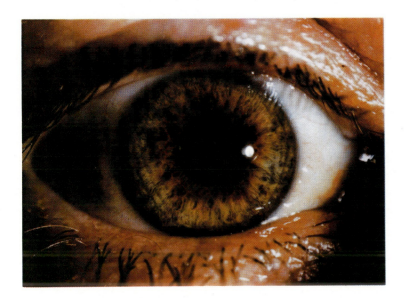

Die **zentrale Anachromie** innerhalb der Krausenzone kann die gesamte Krause erfassen, aber auch nur in einem Sektor vorkommen. Dieses Phänomen läßt an mangelhafte Durchblutung der Verdauungsorgane denken mit Atrophie und Atonie, Kältegefühl mit Frostschauern, Infektanfälligkeit der Atemwege. Cephalgien durch chronischen Kaltfuß sind Zeichen dieser Anachromie.

Mit Vini Malagensis, Vini Imperatori und Pflanzen aus der Familie der Lippenblütler kommen diese Patienten wieder in ihr körperliches und seelisches Gleichgewicht. Die sekundäre Anämie, die bei diesem Zeichen auftritt, läßt sich mit Vitaminen und Mineralien gut therapieren.

5.4.

6. **Motorische Dynamik der Nutritionsorgane**

Nachdem die fermentativen Phänomene angedeutet sind, ist als nächstes einmal die motorische Dynamik der Nutritionsorgane darzustellen. Dabei ist einmal zu sagen, daß das Krausenrelief die Motorik anzeigt von Erstarrungszuständen bestimmter Mukosaeinheiten bis zu Erweiterungen, von Vernarbungen zu Indurationen mit der Folge einer verringerten Elastizität, Abnutzungserscheinungen der Schleimhaut zeigen das Bild jahrelanger Fehlfunktionen der Peristaltik bestimmter Einheiten des Intestinums. Daß hierbei Fehlfunktionen im fermentativen Bereich auftreten können wird erklärlich, wenn am Ende das maligne Geschehen steht. Der Anblick einer gestörten Reliefstruktur der Iriskrause muß jedem Praktiker ein Warnsignal sein, denn Entgleisungen im Fermenthaushalt und gestörte Motorik neben Atrophiebildern und Aktivierungszeichen mit entsprechenden Defektzeichen, Torpedo und Zigarrenlakunen oder Krypten im Pylorus und Antrumgebiet mit erosiver, ulzeröser Schleimhautdefektsetzung sind der Weg zur Karzinose vorausgesagt. Aus diesem Grunde sind 5 verschiedene Reliefbilder aufzuzeigen:

Das Linearrelief 6.1.

Beim Linearrelief (allgemein) ist der Hinweis gegeben, daß Mukosaeinheiten bereits in Erstarrungszuständen stehen und die Magensäfte sich nach der alkalischen Seite hin verschieben. Von der Sauerstoffverarmung des Gewebes mit Druckgefühl im Oberbauch, über dyspeptischen Beschwerden neben ständigen Ermüdungs- und Erschöpfungszuständen mit psychischer Erwartungsangst und plötzlicher Diarrhöe ist dies der Ausdruck der abnormen Reliefstruktur.

6.1.1.

Die Arzneimittelbilder von Argentum nitricum, Gelsemium, Acidum phosphoricum könnten ein Hinweis sein

6.1.2. **Linearrelief (path.)**

Weichen die linear gerichteten Strukturbilder von der Norm zum Krausenrand hin ab, so weist dies gleichzeitig auf Störungen und Veränderung der Bakterienflora, besonders der Colistämme, hin. Eine Colitis mucosa bis zur Dyscholie der Gallenwege, von der irritierten Schilddrüse bis hin zu den Sexualhormonstörungen können Ausdruck dieses abweichenden Strukturbildes von der Norm sein

6.1.3. **Linearrelief gekantet**

Ist das radiäre Relief hingegen gekantet, so liegen Bauchschmerzen unklarer Genese vor. Das Röntgenbild, die Fermentbestimmungen und die gesamten Laborwerte liegen in der Norm. Der Blick in die Krausenzone läßt aber Magen- und Darmspasmen, Darmschlingen und Netztaschen erkennen. Invaginationen und Strangulationen sind erkenntlich im gekanteten Reliefbild.

Mit Dioscorea, Momordica, Basilikum, Colocynthis und Majoran neben Magnesium phosphoricum biochemisch und anderen Mineralsalzen können entkrampfende und gewebskräftigende Impulse gegeben werden und führen so zu Entspannung und zu Schmerzlinderung

Linearrelief gewölbt 6.1.4.

Verläuft dagegen die Einsenkung gewölbt und gepunktet, so ist, wenn andere Aktivierungszeichen, z. B. perifokale Reizfasern und Pigmentierungen aufflammen, an eine kanzerogene Situation zu denken.

6.1.5. **Sektorale Relieferhabenheiten** finden sich häufig nach Nahrungsmittelintoxikationen, die später in ein karzinogenes Geschehen übergehen können.

Okoubaka, Ptele, Arsenicum album, Extr. Radix, Tropeoli und Carbo Königsfeld neben Isostoma und Gernertransit sind Medikamente, die hierbei wirksam werden. Zu denken ist an Galium Heel, Cefaktivon novum, Gelum oral RD zur weiteren Verbesserung der körpereigenen Abwehr

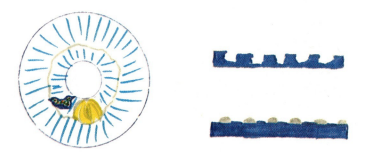

6.1.6. **Ringförmige Aufwerfung des Krausenreliefs.** Sie bedeutet eine kanzerogene Induration im Magenbereich. Wenn dann in der Mitte der Krause Pigmentanreicherungen von Schnupftabakpigmenten oder Pfefferkornpigmenten auftreten, wird der Zustand markiert.

Gepunktete Reliefbildung weist auf multiple ulzeröse Prozesse im Digestionstrakt hin, und zwar bei Erhabenheiten auf gutartige Geschwüre, bei Vertiefungen, Einsenkungen, auf penetrierende Ulzera, die meist ohne Schmerzalarm plötzlich durchbrechen können

6.1.7.

Die Pigmentierung der Relieftäler aggraviert die Situation. Blauschwarze Pigmentierungen weisen auf akut beginnendes CA hin. Interessant sind auch die wie Sektperlen aufquellenden feinsten Teilchen der Uvea, die sich aus den Spalten und Rinnen an die Oberfläche drängen und auf akutes intestinales CA hindeuten. Auch die sog. Krebsaugen in der Krausenzone sind CA-Hinweise

6.1.8.

7. **Sensibilitätszustand der Verdauungsorgane**

Um das Bild abzurunden, ist der Sensibilitätszustand der Verdauungsorgane darzustellen. Er wird durch die Architektur der Krausenzone geprägt. Dabei unterscheiden wir den **sympathischen** und den **parasympathischen** Typ, wobei

7.1. **parasympathischer Typ**

die große Krausenzone den überwiegend parasympathisch gesteuerten Typ mit Roemheld'schem Symptomenkomplex, geringer körperlicher Leistungsbreite, aber großem Schlafbedürfnis kennzeichnet, während

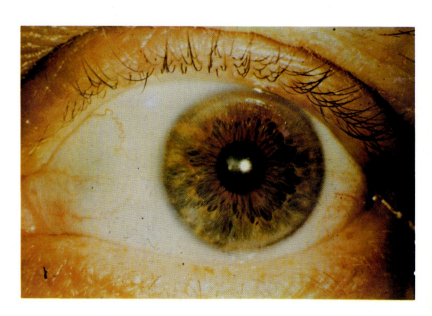

sympathischer Typ 7.2.

der vorwiegend sympathische Tonus den Menschen zu großen, zähen und körperlich wie geistigen Leistungen aufruft. Dabei haben wir die kleine Krausenzone.

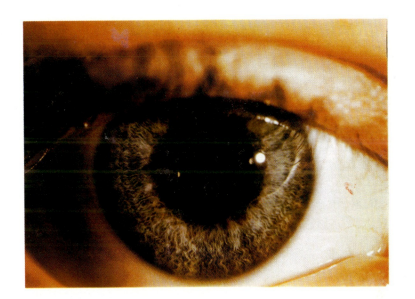

7.3. **Gewölbte Krausenzone**

Die vorgewölbte Krausenzone mit bauchförmiger Auftreibung der unteren Irisplatte weist auf spastische Abwehr der Verdauungsmuskulatur mit Obstipation, Gürtelgefühl im Oberbauch, hin.

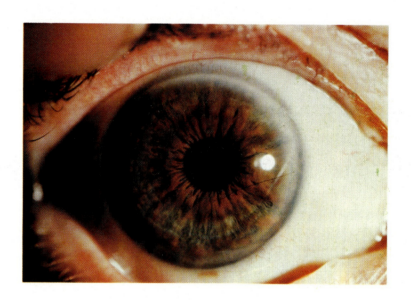

Schüsselförmige Krausenzone

7.4.

Hingegen zeigt die schüsselförmige Eindellung der Krausenzone auf sensible Atonie mit nervöser Erschöpfung und Meteorismus mit Flatulenz, Diarrhöe oder Obstipation hin.

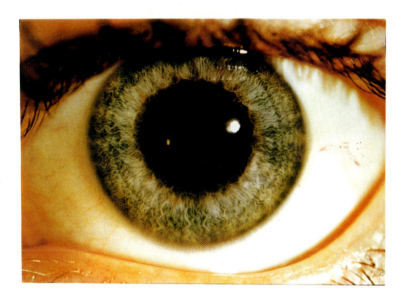

Angerer: Ophthalmotrope Phänomenologie Bd. 4, 21

8. **Irritationszeichen der Verdauungsorgane**

8.1. **Psychisch-seelisch** gesetzte Irritationen der Verdauungsorgane zeigen sich in der Stromaführung der Krausenzone. Konflikte psychisch-seelischer Art können Störungen in der Absonderung von Fermenten auslösen, aber auch umgekehrt Irritationen im Cerebrum verursachen.

8.2. Die **Lamellenzeichnung** in der Krausenzone weist auf den epileptischen Rückstoßtyp. Subkortikale Spasmen und intestinale Dyskinesien wechseln fortwährend das Bild ab. Die Aura beginnt mit Magenbeschwerden, Zephalgien und getrübtem Bewußtsein und endet mit epileptischen Anfällen.

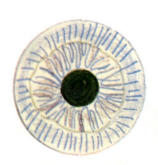

Die **Gitterzeichnung** zwischen Krausenrand und Pupillenrand versinnbildlicht psychisch gesetzte Reizzonen im Splanchnikusgeflecht. Freud und Leid wechseln sich ständig ab und blockieren den nervlichen Ablauf der Verdauung.

8.3.

Das Arzneimittelbild von Coffea, Ignatia, Nux vomica und Natrium mur. zeigen ähnliche Symptomenbilder.

8.4. Mit der **Netzzeichnung** haben wir den psychisch-seelisch gestörten Patienten zur neurolabilen Seite hin vor uns. Genuß ohne Maß und Ziel. Tobsuchtsanfälle werden durch heftiges, gieriges Essen und Trinken kompensiert, wobei diese Überernährung die geistigen Kräfte lähmt oder in einer völligen Lethargie endet.

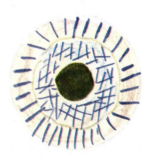

Die **Querfaserung** weist auf die substantielle Überernährung zum Schaden seiner geistigen Kräfte hin; oder der Patient bewegt sich in höheren Regionen, befaßt sich mit spirituellen, religiösen Phantastereien und vernachlässigt somit die materielle Zufuhr zum eigenen körperlichen Schaden.

8.5.

So gibt uns die Iris Einblick in den Hormon-, Vitamin- und Enzymhaushalt und läßt den Beobachtenden auch psychische und somatische Störungen erkennen.

Literaturverzeichnis

    Robert Ammon
    Fermente – Hormone – Vitamine
    Thieme Verlag 1959 Stuttgart

    Josef Angerer
    Augendiagnostik
    S. 55–64
    Haug Verlag, Marcellverlag

Josef Angerer
Lieben – Sehen – Heilen
S. 122–133
Tibor Marczell Verlag, München

Martin Gülzow
Erkrankungen des exkretorischen Pankreas
Fischer Verlag, Jena

Peter Karlson, Wolfgang Gerok, Werner Groß
Pathobiochemie
S. 163–177
Thieme Verlag 1977 Stuttgart

Friedrich Linneweh
Erbliche Stoffwechselkrankheiten
Verlag Urban und Schwarzenberg, München 1962

Schettler Bd. 2 S. 292–345
Innere Medizin 1 + 2
Thieme Verlag Stuttgart

Schmidt Thewes
Physiologie des Menschen

R. F. Schmidt u. G. Thewes
Physiologie des Menschen
S. 589–605
Springer Verlag Berlin, Heidelberg, New York

Rudolf Schnabel
Iridoskopie
Haug Verlag Heidelberg

VII. Der neuro-vegetative Grundakkord

Josef Karl, München

Einleitung	
Die Hyperkinesie des Augapfels	1.
Der Exophthalmus	2.
Der zurückliegende Augapfel	3.
Die Pupillengröße	4.
Miosis	4.1
Mydriasis	4.2
Hippus	4.3
exzentrische Pupille	4.4
craniale Pupillenabflachung	4.5
Der Pupillensaum	5.
Astheniker-PR	5.1
Neurolappen-PR	5.2
Zahnrad-PR	5.3

5.4		Röhren-PR
6.		Die Krause
6.1		große/kleine Krause
6.2		Trichterkrause
6.3		vorgewölbte Krause
6.4		kleine Spasmenfurchen innerhalb der Krause
7.		Der Krausenrand
7.1		zackig/eckig
7.2		viereckig
7.3		cranial niedergedrückt
7.4	VII	Schneebrett-Phänomen
7.5		Struktur des Krausenrandes
8.		Der Ciliar-Anteil der Iris
8.1		circuläre Spasmenfurchen
8.2		radiäre Furchen
9.		Die neurohormonelle Iris
10.		Die totale sektorale Heterochromie
11.		Die Cornealphänomene

Lunula	11.1
interner Stehkragen	11.2
Dornenkronenphänomen	11.3
Die konjunktivalen Hinweise	12.
Pterygium	12.1
spastisch/atonischer Gefäßstatus	12.2
Die Skleralphänomene	13.

VII

Einleitung

Im folgenden wird in 13 Abschnitten die optisch gesteuerte Reflexsetzung Auge — vegetatives Nervensystem (VNS) dargestellt und soweit wie möglich das betreffende Phänomen bebildert.

1. **Die Hyperkinesie des Augapfels,** die aber nicht mit dem Nystagmus verwechselt werden darf. Es handelt sich um eine gesteigerte Bewegung des ganzen Augapfels, eine Art von Unruhe, die bis zur leichten Vibration gesteigert sein kann. Der darauf Angesprochene wird immer bestätigen, daß es „mit seinen Nerven nicht sehr gut" wäre.

2. **Der Exophthalmus** ist natürlich der Hyperthyreose zugeordnet; trotz technisch aufwendiger Schilddrüsendiagnostik fällt immer wieder auf, daß bei Befragen von zwei Experten der eine meint, es wäre eine leichte Hyperthyreose, der andere eine vegetative Übersteuerung. Der Augapfel ist leicht vorgedrängt, die Lidspalte häufig groß. Der Betroffene wird angeben, daß er sich einerseits müde und schlapp fühlt, gleichzeitig aber schlecht schläft und innerlich schwer zur Ruhe kommt, eine Art von Paradoxie und Widersprüchlichkeit der Symptome. Inneres Gehetztsein ohne äußere Gründe.

3. **Der Augapfel kann aber auch zurückliegen,** die Lidspalte klein sein, so daß es zum bekannten stechenden Blick des nervös gespannten Menschen kommt, dessen Verhalten beherrscht-zurückgenommen ist, er sich aber als „verkrampft" fühlt. Kann man den unter 2. beschriebenen Typus als extrovertiert bezeichnen, so wäre dieser unter 3. fallende Mensch introvertiert: Er „frißt alles in sich hinein".

4. **Die Pupillengröße** ist ein wichtiges Indiz für die vegetative Ausgangslage:

Die Miosis, die Josef ANGERER in seinem „Handbuch der Augendiagnostik" dem Träger der parasympathischen Tonuslage zuordnet: Ernährungstypus, gesteigerter Sexus, psychische Extremhaltung. (Es ist selbstverständlich, daß bei kleinen Stecknadelpupillen zuerst nach Glaukom und Pilocarpin-Augentropfen gefragt werden muß.)

4.1

Die Mydriasis, vorwiegend sympathisch gesteuert: weich, sensibel, asketisch, mehr das Empfindungsnaturell, für Neues aufgeschlossen (siehe die großen Pupillen von Kinderaugen).

4.2

Der Hippus, das Schwingen der Pupille bei Lichteinfall bzw. Abdunkelung ist ein wichtiger weiterer Hinweis für die nervöse Reaktionslage. Sie kann nicht bebildert werden (man könnte seine Dynamik lediglich filmen), aber jeder kennt vom Fotoapparat her das Vergrößern und Verkleinern der Blende und das mächtige Schwingen bei lebhaften, besonders jungen Menschen, die sich noch wenig gegenüber der Außenwelt abgeschirmt haben. Alles wird sehr stark von außen nach innen genommen, das Gegenteil von der häufig relativen Pupillenstarre bei alten, verknöcherten und auch verkalkten Menschen. In der chinesischen Philosophie finden sich hierfür auch die Begriffe des Yin und Yang, den beiden Grundrichtungen der Reaktionsweise.

4.3

VII

(Die absolute Pupillenstarre als **neurologisch** zu wertendes Phänomen soll hier ebensowenig gedeutet werden wie die Ungleichheit beider Pupillen, die Anisokorie.)

Die exzentrische Pupille, die nicht in der Mitte der Iris liegt und nach meinen eigenen Beobachtungen mit Abstand häufiger nach nasal gerückt ist. Auch hier cave Fehlinterpretation: Bei der Glaukompupille ist dies ebenfalls häufig der Fall. Die Angst scheint ein dominierendes Symptom bei den Trägern der exzentrischen Pupille zu sein, manifestiert in mehr asthmatischer Spasmophilie

4.4

bei temporaler Verlagerung und Coronarkrämpfen bei nasaler Exzentrik. Angst, exzentrische Pupillen und Glaukom: Diese Trias fällt übrigens häufig zusammen, und man weiß in vielen Fällen bis heute nicht, warum der Kammerwasserdruck erhöht ist.

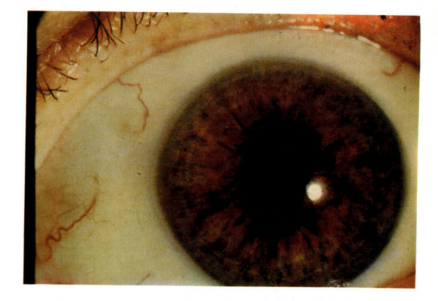

N.N., links (genaue Angaben unbekannt)

Gezeigt werden soll eine **exzentrische Pupille,** die von der Mitte — wie übrigens fast immer — nach nasal verlagert ist. Nebenbefund: angedeutetes Lunula.

4.5 **Die craniale Pupillenabflachung,** die ich herausnehmen möchte aus der gesamten Systematik der Pupillenabflachungen, weil sie nicht nur ein Hinweis auf mögliche Subluxation des obersten Halswirbelsäulengefüges (Atlas-Axis) ist, sondern auch ein wichtiges Indiz auf depressive Veranlagung mit Suizid-Tendenz. Nach einer mündlichen Mitteilung von Josef ANGERER kann der Suizid bei einer rechtsseitigen Abflachung blutig, bei einer linksseitigen unblutig erfolgen. Daß ein circulus vitiosus von Psychotherapie bzw. durch Medikamente ebenso unterbrochen werden kann wie durch Reposition der HWS (HIO-Technik z. B.), beweist wieder einmal die Überflüssigkeit des therapeutischen Methodenstreits.

Der Pupillensaum (= Pupillenrand = PR) wäre das weitere Beobachtungsfeld des vegetativen Systems. Nicht immer einfach ist jedoch die Abgrenzung zwischen

5.

a) den Bedeutungszeichen die Wirbelsäule betreffend,

b) ophthalmologisch-pathologischen Phänomenen (Netzhautblutung z. B.)

c) eben Zeichensetzungen, die in Richtung vegetatives System ausgelegt werden dürfen.

Wenn Josef ANGERER in seinem bereits vor nahezu dreißig Jahren erschienenen „Handbuch der Augendiagnostik" die wesentlichsten PR-Phänomene aufzählt, so ist auch heute wenig hinzuzufügen. Es können lediglich einige Photos deutlicher demonstrieren, was gemeint ist, als die damaligen Zeichnungen.

VII

Der Astheniker-PR ist in Farbe und Form charakteristisch hellrot und schmal-feinziseliert. Der altmodische Ausdruck Nervenschwäche oder Psychasthenie wäre wohl die gemäße Charakterisierung des Trägers jenes Phänomens. Es handelt sich um sensible, empfindsame und zuweilen auch empfindliche Menschen, die nicht krank im üblichen Sinne sind, aber nervlich auch nicht sehr belastungsfähig.

5.1

5.2 **Der Neurolappen-PR:** Meist auf traumatischer Genese (Commotio cerebri z. B.) entstandene Überempfindlichkeit des neurovegetativen Systems. Man hört dann immer wieder Aussagen wie: „seit dem Unfall bin ich irgendwie verändert, nicht mehr der Alte, reagiere auf alle seelischen Belastungen übermäßig depressiv oder aggressiv" etc. Ansonsten zeigen Neurolappen auch schwerwiegende Persönlichkeitsveränderungen, Neurosen, gravierende Schlafstörungen und zuweilen selbst destruktive Charakterveränderungen an. Neurolappen können ererbt und erworben sein. Wiederum einer Mitteilung von Josef ANGERER verdanke ich den Hinweis, daß vorhandene Symptome in diesem Fall im Klimakterium verstärkt werden.

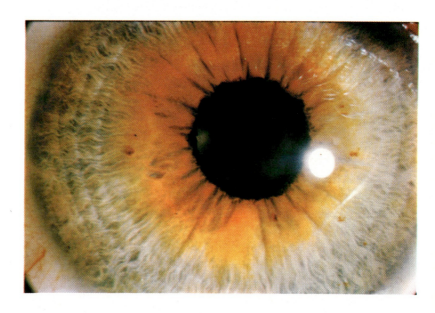

Männlich, 42, rechts

Neurolappen: Es bleibt unklar, ob diese angeboren (heriditär) oder durch Unfälle (nicht beachtete Commotionen) verursacht sind. Im vorliegenden Fall handelt es sich um einen sehr stark nervösen Mann, der mit Psychopharmaka wegen permanenten Diarrhoen behandelt wird. Er hat allerdings auch als Kind eine vermutliche Gehirnerschütterung beim Schlittenfahren erlitten.

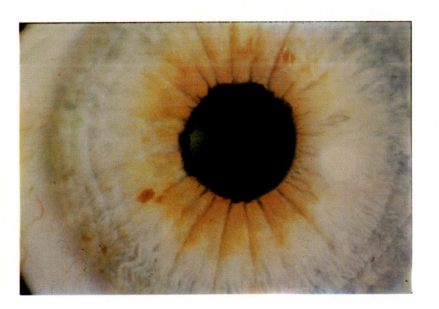

und links (P. M.)

5.3 **Der Zahnrad-PR,** bei dem wir häufig coronare Spasmophilie ohne organischen Hintergrund vorfinden. Das EKG zeigt keine besonderen Zeichen, auffällig ist die Wetterfühligkeit und wichtig die therapeutische Beeinflußbarkeit in der Kombination von Chiropraktik und Coronarspasmolytika (C V – Th III; Crataegus, Cactus grandiflorus, Ammi visnaga, Glonoinum). Häufig werden natürlich die Coronarspasmen durch psychische Symptome ausgelöst.

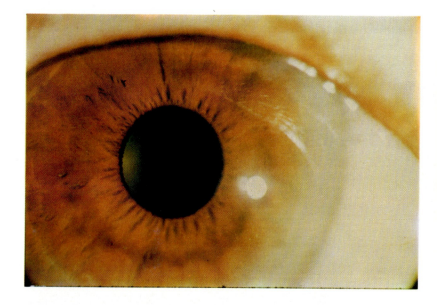

Weiblich, 64, rechts (S. M.)

Zahnrad-Pupillenrand, besonders deutlich bei 45–5'

Der Röhren-PR: Hier ist der Pupillenrand dem Betrachter direkt etwas entgegengehoben, also abgehoben, ähnlich einer Röhre. Krampfneigung insbesondere wieder der Herzkranzgefäße, aber auch Ängste, speziell Agoraphobie und Klaustrophobie. Der Betroffene wird häufig über seine Ängste nicht sprechen und sie der Umwelt gegenüber zu kaschieren versuchen, empfindet es aber in der Praxis als eine Erleichterung, wenn man ihn darauf anspricht. Bedeutet dies doch für ihn, daß seine Angst keine „reine Einbildung" ist, sondern dafür ein „sichtbarer Grund" vorliegt.

5.4

Die Krause

6.

Wieder ist es Form und Struktur, die uns über nervöse Gegebenheiten Aufschluß gibt.

Große Krause — kleine Krause: Die psychische Einstellung des Nichtgenugkriegenkönnens und des Mehrhabenmöchtens einerseits und der Hang zur Askese bis hin zum Geiz gegenüber der eigenen Person ist ein eigenartiger und immer wieder sich bestätigender Aspekt dieses Phänomens. Was sich zunächst auf die Nahrungsaufnahme bezieht, hat dann doch einen größeren allgemeinen psychischen Bezug. S. FREUD, der die orale Triebstruktur plastisch dargestellt hat, kann hier zur psychopathologischen Deutung herangezogen werden.

6.1

VII

6.2 **Die Trichterkrause:** Es gilt ähnliches wie beim Vorhergesagten, wobei sich beim Träger dieses Zeichens eine psychische Weichheit und Aufnahmebereitschaft demonstriert. So wie im somatischen Bereich dieser Mensch gerne und viel essen mag und kann, so ist er auch im seelischen vielseitig aufnahmebereit. (Empfindungsnaturell)

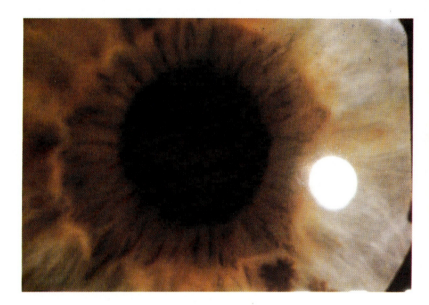

Weiblich, 75, rechts (A.)

Es handelt sich um eine typische **Trichterkrause** (auf die deutlich sichtbare Giebelpupille als Ausdruck einer Spondylarthrose soll nicht eingegangen werden). (Die Heterochromie der Krause signalisiert eine langjährige Dysbakterie verbunden mit Pankreasdyspepsie.)

Die vorgewölbte Krause signalisiert dann das Gegenteil: Abwehr, Aufnahmeverweigerung bis zur psychischen Isolierung, Kontaktarmut.

6.3

Die sogenannten **kleinen Spasmenfurchen innerhalb der Krause** gelten übereinstimmend bei den Augendiagnostikern (und das will bekanntlich etwas heißen!) als Hinweis auf Spasmen im Magen-Darm-Bereich. Ob nun falsche Nahrung oder Aufregungen: Druck bis Krämpfe werden die Folge sein und erfordern arzneiliche Antispasmodika.

6.4

VII

7. **Der Krausenrand (KR)**

Er ist normalerweise einigermaßen rund, ohne besondere Ausweitungen und Ecken. Die runde Form signalisiert das Weiche, die eckige, spitze das Spastische und Harte.

7.1 Nachdem auch weitgehend Übereinstimmung darüber herrscht, daß der Krausenrand die Innervation des Magen-Darm-Traktes anzeigt, können wir annehmen, daß **der zackige und eckige KR** eine Spastik in der nervösen Versorgung dieses Bereichs bedeutet. Das weitverbreitete Reizcolon, die vielschichtigen Beschwerden, vor allem im Bereich des aufsteigenden Dickdarms auf der rechten Unterbauchseite, die häufig wegen vermeintlicher Diagnose „chronische Appendicitis" vorgenommene Appendektomie und die präzise Wiederkehr derselben Beschwerden einige Monate post operationem treffen diesen Komplex: Der vegetativ stigmatisierte Mensch hat im Darm sein „Verdrängungsorgan" gefunden.

VII

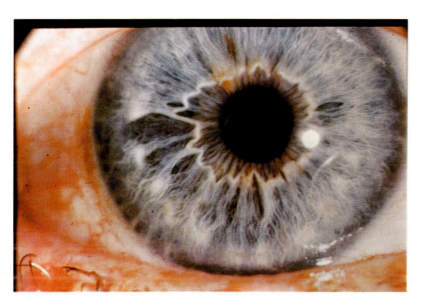

Weiblich, 64, rechts (V. T.)

Eckiger Krausenrand, gleichzeitig stark plastisch verdickt (Aufhellungen des Krausenrandes sollen hier nicht weiter beschrieben werden, weil sie bereits entzündliche Schleimhautreaktionen andeuten und somit das rein vegetative Stadium verlassen).

7.2 **Der viereckige KR,** die quadratische Krause gewissermaßen, von MADAUS, FLINK und KABISCH dahingehend definiert, daß die betreffenden Menschen schlecht therapeutisch zu beeinflussen wären: Besserwisserei, Ablehnung aller guten Ratschläge, Nichteinnehmen von Arzneien — es ist immer wieder erstaunlich, daß diese aus der Empirie gewonnene Beobachtung so trefflich stimmt. Trivialphänomenologisch geht wohl in dieselbe Richtung der sog. Quadratschädel, als solchen man gerne jemanden bezeichnet, der dick- oder querköpfig ist. Starr- und Sturheit kennzeichnen das psychische Bild.

VII

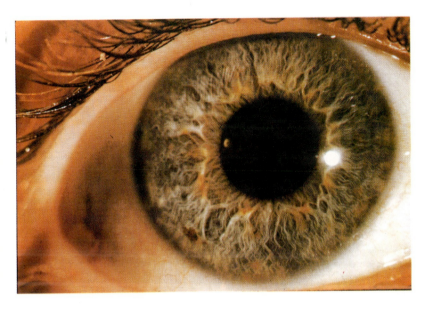

Weiblich, 35, rechts (F. R.)

Viereckiger Krausenrand — nicht nur, daß diese Frau als ehemalige Krankenschwester sowieso therapeutisch alles besser weiß und trotz des Immer-wieder-Rat-holens nie machte, was man anordnete, war ihre Unbelehrbarkeit auch mit ein Grund am Scheitern der Ehe, wie der Ehemann versicherte.

VII

7.3 Eine Besonderheit ist der im **cranialen Teil etwas niedergedrückte KR,** der ein ähnliches Bedeutungsphänomen wie der cranial abgeflachte Pupillenrand ist: Depressive Tendenzen, pathologische Wetterfühligkeit, Kopfdruck.

(Differential-diagnostisch sind Störungen des querliegenden Dickdarms selbstverständlich zu beachten.)

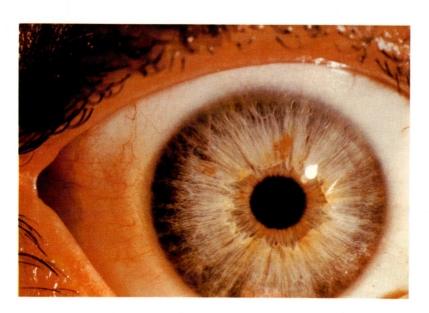

Männlich, 43, rechts

Wir haben im oberen Anteil einen ziemlich **gedrückten Krausenrand.** Diesen sehen wir rechts auch mit **starker Zackung** und ebenso wie links mit einem hypophysären Pigment. Der **Krausenrand** hat außerdem die **verdickte** Form ähnlich einem Wollfaden. Leichte **Lunula**-Bildung und thyreocardiale Lakunen links

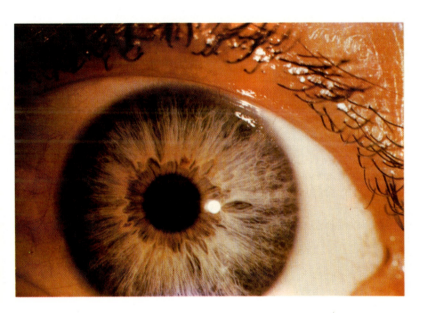

und links (C. S.)

passen ebensosehr ins Bild der **vegetativen Stigmatisation** wie die **Irisfaserstruktur,** die sich durch besondere Belichtung speziell links temporal darstellt. Der 43-jährige Italiener läuft unter der Diagnose Psychoneurose.

7.4 **Das Schneebrett-Phänomen:** Auf dem cerebralen Anteil des KR finden wir eine Vorschiebung bzw. ein Herunterhängen bis zum und sogar über den Pupillenrand. Nach Josef ANGERER ist der Träger dieses Zeichens häufig mit einer Psychoneurose belastet, die sich bei linksseitigem Befund mehr depressiv und am rechten Auge eher aggressiv darstellt.

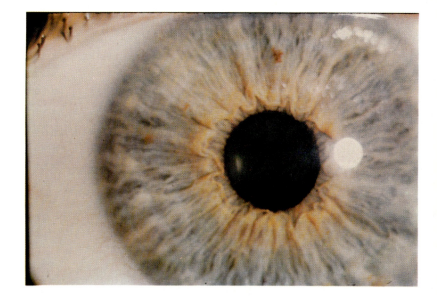

Männlich, 37, rechts (K. H.)

Schneebrettphänomen und kleine Krause mit hyperplastischem Krausenrand; Hypophysenpigment O'. Der Mann bekam durch einen seelischen Schock (seine Frau „lief ihm davon") ganz plötzlich einen Diabetes. Introvertiert-neurotisch war er schon, nach eigener Aussage, von Kindheit an.

Die **Struktur des KR** interessiert in mehrfacher Hinsicht; immer handelt es sich um eine Abhängigkeit der psychischen Verfassung vom Funktionieren des Verdauungstraktes. Wir unterscheiden zwar nachstehende vier Gruppen, können aber bedeutungsphänomenologisch die Labilität, die Hypersensibilität und die Tendenz zu spasmophilen Attacken für alle Zeichen pauschal gelten lassen:

7.5

a) **die extrem dicke Form, auch Bind- oder Wollfaden-KR genannt,**

b) **die extrem dünne und meist aufgefaserte, verästelte, zerrissene und bisweilen unterbrochene Form des KR,**

c) **der zopfartig geflochtene KR,**

d) **der sog. Krallen-KR.**

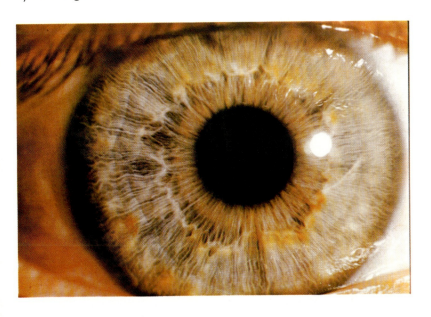

VII

347

Weiblich, 64, rechts (Sch. E.)

Geflochtener Krausenrand — nicht sehr gut darstellbar (Tiefenschärfe bei der Vergrößerung problematisch, ebenso wie das völlige Stillhalten des Patienten), ca. 37–42'.

8. Wenn wir nun zum **ciliaren Anteil der Iris** kommen, so betrachten wir zunächst die

8.1 **circulären Spasmenfurchen,** die wohl bekannt in dunklen Iriden sind, seltener in blauen und grauen. Es versteht sich, daß somit ihr häufiges Auftreten keine wichtige Deutung erlaubt, es sei denn, sie sind

a) zahlreich,

b) tief,

c) leuchtend.

Bei dieser Kombination ist der Ausdruck Spasmenringe erlaubt (und möglicherweise die Assoziation zum Medikament Hypericum bzw. Magnesium naheliegend).

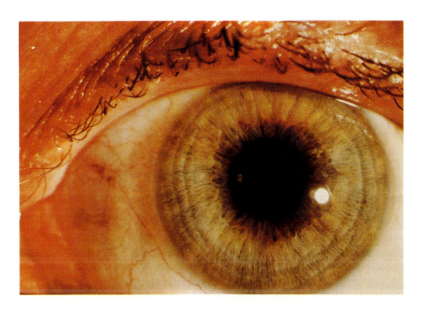

Weiblich, 55, links (M. T.)

Hier soll lediglich gezeigt werden, daß an blau-grauen Augen **circuläre Kontraktionsfurchen** auftreten können, wenngleich seltener als bei braunen Iriden.

Die ebenso eindeutigen **radiären Furchen, Speichen, auch Solarstrahlen** genannt, weil sie wie die Strahlen der Sonne von der Pupille bzw. vom Krausenrand ausgehen. Josef ANGERER bezeichnet sie als genotypisch, wir finden sie folglich häufig schon bei Kindern und können sie in zwei verschiedene Längen einteilen:

8.2

a) die halblangen, welche von der Krause oder vom Krausenrand bis ungefähr in die Mitte des ciliaren Iristeils laufen und

b) die **langen Solarstrahlen**, die bis zum äußeren Irisrand durchgehen. Die Länge hängt mit der Intensität der Krampfdiathese zusammen: Je länger desto stärker die Spasmophilie.

Je nach der Topographie der Furchen hat man einen Hinweis, welches Organ betroffen ist, z. B. um 40' rechts wird es die Gallenblase sein, die eine Krampf- oder gar Kolikneigung hat.

Zwei Besonderheiten möchte ich hier noch aufzählen:

a) Die **gehäuft auftretenden Furchen auf dem cerebralen Iristeil,** die auf migräneartige Kopfschmerzen hindeuten können und

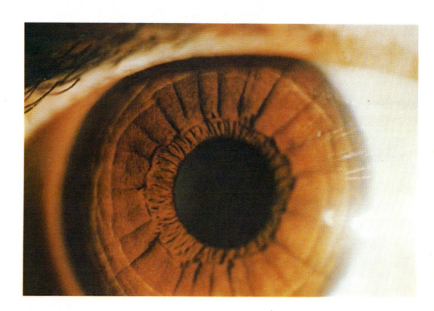

Weiblich, 35, rechts und links (B. A.)

Die **Grundelemente der spastischen Diathese** sind hier vereint: **leuchtende, tiefe circuläre Spasmenfurchen und radiäre Solarstrahlen.** Auch die **Furchen innerhalb der Krause** sind deutlich

b) auf die **Solitärfurche auf dem Hypophysen- bzw. Epiphysensektor,** was empirisch eine neurohormonelle Disposition zu Psychosen (Zwangs- und Wahnvorstellungen) bedeuten kann — eine Möglichkeit, die zwar im Augenblick nicht dasein muß, sich aber häufig Jahre und Jahrzehnte später offenbaren kann.

Diesen Punkt abschließend sei noch darauf hingewiesen, daß Brennpunkte jene Orte sind, an denen sich circuläre und radiäre Furchen überschneiden.

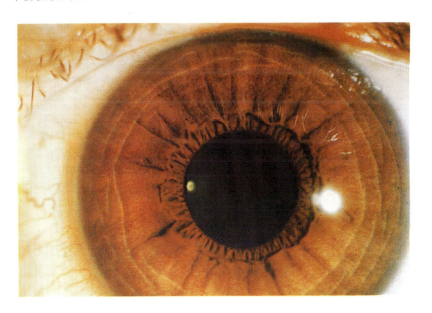

sichtbar, der **Krausenrand ist außerdem verdickt.** Man achte auf die **Überschneidungen der verschiedenen Furchen.** Sich selbst charakterisiert die junge Frau als „ewig verkrampft": Magen-, Darm- und Gallenspasmen sind bei ihr ebenso häufig wie migräneartige Kopfschmerzen.

Dieses Bild, das mir freundlicherweise Kollege W. SCHMITZ-PETRI zur Verfügung gestellt hat, demonstriert deutlich die **vegetativ-spastische Krause mit den vielen kleinen Spasmenfurchen.**

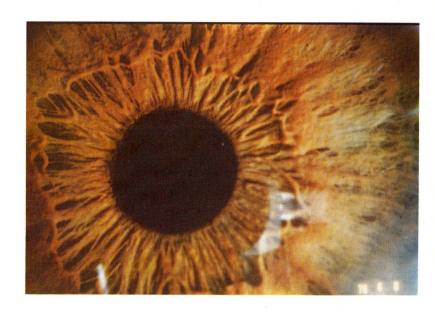

Einer Erörterung bedarf nun das eigentlich nervöse Element der 9.
Iris, nämlich die **Irisfaser** als solche bzw. der einzelnen **Fibrillen.**
Die Strukturanalyse und ihre empirische Bedeutung erstreckt
sich auf Faktoren wie

— Dichte der Fasern (Stromaführung),

— Aufhellungen,

— Form und Stärke,

— Abweichungen (Faserderivation).

Diese Elemente ergeben die sog. **neurogene Iris,** über die besonders J. BROY gearbeitet hat (s. Literaturverzeichnis). Der **Spannungszustand der Fibrillen** scheint geradezu par excellence den Spannungszustand nervöser Elemente wiederzugeben.

Nach meiner bisherigen Erfahrung ist es dabei von **untergeordneter Wichtigkeit,** ob es sich um

a) Neurohäkchen,

b) Aberationen der Fasern,

c) Netzzeichnungen,

d) Korkenzieher,

e) Zopfformen (geflochtene Seile),

f) Silberfäden,

g) Zick-Zack-Linien,

VII

h) V-förmiges Abknicken der Fasern (V-Linien)

handelt, immer wird eine Zustandsänderung von **Hyper-** bzw. **Hypoergie** im Hintergrund sein, die Schmerzschwelle und die Schmerzempfindlichkeit sind deutlich angehoben.

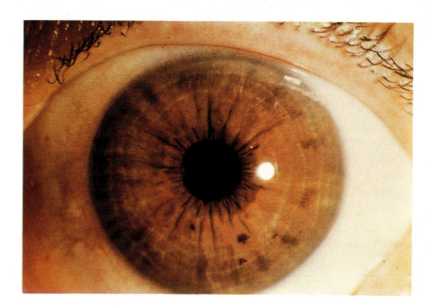

Weiblich, 59, links (O. E.)

Neurohormonelle Iris — die Frau hat zwar Gallensteine, wird aber davon nicht belästigt und fühlte sich bis zum Klimakterium gesund. Dann kam das übliche: Schwitzen, Angstzustände, Nervosität, Herzkreislaufstörungen ohne organischen Befund. Vom Hausarzt wurde sie mit Östrogenen und Tranquillizern behandelt. (Die vielfältigen anderen Spasmenringe und -furchen sollen nicht wiederholt werden.)

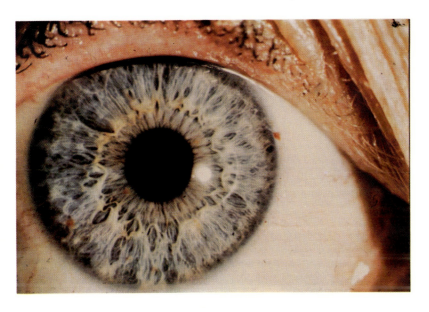

Männlich, 37, rechts (S. M.)

Neurohormonelle Iriskonstitution mit hypophysären Lakunen; Lebermarkierung durch sog. Quallenpigment mit Stauungstransversale und Leitgefäß (alles ca. 40'). Der Mann kam drei Monate vor seinem Suizid in meine Praxis mit der mehrmals festgestellten Diagnose Schizophrenie. Da ich mich bei diesem schwerwiegenden Krankheitsbild überfordert fühle (er stand unter drei bis vier starken Antidepressiva), schickte ich ihn zu einem mir als zuverlässig bekannten Nervenarzt – ohne Erfolg, wie man sah. Wichtig scheint mir hier die Bemerkung der anthroposophischen Medizin, daß die Leber das Organ der Depression sei. Im vorliegenden Fall war zwar klinisch-organisch kein Befund vorhanden, eine Erbbelastung wohl. Früher nahm man ja häufig an, daß „etwas nach innen schlagen" könne – ob hier das enzymatische System der Leber die Depression begünstigte?

VII

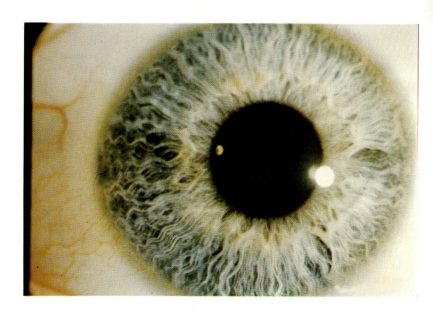

Männlich, 12, rechts (W. P.)

Neurohormonell: thyreocardiale Lakunen 17 und 45' — Hodenlakune angedeutet 35' am Krausenrand, leichte beige-ocker-Pigmentierung cerebral am Krausenrand; teilweise Phänomen des „gekämmten Haares" nach MAUBACH (ca. 37—38'); Allergiegefäße (ciliare Gefäßinjektion cerebral 5—10' und gut sichtbar ca. 40').

Männlich, 64, rechts (K. B.)

Die **Neurohäkchen** sind besonders gut sichtbar im ciliaren Iristeil bei 45'.

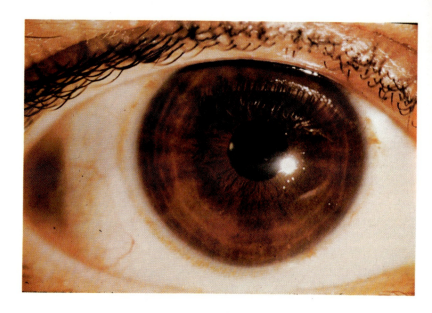

Männlich, 42, rechts und links (S. M.)

VII

Diese Iris eines Persers könnte vielleicht als Beispiel gelten, was wir uns unter einer **neurogenen Iris bei dunkeläugigen Rassen** vorstellen. Die feine samtartige Struktur scheint eine Art Pendant

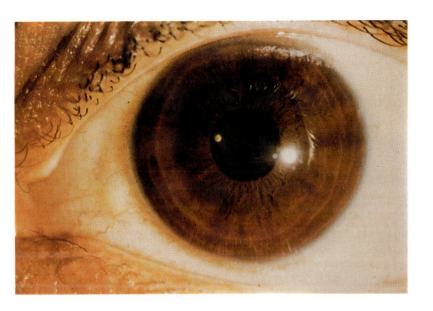

zu unseren blauäugigen neurogenen Iriden. Den leuchtenden Spasmenfurchen wird man allein diese Signalwirkung nicht zutrauen dürfen, weil sie fast immer vorhanden sind. Der 42-jährige Mann kam wegen ausgeprägter Hypochondrie in meine Behandlung, die wenig erfolgreich war.

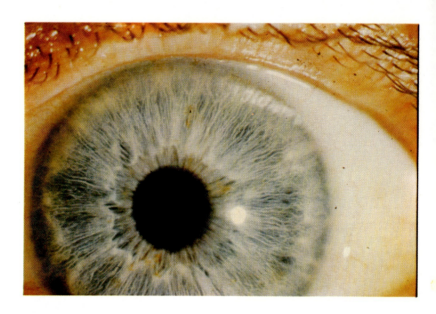

Weiblich, 74, links (J. E.)

VII

Neurogene Iris mit sehr vielen Neuronenfasern und -netzen (besonders Irisrand 10–20'), auch Neurohäkchen (14–17'). Sehr gesunde und sensible, aber auch übernervöse Dame.

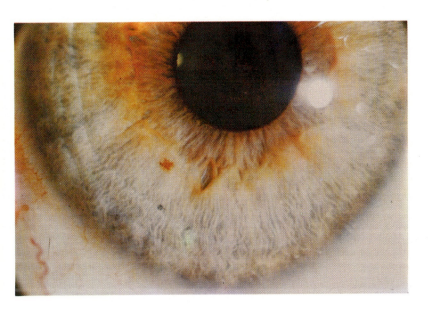

Weiblich, 37, rechts (G. E.)

Korkenzieher-Phänomene: ca. 27 und 30' und besonders deutlich auf das Pigment zulaufend um 35'. Das Ovar rechts, welches hier gezeichnet ist, dürfte neurohormonell stigmatisiert sein.

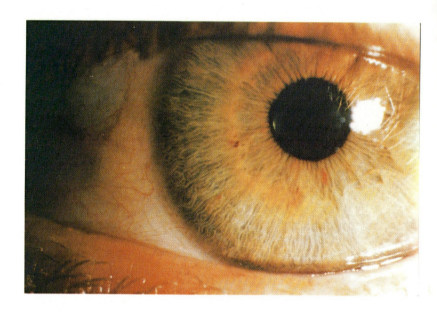

Weiblich, 75, links (M. J.)

VII

Zick-Zack-Linien, Korkenzieher-Neurohäkchen, gequollene Fibrillen, einzelne Silberfäden: hier sind nahezu alle Elemente versammelt, wie sie unter Punkt 7 aufgeführt sind. Befragt man die mit guter Erbmasse ausgerüstete Frau (langlebige Vorfahren), dann sagt sie, die Nerven wären schon immer ein schwacher Punkt gewesen — sie hätte dies wohl vom Vater geerbt.

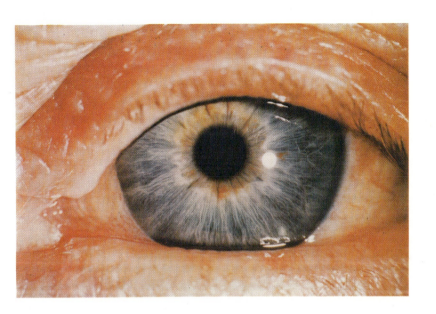

Weiblich, 76, links (S. J.)

Neben **neurogenen Fasern** (Neurofibrillen) finden wir eine sog. doppelte **V-Linie** (15' — nicht zu verwechseln mit der tiefer gelegenen vaskularisierten Transversale!). Die Trägerin hat Angina-pectoris-ähnliche Anfälle auf nichtorganischer Grundlage.

10. **Die totale sektorale Heterochromie**, welche topolabil ist (also nicht unbedingt cerebral liegen muß wie auf dem beigefügten Bild) und sich sowohl als Hyper- als auch als Hypochromie äußern kann, gilt als hereditäres Signal für tiefersitzende psychische Störungen: Wahnideen, Suizidneigung, Schizophrenie; hier handelt es sich nicht mehr nur um Neurosen, sondern die **ererbte Möglichkeit zu Psychosen.**

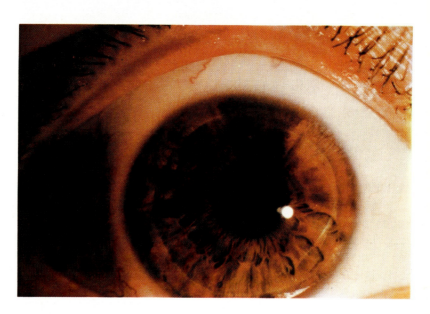

Weiblich, 55, links (F. P.)

Totale sektorale Heterochromie, hier cerebral als erbliches Zeichen für psychische Alteration bis hin zur Schizophrenie. J. ANGERER betont hierbei immer wieder den hormonellen Aspekt.

Als **sektorale Heterochromie** stellt man sich normalerweise die hier schon gezeigte Hyperchromie vor. Es kann aber auch ein Mangel der ansonsten die Iris prägenden Pigmente vorkommen, wie in diesem vorliegenden Fall.

Drei Cornealphänomene haben wir als Hinweis auf vegetative Störungen:

11.

Das bekannte **Lunula** („Möndchen"), das wie die schmale Sichel des Mondes besonders links temporal als Zeichen von Herzarhythmien und Tachycardien auf nervöser Grundlage zu sehen ist. Tritt dieses Zeichen auch rechts auf, ist die Manifestation der Symptome noch prägnanter.

11.1

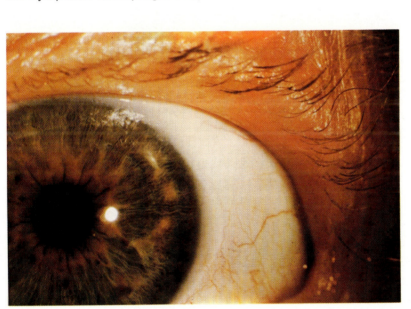

Weiblich, 63, links (S. B.)

Das **Lunula** ist beträchtlich und seine Trägerin seit Jahren mit Arhythmien und Tachycardien geplagt. Sie meint, daß die schweren Kriegs- und Nachkriegsjahre, wo sie als Geschäftsfrau ihren Mann ersetzen mußte, sie nervlich und herzmäßig „angeschlagen" hätten.

11.2 Der sog. **interne Stehkragen,** dieser außerordentlich feine und weißlich sichtbare Rand der Cornea, der ebenfalls am häufigsten temporal zu sehen ist. Der Träger ist von **Ängsten** determiniert, die sich oft auch am ängstlich-stechend-unruhigen Blick andeuten. Auch die Kombination von Lunula und Stehkragenphänomen ist möglich; Herzrhythmusstörungen durch Angst. Das Pendant zum Stehkragenphänomen ist der Röhren-PR.

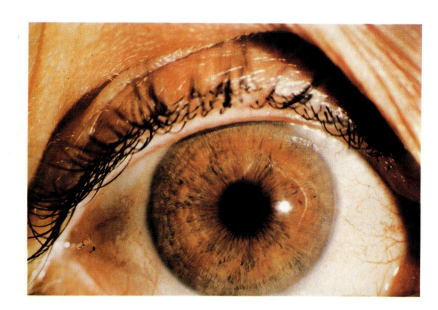

Männlich, 52, rechts u. links (S. J.)

Stehkragenphänomen, rechts nasal besonders gut sichtbar 13–18' – links temporal 17–23'. Der Mann ist Patient wegen seiner generellen Angstzustände und besonders wegen nichtorganischer Coronarspasmen, ausstrahlend in den linken Arm.

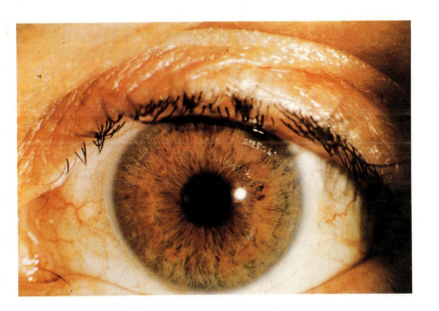

11.3 Das sog. **Dornenkronenphänomen,** dessen Bedeutung nach J. ANGERER zwar auf das Nervensystem hinweist, meist aber in Koppelung mit dem hormonellen Ablauf. Naheliegend ist, daß es beim weiblichen Menschen häufiger als beim männlichen auftritt, da das hormonelle System eine weitaus größere Rolle spielt und seine enge Bindung an das Vegetativum bekannt ist. Besondere Zeiten im Lebenszyklus wie z. B. Pubertät und Klimakterium sind deshalb Krisenpunkte der psychischen Äußerungen im pathologischen Spektrum.

Weiblich, 80, rechts und links (Sch. A., Abbildung siehe Geriatrie II. 3.)

Die von J. ANGERER des öfteren beschriebene **sog. Dornenkrone** ist gekennzeichnet durch das gehäufte Auftreten von hellen Einkerbungen am Irisrand. Das Bild täuscht aber insofern, als es sich nicht um ein Iris- sondern um ein Corneal-Phänomen handelt. (Besonders gut sichtbar zwischen 35 und 50'). Erwähnenswert ist noch das Lunula ebenso wie die V-Linie links um 35–38'.

12. Zwei **konjunktivale** Hinweise auf den Spannungszustand des vegetativen Systems sollen angeführt werden:

12.1 **Das Pterygium oder Flügelhäutchen,** eine Art Schleimhautwucherung der Augenbindehaut, ein Hinweis auf Störungen im Hals-Sympatikus-Bereich. Dieses Phänomen ist auch beschrieben im ersten Band der ANGERER'schen Reihe „Ophthalmotrope Phänomenologie" (S. 220).

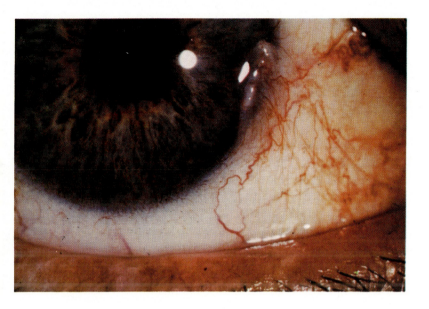

N. N., rechts (genaue Angaben unbekannt)

Pterygium: Nach übereinstimmender Aussage vieler Iridologen handelt es sich um Störungen, die vom Halssympathikus-Nervengeflecht ausgehen.

12.2 **Der spastisch-atonische Gefäßstatus der Konjunktivalgefäße,** eine außerordentlich wichtige Manifestation der vegetativen Spastik am Gefäßsystem. Ich muß sagen, daß mich die Beobachtung und Deutung dieses Phänomens lange irritiert hat: haben doch oft junge und gesunde Menschen diese auffälligen Gefäße, gebogen und bäumchenförmig (Dendritenform), sich aufteilend, spastisch an den Enden und meist schlagartig verschwindend. Es ist diese Gefäßform nicht unähnlich jener, welche durch längere Alkohol- und/oder Nikotinschädigung zustande kommt. Wenn aber beide Noxen ausgeschlossen werden können und mögliche andere (Diabetes) nicht eruierbar sind, liegt die Bezeichnung vegetativ-spastisch-atonisch nahe. Man findet diesen Status bei Menschen, die sehr stark kreislaufmäßig auf psychische Reize reagieren (leicht rot werden, leicht erblassen, „seelisch frieren").

VII

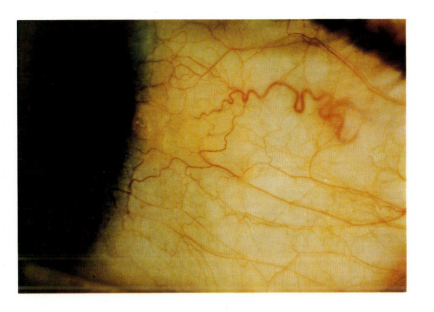

Weiblich, 46, rechts (W. E.)

Es handelt sich um einen gesunden Menschen, der weder venöse noch arterielle Gefäßschäden hat, das vorliegende Foto soll vielmehr den sog. **vegetativen spastisch-atonischen Gefäßstatus** demonstrieren.

Als **Skleralphänomen** seien schließlich die **Skleralfalten** aufgeführt, die nicht mit den Exsiccosefalten verwechselt werden dürfen. Der Träger zeichnet sich wiederum durch Angstzustände aus, Angst, die durch keinerlei äußere Gründe erklärbar ist, und man könnte sagen, daß sich seine Psyche ähnlich und ana-

13.

log der Skleralhaut zusammenzieht, übermäßig spannt (die Phänomenologie ist grundsätzlich darauf angewiesen, äußere Bilder ins Innere zu transferieren).

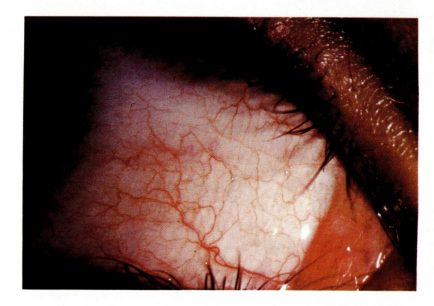

Männlich, 12, rechts (E. B.)

Das Bild soll **Skleralfalten** signalisieren. Außerdem haben wir bei diesem Jungen, der völlig intakte Gefäße hat, jedoch die typischen **vegetativ-spastischen Kapillaren.** Der Junge ist vegetativ von beiden Elternteilen stark belastet und gilt als ein sog. Problemkind.

Anmerkung:

(Die Photos wurden gemacht mit Leica-Balgengerät Elmarit-R und einem Agfa CT 18 Color-Film.)

VIII. Das Transitbild der Biomembran

Günther Lindemann, Osnabrück

	Inhalt
Einleitung	1.
Zelle und Biomembran	2.
Elementarorganismus Zelle	2.1.
Zelleinschlüsse und ihre Membranen	2.2.
Formmodelle der Biomembranen	3.
Die Permeabilität	4.
Die Basalmembran	5.
Die Membranen des Lymphsystems	5.1.
Der strukturelle Aufbau der Biomembranen	6.
Die Membranbausteine	7.
Lipide	7.1.
Proteine	7.2.
Die Nervenmembran als Myelinhülle	8.

8.1.		Die Organisationsform der Neuronenmembran
8.2.		Die molekulare Struktur der Nervenmembran
8.3.		Zellkern, Kernhülle
8.4.		Golgi-Apparat
8.5.		Mitochondrien
8.6.		Endoplasmatisches Retikulum
9.		Pathologie der Biomembranen
9.1.		Die Desoxydation der Hüllensubstanz
9.2.		Die magnetische Depolarisation der Membranen
9.3.		Energieabfall im Bindegewebe
9.4.		Die Metabolosen
9.5.		Die Kollagenosen
9.6.		Die Kristallosen
9.6.1.		Die Zystinose
9.7.		Metabolismus — Metabolosen
10.		Die Bioverfügbarkeit der Arzneimittel
11.		Transitstörungen
12.		Literaturverzeichnis

Das Transitbild der Biomembran

Einleitung

1.

Biologische Membranen erfüllen vielfältige Aufgaben. Sie begrenzen das Zellplasma und teilen es in Reaktionsräume auf (Kompartimentierung). Neben der trennenden läßt sich die verbindende Funktion am Beispiel des Informationsaustausches und des aktiven und passiven Transportes erkennen.

Um dieses Problem darzustellen und in seiner ganzen dreidimensionalen Gestalt erfassen zu können, es gleichzeitig aber auch als Basis der Ophthalmotropen Phänomenologie dem Betrachter zugängig zu machen, müssen wir vom rein histologisch-pathologischen Denken zum übergeordnet-biologisch orientierten Ganzheitsdenken kommen. Wir müssen vom histologischen Begriff **Zellmembran** ausgehen und zum umfassenden Begriff **Biomembran** (biologische Membran) vorstoßen, wenn wir die Vielzahl der Zellmembranen mit übergeordneten koordinierten Funktionen erfassen wollen, wobei wir bis in das Thema Mesenchym gelangen. Dieses Mesenchym, das das Projektionsfeld des funktionellen Geschehens darstellt, ist nun seinerseits wieder abhängig von der Funktion der Zellmembranen in ihrer Vielfalt, durch die allein ein ungestörter Transitstrom zwischen Blut und Mesenchym und den Organen möglich ist.

VIII

Die moderne Molekularbiologie ordnet mehr und mehr bestimmten Lebensfunktionen bestimmte definierte Zellstrukturen zu. Heute können wir die Zelle auch als kleinste Einheit der Funktion ansehen. Sie ist die universelle Grundform der biologischen Organisation — die elementare Einheit, an der sich alle Grundfunktionen des Lebensgeschehens nachweisen lassen – ein echter „Organismus" und nicht nur bloß ein Teil eines solchen (BUSELMAIER).

Wir wissen, daß die von SCHWANN nur als Raumgrenze angesehene Membran eine zwar morphologisch trennende, gleichzeitig aber eine funktionell verbindende Struktur darstellt.
Resorption, Verteilung und Ausscheidung sind nicht ohne Transport durch Membranen denkbar.

Das Studium der Membranen und ihrer Eigenschaften hat sich zu einem Hauptforschungsgebiet in der Biologie entwickelt mit einem umfangreichen und noch nicht völlig geklärten Problemkreis. Die Aufgaben der Membranen erschöpfen sich nicht nur in einer reinen Schutzfunktion; sie sind eher als komplexe, dynamische Strukturen anzusehen, deren Aktivitäten wesentlich dazu beitragen, das charakteristische, metabolische Reaktionsmuster einer Zelle sowie des gesamten Organismus aufrechtzuerhalten (siehe Metabolismus).

2. **Zelle und Biomembran**

Die Zelle zeigt uns zwei Bilder: Das histologische Bild ihrer Bestandteile und das funktionelle Bild ihrer Leistung. Oft wird nicht daran gedacht, daß die Zelle nicht aus einem bloßen Nebeneinander autonomer Organzellen besteht; sie ist ein Ganzes und ihre Existenz als lebende Einheit beruht auf der funktionellen Integration der verschiedenen Kompartimente aus denen sie besteht. Diese Teilgefüge beeinflussen sich gegenseitig. Ihr Zusammenspiel wird durch genau geregelte biologische Mechanismen koordiniert, die – wie schon oben erwähnt – noch nicht bis in alle Einzelheiten aufgeklärt sind.

Vor mehr als 100 Jahren entdeckte SCHWANN (1810–1882) seine „Zelltheorie", d. h. abgegrenzte, vom Membranen umgebene, meist kernhaltige Plasmabezirke. Sie müßten, so erklärte er, als die letzten Bausteine aller lebendigen Substanz auf der Erde gelten. Das ursprüngliche Modell einer SCHWANN'schen Zelle gilt im Prinzip noch heute. Die Zelle ist ein lokaler Funktionsmittelpunkt, sagte gegen Ende des Jahrhunderts BUTTERSACK.

Aber erst das Elektronenmikroskop war in der Lage, das Bild, das wir uns bis dahin mit dem Lichtmikroskop von der Zelle gemacht hatten, zu berichtigen. Komplexe Membransysteme, Bläschen, Fibrillen und zahlreiche Strukturen haben den ehemals optisch leeren Raum des **Zytoplasmas** ausgefüllt. Es stellt nun nicht mehr eine einfache Lösung eines bestimmten Körpers dar, sondern eine strukturierte Einheit, die in ihrem Gefüge Wasser, Elektrolyte, Proteine oder Lipoproteine, Glukose und verschiedene Substanzen enthält.

Der „Elementarorganismus" Zelle 2.1.

Die Erkenntnis, daß die Zelle der Elementarorganismus ist, ist von weittragender Bedeutung, weiter, als bisher herausgestellt wurde. Die Zelle ist nicht nur eine Struktureinheit, als Baustein die Grundeinheit lebendiger Naturkörper, sie ist es auch in der Funktion als der Träger des Lebendigseins überhaupt. Sie bildet das kleinste lebensfähige System, sie zeigt die typischen Äußerungen des Lebendigseins, wie Stoffwechsel, Erregbarkeit (Reaktion auf äußere Reize), Bewegung, Vermehrung und Eigenregulation.

Der **Zellstoffwechsel** hat drei wichtige Aufgaben:

— die Erhaltung der Zelle, Aufbau von Betriebsstoffen;

— die Energiegewinnung (z. B. Muskeln);

— die Zellteilung.

Das innere Millieu ist die zwischenzelluläre Flüssigkeit, d. h. der Lebensraum jeder einzelnen Zelle. Zur Konstanthaltung des inneren Milieus tragen alle Organe bei, indem sie über Regelsysteme miteinander verbunden sind. Die zwischenzelluläre Flüssigkeit wird ununterbrochen mit dem Blut vermischt, damit für jede Zelle optimale Lebensbedingungen eingehalten werden können.

Die ausgewachsene Zelle befindet sich mit ihrer Umgebung in einem dynamischen Gleichgewicht oder Fließgleichgewicht, da sie Stoffe ununterbrochen aufnimmt, verarbeitet und wieder abgibt, ohne dabei an Masse zuzunehmen.

Diese Bedeutung verlangt eine kurze Beschäftigung mit ihrem Aufbau (Abb. 1). Die Zelle wird von einer 75 Å starken Lipoidmembran begrenzt, welche das **Zytoplasma** umgibt. Im Inneren dieses relativ homogenen Zytoplasmas finden wir lebende Einschlüsse: Die **Mitochondrien**, das **Ergastoplasma** (endoplasmatisches Retikulum), den **Golgi-Apparat**, die **Zentrosphäre**, die **Lysosomen** und andere Bestandteile.

2.2. **Die Zelleinschlüsse und ihre Membranen**

Membranen sind Strukturelemente von Zellen und in vielzelligen Organismen deshalb auch von Geweben.

Wir müssen uns frei machen von der Vorstellung der Membran als Sieb, das nach Größe und Ladung trennt. Eher paßt schon die Vorstellung eines Filters, denn es ist seine Eigenschaft, daß es gerade dadurch, daß es filtert, auch verstopfen kann, womit seine eigentliche Funktion hinfällig wird. Damit hätten wir dann auch eine Begründung für die Möglichkeit einer Transitstörung durch Ablagerung von Abfallstoffen (das Mesenchym als Mülldeponie). Das Reinigungssystem des Körpers ist zwar leistungsfähig, setzt aber in jedem Fall ein Funktionieren der Einzelme-

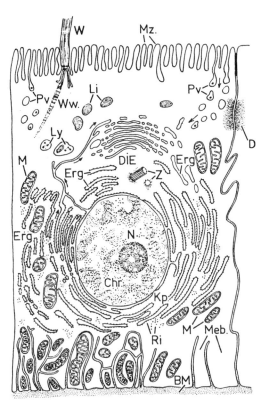

Abb. 1 Allgemeines Schema einer Zelle, im Elektronenmikroskop gesehen. N, Nukleolus; Chr, Chromosomen; Kp, Kernpore; Erg, Ergastoplasma; Ri, Ribosomen; M, Mitochondrien; D, Desmosom; Li, Lipide Mz, Mikrozotten (-villi); Pv, Pinozytosevakuolen; Z, Zentrosom; Ww, Wimperwurzel; W, Wimper; Ly, Lysosomen; DIE, Diktyosomen; BM, Basalmembran; Meb, Membraneinbuchtungen.

chanismen voraus. Und wenn HAUSS einmal gesagt hat: „Der Mensch ist so alt wie sein Mesenchym", dann ist dessen Mesenchymalter direkt abhängig vom Transitvermögen und vom Transitverhalten der Biomembranen, denn sie sind die Voraussetzung für das totalitäre Transportwesen im Körper. Das zwischen dem extrazellulären und intrazellulären Raum entstehende Spannungsfeld ist der Ausdruck des Lebens schlechthin. Hier werden die energetischen Voraussetzungen geschaffen für den Aufbau der Lebewesen, für die Informationsübertragung, den Transport der Substanz, Muskel- und Nervensteuerung, Umweltorientierung — all dies wird durch die Funktion der biologischen Membran ermöglicht. Diese Membranen sind Hülle jeder Zelle, jedes Organs und die Auskleidung jeder Höhle.

3. **Die Formmodelle der Biomembranen (nach ANGERER) Abb. 2**

Die Haut als äußere Membran des interstitiellen Bindegewebes, das aus fibrillären, lockeren, elastischen, straffen und zellig-kollagenen Netzen und Fasern besteht.

Die serösen Häute,

— der Innenauskleidung der Hohlräume: Gehirn, Stirn, Nase, Nasenneben- und Kieferhöhlen, Mundhöhle, Lungenfell, Brustfell, Zwerchfell, Magen- und Darmhöhle, Gallenblase, Harnblase und Hoden. Alle diese Höhlen setzen bei Funktionsstörungen ihre Zeichen in der Iris;

— die serösen Auskleidungen der Knochen und Gelenke: Periost- und Synovialhäute, besonders eklatant im Kiefer- und Artikulationsbereich.

Das Bindegewebe

Das Bindegewebe, das etwa 1/3 des gesamten Eiweißes im menschlichen Körper ausmacht, hat eine besondere Relevanz im Rahmen des Transitgeschehens. Es besteht aus einander durchflechtenden Kollagensträngen und elastischen Fasern in einer Grundsubstanz aus **Mukopolysacchariden.** Es ist am Aufbau aller parenchymatösen Organe beteiligt und ist zwischen Blutgefäßen und Organzellen eingelagert. Es dient dem Stofftransport von der Kapillarwand bis zur Zelle und zurück (Transitweg).

— Die Bindegewebshüllen der Organe: Herz, Lunge, Leber, Magen, Milz, Nieren und Verdauungsorgane. Auch diese Hüllen setzen die Zeichen ihrer Funktionsstörungen in der Ziliarzone der Iris, mit Ausnahme des Magens, der direkt um die Pupillen herum in der Pupillarzone lokalisiert ist;

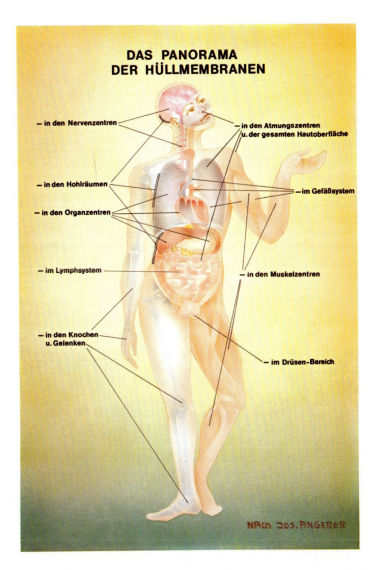

Abb. 2

— die bindegewebige Auskleidung der Drüsen und ihrer sieben Zentren: Epi-Hypophyse, Schilddrüse, Thymus, Pankreas (inkretorisch), Nebennieren und Sexualsystem.

Die **kollagenen Muskelhüllen** mit einem Überangebot an elastischen Fibrillen.

Die **Zellmembran** als Vermittler zwischen Innen und Außen.

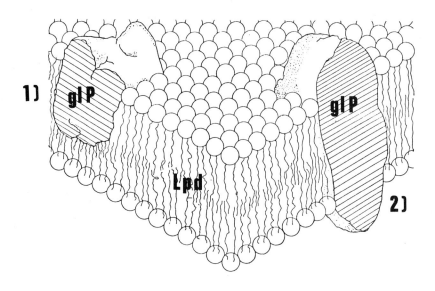

Abb. 3   Das „fluid-mosaic-Modell". Die globulären Proteine (gl P) sind in die Lipiddoppelschicht (Lpd) eingetaucht 1) und können die Matrix gelegentlich vollständig durchdringen 2) (abgeändert nach SINGER/NICOLSON)

Die begrenzende Struktur einer lebenden Zelle ist eine Membran, die äußere Zellmembran oder das Plasmalemma. Sie stellt eine morphologische und physiologische Abgrenzung dar. Dieses

Plasmalemma vereinigt in sich mehrere Funktionen: zum einen ist sie selektive Diffusionsbarriere, zum anderen führt sie spezifische Transportaufgaben durch.

An der Oberfläche der Plasmamembranen ist das Vorhandensein von Material nachgewiesen worden, daß die Basalmembran vieler Zellen umfaßt. Nach zytochemischen Farbreaktionen besteht dieses Oberflächenmaterial aus Polysaccharid, Mukopolysaccharid, Mukoprotein, Glykoprotein oder Glykolipoid. Es gab in jüngster Zeit (HOLLAND, 1967) Spekulationen über die mögliche Rolle dieser Substanz für die Zellpermeabilität.

Die **Oberflächen-Polysaccharide** können eine Reihe von Funktionen ausüben:

— Schutz vor fremdem Material, Organismen und Enzymen.

— Wirken als Schranke für Ionen, Makromoleküle und neurohormonale Überträgerstoffe.

— Beeinflussung der unmittelbaren Umgebung der Membran.

— Erleichterung des Transits von Substanzen durch Akkumulation nahe den Rezeptoren und Transportstellen.

— Veränderung der Oberflächenspannung.

— Die Oberflächen-Polysaccharide stabilisieren die Lipoproteinmembranen der Zelle (Mukopolysaccharidosen siehe 9.5.1.).

Die Permeabilität (die Transportsysteme) 4.

Jede Zelle nimmt aus ihrer Umgebung unentbehrliche Stoffe auf und gibt Abfallprodukte und die von ihr erzeugten Produkte ab. Diese Fähigkeit nennt man Permeabilität, spezieller: Zellpermeabilität. Da dieser Vorgang durch Membranen hindurch stattfindet, ist die Bezeichnung Membranpermeabilität die richtigere.

Die Verteilungsunterschiede zwischen den Flüssigkeitsräumen sind vorwiegend auf die Art der Barrieren zurückzuführen, welche diese voneinander trennen. Die Plasmamembran der Zellen scheidet die Intra- von der Extrazellularflüssigkeit. Bewegungen von Wasser und anderen Teilchen durch die Barrieren hindurch erfolgen durch Filtration, Diffusion, Lösungsmittel, sog. Osmose, aktiven Transport und verschiedenen anderen Vorgängen.

Diffusionsprozesse sind von größter biologischer Bedeutung, da auf diesem Wege der molekulare Stoffaustausch erfolgt (RAPPOPORT, 1969). Die Permeabilität zeigt die verschiedensten Aspekte, deren Deutung von Fall zu Fall schwierig sein kann. Immer handelt es sich um eine komplexe Erscheinung, bei der sich gleichzeitig oder nacheinander sowohl einfache physikalische Vorgänge, wie Osmose und Diffusion, als auch physiologische Prozesse abspielen. Diese werden von den enzymatischen Vorgängen, die sich im Inneren der Zelle abspielen, beeinflußt. Dazu sagt HOLLANDE: „Gewiß reguliert die Zellmembran mit Hilfe der „Permeations"katalysatoren, die sie enthält, einen Teil des Stoffwechsels; jedoch scheint sie nicht immer die ausschlaggebende Rolle zu spielen und viele Fälle von Permeabilität oder selektiver Akkumulation konnten erklärt werden, ohne daß das Vorhandensein einer Zellmembran berücksichtigt wurde."

Die K- und Na-Ionen (lyotropische Ionen) machen die Zellmembran permeabel, die Ca- und Mg-Ionen dagegen machen sie impermeabel.

Der Transport — die Permeation — kann auf verschiedene Art und Weise erfolgen. Man unterscheidet dabei zwei Möglichkeiten, den passiven Transport, der keine spezielle Energiezufuhr benötigt und den aktiven Transport, der direkt Energie verbraucht.

Die Diffusion gehört zum **passiven Transportsystem**. Sie bedeutet, daß ein Vorgang abläuft, bei dem ein Gas oder eine gelöste Substanz sich aufgrund der Bewegung ihrer Teilchen ausdehnt, um das verfügbare Volumen zu füllen. Die Teilchen (Moleküle oder Ionen) einer gelösten Substanz befinden sich in ständiger ungeordneter Bewegung, die bei hoher Konzentration häufig zu Zusammenstößen führt. Sie streben daher, sich von Orten hoher Konzentration gegen solche niedriger Konzentration auszubreiten, bis sie überall gleichmäßig verteilt sind. Die Diffusion von Ionen hängt aber auch von deren elektrischer Ladung ab. Wenn eine Potentialdifferenz zwischen zwei Orten in einer Lösung besteht, wandern positiv geladene Ionen entlang diesem elektrischen Gradienten in das stärker negativ geladene Gebiet, während negativ geladene Ionen entgegengesetzt wandern. Im Körper erfolgt Diffusion nicht nur innerhalb eines Flüssigkeitsraumes, sondern auch von einem in das andere Kompartiment, sofern die Barrieren für die diffundierenden Substanzen durchlässig sind. Die Diffusionsgeschwindigkeit hängt unter anderem von der Größe der Moleküle, vom Konzentrationsgefälle, vom Diffusionsweg, vom Querschnitt und von der inneren Reibung der Lösung, von der Temperatur und von verschiedenen anderen Faktoren ab. Außerdem — und das muß gerade im Zusammenhang mit dem vorgegebenen Thema betont werden, ist die Diffusion von den verschiedenen Membrantypen abhängig. Soweit die Hinweise auf den passiven Transport.

Der **aktive Transport** unterscheidet sich vom passiven dadurch, daß der Transport mit einem energiespendenden System verbunden ist. In einigen Fällen ist dies eine ATPase, und die Beförderung von Molekülspezies durch die Membran hindurch ist von einer genügenden Versorgung mit ATP abhängig.

Beim aktiven Transport (auch beim erleichterten passiven) kann das zu transportierende Molekül an ein Trägermolekül (an den Carrier) gekoppelt sein, das spezifische Bindungsstellen an der

Membranoberfläche besitzt. Dieser Molekülkomplex wandert durch die Membran und tritt auf der Gegenseite wieder an der Oberfläche hervor. Zum Thema Carrier sind noch nicht alle Fragen geklärt:

Mit dem Mechanismus des aktiven Transports erzeugt und erhält die Zelle Konzentrationsunterschiede an der Membran und damit auch ihr Membranpotential.

Passiver Transport — angetrieben durch ein Konzentrationsgefälle oder ein elektrisches Potentialgefälle — und aktiver Transport laufen gleichzeitig ab. Die Einzelheiten des chemischen Vorgangs in der Membran sind für die verschiedenen Stoffe unterschiedlich und noch nicht in allen Punkten restlos geklärt.

Alle hier behandelten Vorgänge der Permeabilität sind beeinflußbar durch Pharmaka und sind damit ebenso zu beeinflussen durch krankmachende Vorgänge im Körper und/oder krankmachenden Substanzen.

5. **Die Basalmembran**

Die Basalmembran — auch mit Basallemma bezeichnet — besteht aus Kollagenfibrillen, die miteinander verwoben und in eine amorphe Grundsubstanz eingelagert sind. Diese Kollagenfibrillen lassen kleine Lücken frei und geben dadurch der Basalmembran den Charakter einer Porenmembran (WENDT). Sie wirkt als Porenfilter und wird nach den Gesetzen von Filtration und Diffusion permeiert. Das Wort filtrieren ist positiv, das Wort verstopfen negativ zu verstehen. Der Filtrationsstrom durch die Basalmembran geht im arteriellen Schenkel vom Blut in die Gewebe. Schon unter physiologischen Bedingungen enthält das Blut Moleküle, die die Basalmembran verstopfen können. Zahlreiche Einlagerungen von Fremdstoffen aller Art wie Lipide, Kristalle (Kristallosen), Heteroproteine, Antigen-Antikörperkomplexe, Kollagen (Kollagenosen), Mukopolysaccharide (Mukopolysaccharidosen) mit der Folge von Verstopfung und Verdickung der Basalmembran sind Beweise hierfür.

Die Basalmembran umgibt das gesamte Kapillarstromgebiet und ist die einzige kontinuierliche Schicht der Kapillarwand (COSSEL, LISEWSKI, MOHNIKE, zit. nach WENDT).

Der Stoffaustausch — Transit — vom Gewebe zu den Kapillaren und zurück geht durch die **Kapillarmembran** und muß auf diesem Wege zuerst die Endothelzellenschicht durchqueren, danach die Basalzellenschicht. Das stellt die humorale Möglichkeit für die Kommunikation zwischen dem interstitiellen, mesenchymalen Grundgewebe (BUTTERSACK) und dem gesamten Organismus dar.

Die physiologische Wandstärke einer Basalmembran kann in gewissen Grenzen schwanken, ohne pathologisch zu werden. Geht die Verdickung jedoch zu weit, leidet die Permeabilität (VIII. 4.) und die Transitstörungen (VIII. 11.) beginnen sich bemerkbar zu machen.

WENDT spricht der Kapillarwand vier Funktionen zu:

Erstens: Die Arbeit als Kläranlage. Die Basalmembran wirkt dann zwischenzeitlich als Mülldeponie, solange, bis die Epithelschicht die Heteroproteine in Euproteine umgebaut hat. Das, was nicht umgebaut wird, wird abgelagert oder ausgeschieden (solange wie die Ausscheidungsfunktionen des Körpers intakt sind).

Zweitens: Die Arbeit als Kraftwerk. Hier werden die Relais gesteuert, die ihrerseits das Kraftwerk steuern, das den Filtrationsstrom aus dem Kapillar- in den Geweberaum und zurück reguliert.

Drittens: Druckmessung und Druckregelung für den inneren Kreislauf. Die Endothelzellen erhalten die Isoonkie des Blutes, sie deponieren bei zu starkem Angebot das Eiweiß auf der Basalmembran, lösen es bei Unterangebot wieder und geben es für den Kreislauf frei. Damit ist zugleich die vierte Funktion nach WENDT, Produktion, Lagerhaltung und Lieferung der Baustoffe erklärt.

Mit allen diesen Eigenschaften hängt natürlich auch die Erhöhung oder Erniedrigung des Blutspiegels an bestimmten Substanzen, wie z. B. Cholesterin, Insulin u. ä. zusammen. Es treten eine Reihe von Krankheiten auf, bei denen der Zusammenhang mit einer Transitstörung im Bereich der Basalmembran nur für den erklärlich wird, der humoralpathologisch denkt. Dazu müssen wir noch die Eiweißmast der heutigen Ernährung mit ihren unübersehbaren Folgen einer Basalmembranverdickung und die damit verbundene Störung des Transits heranziehen, weil eben diese Überfüllung eine Permeabilitätsstörung der Basalmembran nach sich zieht. Gerade diese Störung der Permeabilität aber hat letztlich einen wesentlichen Einfluß auf Krankheitsablauf und Dauer.

5.1. Die Membranen des Lymphsystems

besitzen einen besonderen Kontakt zum arteriellen und venösen Fließsystem insofern, als sie gewissermaßen zwischen beiden angesiedelt sind. Wenn wir uns die Aufgabe dieses im Körper weit verbreiteten Lymphsystems vergegenwärtigen, dann liegt die Bedeutung der Membranfunktion in diesem Zusammenhang auf der Hand.

Störungen im Bereich des Lymphsystems sind in der Iris im krausennahen Gebiet der Ziliarzone zu erkennen. Von hier aus laufen in vielen Fällen die breiten weißlich/gelblichen Auflagerungen, die sogenannten **Lymphbrücken** bis zur Zone der aktiven

Schleimhäute, dem Ausgleichsfeld des Mesenchyms (Abb. 4).

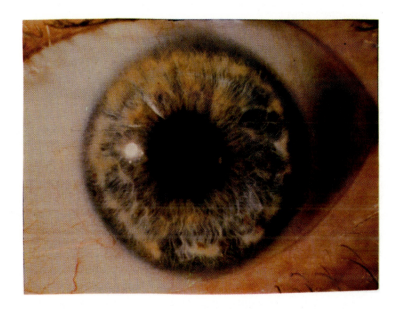

Der strukturelle Aufbau der Biomembranen

Der Aufbau des normalen Bindegewebes kann nach ROGAN (zit. nach RUSNYAK et. al.) folgendermaßen zusammengefaßt werden:

— **Zelluläre Elemente:**

　Fibroblasten

　Makrophagen

　Mastzellen

— **Fibrilläre Elemente:**

kollagene Fasern

retikuläre Fasern

elastische Fasern

— **Interzelluläre Substanz** (Grundsubstanz):

Mukopolysaccharid-Komponenten

Protein-Komponenten (?)

Nach ANGERER können wir zusammenfassen und sagen: Die strukturelle Zusammensetzung des Bindegewebes, in welcher Form es auch vorliegen mag, umfaßt vier übersichtliche Anteile:

6.1. Das **fibrilläre Gewebe,** das sich aus dem zelligen Anteil bildet und dann die Zelle umschließt. Die Zusammenfassung in Bündeln gibt Einlagerungsmöglichkeiten für Kollagen, einem charakteristischen Eiweiß, das aus 17 Bausteinen gebildet wird. Die drei Aminosäureketten, die die Moleküle bilden, sind helixförmig und um eine gemeinsame Achse gewunden. Die Aminosäurezusammensetzung der Ketten ist ungewöhnlich.

6.2. Das **Kollagen** (= Kittsubstanz) bildet beim Kochen Leim, es bildet Sehnen und Aponeurosen, deren Spannungselastizität von der Zusammensetzung des Kollagens abhängt.

6.3. Die **elastischen Fasern,** deren genaue strukturelle Natur noch nicht ganz geklärt ist. Es scheint, daß es sich um kreuzverbundene, verästelte Fibrillen handelt, die eine Membran bilden. Die Beweglichkeit ist groß. Beweglichkeit und Viskosität dieser Fasern garantieren die Diffusion von Sauerstoff durch Kollagen und damit also die Pneumatisation der Gelenke.

Die **Grundsubstanz**, das lockere Bindegewebe, das Grundgewebe im Sinne PISCHINGERS. Eine optisch homogene Masse, bestehend aus zwei Teilen (GERSCH und CATCHPOLE 1949), aus der Gewebsflüssigkeit und einem hydrophylen Kolloid. Hier liegt der Funktionsraum von Blut und Lymphe. In diesem Raum lebt eine Fülle von Fibrozyten, Lymphozyten und Histiozyten, Makrophagen und Zellformen vom Retikulum bis zur Mastzelle. 6.4.

Die Turbulenz dieses Fließsystems von Aufnahme und Abgabe im Mikrobereich füllt alle Lücken im Organismus aus von den großen Raumhöhlen bis zum Mitochondrium, vom Organ bis zu den Neuronen und Kapillaren über mehr als 500 Millionen Schaltstellen. In diesen Raum strömt die Flut der Hormone, das Auf und Ab der Säuren und Basen, die Magnetfeldladung über die elektrische Information, hier spielt sich der primäre Kampf ab zwischen Toxin und Medizin und hier leuchten die Signale der genetischen Information und der schicksalhaften Determination (deren früher postulierte Ausschließlichkeit heute von der Wissenschaft nicht mehr anerkannt wird). Der Permeabilitätsgrad der Membranen, die Fluiditätspotenz des Membranstromes sind also die Basis für das Leben der Organe, für das vaskuläre und lymphatische Fließsystem und damit entscheidend für Leben, Krankheit und Tod.

Die Membranbausteine 7.

Um die Bedeutung der strukturellen Elemente abschätzen zu können, muß eine Analyse der Bausteine vorgenommen werden, die den Aufbau einer funktionierenden Membran ermöglichen.

Die chemische Zusammensetzung einer Membran hängt von ihrer Herkunft ab, doch gibt es im allgemeinen eine Teilung in annähernd 40 % Lipidanteil und 60 % Anteil aus Protein (berechnet auf Trockengewicht). Fett und Protein sind zu einem Komplex vereinigt, dem keine kovalente Bindung zugrunde liegt. Gewöhnlich enthalten Membranen noch 1—10 % Kohlenhydrat, welches kovalent an Lipid oder Protein gebunden ist, so daß diese kohlenhydrat-haltigen Moleküle auch zu den Lipiden oder Proteinen gerechnet werden. 20 % des Gesamtgewichts ist Wasser, welches fest gebunden für die Beibehaltung der Struktur notwendig ist (HARRISON).

7.1. Lipide

Lipide sind wasserunlösliche, organische Substanzen, die mit Hilfe nicht-polarer Lösungsmittel wie Chloroform, Äther und Benzol extrahiert werden können. Membranlipide haben polaren Charakter; sie bestehen aus einem hydrophoben Schwanzanteil (Abb. 5) und einem hydrophilen Kopfanteil. Die meisten der polaren Lipide einer Zelle findet man in den Membranen. Jeder Membrantyp enthält sein spezielles Sortiment an Lipiden. Die Phospholipide nehmen darunter eine besondere Stellung ein. Permeabilität und Fluidität einer Membran sind wesentlich davon abhängig, wieweit die Phospholipide mit gesättigten Fettsäuren durch solche mit ungesättigten Fettsäuren ersetzt werden.

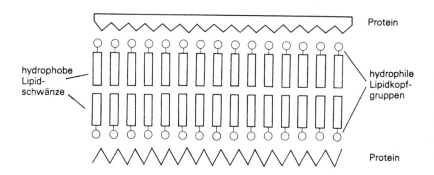

Abb. 5 Schematische Darstellung des Davson-Danielli-Robertson-Modells. Aus J. D. Robertson, Ann. N. Y. Acad. Sci. (1966), 137, 421—440.

Proteine 7.2.

Auch hier muß man sagen, daß im Proteingehalt einer Membran je nach Herkunft starke Unterschiede auftreten. Der Proteingehalt ist an ihren Grad an enzymatischer Aktivität gebunden. So sind vom Myelin, dessen Hauptaufgabe die Isolierung des Axons ist, nur zwei enzymatische Funktionen bekannt; sein Proteingehalt ist mit 20 % am Gesamtgewicht gering. Die Membranen, die an vielen enzymatischen und Transportprozessen beteiligt sind, enthalten 50 % und die Mitochondrienmembran sogar 75 % Protein. Wegen der unterschiedlichen Abspaltbarkeit von der Membran unterteilt man die Proteine in periphere und integrierte Proteine (Abb. 3). Die integrierten Proteine durchdringen die Lipiddoppelschicht der Membran.

Die Bausteine dieser Proteine sind die **Aminosäuren**. Die meisten Proteine enthalten alle 20 Aminosäuren, die von den Nucleinsäuren kodiert werden. Alle Proteine unterliegen einem dauernden Auf- und Abbau. Aminosäuren sind dabei einerseits Bausteine, andererseits Abbauprodukte. Von den in den Proteinen vorkommenden zwanzig Aminosäuren können acht nicht im Organismus aufgebaut werden, sie müssen als „essentielle" Aminosäuren mit der Nahrung zugeführt oder durch den Abbau körpereigener Proteine bereitgestellt werden. Die nicht-essentiellen Aminosäuren werden im Organismus synthetisiert.

Wie soll man erklären, sagt A. HOLLANDE, daß ein Organismus in der Lage ist, die Synthese lebender Materie aus einfachen, aus dem äußeren Milieu stammenden Substanzen durchzuführen? Unbedingt notwendig ist das Vorhandensein von **ATP,** denn die Bildung von Peptidenverbindungen ist endothermisch, und die notwendige Energie liefert ATP (Abb. 6). Außerdem ist das **RNS** dazu notwendig. Ferner gehören (innerhalb der Zelle) der Zellkern, die Mitochondrien und die Mikrosomen zum Ablauf der Reaktionen dazu.

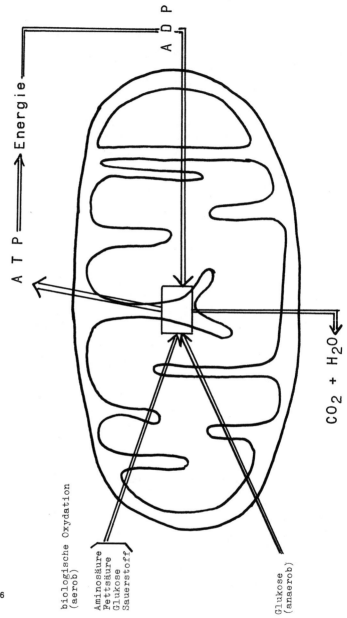

Abb. 6

Die Spezifität der Proteine ist das Ergebnis der Anordnung der Aminosäuren entlang den Polypeptidketten und der Form, die diese Ketten im fertigen Protein einnehmen.

Die Aminosäuren dirigieren die basische, saure und neutrale Ladung. Das **basische Protein** ist vorwiegend im Myelin, das **saure Spektrin** im roten Blutkörperchen und das neutrale in den Mitochondrien enthalten. Dies sind wichtige Hinweise für die alimentäre Lenkung bei spezifischen Erkrankungen.

Die Nervenmembran als Myelinhülle des vegetativen und motorischen Nervensystems (Abb. 7, 8)   8.

Strukturelle und funktionelle Einheit des Nervensystems ist das **Neuron**.

Diese Neurone sind in Form und Funktion stark spezialisierte Zellen mit besonderen Fähigkeiten. Das klassische Bild der Nervenzelle, die lediglich als eine mit Ausläufern versehene Zellstruktur mit einem Kern und Zytoplasma betrachtet wurde, ist weitgehend historisch geworden. Tatsächlich ist jedes Neuron ein Mikrokosmos, eine kleine Welt für sich mit zahlreichen Organellen und damit auch einer großen und aktiven Membranfläche. Von besonderer Relevanz sind hier das endoplasmatische Retikulum, die Mitochondrien und der Golgi-Apparat.

Die Organisationsform der Neuronmembran   8.1.

Die speziellen Funktionen des Neurons spielen sich im Bereich der Membran ab (SCHADE).

Die Dendriten wie auch das Axon mit seiner Myelinscheide zeigen gleichermaßen diese Membranstruktur mit den drei typischen Schichten (unit-membrane-structure). Der Aufbau der Mye-

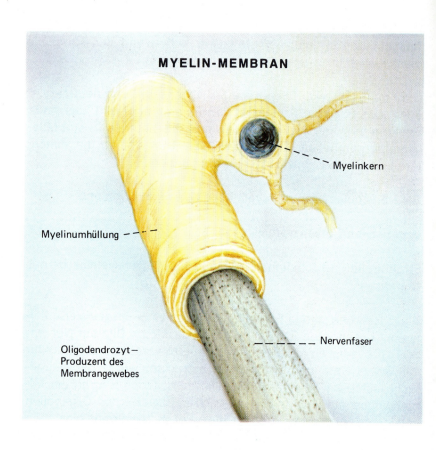

Abb. 7

linscheide, diesen Schichten aus Lipoiden, fettähnlichen Stoffen, die das Axon isolierend umhüllen, läßt sich am besten an Hand der oben erwähnten Tatsachen des Membranaufbaus erklären. Die peripheren Nervenfasern sind von einer zweiten Scheide, dem Neurilemm (auch **SCHWANNsche Scheide** genannt) umhüllt. Die Zellen, aus denen sich diese SCHWANN'sche Scheide zusammensetzt, sind für die Bildung der Myelinscheide verantwortlich.

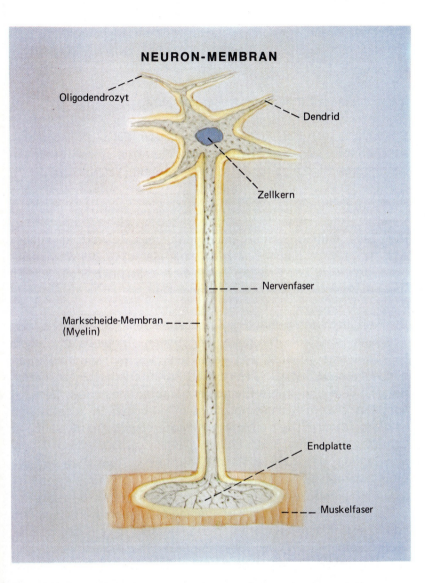

Abb. 8

Schematisierend können wir sagen, daß die Myelinscheide aus spiralig eingerollten Schichten doppelter SCHWANNscheiden besteht.

8.2. **Die molekulare Struktur der Nervenmembran**

Das Myelin setzt sich zusammen aus Fetten, Eiweißstoffen, Polysacchariden, Salzen und Wasser. Die Moleküle stehen in einem besonderen Bindungs- und Positions-Verhältnis zueinander.

8.3. **Zellkern, Kernhülle**

Die Zelle enthält einen genau definierten Zellkern (Nucleus, Abb. 1). Er ist im allgemeinen von einer Membran, der Kernmembran, begrenzt. Der Zellkern spielt eine Rolle beim Stoffwechsel und bei der Weitergabe von Erbmerkmalen.

Die Kernmembran trennt das Zytoplasma vom Karyoplasma, der gesamten von der Kernhülle umgebenen Kernsubstanz, auch **Nukleoplasma** genannt, ab. Sie ist aus zwei Elementarmembranen aufgebaut und von zahlreichen Poren durchsetzt, an deren Rand äußere und innere Elementarmembran ineinander übergehen. Die äußere Kernmembran ist mit **Ribosomen** besetzt und hat Verbindung mit dem endoplasmatischen Retikulum. Die äußere Lamelle der Kernmembran ist gelegentlich kontinuierlich mit den Membranen des Ergastoplasma verbunden. Der Perinuklearraum kommuniziert auf diese Weise mit den Hohlräumen des Retikulums, wodurch die von der Zelle absorbierten Substanzen, z. B. Lipide, leicht bis zum Kern gelangen können. Kernmembran und **Ergastoplasmamembran** erscheinen also als ein und dieselbe Struktur (HOLLANDE). Über die Poren der Kernmembran findet der Stoffaustausch zwischen Zytoplasma und Karyoplasma statt. Zahlreiche Moleküle durchdringen die Kernmembran in beiden Richtungen. Die Kernmembran ist durchlässig für Wasser, Elektrolyte, Zucker, Vitalfarbstoffe und verschiedene Ionen, insbesondere kann sich das Na-Ion im Zellkern anhäufen. Während Enzyme leicht eindringen, können sehr große Moleküle, wie das Albumin, dies nicht.

Der Golgi-Apparat 8.4.

Mit diesem Namen bezeichnet man Lipoproteinorganellen, die durch gleiche Ultrastruktur und gleiche histochemische Eigenschaften gekennzeichnet sind, jedoch unter morphologisch verschiedenen Erscheinungsformen vorkommen (HOLLANDE). Der Golgi-Apparat ist Bestandteil aller Zellen. Er besteht aus Stapeln (Elektronenmikroskop) scheibenförmig übereinandergelegter, von glatten Membranen begrenzter Zisternen. In einer Zelle können mehrere solcher Zisternenstapel vorhanden sein. Es wird angenommen, daß der Golgi-Apparat aus endoplasmatischem Retikulum entsteht (S 8. 6.), er kann Mucopolysaccharide entweder selbst synthetisieren oder zumindest konzentrieren. Auch werden Lipide und Proteine im Golgi-Apparat mit Kohlenhydraten verbunden und dann als Glykoproteine oder Glykolipoproteine abtransportiert. Im Golgi-Apparat findet nicht nur die Synthese von Substanzen statt, sondern auch deren Modifikation. Trotz dieser bekannten Tatsachen muß man sagen, daß der Golgi-Apparat weiterhin zu den unbekannten Gebieten der Zellphysiologie gehört.

Die Mitochondrien 8.5.

Mit diesem Namen belegt man Organellen, die sich in allen Tier- und Pflanzenzellen vorfinden und dort eine wichtige Rolle im Zellstoffwechsel spielen. Sie besitzen hochentwickelte Strukturen, man nennt sie auch das „Kraftwerk" der Zelle.

Die Mitochondrien haben eine charakteristische Ultrastruktur (Abb. 9 und 10); sie sind von einer durchgehenden Membran begrenzt (unit membrane), die aus zwei etwa 75 Å starken Hüllen

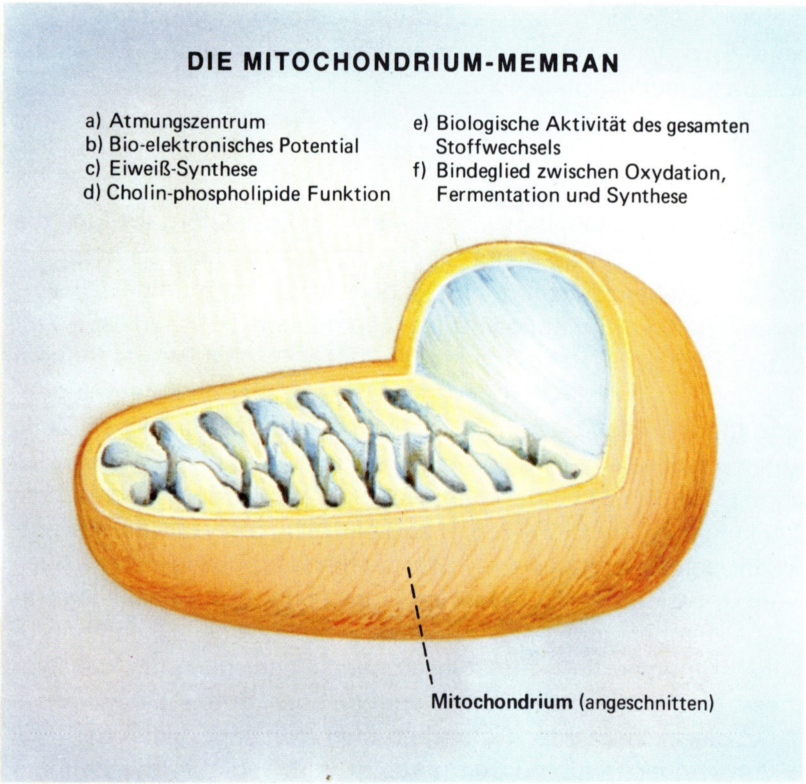

DIE MITOCHONDRIUM-MEMRAN

a) Atmungszentrum
b) Bio-elektronisches Potential
c) Eiweiß-Synthese
d) Cholin-phospholipide Funktion
e) Biologische Aktivität des gesamten Stoffwechsels
f) Bindeglied zwischen Oxydation, Fermentation und Synthese

Mitochondrium (angeschnitten)

Abb. 9

besteht. Jede dieser Hüllen ist wie die Zytoplasmamembran gebaut: Sie besteht aus zwei einen Raum begrenzenden Proteinlamellen, in welchem sich eine bimolekulare Lipidschicht befindet. Das Innere des Mitochondriums ist von einer Grundsubstanz, der Matrix, ausgefüllt, in der sich ein System von Membranen befindet (**Cristae**). Das Cristasystem vergrößert die Berührungsflächen des inneren Blattes der Mitochondrienmembran mit der Matrix wesentlich. Die Mitochondrienmembranen sind mit unzähligen kleinen Körperchen besetzt. Diese Körperchen sind die

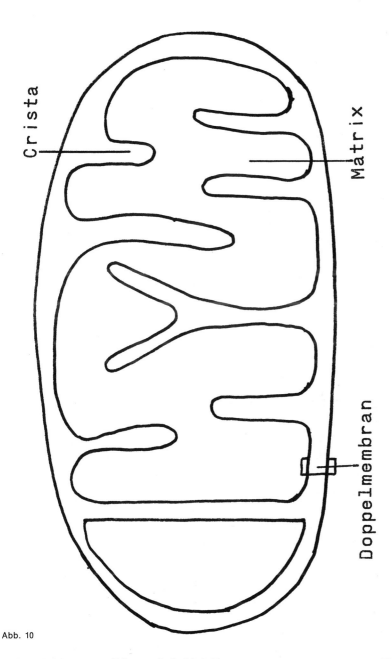

Abb. 10

elementaren Einheiten, die für die chemische Aktivität der Mitochondrien verantwortlich sind.

Enge Beziehungen bestehen zwischen den Mitochondrien und den übrigen Zellorganellen. Chemisch stellen die Mitochondrien Lipoproteinkomplexe dar, die reich an ATP und Enzymen sind. Sie enthalten außerdem Ionen in nicht diffusionsfähiger Form, Vitamine, RNS und DNS (HOLLANDE).

Die Mitochondrien spielen eine sehr wichtige Rolle beim **Zellmetabolismus.** Sie sind zugleich Generatoren, Akkumulatoren und in einem gewissen Maße auch Transformatoren von Energie. In den Mitochondrien wird aerobe Substrat-Oxydation vollzogen. Die freiwerdende Energie wird in Form von Adenosintriphosphat (ATP) als Bindungsenergie gespeichert. Von den drei Grundnahrungsstoffen, den Proteinen, Kohlenhydraten und Fetten können Proteine und Fette nur aerob abgebaut werden. Daher finden der Fettsäureabbau und die Aminosäure-Oxydation in den Mitochondrien statt. Außerdem finden wir hier die Enzyme für den Zitronensäurezyklus und vor allem für die Atmungskette und die damit verbundene Synthese von ATP. Die Mitochondrien bilden ein geordnetes Multi-Enzym-System.

Die einzelnen Enzyme liegen nach funktionellen Zusammenhängen geordnet, so daß die Reaktionsketten in exakter Folge ablaufen können. Die **DNS** (DNA) enthält die Erbinformationen für bestimmte Membranproteine des Mitochondriums, deren Synthese im Mitochondrium selbst abläuft. Bei Zellen mit intensiven Membrantransportvorgängen liegen die Mitochondrien dicht an der Membran.

Das endoplasmatische Retikulum 8.6.

Das endoplasmatische Retikulum, auch **Ergastoplasma** genannt, ist ein Membransystem im Zytoplasma (Abb. 1). Die biologische Bedeutung dieses Plasmas ergibt sich aus der Tatsache, daß es in fast allen tierischen Zellen (bei Bakterien scheint es zu fehlen) vorkommt. Wir finden in den Zellen ein Labyrinth von Gängen, Spalten und Röhren, das aus Elementarmembranen aufgebaut ist. Dieses Membransystem erfüllt eine Reihe von verschiedenen Aufgaben. So grenzen diese Membranen eigene Stoffwechselräume im Zytoplasma ab, indem sie das Zellinnere kompartimentieren. Ferner dient das endoplasmatische Retikulum dem intrazellulären Stofftransport als Kanalsystem. Dazu kommt seine Aufgabe als Membrandepot zum Aufbau neuer Membranen, wobei die Oberflächenvergrößerung günstige Bedingungen für enzymatische Reaktionen bietet.

Wir unterscheiden das **rauhe endoplasmatische Retikulum** und das **glatte**. Es handelt sich um zwei Formen eines einzigen Gewebes. Das rauhe e. R. ist an der Zytoplasmaseite der Doppelmembran mit Ribosomen besetzt. Diese Strukturen sind bei der Synthese der Proteine notwendig. Die glatte Form trägt keine Ribosomen, sie dient der gerichteten Leitung von Lösungen und der Speicherung von Stoffen in den Zellen. Es gibt Hinweise, daß das e. R. mit dem Stoffwechsel des Glykogens der Leberzellen in Verbindung steht, wobei gleichzeitig auch der Fettstoffwechsel erwähnt werden muß.

Die Membranstruktur des e. R. ist außerordentlich wichtig, da sie wesentlich zu den Permeabilitäts-Charakteristika beiträgt. Hinzu kommt die Fähigkeit, elektrische Impulse weiterzuleiten. Es wird angenommen (zit. nach HOLLAND), daß Teile des e. R. darauf spezialisiert sind, die elektrische Erregung von der Plasmamembran zu den kontraktilen Elementen tief in den Muskel zu leiten. Das endoplasmatische Retikulum unterhält Beziehungen zum

Zellkern, den Mitochondrien, dem Golgi-Apparat und der Plasmamembran. Physiologisch läßt sich folgende Rolle des Systems festlegen:

a) es wirkt als Barriere zwischen zwei verschiedenen Milieus, dem Zytoplasma einerseits und dem Ergastoplasmahohlraum andererseits.

b) Es übernimmt den Transit verschiedener Substanzen.

c) Es ist an der Proteinsynthese beteiligt.

9. **Pathologie der Biomembranen (Membranabhängige Krankheiten)**
Aus heutigen Erkenntnissen heraus kann man eine Reihe von Krankheiten bzw. Krankheitsgruppen als direkt abhängig von der Membranfunktion bezeichnen.

Streng genommen gibt es überhaupt keine Erscheinung im Körpergeschehen, die nicht mit einer Membranfunktion, normal oder unnormal, zusammenhängt.

So gehört der große Komplex „**Mesenchymale Verschlackung**" unzweifelhaft an die erste Stelle dieser pathologischen Erscheinungen, den wir mit dem Begriff Transitstörung exakt bezeichnen.

Eine weitere beachtliche Position nehmen in diesem Zusammenhang die entzündlichen Prozesse ein, da sie von sich aus einen tiefgreifenden Einfluß auf das Membrangeschehen ausüben, wobei aber auch umgekehrt das Membrangeschehen entzündliche Prozesse provozieren kann. Sie erscheinen in den verschiedenen Schichten des Grundgewebes von der Meningitis über die Sinusitis, Pleuritis, Endokarditis, Gastritis, Colitis bis zur Zystitis und artikulären Serositis. Hier steht die Diagnose der Ursache im Vordergrund des therapeutischen Eingriffes.

Die entzündlichen Prozesse stellen eine zweckmäßige lokale Reaktion des Bindegewebs-Gefäßapparates auf einen gewebeschädigenden Reiz dar.

Das seit CELSUS geltende Muster **rubor-tumor-calor-dolor** gilt im Prinzip noch heute. Die reaktiven Prozesse entstehen durch Stau an der Permeabilität der Membranen und Blockade des Stoffwechseltransits und zeigen sich in zweifacher Form:

a) in der **Hydration,** einer exsudativen Säftezufuhr in das Bindegewebe mit Wasser, Lymphe und Blut und einer entsprechenden Schwellung und Ödembildung;

b) in der **Exsikkation,** einer Austrocknung der Membranen und des Grundgewebes durch eine Sperre des Fließsystems, was auch zum Abbau des Volumens der von der Biomembran umhüllten Organe führt. Atrophie geht in Degeneration über.

Nach dem molekular-pathologischen Standpunkt (v. SCHADE) führt jeder toxische Reiz

a) zu einer Störung des Ionengleichgewichts. Diese Ionen haben die Aufgaben der **Pufferung.** Bei Störung des Ionengleichgewichts ist auch die Pufferung gestört, so daß

b) eine Verschiebung der **H-Ionenkonzentration** nach der sauren Seite hin erfolgt, was eine erhöhte Aktivität bewirkt und dadurch

c) zum Freiwerden von bestimmten Eiweißstoffwechselprodukten insbesondere von Histamin und ähnlichen Stoffen, den sogenannten **H-Stoffen** führt, die kapillarerweiternde Wirkung haben:

— kapillarerweiternd,

— permeabilitätserhöhend

— motilitätserhöhend

— sekretionserhöhend.

Zu diesen Stoffen gehören auch Nekrodin, Exsudin, Leukotaxin und Serotonin.

Diese Vorgänge lösen sekundär Veränderungen des physikalisch-chemischen Aufbaus der Gewebskolloide aus:

— Auflockerung der Zell- und Gewebssubstanzen,

— Verminderung der Oberflächenspannung,

— Gefäßerweiterung mit Funktionsstörungen der Blut-Gewebsschranke: Dysorie — erhöhte Durchlässigkeit.

Die entscheidenden Vorgänge sind die Gefäßerweiterung im Bereich der terminalen Strombahn. Darunter ist zu verstehen die aktive Hyperämie sowie die erhöhte Permeabilität der Gefäßwand, die zur Exsudation und zur Emigration führt.

Als terminale Strombahn bezeichnet man die Arteriolen, die Kapillaren und die Venolen. Das Sichtbarwerden dieser Störungen der terminalen Endstrombahnen auf der Conjunctiva bulbi ist ein wesentlicher Faktor für die Diagnose aus dem Auge und seinen Adnexen.

Diese Gefäßerweiterung im Bereich der terminalen Strombahn geht nach RICKER in vier Stufen vor sich, dem sogenannten **RICKERschen Stufengesetz:**

Erste Stufe: Reizung der besonders empfindlichen Dilatatoren der Arteriolen, so daß eine Erweiterung und bessere Durchblutung eintritt.

Zweite Stufe: Bei stärkerem Reiz Einwirkung auf die Konstriktoren der Arteriolen. Verengerung und schlechtere Durchblutung. Bei weiterer Reizeinwirkung

Dritte Stufe: Lähmung der Vasokonstriktoren. Weiterstellung der terminalen Strombahn und damit starke Blutfüllung. Die Arteriole erschlafft.

Vierte Stufe: Reizung der Konstriktoren der kleineren Arterien, so daß die Zirkulation nunmehr gering wird, es kommt zum Serumaustritt, weiter zur Eindickung und zur Praestase. Evtl. Stase und Übergang in das Stadium der Exsudation.

R. RÖSSLE (1943, zit. nach EDER) setzt die seröse Entzündung an den Anfang allen entzündlichen Geschehens in den Geweben. EPPINGER und ASCHOFF schlossen sich dieser Lehre an. Interessant sind dazu EDERS Ausführungen. Das mehr oder minder entzündliche Geschehen im Gewebe wird solange vom Störstoffstrom des Blutes aufgefüllt, solange die Transportwege frei sind. Dieser Zustand kann sich lange Zeit erhalten. Wird das Blut durch den Störstofftransport von Störstoffen befreit, so versiegt letztlich der Störstofftransport. Können die Zellen nicht alles Exsudateiweiß verdauen, so scheiden sie es nach Umbau in Mukopolysaccharide und Kollagen ins Gewebe ab. Das hat eine bindegewebige Induration zur Folge. Dauert aber der Eintritt von Störstoffen ins Blut an, so geht auch der Störstofftransport ins Gewebe weiter. Früher oder später verstopfen dann die Transportwege (gestörter Transit), besonders die Poren der Basalmembran, während diese selbst verdickt. So schlägt dann mit der Entwicklung der **Mikroangiopathie** die bisher gesteigerte Kapillarpermeation (Hyperporie) in eine verminderte Basalmembran-Permeabilität um (Hypoporie). Wegen zu geringer Nährstoff-

und Wasserpermeation durch die verdickte Kapillar-Basalmembran trocknet die seröse Gewebeentzündung aus, das Gewebe atrophiert. Bei fortgeschrittener Mikroangiopathie und **Hypoporie** gehen die Zellen infolge Nährstoffmangels schließlich nekrotisch zugrunde (Gangrän nach BREHM).

9.1. Die Desoxydation der Hüllensubstanz

Dieser Vorgang verläuft als Vorgang der Störung der Zellatmung und des gesamten Fermentsystems, die in den Mitochondrien grundgesteuert wird. Diese Störung wird regelmäßig von konjunktivalen Anämie-Hinweisen begleitet. Der Abbau der Atmungskapazität der Membran ist die Toröffnung für die Tumorgenese. Es ist hinreichend bekannt, daß die unkontrollierte übermäßige Einnahme von Antibioticis (und ebenso die kontrollierte!) die Atmungskette der Mitochondrien schädigen. Dazu kommen eine Unzahl von anderen Substanzen, deren entscheidende Wirkung heute noch fast nicht übersehen werden kann.

9.2. Die magnetische Depolarisation der Membran

Die Depolarisation ist bei fokaler oder geopathischer Feldveränderung, einer Yin- und Yangverschiebung, das erste Signal bei radiästhetischer oder elektromechanischer Messung. Die Veränderung in der Anordnung und Zahl der Elektronen in den Molekülen erzeugt eine Veränderung der Molekularstruktur und damit entsteht die Krankheit. Ein interessanter Hinweis für ein depolarisiertes Magnetfeld ist der Temperaturanstieg der Erkrankungen in der Nacht und ein Fieberabfall in der sympathischen Phase. Die Hüllmembranen der Großräume Rippenfell und Bauchfell sind dann auf diese elektromagnetischen Störfelder besonders ansprechbar (Abb. 11).

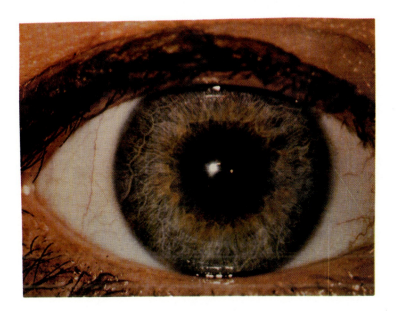

Abb. 11 Unterschichtige Transversalen als möglicher Hinweis auf geopathische Störungen (Patientin, 35, wohnt in einer in dieser Hinsicht aktiven Landschaft Nordamerikas).

Ist durch einen vorhergehenden Reiz die Zelle depolarisiert, so kann die Membran z. B. durch Procain (FLECKENSTEIN) wieder aufgeladen und der Stoffwechsel in der Zelle reguliert werden. Diese Injektion mit Procain stellt das vegetative Gleichgewicht wieder her und läßt die vorher depolarisierte Zelle gesunden.

9.3. **Energieabfall im Bindegewebe**

Der Energieabfall im Bindegewebe, der sich besonders in den Morgenstunden manifestiert, deutet auf eine Fehlsteuerung der Schilddrüse hin. Ophthalmologisch sind die **Honigwaben** ein Hinweis auf einen durch Energieabfall bedingten mangelnden Umwandlungsprozeß des Zuckers in Proteine, Lipide und andere lebenswichtige Substanzen (Abb. 12 und 13). Außerdem finden wir in diesem Zusammenhang häufig die Erscheinung einer ovalen Iris mit runder Pupille.

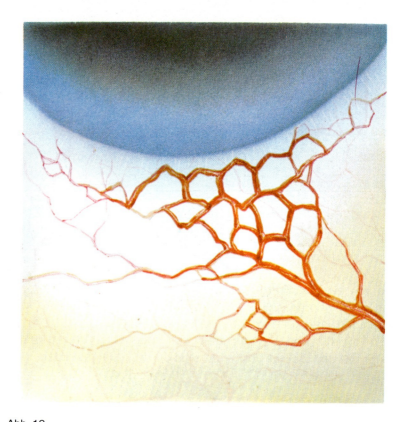

Abb. 12

Zu einer weiteren krankhaften Erscheinung in der Membranwelt gehört der Kontaktabfall in den neuralen Schaltstationen der **Synapsen.** Die sensible und motorische Reaktionsfähigkeit auf den Schichten der fünf Sinne: Sehen, Hören, Riechen, Schmekken und Fühlen hängt ab von der Schaltfähigkeit der zuständigen Membranen und deren Vitalität. Kontaktverschiebungen zwischen den Augenmembranen: Sklera, Konjunktiva, Iris und Kornea deuten auf eine Schaltstörung im Synapsenkonzept hin.

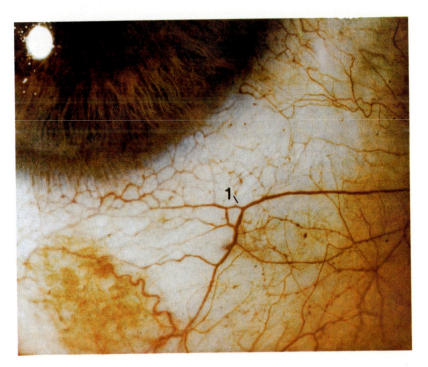

Abb. 13 Mann, geb. 1. 4. 20, der nach einer Lungenembolie monatelang in Lebensgefahr schwebte. Infusionen mit Traubenzucker wurden ihm während dieser Zeit reichlich verabreicht. Es kam noch ein Ikterus mit Hepatitis dazu. Heute geht es ihm einigermaßen gut, nachdem er das starke Zigarettenrauchen, zu reichliches, fettes und süßes Essen aufgegeben hat und „gesund" lebt" (rechtes Auge). Der Zuckerspiegel ist labil und alimentär gebunden.

Genetisch bedingte Anomalien des Grundgewebes sind in den Schichten der Basalmembran fundiert. Besonders interessant sind neben Glaukom und Sklerom die hormonellen Aspekte in der Iris, die vom **Spargelkopf** (Abb. 14) über die **Kristallöcher** bis zur **sektoralen Heterochromie** reichen (Abb. 15). Auch die zirkuläre und sektorale **Wellenbildung der Iris** zeigt die genetische Disharmonie im hormonellen Funktionsbereich.

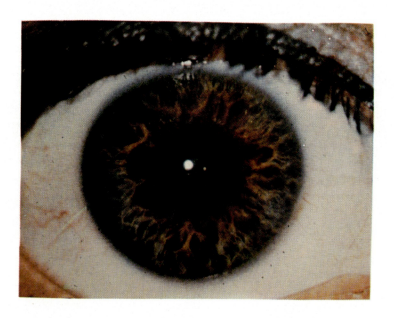

Abb. 14   Rechte Iris, 3 Spargelköpfe auf 40' bis 48' Spargelköpfe gehen immer von der Krause aus.

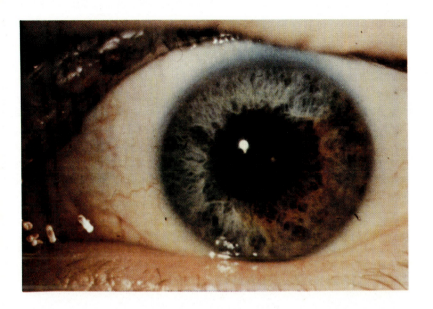

Abb. 15 Sektorale Heterochromie, linke Iris (Therapiehinweis: Mixtura sternalis GERNER)

9.4. Die Metabolosen

Der pathologische Stoffwechsel in Synthese und Diathese von Fett, Zucker und Eiweiß gehört zu den Systemerkrankungen des Grundgewebes und damit zum Thema Membranstörungen. Der diagnostische Aspekt in der ophthalmotropen Phänomenologie ist damit gegeben. Von den **Teleangiektasien** in der Gesichtshaut bis zu den **Lipombildungen** an den Lidern (Abb. 16) und in den Augenwinkeln, vom **vaskularisierten Krausenrand** bis zum **Melanoid der Sklera** reichen die Hinweise auf die Dysfunktion der Membranen.

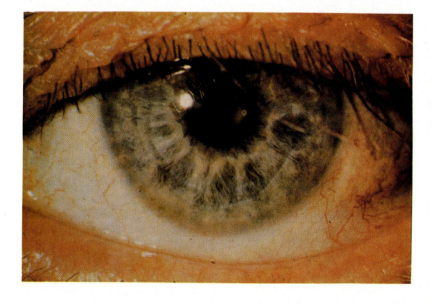

Abb. 16   Lipombildung auf den Oberliedern, linke Iris, Mann, 63 Jahre

Spezielles Thema der Metabolose ist der Kreis der Kollagenosen.

Die Kollagenosen 9.5.

Als ungemein fruchtbar hat sich die Vorstellung von einer eigenen großen Gruppe von Krankheiten des Bindegewebes erwiesen, die man als Kollagenosen zusammenfaßt.

Die Erkrankungen sind im Gegensatz zu den **Hypoporopathien** (WENDT) chronisch-entzündliche Krankheiten der Gefäßwände und des Bindegewebes. Dabei ergibt sich eine Frage bezüglich der Nomenklatur. Derartige Erkrankungen müßten also nicht -osen, sondern -itiden sein. In der Praxis allerdings werden wir nicht umhinkommen, bei der eingeschliffenen Bezeichnung Kollagenosen zu bleiben. Die Kollagenosen sind, nach WENDT, nicht so sehr durch die Hypoporie der Kapillarmembran gekennzeichnet, sondern durch Entzündungen, wie Angiolitis, Angiitis, Arteriitis, Pancarditis. Auf jeden Fall muß man feststellen, daß in der Ätiologie der Kollagenosen eine schleichende Vergiftung durch entartete oder fremde Eiweiße und deren Ablagerung in und auf der Basalmembran eine ausschlaggebende Rolle spielt.

Die ubiquitäre Verbreitung der verschiedenen Formen des Bindegewebes im Körper bewirkt, daß Krankheiten, wie rheumatisches Fieber, chronische Polyarthritis (rheumatoide Arthritis), Sklerodermie, Lupus erythematoides, Marfan-Syndrom, überall dort Symptome verursachen können, wo dieses Bindegewebe vorkommt: Knorpel und Knochen, Sehnen, Bänder, Synovia, Schleimbeutel, Sehnenscheiden; im Gitterfaserwerk der Basalmembranen, der Glomeruli und Nierentubuli, der parenchymatösen Organe Leber, Lunge und Milz, des perikapillaren und adventitiellen Bindegewebes der exokrinen Drüsen; im Unterhautbindegewebe und in der Gingiva; in den Hohlorganen Blase, Darm, Magen, Ösophagus; an Konjunktiva, Sklera, Iris, Kornea, Glaskörper; an Nucleus pulposis und Anulus fibrosis; an Herz-

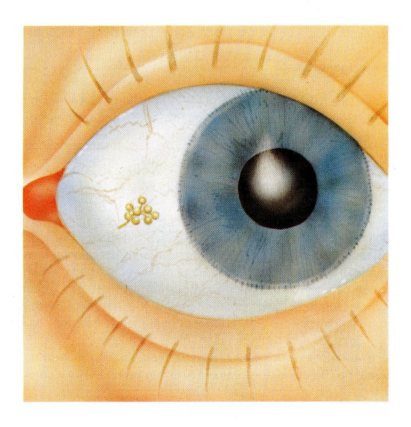

Abb. 17 Die Kollagentraube. Sie ist immer ein Hinweis auf Gelenkbeteiligung bei Erkrankungen des Bindegewebes. Bröckelige Ablagerungen aus einer Mischung von Kalksalz, Lipoidmasse und Stärke führt zu einer knöchernen Ankylose. Eine Verschmälerung der Gelenkspalten, also eine Knorpelzerstörung, geht voraus. Atrophie der Knochen, Osteoporose und Zusammensintern von Knochen können sich anschließen. (SCHLEGEL: „Die entzündlichen und degenerativen Gelenkerkrankungen"). Als Mitursache dieser knöchernen Ankylose wird eine Störung der Resynthese von Glykogen in Glykose angenommen: als ein hintergründiges Versagen der Schlüsselsubstanzen in der Verarbeitung der Kohlenhydrate.

Aus ANGERER, Ophthalmotrope Phänomenologie, Band 2

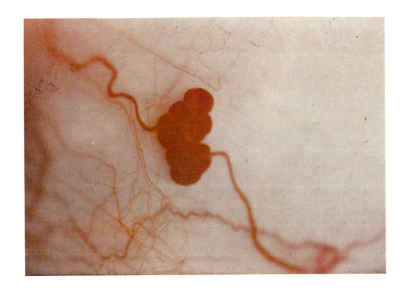

Abb. 18 Kollagentraube. Der therapeutische Angriff geht bei der Kollagentraube in erster Linie auf eine Anregung der Funktion der Bauchspeicheldrüse und der Enzymaktivierung zur Auflösung der Mineralablagerungen in den Gelenken (Pankreozym, Enzym-Harongan, Wobemugos u. s. w.) und in zweiter Linie auf eine Regulation des Gefäßsystems mit Enziagil, Cefadysbasin und Gerner Transit. Eine begleitende Aktivierung der Schlüsselsubstanz Robisonester mit Extrakt Cynariae e floribus regt über Milz und Leber das Reticulo-endotheliale System zur Funktion an und bringt dadurch zusätzlich eine therapeutische Hilfe.

Aus ANGERER, Ophthalmotrope Phänomenologie Band 2

klappen, Perikard, Pleura; im Sarkolemm und Perineurium (HARTMANN und DECKER).

Es handelt sich bei Kollagenosen um **dominanten Erbgang,** wobei eine veränderte Aminosäurensequenz eines Nichtenzymproteins angenommen wird. Diese fehlerhafte Sequenz läßt sich z. B. beim Marfan-Syndrom, dem Ehlers-Danlos-Syndrom und der Osteogenesis imperfecta deuten.

Die häufigste angeborene Kollagen(Bindegewebs)erkrankung ist das **Marfan-Syndrom.** Hinweise auf diese Störung sind Arachdaktylie, Überstreckbarkeit der Gelenke, Schlaffheit von Bändern, Faszien und Sehnen, Lockerung der die Linse haltenden Zonulafasern, Aneurysma dissecans der Aorta, Hernien, Ptosen, Deformierung des Augenbulbus mit Myopie. Bau und Funktion der Kollagenfasern sind intakt, Typ-I-Kollagensynthese ist jedoch defekt.

Das **Ehers-Danlos-Syndrom** ist gekennzeichnet durch Überelastizität der Haut, Überstreckbarkeit der Gelenke, Zerreißbarkeit von Haut und Gefäßen, Aneurysma dissecans, Zwerchfellhernien, Divertikel, Megaösophagus, Ektasien im Magen-Darm-Kanal und im Respirationstrakt. Die Zahl der kollagenen Fibrillen ist vermindert, nicht aber ihre makromolekulare Zusammensetzung.

Die **Osteogenesis imperfekta,** Knochenbrüchigkeit, Schlottergelenke, dünne Haut, durchscheinende Skleren, beruht auf einer Reifestörung der Kollagenfibrillen, besonders im Knochen.

Als weiteres Skleralzeichen (neben den durchscheinenden, bläulichen Skleren), darf die **Kollagentraube** nicht vergessen werden. Sie ist immer ein Hinweis auf Gelenkbeteiligungen bei Erkrankung des Bindegewebes (Abb. 17 und 18).

Die Mukopolysaccharidosen

9.5.1.

Sie stellen eine Reihe von genetisch bedingten Erkrankungen dar, bei denen Mukopolysaccharide in verschiedenen Geweben gespeichert werden, da abbauende Fermente fehlen. Hierzu gehört das **PFAUNLER-HURLER-Syndrom,** mit verdickter Haut, oft deformiertem Skelett, Hornhauttrübung und „Wasserspeier-Gesicht". Die geistige Entwicklung bleibt zurück. In der **Sklera** finden wir den seltenen Hinweis auf dieses Syndrom an der Übergangszone Lederhaut/Hornhaut in einer wolkigen schichtartigen Epithelverdichtung. Durch zusätzliche Einlagerungen von Fettsubstanzen wird auch die **Netzhaut** undurchsichtig und zeigt **kirschrote Flecken** (ANGERER). Das **HUNTER-Syndrom,** ebenfalls ein Enzymdefekt, zeigt Veränderungen des Gesichts, Zwergwuchs, Leber- und Milzschwellung, geringfügigen Schwachsinn. Die Hornhauttrübung fehlt meist.

Viele Kollagenosen zeigen neben einer Keratoconjunctivitis sicca Randveränderungen der Kornea (H. PAU).

Die Kristallosen

9.6.

Die Kristallosen sind Krankheitsbilder, die heute immer mehr in den Vordergrund treten, schon deshalb, weil in dieser unruhigen Zeit nervöse Dystonie und hormonelle Disharmonie mehrerer Organe, die in funktionellem Synergismus stehen, häufiger am Krankheitsgeschehen beteiligt sind. Es handelt sich um Versteinerungsprozesse in Verbindung mit Prozessen im Mesenchym, in den Membranen als gestörter Transit und letztlich die Kristallisation in den Hohlräumen Galle, Nieren, Harnblase und in deren Leitungskanälen. Wenn wir (nach ANGERER) die Gallenflüssigkeit als Funktionsmodell betrachten, dann finden wir hier ein sehr kompliziertes, kolloidales Mehrkörpersystem vor, das ionisierte und molekulardisperse Elektrolyte, lyophile Kolloide in molekulardisperser (Proteine) und emulsoider Verteilung (Cholesterin), lyophobe Kolloide (Lecithin, Fette), hydrotrope Substanzen (Gallensäure und ihre Salze) und hochmolekulare Farbstoffe (Bilirubin) enthält. Für die Stabilität dieses Systems ist besonders die elektrische Ladung der Kolloide maßgebend. Fällungen und Niederschlagsbildungen treten durch das Erscheinen von entgegengesetzt geladenen Kolloiden auf.

Die sekundären Ursachen dieser Kristallisation können a) Mikrolithen sein, die schon in der normalen Gallenflüssigkeit vorkommen. Motilitätsstörungen und Dyskinesien des Gallenapparates können b) ein Begünstigungsmoment für die Steinbildung darstellen. Ein nicht zu übersehender Faktor in der Lithogenese sind c) alle Entzündungsvorgänge in diesem Bereich, so daß man von einem lithogenen Katarrh sprechen kann. Ein weiterer Anlaß zur Steinbildung kann d) die Dyscholie sein, also Störungen der Gallenproduktion und Gallenabgabe in der Leber und letztlich nervöse Fehlimpulse, die gar nicht so selten auf thyreogene Ursachen zurückzuführen sind.

Die von nervöser Dystonie verursachte **Steindiathese** zeigt sich in der Bildung der klein- und großmaschigen **Neuronennetze** und an verschiedenen Abwandlungen des eingewebten **Strickmusters**. Auch bei den Nieren sind Störungen der Harnkolloide verantwortlich für die Steinbildung. Auf der Iris sind bei renaler Steindiathese plastische **gelbe Flocken um den Krausenrand** gelagert. Da der Krausenrand zugleich die Innervation des Stoffwechselablaufs veranschaulicht, muß man in diesem Fall an nervöse Einflüsse auf die Steinbildung denken. Die sogenannten **Steintropfen** sind ein Hinweis auf eine krankhafte Mobilisation der Kalkphosphatspeicherung aus dem Knochensystem mit der Folge der Bildung von Phosphatsteinen. Diese Zeichen sehen wie erstarrte Tropfen im Irisgewebe aus.

Die vorbereitende Marmorierung der Membranen, wie wir sie im Gebiet der Kornea, Sklera und Iris schon frühzeitig erkennen können, ist ein — oft übersehenes — Alarmsignal.

Indikationen für eine Störung des Säure-Basen-Haushalts (Verschiebung zur Hyperazidose) und Kristallose sind im Bereich der Sklera die noduläre Episkleritis, Episkleritis periodica fugax, Skleritis annulare, Episkleritis necroticans und die Skleritis granulomatosa (alles ausführlicher und bebildert bei ANGERER, Ophthalmotrope Phänomenologie Bd. 2).

Das **episklerale Schneebrett** gibt den phänomenologischen Hinweis auf die Ablagerungen von Glykolipid im Gewebe des Zentralnervensystems, im Myokard, in der glatten Muskulatur der Gefäße und im Epithel der Kornea und der Sklera (ANGERER, loc. cit. S. 125).

Auf der Pinguekula finden wir die „gletscherähnlichen Auflagerungen als Hinweis auf Kristallisationsprozesse und Pyrophosphatablagerungen in den Gelenkflüssigkeiten.

Im Hintergrund dieser metabolischen Kristallisation stehen als latente und akute Möglichkeiten: Blockaden und Toxinbelastungen im Mesenchym und an den Grenzmembranen, nekrotisierende Herde im Lymph- und Knochenbereich.

Die vorhandene Disposition zur Steinbildung zeigt sich in den **Lithiasisstraßen,** die sich mit Kontraktionsfurchen kreuzen (Verbindung mit dem Geschehen in den Epithelkörperchen!). Die vollendete Kristallisation, das Ereignis der Steinbildung, sehen wir in den **Steinzeichen,** jenen kleinen schwarzen Krypten auf den Lokalisationsstellen der prädestinierten Hohlorgane.

Auch die Konstitution (Iriskonstitution) läßt Schlüsse auf mögliche Kristallisationsprozesse zu (ausführlich bei BROY). Als Beispiele seien hier die bilöse Konstitution und die harnsaure Diathese genannt, wobei die Form und Mischform der lymphatischen Konstitution nicht vergessen werden dürfen.

9.6.1. Die **Zystinose** (DEBRÉ-TOM-FANCONI-Syndrom) gehört als eine der Störungen des Aminosäurestoffwechsels ebenfalls zum Thema. In den Augen finden sich frühzeitig in allen Geweben Zystinkristalle. Eine Ausnahme bilden nur die Netzhaut und der Sehnerv. Bei schwerem Befall finden wir **Kristallnadeln** auf der Irisvorderfläche. Bei der Zystinurie (Aminoazidurie) findet man keine Augenbeteiligung.

Eine sehr wichtige Rolle bei der Kristallisation – latent oder vollendet – kommt den **Odontonen**, hier speziell dem sechsten (oben) zu. Es handelt sich um die Zusammenhänge zwischen Irritationen an diesem Odonton und den Hohlorganen: Nieren, Gallenblase, Harnblase und Gelenkkapseln. „Das Suspensionsvermögen" sagt ANGERER, der festen Elemente in den Körperflüssigkeiten schafft die Möglichkeiten der Ausscheidung von Abbaustoffen über die normalen Ventile und garantiert damit die Elastizität der Fluktuation in den Hohlräumen und in der Kanalisation. Eindickung und Verflüssigung im geordneten Rhythmus sind die Voraussetzungen für Aufnahmefähigkeit und Abgabepotenz. Die Bilanz zwischen Kristallisation und Suspension besitzt irgendeine sensationelle Beziehung zum 6. Odonton (oben). Daher sind Lithiasis und Arthritis häufig Folgen einer Fehlbilanz und damit Anlaß zur Überprüfung der bezeichneten Zahneinheit (Odonton). Zu diesem Odonton gehören als Nebengänger das 5. und das 7. Odonton mit ihren Beziehungen zur Steuerung des Bewegungsablaufs des Stoffwechselapparates (5. Odonton) und zur Blockade der Fluktuation im Bauchraum und Niere/Blase.

9.7. **Metabolismus – Metabolosen**

Die Vorgänge beim Metabolismus laufen in diskreten Kompartimenten ab (HARRISON), zwischen denen ein Austausch, der für einen geregelten Zellstoffwechsel notwendig ist, nur über die begrenzenden Membranen hinweg erfolgen kann. Neben ihrer Rolle als selektive Permeabilitätsschranken können biologische Membranen auch direkt an enzymatischen Vorgängen in den Räumen beteiligt sein, die sie begrenzen. So sind Enzyme mancher Reaktionsabläufe an die Membranen gebunden und unterliegen als solche in ihren Aktivitäten regulatorischen Eingriffen seitens der Membranen selbst.

Damit die Situation in der Zelle stabil bleibt, müssen **anabole und katabole Faktoren** im Gleichgewicht stehen. Überwiegen die Anabolika, wird zuwenig Energie produziert, haben die Katabolika das Übergewicht; es wird zuviel Substrat verbraucht. Die optimale Funktion einer Zelle ist nur möglich, wenn beide Komponente in Relation zueinander stehen.

Die Abstimmung metabolischer Aktivitäten in den verschiedenen Organen erfordert auch eine Abstimmung in Form von Regelkreisen. In besonders hochentwickelter Form wird dies durch das koordinierte, regulatorische Eingreifen des Nervensystems und des endokrinen Systems erreicht (HARRISON). (Therapiehinweise: Gerner-Transit, Gerner Tonikum M und F, Gerner Nervinum-Tee.)

Die Aufgaben der Membranen erschöpfen sich also nicht nur in einer reinen Schutzfunktion; sie sind als komplexe, dynamische Strukturen aufzufassen, die das charakteristische metabolische Reaktionsmuster einer Zelle gelten, sowie des gesamten Organismus aufrechterhalten.

Der Begriff Metabolismus ist als membranvermittelnder Prozeß grundsätzlich ein als positiv zu wertender Vorgang anzusehen. Erst in der Entgleisung wird er negativ, d. h. krankhaft.

Auch die **Metabolosen,** die pathologischen Stoffwechselstörungen von Fetten, Kohlenhydraten und Eiweiß gehören zu den Systemerkrankungen des Grundgewebes und damit zum diagnostischen Aspekt in der ophthalmotropen Phänomenologie der Transitstörungen. Von den Teleangiektasien in der Haut bis zu den Lipombildungen (Abb. 16) an den Lidern und in den Augenwinkeln, vom vaskularisierten Krausenrand bis zum Melanoid der Sklera reichen die Hinweise auf Funktionsstörungen der Biomembranen.

Das Gebiet der Metabolosen ist ein so umfassendes und gleichzeitig bedeutendes, daß man zumindest an dieser Stelle die metabolische Azidose, die metabolische Alkalose und ihren Einfluß auf die Organfunktionen herausgreifen muß und die Karzinogenese wenigstens streifen sollte.

Die **metabolische Azidose** gehört zu den häufigsten und klinisch wichtigen Störungen des Säure-Basen-Haushalts. Sie ist gekennzeichnet durch Abfall der HCO_3-Konzentration. Abfall des pH unter 7,36 im dekompensierten Zustand und durch reaktiven Abfall des pCO_2 bzw. der H_2CO_3-Konzentration (zur Kompensation).

Änderungen der H-Ionen-Konzentration beeinflussen durch Einwirkungen auf die Ladung von Enzymproteinen das Ausmaß biologischer Reaktionen, das Verhalten der Membrantransportprozesse, die Bindung von Molekülen sowie die Wirkung und Verteilung von Pharmaka (A. S. RELMAN). Eine Azidose ist fast immer initial mit renaler Kaliumretention und dadurch mit einer **Hyperkaliämie** verbunden. Da der gesamte Kaliumgehalt des Körpers gleichbleibt, kommt es zu einer Änderung des Kaliumkonzentrationsgradienten zwischen intra- und extrazellulärer Flüssigkeit, der für das Ruhepotential der Zelle verantwortlich ist und wodurch letzten Endes der Transit auch wieder beeinflußt wird.

Die **metabolische Alkalose** ist gekennzeichnet durch Anstieg der H_2CO_3-Konzentration, Anstieg des pH über 7,44 im dekompensierten Zustand und durch reaktiven Anstieg der H_2CO_3-Konzentration bzw. des pCO_2. Sie wird vorwiegend durch renalen oder extrarenalen Verlust von Wasserstoffionen, seltener durch exogene Basenbelastung hervorgerufen.

Durch Blockierung der mitochondrialen Oxidation wird bei der Alkalose die Umsatzrate der Metaboliten des Zitronensäurezyklus gehemmt, so daß deren Konzentration in verschiedenen Geweben ansteigt. Die zellige Degeneration vom Tumor bis zum Karzinom hat ihren Ursprung im Mitochondrium. Die Karzinogene assoziieren infolge ihrer hydrophoben und lipophilen Eigenschaften einerseits mit den Phospholipiden vom Typ Lecithin in der Zellmembran und bilden das sogenannte Malignolipin, durch dessen Herauslösung die Membranpermeabilität verändert wird. Andererseits assoziieren die Karzinogene mit den Lipiden der inneren Mitochondrienmembran, der Crista, die zu 40 % aus Lecithin und Kardiolipin besteht, sowie den Lipidhüllen der Atmungsenzymproteine, wodurch die Fermente der Atmungskette aus ihrer festen Verankerung gelöst und inaktiviert werden. Diese Unterbrechung der Atmungskette führt zu einer Senkung des bioelektrischen Potentials der Zelle, zur Depolarisierung und zur Verschiebung des pH-Wertes in Richtung Alkalose und damit zur Dominanz der Gärung. Dieses karzinogene Membranphänomen findet man sehr häufig in der Sklera als **Gärungsvesikel**.

Eine beginnende **Lipoidproteinose** URBACH-WIETHE (Hyalinose) zeigt sich in etwa 1—5 mm großen, gelblichen **Knoten,** die **perlschnurartig** aufgereiht sind (Abb. 16). Störungen können auch in der Hornhaut vorkommen.

10. Die Bioverfügbarkeit der Arzneimittel

Direkt zum Thema „Transitproblem der Biomembranen" gehört auch die Frage nach der Bioverfügbarkeit eines verordneten Arzneimittels. Unter diesem Begriff wird der zeitliche Ablauf und der Grad der Nutzbarmachung der dem Organismus angebotenen Wirkstoffmenge quantitativ erfaßt. Diese **Verfügbarkeit eines Arzneimittels** hängt 1. weitgehend von der Qualität der galenischen Formulierung und 2. vom Transitverhalten der biologischen Membranen und 3. vom Vorhandensein von Blokkaden im Mesenchym ab.

Wenn man sich die drei Stufen des Übertritts von Arzneistoffen in den großen Kreislauf vorstellt, nämlich den Zerfall der Darreichungsform, den Übergang in eine Lösung und die Resorption durch die Schleimhäute, dann ist der Zusammenhang mit dem Transitverhalten der Membranen eindeutig.

Interessant ist auch die KELLER'sche Definition; der sagt: „Der Begriff Bioverfügbarkeit wird in 4 Deutungen verwendet:

1. die pharmakokinetische Definition der Bioverfügbarkeit als dem Ausmaß und der Geschwindigkeit, mit denen ein Medikament die systemische Zirkulation erreicht. An dieser Definition sollte festgehalten werden.

2. Bioverfügbarkeit direkt als Dosis-Wirkungs-Beziehung. Die Dosis-Wirkungs-Beziehung sollte eventuell besser mit dem Terminus „pharmakodynamische Äquivalenz" beschrieben werden.

3. Bioverfügbarkeit als differentes Verhalten anderer pharmakinetischer Parameter, wie Elimination, Verteilungs-Volumen oder Eiweißbindung.

4. Bioverfügbarkeit als exogenes Angebot essentieller Nährstoffe.

Die technischen Aufgaben der Arzneimittelhersteller sind an dieser Stelle nicht relevant.

Bei einer **peroralen Verabreichung** sind, bevor der Arzneistoff im Blutkompartiment nachweisbar ist, die beiden folgenden Vorgänge zu unterscheiden: a) Arzneistoffliberation (Freigabe), diese ist abgeschlossen, wenn der Arzneistoff gelöst ist, und b) die sich daran anschließende Penetration **in,** sowie der Transit **durch** die biologische Membran.

Es liegt auf der Hand, in diesem Zusammenhang an die Punkte zu denken, die in den vorhergehenden Abschnitten über das Verhalten der Biomembranen abgehandelt wurden und es muß ausdrücklich festgehalten werden, daß die Bioverfügbarkeit – und damit die Wirkung – eines Arzneimittels weitgehend von den Vorgängen im System der biologischen Membranen abhängig ist. Die Arzneimittel, die vom Körper aufgenommen werden, werden unterschiedlich metabolisiert. Vorgänge, die dabei im Körper ablaufen, sind Oxidation, Reduktion, Hydrolyse und Synthese oder Konjugation.

Verschiedene Membranen haben eine Beziehung zur Wirkung der Arzneimittel:

– **Mechanische Stützleistung:** Diese Eigenschaft ist wahrscheinlich nur von Bedeutung für die Wirkung derjenigen Substanzen, die Proteine denaturieren oder Lipoide lösen; dabei treten Zellschädigungen und Nekrosen auf.

– **Austausch:** Die Plasmamembran ist selektiv permeabel für Ionen, Zucker, Aminosäuren und andere Substanzen, die für die Vielfältigkeit des zellulären Stoffwechsels benötigt werden.

— **Räumliche Trennung:** Bei der Trennung von Enzymen, Substraten und Spaltprodukten spielen Membranen eine wichtige Rolle. Beispiele hierfür sind die Plasmamembranen, die den Intra- und Extrazellulärraum trennen; die Lysosomen, die hydrolytische Enzyme enthalten; die Vesikeln, die Acetylcholin oder Katechinamine für die neurale Erregungsübertragung speichern; der Golgiapparat für die Sekretion und möglicherweise andere Anteile des endoplasmatischen Retikulums für den Transport anaboler und kataboler Zwischenprodukte.

— **Katalytische Eigenschaften:** Bestimmte Membranbestandteile funktionieren als Enzyme, die einen integralen Teil der Membranstruktur bilden.

— **Bewegung:** Membranen können sich ausdehnen und kontrahieren, sie können einen Ortswechsel durchführen, sie besitzen „selbstheilende" Eigenschaften.

— **Bioelektrische Phänomene:** Membranen besitzen eine Kapazität, die zu einer Potentialdifferenz zwischen ihren Oberflächen führt; Membranen können Erregungen über große Entfernungen leiten (DE DUVE, zit. nach HOLLAND, KLEIN, BRIGGS).

VIII

Von seiten der Schulmedizin geht man der Frage der Arzneimittelwirkung fast nur von seiten Dosis : Wirkungsbeziehung an, während wir die Frage stellen: Körper : Dosis : Wirkungsbeziehung und damit haben wir das Transitverhalten der biologischen Membranen mit einbezogen.

Gestört wird die Bioverfügbarkeit eines Pharmakons durch alle die Vorgänge und Zustände im Mesenchym, die wir mit der Bezeichnung „**Blockade**" (Mesenchymblockade) belegen. Diese Blokkaden sind in den meisten Fällen die Folgen chronischer unbiologischer Funktionsfolgen, sogenannte Reizadditionsphänomene. Das Ergebnis ist ein als regressiver Vorgang erkennbarer vorzeitiger Alterungsvorgang im Mesenchym, der wesentlich mit zu einer zur immunbiologischen Insuffizienz führenden vegetativen Regulationsstarre (Blockade) im System der Grundregulation führt. Eine besondere Reizempfindlichkeit geht damit parallel. Diese Regulationsstarre ist in sehr vielen Fällen die Anfangsstufe einer Kanzerose. Jede Kanzerose hat eine Regulationsstarre (Blockade) im Vorfeld, aber: Nicht jede Regulationsstarre führt zu einer Kanzerose!

Diese Überlegungen leiten über zum **Herdproblem.**

Herde führen zu einem mesenchymalen Versagen durch totale Blockade der Transitstrecken, wodurch die sogenannten unspezifischen Mesenchymreaktionen ausgelöst werden (PISCHINGER). Wenn dieser Autor feststellt, daß das „Zelle-Milieu-System" eine funktionelle Einheit ist und wenn er gleichzeitig sagt, daß sich dieses System überall im Körper befindet und die Umwelt für die spezifischen Organzellen und Organfunktionen darstellt, dann wird erneut deutlich, daß die Membranen und deren Permeabilität (Transit) wesentlich am Herdgeschehen mitwirken.

Die Herdkrankheiten sind, obwohl ihre gravierende Bedeutung für das Krankheitsgeschehen im Bereich Mesenchym, Membranverhalten und Transitproblem bekannt sein sollte, immer noch nicht in ihrer vollen Bedeutung in die pathogenetischen Überlegungen integriert.

Das Herdgeschehen bildet über die Störstellenaktivität und Mesenchymbelastung mit seinem Einfluß auf alle weiteren Untersysteme Voraussetzungen eine Krankheit zu begünstigen (EDER). Es handelt sich um einen Risikofaktor, der das Entstehen und Auftreten gewisser Leiden fördert.

Ubiquitär und amorph wie sein Erfolgssubstrat, das Bindegewebe, kennt es keine willkürlichen Grenzen. Es geht beim Herdgeschehen um die Permanenz der Belastung der Mesenchym-Transit-Vorgänge. Zelluläre, humorale, neurale und hormonelle Basisregulation — also das Biomembrangeschehen in seiner Gesamtheit — werden gleichzeitig irritiert und treiben die Homöostase an den Rand der Dekompensation.

Der **Summationseffekt,** der sich aus dem Gesamtgeschehen ergibt, stellt eine wesentliche Fehlerquote in der Beurteilung eines Falles dar und hat damit einen relevanten Einfluß auf die Krankheit selbst und auf die notwendigen therapeutischen Überlegungen.

Neben der Bedeutung der pathologischen Tonsillen, den chronischen Nebenhöhlenaffektionen, der Störung des Säure-Basen-Haushalts, der durch diese und andere — auch jatrogene — Einflüsse gestörten Grundfunktion, kommt dem Geschehen im **Kiefer-/Zahnbereich** eine grundsätzliche Irritationsmöglichkeit zu. Von Granulom wird oft gesprochen und seine Bedeutung als potentieller Herd hervorgehoben, was aber immer wieder vergessen wird, ist das Vorhandensein von zwei Metallen im Mund, d. h. also in den meisten Fällen das Vorhandensein von **Amalgam** und **Gold.** ROST sagt dazu: „Aus den Amalgamfüllungen werden infolge Bildung eines Potentials und damit Entstehung eines Stromflusses Quecksilberionen gelöst. Quecksilber wird an Eiweiß gebunden. Als Ort der Bindung von Quecksilberionen an das Eiweißmolekül ermittelte SCHACH die Sulfhydril-Gruppe. Die Quecksilberionen besitzen eine sehr starke Affinität zu intradentalen (Dentinliquor, apikale Gewebsflüssigkeit, Blut) und extradentalen (Speichel) SH-Gruppen. Dabei entsteht Quecksilbersulfid (HgS). RHEINWALD mißt den elektrischen Potentialen verschiedener Metallfüllungen im Munde des Patienten eine größere Herdwirkung bei als den infektiösen Prozessen. Auch MÜNCH und KLUCZKA weisen auf die Herdwirkung verschiedener Metalle hin".

Wenn wir uns an das Thema Eiweiß/Basalmembran erinnern, dann dürften die Zusammenhänge zwischen den Amalgambelastungen und den davon abhängenden Membranstörungen erkannt werden.

Es gibt eine Reihe von Beziehungen zwischen Auge und Herd (speziell Zahnherd). So können z. B. rezidivierende Konjunktividen, Episkleritis, Skleritis, Uveitis, die Retinitis centralis serosa wie die Neuritis nervi optici mit einem Herdgeschehen zusammenhängen (EDER, ADLER)

Transitstörungen 11.

Die Wertigkeit des gestörten Transits ist erkennbar. Nicht als scharf umrissene Krankheit mit eindeutigen Symptomen, sondern als mehrschichtiger Risikofaktor schafft er über die primäre Dysfunktion der Grundregulation Voraussetzungen für die gerichtete Entwicklung praemorbider Strukturen zu manifesten klinisch faßbaren Organschäden. Hier aber setzt die Augendiagnose, speziell die Diagnose aus der Iris prägnante Zeichen für eine Früherkennung dieses Zustandes.

Die Darstellung der Transitstörungen in der Iris

VIII

Wenn das Transitsystem gestört ist, kommt es zu Blockaden, d. h. zu einer massiven Störung der Permeabilität der Membranen. Es kommt zu einem – im Frühstadium nur organbezogenen – endgültigen Versagen der Transitfunktion überhaupt. Die Folge ist – humoralpathologisch gesehen – eine Verschlackung des Körpers mit den Stoffen, die nicht mehr transportiert, sondern abgelagert werden (Verdickung der Basalmembran z. B.). Aber diese Stoffe werden nicht in einem von der Natur vorgesehenen Depot abgelagert, sondern immer an einer Stelle, an der diese Müllkonzentration eine Funktionsstörung zur Folge hat. Damit werden Funktionskreise angestoßen, deren pathologischen Beziehungen und pathogenetische Nachvollziehung dem nicht humoral vorgebildeten Diagnostiker und Behandler oft schwer fällt.

Auf die Iris bezogen finden wir unter diesen Stichworten alle **Auflagerungen, Verschmierungen,** die verschiedenen Formen der **Pigmente** und **Verfärbungen** (Abb. 19).

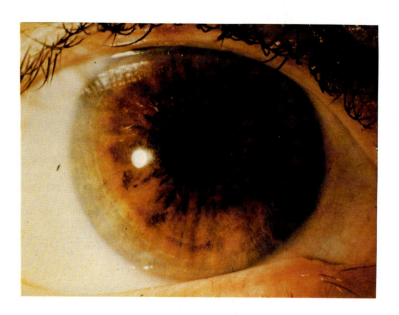

Wenn wir mit Recht sagen, daß diese Biomembranen ubiquitär im Körper vorkommen, dann müssen sie auch auf der ganzen Irisfläche sichtbar sein, vor allem in der Ziliarzone. Es geht hier — und das ist die Kardinalfrage der Irisdiagnose überhaupt — nicht um die Darstellung von Organdefekten überhaupt, sondern um die Darstellung von Funktionskreisen (denn zur Funktion wurde das Organ geschaffen!). Auch hier ist das Denken in Regelkreisen eine conditio sine qua non.

Das, was oben als Verschmutzung, Auslagerung usw. bezeichnet wurde, ist der sichtbare Ausdruck des körperinneren Geschehens, ist der sichtbare Ausdruck der Transitprobleme an den Membranen.

Die folgenden Irisbilder gehen in das Thema Mesenchym über. Das ist nicht anders zu erwarten, denn:

Die funktionelle Transitstörung ist die Ursache für ein gestörtes Mesenchymgeschehen (Abb. 20).

Wir werden also nicht umhin können, bei einem Zustand, wie ihn die Irisbilder 21–24 darstellen, das ganze Panorama der oben erwähnten Störungen und Zustände abrollen zu lassen. Eine umfassende Zeichensetzung in der Iris erfolgt aber erst dann, wenn die Transitstörung gewissermaßen eine „selbständige Krankheit" geworden ist und von sich aus nun die Organe beeinflußt. Werden von dieser Transitstörung nur Organe gezielt befallen, also lokalisierte Transitstörungen an einer (oder an wenigen) der aufgezählten Membranen, dann wird nicht das Bild der Abb. 21 oder 22 entstehen, sondern es wird der Zustand wie in Abb. 23 auftreten, wo lediglich die Lymphkapillaren betroffen sind, oder wie in Bild 24, wo sich die Störung vorerst nur im Bereich des mesenchymalen Ausgleichsfeldes niedergeschlagen hat.

VIII

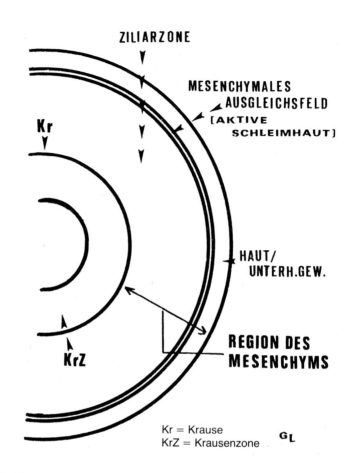

Abb. 19

Abb. 20   Die Zeichnung zeigt uns die Ziliarzone. Sie ist aufgeteilt in die Mesenchym-Zone, in die Zone der aktiven Schleimhaut, als Ausgleichsfeld des Mesenchyms und in die Zone der Haut und des Unterhautzellgewebes. Damit haben wir die Plattform des Transitgeschehens, des humoralen Ablaufs im menschlichen Körper vor uns.

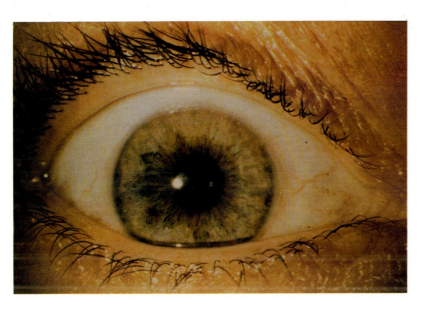

Abb. 21 Weibl., 55 Jahre, rechte Iris.
Die Verschlackung des Mesenchyms ist bei dieser Patientin praktisch total. Die Ursachen dafür sind die Störungen in der Stoffaufnahme (Magen und Darm) zu suchen. Daraus resultieren Stoffwechselanomalien im Dickdarm, die sich in der ektasierten Krause von 35' bis 50' darstellen. Das Pigment auf 38' (bräunlich/rot) ist pankreotrop. Im Kopfbereich ist von 55' bis 10' der Hinweis auf Durchblutungsstörungen zu finden (Verdichtung des Irisgewebes, Irisabflachung).
Das Nierenzeichen auf 28' bis 30' hat mit dem Hinweis auf eine Nierenfunktionsstörung zum Gesamtgeschehen beigetragen. Diese Nierenfunktionsstörung ist klinisch nicht manifest geworden, hat aber auf die Länge der Zeit einen erheblichen Einfluß auf das Transitgeschehen der Membranen genommen (siehe auch die Erklärung zu Abb. 22). Der Gesamtzustand der Patientin ist eine Folge der durch die erwähnten Störungen aufgetretene Verdickung der Basalmembran mit allen daraus entstehenden Transitstörungen.
Behandlung: PHÖNIX-ANTIMON, Tee aus Folia Betulae im Wechsel mit einem Tee aus Hba Millefolii (Bitterstoffwirkung auf Schleimhaut und Leber). Pflanzensaft Löwenzahn (Wirkung Leber/Niere). Zwischenzeitlich alle Mittel absetzen und nur Gerner Transit geben.

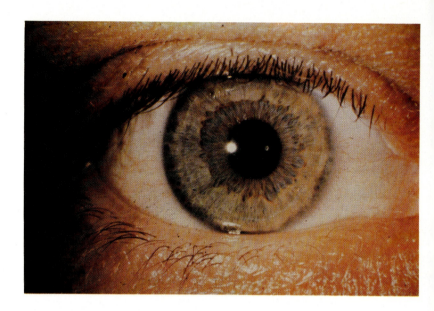

Abb. 22 Männl., 30 Jahre, rechte Iris, ein sogenannter „schlaffer Typ", nie krank, nie gesund.
Die Iris zeigt ein verschlacktes Mesenchym im Bereich der Ziliarzone.
Ausscheidungspunkt dieser Situation ist die mangelnde Ausscheidungsfähigkeit der Niere (stofflich, nicht mengenmässig). Die in der rechten Iris durch das vergrößerte Zeichen bei 25' bis 32' dargestelle Funktionsstörung, die außerdem die Iriskrause nach oben eindrückt, ist dem Patienten nie bewußt geworden, da ihm die Harnmenge eine Normalfunktion vortäuschte. Er gibt zu, der Urin sei immer sehr hell. Zu dieser Situation im Nierenbereich kann man folgende Erklärung geben: Solange nur die Niere in ihrer Funktion gestört ist und weiter Harn erzeugt wird, und die Lymphgefäße kontinuierlilch transportieren, ergibt sich ein Gleichgewichtszustand, der lange Zeit hindurch eine intakte Niere darstellt. Sowie aber die Lymphzirkulation im Bereich des Nierensystems gestört wird, ergibt sich eine diffuse Nekrose (fleckige Nekrose).
Im Bereich von 5' bis 32' ist die belastete Zone der aktiven Schleimhaut zu erkennen, daran anschließend die dunkle Hautzone von 32' bis 35'.
Behandlung: Lymphtee Gerner im Wechsel mit Lymphaden Hevert, Solidagon II/035 Phönix und der Hinweis, täglich mehr Flüssigkeit zu sich zu nehmen.

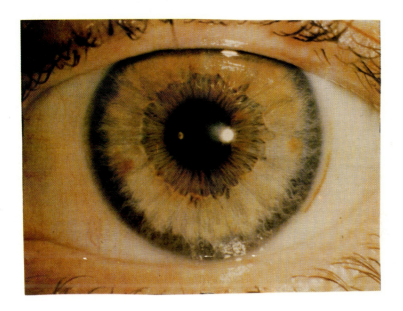

Abb. 23 Weibl. 58 Jahre, linke Iris

Die Iris zeigt eine Situation, die direkt von den Lymphkapillaren ausgegangen ist und damit eine fast totale Verschlackung hervorgerufen hat, die sich bei dieser Patientin in Störungen in den Kniegelenken in erster Linie bemerkbar macht.
Daß die Leber nicht aus der Behandlung ausgeklammert werden kann, zeigt sich in dem braunen Halbmond auf der Sklera.
Behandlung: Lymphtee Gerner, Gerner Transit, Phönix-Arthrophön, Weidenrindentee-Klpx. Galmeda, Taraxacum D 2.

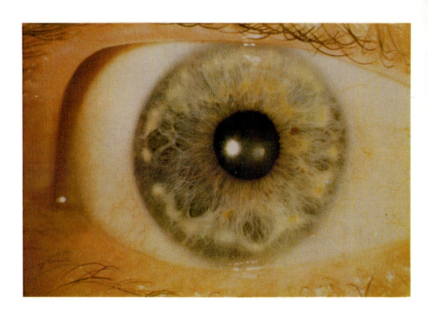

Abb. 24   Männl. 73 Jahre, rechte Iris
Ein Beispiel für die besondere Belastung der Zone der aktiven Schleimhaut als Ausgleichsfeld des Mesenchyms. Diese Belastung resultiert aus einer lymphatischen Störung (Membranstörung im Bereich der Lymphgefäße), die sich in der 3. kl. Zone zeigt, von der die Lymphbrücken bis zum Übergang der 5. in die 6. kleine Zone reichen. Hier zeigen sich zahlreiche Tophi, die bereits in Wische übergehen und durch die beginnende Gelbfärbung den Zustand der Chronizität anzeigen. Sehr wichtig ist als potentieller Herd der Bereich der Nasen-Nebenhöhlen einschließlich Tonsillen von 5' bis 10'. Hinzu kommt als zweiter entscheidender Herd die Appendix mit ihrem Zeichen auf 33' – 34' a u ß e r h a l b der Darmzone, aber i n n e r h a l b der Lymphzone. Diese Appendix-Lakune zeigt deutlich Krypten. Nicht zu Unrecht nennt man die Appendix auch die Bauchtonsille!
Die Behandlung wird auf diese wichtigen potentiellen Herde eingehen müssen: Appendicitis-Nosode im Wechsel mit Angina-Nosode (Pascoe), wobei für letztere der iridologische Hinweis mit dem Irisbild genau übereinstimmt.
Dazu können je nach momentaner Situation auch Sinusitis comp. Pascoe und Sinuselect eingesetzt werden. In größeren Mengen muß im Wechsel der Lymphtee und der Nierentee von Gerner getrunken werden. Das Mesenchym wird drainiert mit den biochemischen Funktionsmitteln Nr. 11 Silicea und Nr. 12 Calcium sukfuricum. Gerner Mixtura Membranae und Gerner Transit gehen auf den Gesamtzustand ein.

Schon an dieser knappen Auswahl von Fällen erkennen wir die Möglichkeiten, das umfassende Geschehen des gestörten Transits, die Transitphänomene der Membranen, zu diagnostizieren. Von herausragender Bedeutung ist hierbei, daß uns die Iris dieses Panorama mit einer Schnelligkeit und mit einem minimalen Aufwand darstellt, wie es bisher kein anderes Diagnosesystem schafft. Damit erschließen wir uns die Möglichkeit einer gezielten Humoraltherapie, einer antidyskratischen Therapie, von der wir mit Recht sagen:

Therapia magna antidyskratica.

die große, umfassende antidyskratische Behandlung.

Literaturverzeichnis:

ANGERER, J. (1978): Methodik und Grenzen der Augendiagnostik **11**, 323–343, Verlag Marczell, München

–.– (ab 1974): Ophthalmotrope Phänomenologie, Band 1–3, Marczell, München

AXENFELD, Th., H. PAU (Hrsg.) (1980): Lehrbuch und Atlas der Augenheilkunde, Fischer, Stuttgart

BLEIFELD W. und C. KRAMER, K. MEYER-HARTWIG (Hrsg.) (1977): Klinische Physiologie Bd. 1, Zelle und Stofftransport, Witzstrock, Baden-Baden

BROY, J. (1979): Die Konstitution, Verlag Marczell, München

BUSELMAIER, W. (1975): Biologie für Mediziner, Springer, Heidelberg

BUTTERSACK, Dr. med. (1910): Die Elastizität, eine Grundfunktion des Lebens

—.— (1912): Latente Erkrankungen des Grundgewebes, insbesondere der serösen Häute

—.— (1922): Triebkräfte des Lebens, Enke, Stuttgart

DAVIES, M. (1974): Funktion biologischer Membranen, Fischer, Stuttgart

EDER, M. (1977): Herdgeschehen – Komplexgeschehen, Haug, Heidelberg

HARRISON, R. und G. G. LUNT (1977): Biologische Membranen, Fischer, Stuttgart

HEINZLER, J. (1968): Allgemeine Pathologie, Med. Repetitorien, München

HEYDENREICH, A. (1975): Innere Erkrankungen und Auge, Enke, Stuttgart

HOLLAND, C. W. (Hrsg.) (1967): Molekulare Pharmakologie, Thieme, Stuttgart

HOLLANDE, A. (1971): Allgemeine Biologie, Band I, Struktur und Funktion der Zelle, Fischer, Stuttgart

KARLSON, P. und W. GEROK, W. GROSS (1978): Pathobiochemie, Thieme, Stuttgart

KREUTZ, W. (1969): Beitr. Dtsch. Bot. Ges. **82,** 459

MUTSCHLER, E. (1979): Die Kapsel, **36,** Scherer, Eberbach

PISCHINGER, A. (1975): Das System der Grundregulation, Haug, Heidelberg

RECKEWEG, H. H. (Hrsg.) (1978): Krebsprobleme, Aurelia, Baden-Baden

RIETBROCK N. und F. SCHNIEDERS (Hrsg.) (1979): Die Bioverfügbarkeit von Arzneimitteln, Fischer, Stuttgart

ROTTER, A. (1975): Lehrbuch der Pathologie f. d. ersten Abschnitt der ärztl. Prüfung, Bd. 2, Schattauer, Stuttgart

SCHADÉ, J. P. (1969): Die Funktion des Nervensystems, Fischer, Stuttgart

SPITZAUER, P. (Hrsg.) (1975): Netzwerk Zelle, Kiepenheuer & Wisch

VOLL, R. (1978): Kopfherde, MLV, Uelzen

WENDT, L. (1973): Krankheiten verminderter Kapillarmembranpermeabilität, E. E. Koch, Frankfurt am Main

—.— (1978): Der Eiweißspeicher des Mesenchyms, seine Krankheiten und seine Therapie, EHK, **8**

ZWAAL, R. F. A. (1978): Biochim. Biophys. Acta **515**, 163–205

XII. Die tumoröse und canceröse Indikation

Thomas Rest, Bad Tölz

1.	Einleitung
1.1.	Mutations-Theorie
1.2.	Malignom-Theorie
2.	Genetische Kanzerose
3.	Neuro-hormonelle Kanzerose
4.	Kanzerose und elektronische Depolarisation
5.	Iatrogene Krebsentstehung
6.	Ökogene Kanzerose
7.	Reiztransversalen
8.	Iris-Hinweise
9.	Nahrungsmittel als Krebsfaktoren
10.	Entartungsaktivierung durch terrestisch-tellurische Schwingungsfelder

Kein Malignom ohne Vaskularisation 11.

Literaturhinweis 12.

1. Einleitung

Milliarden DM werden laufend für medizinische, medizinisch-technische und für pharmazeutische Forschungen ausgegeben. 15 000 ärztliche Zeitschriften bieten jährlich 1,5 Millionen wissenschaftliche Arbeiten an. Jeder Tag beschert uns neue Erkenntnisse, neue Behandlungsmethoden, neue Arzneimittel.

Man sollte meinen, daß sich das alles auf den allgemeinen Gesundheitszustand der Menschen sehr positiv auswirken müßte. Zudem ist die berufliche Arbeit bequemer und sauberer geworden und die Arbeitszeit hat sich im Laufe der Zeit und in Jahrzehnten außerordentlich verkürzt.

Im Bonner Gesundheitsbericht von 1971 wurde noch eine durchschnittliche Lebensdauer von 85 Jahren und eine Heilbarkeit aller Krebsfälle zu mindestens 70 % anvisiert. Diese Prognosen sind bereits unrealistische Utopien. Die durchschnittliche Lebenserwartung sinkt und es sterben in Deutschland mehr Menschen als geboren werden.

Dr. RECKEWEG bekennt in seinem Buch „Homotoxikologie" Seite 673: „Das Krebsproblem wird mit jeder Neuentdeckung noch vielschichtiger und unübersichtlicher, als es bisher schon ist."

Bevor wir aber die Iris des Auges als einmaliges Früherkennungsreflexfeld für tumoröse und cancerogene Indikationen betrachten, soll nachstehend als Übersicht eine Einteilung über zelluläre Aberrationen, also Tumore, Malignome, Sarkome und Karzinome erstehen, die dem derzeitigen Stand der Forschung auf vielen Ebenen entspricht.

Mutations-Theorie 1.1.

Das erste offizielle Denkmodell ist die Mutations-Theorie nach K. H. BAUER: Carcinogene Reize lösen Mutationen aus, Mutationen in wachstumsregulierenden Partien des Genmaterials sind für die neoplastischen Eigenschaften einer Tumorzelle verantwortlich. (SÜSS, KINZEL, SCRIBNER: Krebs — Experimente und Denkmodelle).

Der Änderungsvorgang von der Normalzelle in die Krebszelle wird rein lokalistisch geprägt ohne totalitäre Correlation. Die carcinogen-induzierten Mutationen finden natürlich in Körperzellen statt und nicht in den Keimzellen. Dies bedeutet, daß die Veränderungen zwar auf die Nachkommen der mutierten Zelle, nicht aber auf die Nachkommen des Individuums weitergegeben werden. Die Mutationstheorie des Krebses heißt deswegen gelegentlich auch genauer: Theorie der somatischen Mutation.

Die Hypothese von der Mutation ist neuerdings bereichert worden

a) Durch die Transformation: ein Carcinogen transformiert eine normale Zelle in eine neoplastische Zelle, die den Regeln der Wachstumsregulation entweicht.

b) Durch die Selektion: ein Carcinogen selektiert präexistierende Tumorzellen und ernährt sie mit toxischen Nebeneffekten.

c) Durch die Isolation: ein Carcinogen schließt normale Zellen aus dem Wachstums-Regulationsmechanismus aus und verurteilt sie zur Degeneration.

1.2. **Malignom-Theorie**

Schon 1923 hat O. WARBURG die Mitochondrien — die Kraftwerke einer Zelle — in den Mittelpunkt der biochemischen Tumor-Therapie gestellt: die Schädigung der Zellatmung in der anäroben Gärung als eigentliche Ursache der Zellaberration. Die sog. Atmungskette in den Mitochondrien besteht aus mehreren hintereinander geschalteten Fermenten, die den aus der Nahrung stammenden Wasserstoff mit Sauerstoff verbrennen. Dieser normale Atmungs- und Verbrennungsvorgang ist die Grundlage jeder Energie. Die gärende Zelle leidet an Energiemangel. Dieser Energiemangel ist die treibende Kraft des Gärungsanstiegs. Diese verlorene Atmungsenergie wird nun ersetzt durch einen Selektionsprozeß, der von der Gärung der normalen Körperzellen Gebrauch macht. Dabei gehen die schwächer gärenden Körperzellen zugrunde, die stärker gärenden bleiben am Leben. Und dieser Selektionsprozeß geht solange weiter, bis der Atmungsausfall durch den Gärungsanstieg energetisch kompensiert ist. Erst dann ist aus der normalen Körperzelle eine Krebszelle entstanden.

Nunmehr verstehen wir, warum der Gärungsanstieg so lange Zeit beansprucht und warum er nur mit Hilfe vieler Zellteilungen möglich ist. Krebszellen haben unter Sauerstoffmangel einen erheblichen Vorteil gegenüber Normalzellen: ihre Gärung hilft ihnen zum Überleben; normale Zellen müssen ohne Sauerstoff zugrunde gehen. Die Ursache, warum Atmung in Gärung übergeht, kann mannigfaltig sein: Bewegungsmangel, Mangel an Vitaminen, Enzymen, Fermenten und Mineralien, nervale Überlastung, erbliche Anlagen, Zufuhr von kanzerogenen Stoffen durch Nahrung und Umwelt, passive Immunitätslage, Schädigung des reticuloendothelialen Systems durch Versagen der Ventilationsorgane: Leber, Milz, Lymphe und Knochenmark. Nicht zu vergessen ist das Transitverhältnis von Bindegewebe und Humoralsaft, Fokalnoxen und nicht zuletzt **depolarisierter Magnetismus.**

In diesem Zusammenhang sind die Desoxydationsvorgänge und Desoxydationsphänomene am Auge und die Hinweise auf die Insuffizienz des RES-Systems in der ophthalmologischen Statik gut verwendbar.

Zusammenfassend kann man sagen: in der Warburgschen Krebstheorie „Gärung statt Atmung" erscheint das Malignom als Rückfall in primitive Lebensgewohnheiten der „echten Einzeller" und das Tumorwachstum steht bestimmt in einer direkten Beziehung zur Gärungsgröße.

Die genetische Kanzerose 2.

Nach John BEARD ist die Grundlage zum Krebs in bestimmten latenten Keimzellen angelegt. Die Vererblichkeit secundum semen führt der Verfasser auf die Tatsache zurück, daß es geschlechtliche und ungeschlechtliche Keimzellen gibt. Die geschlechtliche Generation: der Embryo wird von einer dieser Keimzellen ins Leben gerufen. Die vagierenden Keimzellen bleiben für kurze Zeit am Leben und können unter bestimmten Voraussetzungen sich zu einem ungeschlechtlichen Embryo — sprich Tumor — entwickeln **(Trophoblast)**.

Die Embryologen nehmen an, daß knapp vor der Bildung des Embryos „N" Teilungen von Keimzellen stattfinden. Als Ergebnis entstehen gewöhnlich eine Embryozelle (Zwillinge u. Drillinge ausgeschlossen) und eine gewisse bis jetzt noch unbestimmte Zahl von retrograden und rudimentären Embryonalzellen, sog. Trophoblasten.

Ein malignes Neoplasma hat wegen der spontanen Entwicklung von rudimentären Keimzellen, die in uralten Zeiten einen identischen Zwilling ergeben hätten, diese Möglichkeit in unserer Zeitspanne mehr oder weniger verloren. Die ihm verbleibenden unbewußten Erinnerungen bestimmen den Charakter und die

Eigenschaften des Tumors und werden durch die Umgebung im entsprechenden Organ, in dem er wächst, modifiziert. Indem er die Struktur des umgebenden Gewebes nachahmt, entwickelt er sich zu einem Sarkom und dort zu einem Karzinom. Während einer Entwicklung kann eine Keimzelle einen identischen Zwilling erzeugen, während die Keimzelle im anderen Fall ein Embryoma, einen Tumor, ein malignes gemischtes Neoplasma oder nur ein einfaches Sarkom oder Karzinom bilden wird. Diese rudimentären Keimzellen haben noch unbewußte Erinnerungen behalten, und diese bestimmen den Weg, den die Keimzelle bei der späteren Entwicklung einschlagen muß. Ein Chorioepitheliom bildet sich gewöhnlich dann, wenn kein Embryo gebildet oder der Embryo in der kritischen Zeit resorbiert wird.

Das Verhältnis von Embryo — jetzt Individuum und Trophoblast — besteht das ganze Leben lang. Die Funktionsbeziehung zwischen geschlechtlichem und ungeschlechtlichem Sein mit Plus und Minus reicht bis zum Tod, und die Chance für den Sieg zwischen Leben und Kanzerose liegt in der Balancefähigkeit und in der Dynamik der Enzyme.

Das Denkmodell der genetischen Kanzerose ist für den Ophthalmologen bestechend, wenn er an die genetischen Zeichen denkt.

3. **Die neuro-hormonelle Kanzerose**

Auf dem 4. Internationalen Philosophen-Kongreß hat R. STEINER den Zusammenhang zwischen „Ich" — Entwicklung und Krebsentstehung dargestellt. Das erkennende „Ich" des Menschen befindet sich während der Aktion der Erkenntnis außerhalb des physischen Leibes. Die Organe des Leibes verhalten sich zu diesem „Ich" wie ein Spiegel, der das außerhalb des Spiegels liegende geistige Leben des „Ich" durch die organische Leibestätigkeit zurückwirft. Das „Ich" erlebt seine Beziehungen zur objektiven Welt innerhalb dieser objektiven Welt selbst, mit der es in der Erkenntnis identisch ist. Es empfängt seine Erlebnisse dadurch, daß es sie aus der Leibesorganisation als Spiegelbilder des Vorstellungslebens empfängt. Zu den Erlebnissen des „Ich" innerhalb der objektiven Welt gehören die Gedankeninhalte ebenso wie die Inhalte der Sinneswahrnehmung: Gedanken und Sinneswahrnehmungen werden aus der Leibesorganisation zurückgespiegelt und dadurch dem im Erkenntnisvorgang außerhalb des Leibes lebenden „Ich" zum Bewußtsein gebracht. Auf einen kurzen Nenner gebracht: Das Verhältnis des „Ich" zu den Organen läuft sowohl fugal wie zentripedal automatisch ab, so wie jede Sinneswahrnehmung autonom je nach Kapazität im „Ich" registriert wird und die entsprechenden psychischen und somatischen Reaktionen auslöst.

Nach STEINER besteht die Möglichkeit des Krebses darin, daß der Astralleib des Stoffwechsel-Gliedmaßensystems sich so verhält, wie es nur für den Astralleib des Kopfes normal ist. Das Stoffwechsel-Gliedmaßensystem macht sich selbständig und versucht als Sinnesorgan die zentrale Signalstelle des „Ich" zu lenken. Folge: das bewußte „Ich" erlebt sich zu stark innerhalb des physischen Leibes und zu wenig in seiner wahren Wesensart, die in einem physisch-freien Bewußtsein rein geistig erfaßbar wäre. Das „Ich" identifiziert sich innen wie außen nur noch mit der materiellen Erscheinungsform. Die totale psychische Einstellung auf einen pathologischen physischen Vorgang erzeugt und ernährt den Krankheitsprozeß bis zum Tumor.

IX

Nachdem die Natur einen großen Überschuß an ungeschlechtlichen Keimen besitzt gegenüber dem nur kleinen Teil, der zur Fortpflanzung der gleichartigen Lebewesen dient, kann dieser im Organismus kreisende Überschuß am locus minoris resistentiae alarmiert und konzentriert werden und damit zu einer eigenen Daseinsform in Gestalt eines Tumors heranwachsen.

Insofern landet die STEINERsche Konzeption in die BEARDsche

Hypothese des ungeschlechtlichen Zwillings. Die Steuerung unterliegt dem psychoneuralen Affekt des „Ich", der angeboren sein kann.

In der ophthalmotropen Diagnostik ist diese hypertrophe, physische Ich-Schaltung sehr deutlich erkennbar: Schneebrett, Krebsgitter, Pupillenabflachung, Neuronennetze usw.

4. **Kancerose und elektronische Depolarisation**

Nach den Forschungen von Dr. M. GERSON, Prof. KÖNIG und Prof. ZABEL spielen die Kalium-Natrium-Mineralgruppen bei dem Krebsgeschehen eine kausale Rolle. Die rhythmische Balance dieser zwei Mineralgruppen sind an der Entwicklung und Aufrechterhaltung des menschlichen Körpers ursächlich beteiligt und sind die Träger der elektronischen Ladung des Organismus. Die **Kaliumgruppe** (Kalium, Phosphor, Magnesium, Kupfer, Eisen und Gold) ist elektro-positiv und trägt die aufbauenden Enzyme, Vitamine und Vitalstoffe.

Die **Natriumgruppe** (Natrium, Chlor, Jod, Brom und Aluminium) ist elektrisch negativ und speichert zusammen mit dem ionisierten Teil des Kalziums die negative Gruppe der Enzyme und Fermente.

Das unbefruchtete menschliche Ei ist elektro-positiv, das Sperma negativ. Die Vereinigung bringt den Strom des Lebens in Aktion. Der menschliche Körper ist im embryonalen Zustand in frühester Kindheit ein negativ geladener Natrium-Organismus. Später entwickelt sich ein ausgesprochen positiver Kalium-Organismus. Das sich herausbildende Übergewicht der Kaliumgruppe muß dann in den wichtigsten Organen das ganze Leben hindurch aufrecht erhalten werden. Nach O. E. MEYER werden die Mineralien, ihre Ladestärke und magnetische Empfindlichkeit die Ursachen von Störungen im Zellstoffwechsel, wenn sie aus dem Gleichgewicht kommen.

Dieses elektronische Fließgleichgewicht in den Mineralien und damit die Stromstärke und Spannung werden nicht nur durch die Art der Ernährung, die rhythmische Funktion der Organe, sondern sehr stark durch die tellurische, atmosphärische und kosmische Strahlung gesteuert. Wenn die Mineralien aus ihrer harmonischen Lagerung gebracht werden, so verändern sich die elektrischen Potentiale in den Geweben und im Serum. Die Folge ist: Die Lagerungsfähigkeit der Stoffe in den Zellen verringert sich und der Abfluß aus den Vorratskammern vergrößert sich, da die Zellen mit der Verringerung der Potentiale ihre normale Anziehungskraft verlieren. Ein Resultat dieser verminderten Anziehungskraft ist z. B.: die Abnahme des Glykogengehalts in der Leber und in den Muskelzellen. Nach GERSON stecken in dem Stoffwechsel der Mineralien elektrostatische, elektrodynamische, elektromagnetische und noch andere Energien. Diese Energien sind die tragenden Kräfte für alle Bewegungen der Materie. Ihre Aktivität und ihre Harmonie sind die Grundlagen für alle wichtigen Funktionen der Zelle.

Die iatrogene Krebsentstehung   5.

Im Gegensatz zum Auftrag des Hippokratischen Eides: Primum nil nocere hat sich in der sog. klassischen Medizin nach THOMAS und AUER, pathol. Institut der Universität Freiburg: iatrogene Cancerogenese Med. Klinik 70, die beweisbare Tatsache eingestellt, daß in der Strahlenheilkunde, in der inneren Medizin und im Bereich der Chirurgie Impulse und Entwicklungsreize zur Tumorgenese gesetzt werden.

Tumoren durch Strahlenschädigung werden in fast allen Organen beobachtet, hauptsächlich jedoch in Form von Haut- und Schilddrüsenkarzinomen, Knochensarkomen und Leukämien. Sie entstehen meist in längerer Latenzzeit durch Strahlenbehandlung primär gutartiger Erkrankungen wie Osteomyelitis, M. PAGET, M. BECHTEREW, Haut- und Lymphknoten, Tbc sowie Thymushyperplasie, auch in unmittelbarer Nachbarschaft bestrahlter Uterus und Mammarkarzinome. Häufig entstehen auch Geschwülste nach Thorotrast, die im Bereich des abgelagerten oder gespeicherten Kontrastmittels sich ansammeln.

Das älteste und bekannteste Beispiel iatrogener Kanzerogenese ist der Arsenkrebs. Er entsteht durch anorganische Arsenverbindungen (Arsenik, Fowlersche Lösung, asiatische Pille), die hauptsächlich gegen Psoriasis, Dermatitis, Epilepsie, Asthma und chronische Entzündungen verwendet werden. Die Effloreszenzen sind vorzugsweise Basalzellkarzinom und Bronchialkarzinom.

Sehr wahrscheinlich gilt der Zusammenhang zwischen Chloamphenicol-Behandlung und myeloischer Leukämie nach ungefähr 40 Monaten Therapie-Beginn. Als potentiell leukämogen ist auch das Phenylbutazon, das in vielen Analgetica, Antipyretica und Antiphlogistica enthalten ist. Nach 5 Jahren Latenzzeit ist eine akute Leukämie zu erwarten. Hydantoin ist verantwortlich für Lymphsarkome M. Hodgkin. Harnblasentumore verdanken ihre

Entstehung der Chlornaphzinbehandlung und dem Phenazetinabusus. Stachelzell- und Basalzell-Karzinome gedeihen mit Vorliebe auf dem Boden alter Pockenimpfnarben. In den letzten Jahren wird immer der Einsatz von synthetischen Hormonen als Ursache von Tumoren verdächtigt. Auch die onkogene Wirkung der Östrogene und Ovulationshemmer rückt immer mehr in den tumorsuspekten Vordergrund. Vaginalkarzinome sind bei jungen Frauen als Östroleffekt signifiziert worden. Nach ZABEL: „Die zusätzliche Therapie bei Geschwulstkrankheiten" S. 97, sind auch die Zytostatica gefährlich für die Hämatopoese und die Antibiotika mit ihrem RES-Block sekundär kanzerogen.

Als chirurgische Karzinome sind bekannt das STEWART-TREVERS-Syndrom nach Mamma-Amputation und Karzinome nach Magen- und Darmoperation. Die Bezeichnung „Arznei" für chemische Verordnungsmittel gegen einen biologischen Ablauf in einem lebenden Organismus wird immer fraglicher.

Ökogene Kanzerose

Unter diesem Begriff sammelt man alle kanzerogenen Stoffe, die in der Zivilisationskost, in der chemotechnischen Umweltverschmutzung und in der antibiotischen Ökologie aktiv sind.

Krebs als Sieg über die Immunitäts-Impotenz des Individuums

Ganz gleich, welches Gesicht die Ursache des Tumors trägt, seine Existenzmöglichkeit in einem Organismus hängt von der Kampfkraft und von der Abwehrfähigkeit des Angegriffenen ab, nach ASCHOFF und LANDAU von der Potenz des reticuloendothelialen Systems: RES.

Die Aktionäre dieser Abwehrorganisation sind das Bindegewebe und die Zellen, die aus dem Bindegewebe stammen. Dabei ist nicht nur die Aktionsfähigkeit des Bindegewebesystems allein im Vordergrund, sondern sein Stoffwechsel-Transit und die rhythmische Turbulenz der Gewebesäfte. Die zentrale Steuerung des RES scheint nach HOFF und SELLIER primär im Hypothalamus, sekundär in der N. Nierenrinde, Schilddrüse und Leber zu liegen, während die Keimdrüsen mehr eine passive, pedale Reaktion aufzeigen und daher anfälliger sind. In diesem Zusammenhang muß auch noch einmal auf die Kalium-Natrium-Balance in den einzelnen Organen hingewiesen werden. Dieses zelluläre, humorale Regelsystem kann nur durch Noxen, Desoxydation, Hyperacidose, Toxine, Depolarisation, neuro-endocrine Dystonie und latente Erbbelastung in seiner Regulierfunktion gestört und gelähmt werden.

Auf diesem Grundschema basieren die Arbeiten von AHLER, BORST, DROBIL, EGER, v. EULER, FREUND, KAMINER, FROMME, HERBERGER, TRUCKENBRODT, WARBURG, SCHELLER, ISSELS, GERSON, ZABEL und RECKEWEG.

Die Polizeigarde des RES: die Lymphozyten, Plasmazellen und Mastzellen sorgt für eine erhebliche Enzymproduktion und für eine Regulation der Steuersignale für das Zellwachstum. Dieses Abwehr- und Potenzproblem nach ISSELS oder zellulär-humorale Regelsystem nach ZABEL oder Fließgleichgewicht nach RECKEWEG ist die Verkehrszentrale im großen Netz der malignom induzierten Faktoren. Besonders die Evolutionstabelle von Dr. RECKEWEG beleuchtet den Marathonlauf des Malignoms von der Inkreation: Feind-Invasion zur Exkretion: Ausscheidungsbewegung über die drei Keimblätter. Bei Blockade die Reaktion mit Rubor, Kalor, Dolor und Tumor.

Bei Versagen des RES tritt die Deposition ein: Ablagerung von Toxinen (Kristallose, Karcinose, Lipidose, Acidose). Bei fehlender Ventilation erfolgt die lokale Imprägnation. Verläuft der Großalarm an das RES ohne Hilfsaktion von seiten der Abwehrorgane: Leber, Milz, Lymphe und Knochenmark, dann kommt es zur Degeneration am Ort des verminderten Widerstandes und damit zum Neoplasma.

IX

Der Veröffentlichungen über das Krebsgeschehen sind unzählbar und ein Menschenleben reicht nicht aus, um alles durchzulesen. Es ist dringend notwendig, jene Phänomene zu beachten, die tatsächlich vor unseren Augen liegen:

> Was ist das Schwerste,
> was Dir das Leichteste dünkt.
> Mit den Augen zu sehen,
> was vor den Augen Dir liegt!

Reiztransversalen der Iris

ANGERER hat über dieses Phänomen wohl als erster geschrieben. Hiermit sind auch die abirrenden Radiären, also jene Gefäße, die nicht radiär, sondern etwas schlängelnd, jedoch stets ohne Unterbrechung, zum Ciliarrand verlaufend, gemeint. SCHNABEL spricht von diesen als den „aberrablen" Irisfasern.

ANGERER unterscheidet nun zwischen Stauradiären und Stautransversalen und sog. geopathischen Reiztransversalen wie folgt:

„Die Stauradiäre oder **Stautransversale** ist dem übrigen Stromadurchmesser gegenüber reduziert und von hellrotem Kolorit.

Die **geopathische Reiztransversale** ist dickwandiger, von mehr bläulich-rotem Kolorit, ihre Gefäßintima ist aufgehellt."

Werden die Farben der Vascularisation blasser, so haben wir es nach ANGERER mit Gewebsschädigungen zu tun und die Entwicklung eines Malignoms liegt nahe. (Siehe Prof. FOLKMAN, Boston „Kein Malignom ohne Vascularisation")

Vascularisationen, die in der linken Iris zwischen 20–25 Uhr beginnen und zwar am Ciliarrand und wie ein Würmchen sich schlängelnd nach oben bis in Richtung 15 Uhr ziehen und im Lumen zwischen Ciliarrand und Krause enden (THEEGARTEN, JAROSZYK), bekannt als Milz-Herz-Stauungstransversale. ANGERER bezeichnet dieses Zeichen als geopathische Reiztransversale und zwar topolabil in der ganzen Iris.

THEEGARTEN schreibt, er habe in zahlreichen Fällen nachgeprüft und gefunden, daß der Betreffende tatsächlich über „Erdstrahlen" (der Intensität 1,12–16 nach von POHL) schlief und habe mit der Wünschelrute festgestellt, daß auch bei Patienten mit anderen Vascularisationen die „Erdstrahlungen" vorhanden waren.

Solche Vascularisationen finden wir speziell in jenem Reflexzonenfeld der Iris, dessen Organe den Strahlungen am meisten ausgesetzt sind. Besteht die Möglichkeit, daß der geopathisch Sensibilisierte sein Bett aus dem Strahlungsbereich herausstellt, so blassen auch die Vascularisationsfarben ab, bis sie eines Tages kaum mehr sichtbar sind. Dieser Entwicklungs- bzw. Rückentwicklungsprozeß dauert ca. 2 Jahre. Wie entsteht nun eine Vascularisation:

ANGERER spricht allgemein von einer Vascularisation als einer Stoffwechselstase. SCHNABEL bezeichnet sie allgemein als eine schleichende Nervenstörung auf atrophisch-nervaler Grundlage. Beide Anschauungen harmonieren in ihrem Kern.

Vascularisationen
aberrable Fasern
arcus lipoides

Definition über Erdstrahlen, Reizzonen etc. 7.1.

Nun gehört hier noch die Klärung über die Begriffe Erdstrahlen, Reizzonen, Globalgitternetze, Bodenverwerfungen, Gas-Ölfelder, Quarzblenden usw.

Es handelt sich um die Existenz der obligatorischen, ultraharten **Gammastrahlen.** Diese befinden sich nicht nur im Erd- sondern auch im sphärisch tellurischen Bereich unseres Planeten Erde. Daß diese geradlinigen Ultrafrequenzen sogar Blei durchdringen, ist bekannt. Wie ungehindert der menschliche Organismus von diesen Strahlen durchdrungen wird, bedarf keiner Erwähnung. Gammadauerbestrahlungen kann der Mensch nicht ertragen ohne in die Entartung aller festen und flüssigen Systeme zu gelangen.

Wo gibt es Gammastrahlen? Zuerst denken wir dabei wohl an die Atomspaltung, oder an das Freiwerden dieser Energie bei der Atombombenexplosion. Auf die Dauer gesehen aber sind für uns jene Süd-Nord-Linien gefährlicher, die im Maximalbereich des Globalgitternetzes und des Kubensystems (nach BENKER) im positiven Feld liegen.

Nicht nur, daß der Mensch über solchen Zonen einer Malignität im Laufe von etwa 1–5 Jahren, je nach Konstitution, Abwehrbereitschaft, Aufenthaltsdauer usw. verfällt, sondern daß auch links und rechts einer solchen Linie eine für Organismen und Nervensysteme unerträgliche Bipolarität entsteht.

Wer als Praktiker einige Krankenbesuche macht und radiaesthetisch solche Situationen feststellt, der versteht die Leiden so geplagter Patienten. Dabei sind es häufig Menschen die vieles oder alles getan haben, um gesund zu leben und sich richtig zu ernähren. Wir können auch sagen: gegen solche gamma-Schwingungsfrequenzen ist kein Kraut gewachsen. Was hat das mit der

Iris zu tun? **Erste Hinweise** bekommen wir auf eine G-Belastung bereits **vom Pupillensaum**, d. h. von dem meist fast oder ganz abgebauten Pupillensaum. Hierbei sollte bereits eine radiaesthetische Abstandsmessung der Körperaura vorgenommen werden. Es ist ferner sehr zu hoffen, daß uns bald globale Darstellungen der Kirlianfotografie zur Sichtbarmachung der Aura zur Verfügung stehen, oder bessere Geräte zur Messung der Mikrostrahlung.

Bis weitere Zeichen in der Iris zu sehen sind, ist ein rasanter Degenerationsprozeß durch o. g. Phänomene meistens schon zu weit fortgeschritten. Das sind auch jene Fälle, wo wir uns wundern, trotz Sorgfalt und Beachtung der bekannten Symptomatiken und aller klinischen Untersuchungen, keine, oder zu späte Hinweise für eine maligne Degeneration zu bekommen.

8. **Iris-Hinweise**

Die Iris gibt frühzeitige und beste Eindrücke in pathologische Entwicklungsstadien:

a) in die konstitutionelle-genetische Ca-Prägung

b) in die durch Ernährungs-, Lebens-, Berufs- und Rhythmusstörungen disponierte Ca-Stoffwechsellage

c) in die extrahumanen terrestrisch-tellurischen Schwingungsfelder, die alles im menschlichen Organismus zur Entartung bringen können, ganz besonders progredient, wenn a und b vorgeprägt sind.

Wie schon bei meinem Vortrag beim Deutschen Heilpraktikerkongreß in Düsseldorf besonders betont, müßten Forschungen viel mehr den uns tangierenden extrahumanen Einflüssen gewidmet werden. Überwiegende Forschungen mit weißen Mäusen in Sachen Krebs reichen bestimmt nicht aus. (Schreiben v. Prof.

BAUER, Heidelberg an Krebsforscher Dr. SICHERT.)

Zur Anamnese gehört z. B. auch die Frage: vor welchem Zeitraum der Patient umgezogen ist, in ein neues Haus, oder in ein anderes Schlafzimmer, oder seit wann ein neuer Arbeitsplatz eingenommen ist.

Die hypertrophische sektorale Heterochromie 8.1.

Diese weist außer einer neurogenen Belastung auf Ca-Heredität hin. Besonders zu erwähnen ist die krausenständige Heterochromie. Diese Form zeigt sich mit der Spitze am Pupillenrand und verbreitert sich bis zum Krausenrand. Hat diese Form eine Verfilzung mit der Krause, so ist die Diagnose Carcinoma ventriculi richtig, bzw. schon familiär vordisponiert.

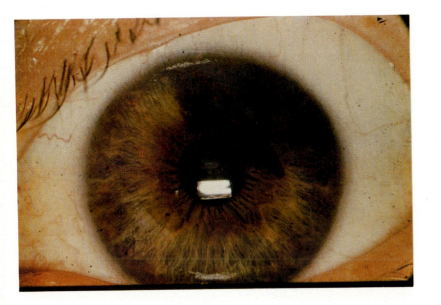

8.2. **Das Melanom der Iris** (seltene Form)

Es ist eine melanotische Wucherung im Uvealtraktus um winzige Melanosarkome, als Metastase oder Primärherd.

8.3. **Die volle homogene hypertrophische zentrale Heterochromie**

Bei dieser Form füllt das Pigment das ganze Areal der Krause vom Pupillenrand bis zum Krausenrand aus. Sie ist erfahrungsgemäß die häufigste und auffälligste Form, der wir in der Praxis begegnen. Die dunkelbraunen und rötlich getönten Formen sind die eindrucksvollsten. Sie ergeben in der Anamnese fast regelmäßig einen positiven Befund bei der Frage nach Cancer in der Familie, mit dem größten Prozentsatz Krebs der Digestionswege, vor allem des Magens. Unter diesen Tönungen sind folgende besonders zu beachten:

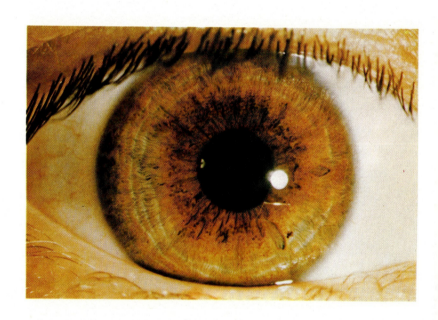

a) **die braune bis dunkelbraune Tönung** weist auf eine Koprämie infolge mangelhafter Darmtätigkeit, auch wenn die Entleerungen scheinbar spontan und regelmäßig erfolgen. Es handelt sich hier um eine angeborene Minderwertigkeit des Digestionstraktus, besonders des gastrischen Abschnittes. Durch diese Koprämie besteht eine Überlastung der Leber und Nieren, was sich auch auf das Gefäßsystem nachteilig auszuwirken pflegt.

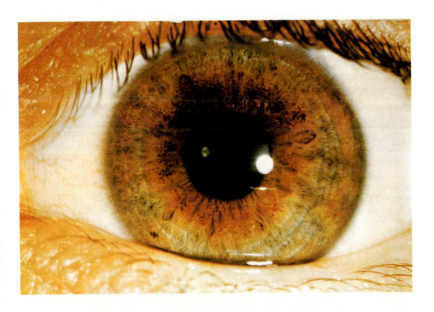

b) **Die braunrote,** in der Farbe an das Holz der Rotbuche erinnernde **Tönung** imponiert in der Regel durch ihr „Leuchten". Außer der erwähnten Ca-Belastung zeigt sie eine Neigung zu Diabetes mellitus an, nicht selten durch gravierende Acidosen und gichtische Arthrosen larviert oder kompliziert.

c) **Die brandrote Tönung** weist auf eine besonders starke Disposition zu Neoplasmen des Digestionstraktes hin. Ist die Verfärbung besonders intensiv rot, dann finden sich außerdem toxisch bedingte Erethismen, mit hyperthyreoiden und dysthymischen Symptomen kompliziert. Das kann bei Frauen besonders während und nach der Menses, in der Gravidität, im Pupertätsalter und Klimakterium zu schweren Psychosen führen.

8.4. **Das Blumenkohl-Pigment** bei 20—25

Seine Lokalisation ist fast immer in der Peripherie des Krausenrandes. In symptomatologischer Hinsicht ist von ihm zu sagen, daß die Frage nach Kancer meist positiv beantwortet wird, und zwar wird fast immer Leber- und Magenkrebs als Todesursache mindestens eines Elternteils, oft aber auch beider angegeben. Klinisch sind nicht selten Ulkussymptome festzustellen, wobei dann differentialdiagnostisch gerade die Anwesenheit dieses Pigmentes die Gefahr einer malignen Entartung sicherzustellen weiß, besonders von Leber-Magen-Mamma.

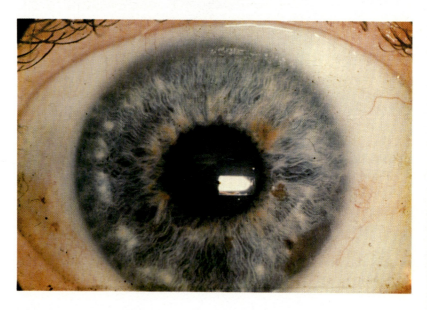

Das schwarze Härchen-Pigment 8.5.

Es bevorzugt die Sektoren 25 und 35 Uhr in beiden Iriden, am häufigsten beim weiblichen Geschlecht. Disposition zu cancerogener Entartung weiblicher Geschlechtsorgane.

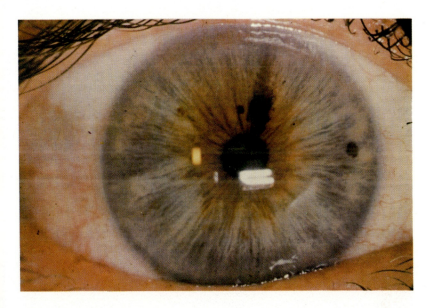

Das eingefilzte Pigment 8.6.

Ansiedlungsgebiet ist der Krausenbereich. Die Farbe ist rötlich bis schwarz. Das Pigment ist wie mit Filzbäuschchen in das Irisgewebe eingewebt. Ein sehr wichtiger Hinweis auf Darm-Magen-Rectum-Ca.

Das hämorrhagische Schollenpigment 8.7.

Es zeigt sich oft in den typisch pathologisch-braunverfärbten Iriden. Anamnestisch ist Magenkrebs in der Familie eruierbar.

Der Tumor zeigt sich vorher meist in einer hämorrhagischen Diathese. Bei diesem Pigment dürfte eine gravierende endokrine Komponente vorherrschen. Es erkranken besonders Männer mit femininem Einschlag zur Zeit des Klimakterium virile, meist mit der Komplikation eines Diabetes mellitus.

8.8. **Das Beerenstrauch-Pigment** (bei 45)

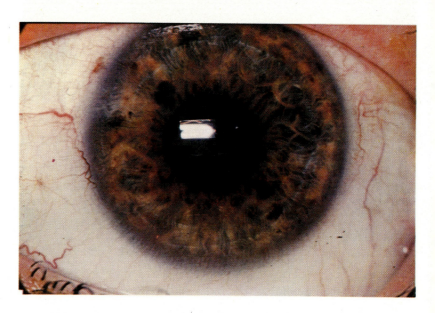

a) **großbeerig:** hereditär begründete Neigung zu Uterus-Ca

b) **kleinbeerig:** mehr renal-vesikulär, Hinweis auf Nieren-Blasenkrebs, überwiegend männlicherseits.

Die Kompliziertheit des Problems „Krebs" tritt schon in der ungeheuren Mannigfaltigkeit seiner äußeren Erscheinungsformen und deren Auswirkungen hervor, sowie in der Vielfaltigkeit der auslösenden Ursachen, der Vielzahl, Mannigfaltigkeit und Vielgestaltigkeit seiner einzelnen Anlageböden und in der Verschiedenheit der organisch, physiologisch und mechanisch bedingten, immer veränderlichen Ansiedlungsmöglichkeiten. Jeder Krebs manifestiert sich in pluralen Faktoren, die sich besonders in der zartnervigen und feinsinnigen Iris auswirken müssen.

IX

8.9. **Das imprägnierte Trabekel-Pigment**

(meist vom Krausenrand ausgehend)

Es ist zu werten als Zeichen einer Erbbelastung mit der Disposition zu Tuberkulose und Karcinom in den Digestionswegen. Das ist besonders interessant, weil sich Tbc und Ca konträr gegenüberstehen. Die Entartung erfolgt aber mit Sicherheit an Schlafstellen im negativen elektromagnetischen Feld in eine Tbc und im positiven Feld in ein Ca.

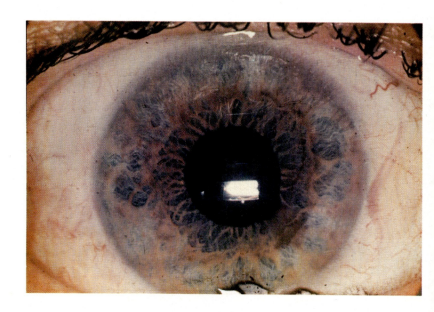

Das gelbe uterogene Pigment 8.10.

Es zeigt eine spezifische Disposition zu einem Uterus-Ca!

Der Wasserfall 8.11.

Disposition zu Rectum-Ca, oft auch hereditär nachweisbar. (Sektoren 25 und 35 beidseits)

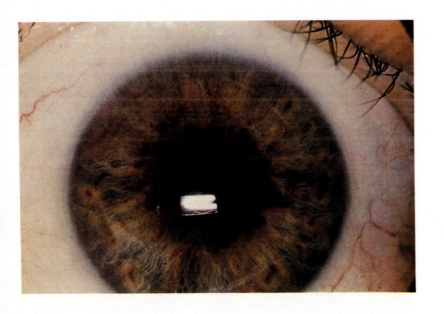

8.12. **Das polypöse Pigment**

Es erscheint berechtigt anzunehmen, daß viele dieser anamnestisch ermittelten Fälle von hereditärer Ca-Belastung des Digestionstraktes primär Polypen waren, die im Falle ihrer Aktivität entarten.

8.13. **Die Torpedo-Lakunen** (Vom Irisrand intrakrausal eindringend)

Sie zeigen eindeutig eine Veranlagung zu Karcinom, je nach sektoraler Erscheinung und klären die Frage, ob eine benigne oder maligne Form vorliegt.

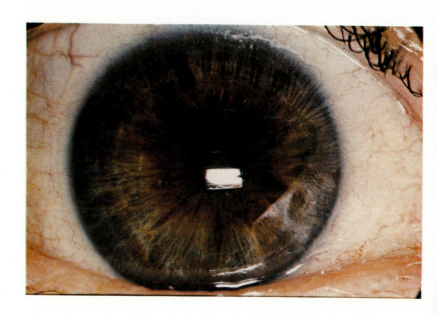

Kreuzblumen-Lakunen 8.14.

Diese Form kommt am häufigsten in den frontalen Abschnitten des Ciliarteiles der Iris vor und deutet auf drüsige Tumorbildungen, an denen vorwiegend der cerebrale Abschnitt beteiligt ist. Beginnend mit Kopfschmerzen und psychischen Begleitsymptomen.

Die Druckmulde 8.15.

Hier ist das Relief auf einzelnen Sektoren in der Weise verändert, als sei auf einem „erweichten" Irisgewebe ein „harter" rundlicher Körper gelegen, unter Zurücklassung einer muldigen Vertiefung. Wenn solche Druckmulden in ventralen Sektoren der Iris auftreten, dann handelt es sich um weiche Tumore im Abdomen, welche die Ursachen von Stauungen bilden können.

Die Zigarren-Lakune 8.16.

Diese ist wesentlich kleiner als die Torpedo-Lakune und kommt vor allem in den oberen nasalen und temporalen Quadranten der Iris vor.

Sie zeigt eine besondere Neigung zu Krebs drüsiger Organe. Nasal lokalisiert ist der Bereich Hals-Rachenorgane zu Krebs disponiert.

Die Schnabel-Lakune 8.17.

a) geradschnabelig, wie bei Schwalben.

b) krummschnabelig, deren Spitze an den Schnabel der Raubvögel erinnert.

zu a) maligne Bildungen im Genitalbereich.

zu b) im jeweiligen Sektor zunächst alles gutartig erscheinend, aber in späteren Stadien zu maligner Entartung kommend.

8.18. **Das Spargelköpfchen**

Bei Auftreten dieses seltenen Phänomens besteht der Verdacht auf Neoplasmen des Uterus, besonders der Cervix.

8.19. **Die Staffel-Lakune**

Diese Art verrät eine hereditäre Anlage zu neoplastischen Wucherungen in den Bauchorganen und zwar zu Formen mit starkem und rapidem Wachstum der Malignität.

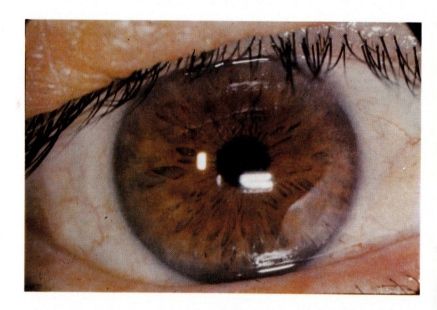

Einengungen der Krause (bei 25—30 mit partieller Hellung) 8.20.

Häufigere Krebsneigung bei braunen Irisfarben im Bereich des sigmoid rom. und der Ampulla recti. Bei derartigen Prägungen regelmäßige Rektaluntersuchungen und Röntgenkontrollen veranlassen. Jahre vor einer Manifestation eines Ca sind diese signifikanten Warnungen unübersehbar.

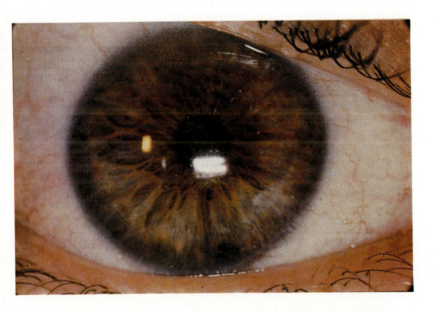

Diese Veränderungen sind sichere Hinweise auf Darmstenosen durch einen Tumor.

8.21. **Fluktuierende Lakunen**

Dies ist Sache der Betrachtung am lebendigen Auge im Licht- und Dunkeleffekt der Spaltlampe. Es soll ausgesagt werden, daß der übergroße Dilatations- und Kontraktionseffekt einer Lakune eine schnell fortschreitende Malignität im jeweiligen Organsektor bedeutet. Unter fluktuierend versteht man die Eigenbewegung der Lakunenränder bei gleichbleibender Lichtintensität. Überwiegend zeigen diese Lakunen Mediastinaltumore an.

8.22. **Die Tumorgabel**

Hinweis auf Geschwulstbildung im angelagerten Sektor.

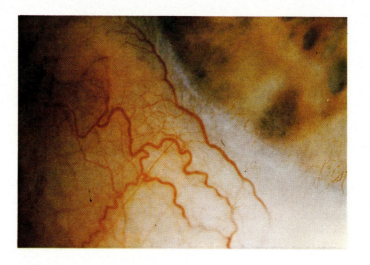

Tumorgabeln und Metastasenleber

Die Blattrippen-Lakune 8.23.

Diese topolabile Lakune bewirkt im jeweiligen Sektor eine Entartungstendenz inkretorischer Drüsen, besonders bei Anwesenheit perifokaler Zeichen.

Die Zwiebel-Lakune 8.24.

Sie tritt krausennah auf und deutet hin auf Geschwulstbildungen im Abdomen.

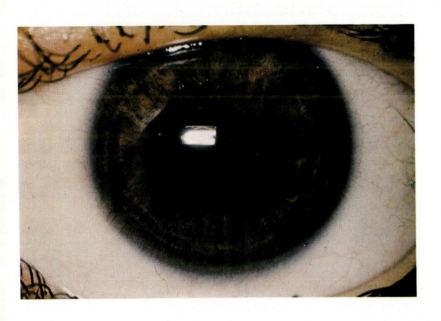

8.25. **Defektzeichen, sog. Kommazeichen** (bei 40 intrakrausal)

Es handelt sich um oft wenig beachtete Ca-Latenzzeichen, die genotypisch und topostabil angelegt sind und bei perifokaler Umwandlung durch Noxen oder Strahlungsfrequenzen ein Ca zur Progredienz bringen.

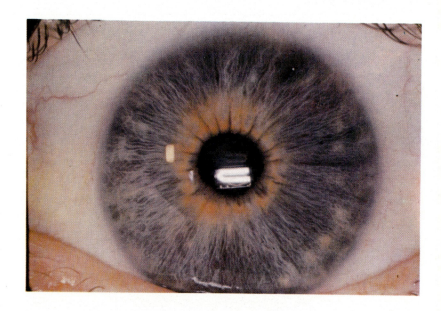

IX

Das Tulpenzeichen 8.26.

Zwischen 50 und 10 frontal auftretend. Es ist ein Alarmzeichen für interkraniale Veränderungen in Richtung Astrocytom und Gliom!

Die radiale Zopfbildung 8.27.

Eine Verflechtung von Radialen im jeweiligen Sektor zeigt bereits einen tumorösen Prozeß an.

Die auseinandergedrängten Radialen bei 30 und 45 8.28.

Ganz besonders mit einem zentralen Defektzeichen sind Alarmsignal für einen gravierenden malignen Prozeß im jeweiligen sektoral hinweisenden Organbereich.

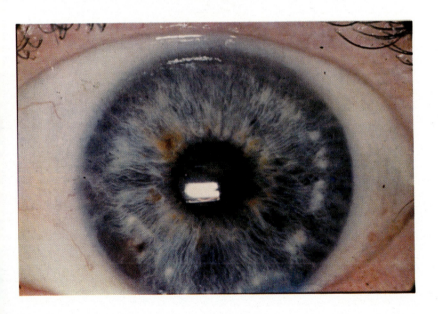

8.29. Die multiplen Pigmente

Zeigen dem Betrachter eine Überschwemmung mit körpereigenen Stoffwechselgiften, also eine Autointoxikation im Sinne der RECKEWEGschen Homotoxikologie. Der Weg der Degeneration führt sehr häufig über einen Diabetes zum Ca.

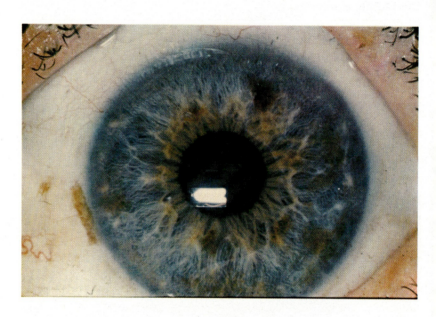

Die Leiter-Lakune 8.30.

Sie ist unauffällig, topostabil und nur bei schwachem Seitenlicht gut erkennbar und ist als Tumor-Latenzzeichen zu werten.

Das Teerpigment bei 35 8.31.

Anlage genetisch. Je nach Topographie besondere Neigung zu Blasen, Kolon und Lungen-Bronchial-Karzinom.

Die Zwillings-Lakunen 8.32.

Sie sind meist der Krause angelagert. Am Schluß dieser Aufstellung soll auch etwas Erfreuliches stehen. Wir können Patienten mit derartigen Lakunen guten Gewissens sagen, daß es ein Zeichen für gutartige Geschwulstbildungen ist im Bereich Nebennieren, Hoden, Bronchen, oder der Lungen.

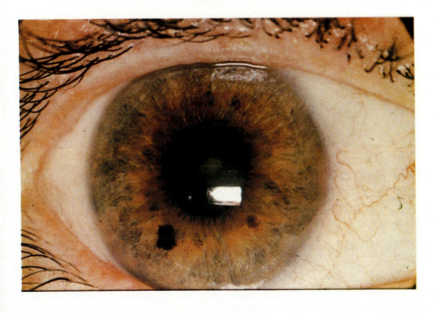

9. Durch Ernährungs-, Lebens-, Berufs- und Rhythmusstörungen **zur Cancerose disponierte Stoffwechsellage**

Hier muß ganz besonders auf die Arbeit von ANGERER hingewiesen werden:

„Nahrungsmittel als Krebsfaktoren"

Ferner soll eine iridologische Konstitution vorgestellt werden, die durch Fehlernährung, oder Essens- und Trinkabusus und glanduläre Insuffienz besonders zu Entartungen vorgeprägt ist.

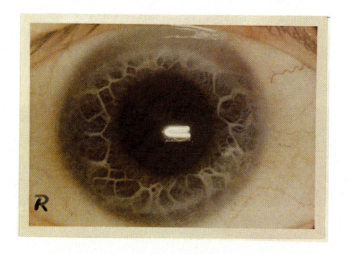

Rechts: Lungen Ca.

K. K. männlich, geb. 21. 5. 1919. Zeit der Aufnahme April 1976. Starker Raucher, Lungenoperation: Nov. 1976. Exitus 15. 4. 1976.

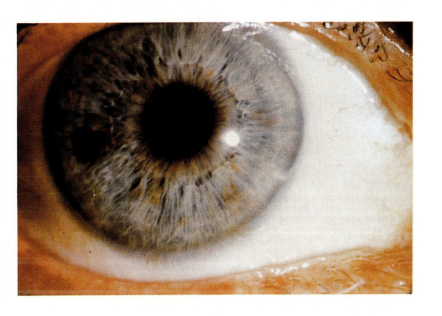

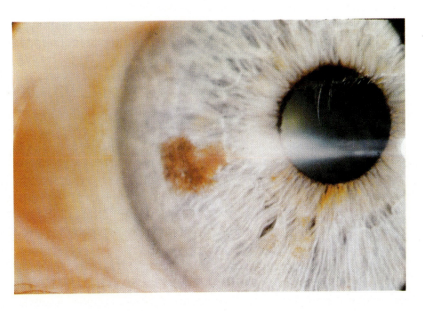

IX

10. **Entartungsaktivierungen durch terrestrisch-tellurische Schwingungsfelder, die nach bestimmten Gesetzen auf den Menschen einwirken, auf seine Organe, Gewebe und Skelettstrukturen**

Alle bereits beschriebenen Phänomene genetischer Prägung am Auge sind für uns sichtbares Alarmzeichen für den jeweiligen Patienten Entscheidendes zu tun, auch wenn der Kranke wegen eines ganz anderen Leidens zu uns kommt.

Was ist aber los, wenn wir einen Krebskranken vor uns haben, der keine der beschriebenen Zeichen eingeprägt hat? Hier können wir geradezu mit Sicherheit davon ausgehen, daß es sich um Aktivierungen durch extrahumane Schwingungsphänomene handelt. Daher die Forderung bei der Anamnese zu fragen, wie lange ein Umzug oder Zimmerwechsel zurückliegt. Welche Unruheformen die Schlaflosigkeit zeichnen. Welcher Grad der Zerschlagenheit, Depressivität und Unerholtheit morgens besteht. Wie lange schon Psychopharmaka aller Fabrikate erfolglos genommen werden. Nach wieviel Stunden des Einschlafens bei größter Müdigkeit ein Zustand größter Wachheit und unerklärlicher Unruhe eintritt.

Robert KOCH konnte mit seinem für heutige Begriffe simplen Mikroskop die Erreger der Tuberkulose und viele andere finden und entdecken. Die Wissenschaft der Jetztzeit ist nicht einmal mit Elektronenrastern mit millionenfacher Vergrößerung in der Lage das Krebsproblem weder virogen noch sonstwie zu klären.

Frau Magdalena MADAUS schreibt in ihrem Lehrbuch der Irisdiagnose auf Seite 138 „Jede Krebserkrankung hat eine Infektion als Grundlage, da außer den berüchtigten und vielbesprochenen braunen Flecken, hart abgegrenzt, von der Iris keine anderen Zeichen als Infektionsursache vorkommen, diese aber als ganz feststehend bezeichnet werden können, so ist einerseits die Iris der rechte Prophet für den Krebs und die Krebsgefahr. Andererseits bliebe nachzuweisen, ob in diesen rostbraunen Flecken eine Vergiftung durch Exkremente der Krätzmilbe zu sehen ist, oder ob durch **lange Beobachtung noch eine andere Möglichkeit** der Entstehung entdeckt wird."

Diese andere Möglichkeit ist jedenfalls gegeben, wenn bei Krebsbelastungen weder hinweisende Pigmente, noch irgendwelche Lakunen einen direkten Hinweis geben. Wir müssen unterscheiden zwischen vorgeprägten Anlagen, die sowohl durch Homotoxine einer Fehlernährung, als auch durch extrahumane Strahlungsfrequenzen zur Entartung gelangen; bei sog. gesunden Konstitutionen ohne Fehl und Tadel, die allen therapeutischen Möglichkeiten entgleiten. Das hat jeder Arzt und Heilpraktiker mit langjähriger Praxis oft erlebt. Forscht man über derartige Todesursachen nach, so findet man an den Standorten der Schlafstellen ähnliche Phänomene.

Je nach Konsitution entarten Blut, Lymphe, Gewebe und Organe in den Verlaufsrichtungen von Gammastrahlen im positiven elektrischen Feld. Oft kommen noch weitere Reizzonen hinzu, insbesonders Bodenverwerfungen, Kreuzungsstellen von Wasseradern und elektromagnetische Felder von Körperstrahlungen.

Hierbei sind neben den Ergebnissen des Frhr. v. POHL die Forschungen von BENKER, OBERING, WITTMANN, Dr. LÜDERS, Dr. M. CURRY, Dr. med. Max GLASSER höchst eindrucksvoll. (Veröffentlichungen siehe Literaturverzeichnis).

Kein Malignom ohne Vaskularisation

Zum Problem Tumorgenese und Vascularisation am Auge als Vorzeichen einer Früherkennung erreichen uns Arbeiten des früheren Harvard Professors Judah FOLKMAN. Nachstehend ein Auszug aus einem Vortrag auf dem Joint Surgical Congress, Edinburgh.

Jedes maligne Zellwachstum hat seinen Ursprung in einer fehlerhaften Zellfunktion. Wie dieser Fehler entsteht, ist noch unbekannt. Vieles spricht dafür, daß er eine Folge der komplizierten Teilungsvorgänge ist, die wir Mitosen nennen.

Wenn man bedenkt, daß sich in unserem Körper jede Sekunde mehr als vier Millionen Zellen mitotisch teilen, dann verwundert es, daß „Betriebsunfälle" nicht öfter auftreten. Wahrscheinlich sind Defekte tatsächlich häufig, doch sorgen Reparaturmechanismen für deren Elimination. Von den verbleibenden prospektiven Tumorquellen werden offenbar wiederum die meisten inaktiviert, sie existieren zwar, doch kommt es nicht zu mehr als einer millimetergroßen Zellansammlung. Dieses potentielle Krebszentrum stellt seine Teilung und damit sein Wachstum ein und induziert auch keine Metastasen — solange es nicht über Kapillaren an das Blutgefäßsystem angeschlossen wird. Wann der „Rubikon der echten Kanzerogenese" überschritten wird, ist Inhalt einer Hypothese von Prof. FOLKMAN. F. vermutet diese millimetergroßen, abgeplatteten Prostadien bei allen soliden Tumorarten im Darm, Lunge, Brust, Zervix, Blase, Prostata, Pankreas und Haut. Auffällig ist dabei, daß die malignen Formen hier jeweils noch nicht vaskularisiert sind. Sie sind isoliert. Das bedeutet: Sauerstoff und Nährstoffe müssen auf dem Weg der Diffusion herangetragen, Dissimilate auf die gleiche Weise entfernt werden. Die Zellansammlung befindet sich in einer Art Gleichgewichtszustand, es sterben annähernd so viele Zellen ab, wie neue gebildet werden. Offenbar reicht die Versorgung nicht für ein Wachstum aus. Dieses Stadium kann für Jahre anhalten und stellt daher keine Gefahr dar. FOLKMAN nennt einen solchen Protumor einen „schlafenden" oder In-situ-Tumor.

Der Übergang in den aktiven Zustand erfolgt, wenn Kapillaren des Blutgefäßsystems an den In-situ-Tumor heranwachsen. Warum sie dies tun, deutet FOLKMAN so: Die Zellen des Prostadiums scheiden in ihrer Umgebung eine chemische Substanz ab, auf die kapillarbildende Zellen positiv reagieren. Dieser Stoff trägt den Namen TUMOR-ANGIOGENESE-FAKTOR (TAF).

Sobald der Anschluß an das Gefäßsystem erfolgt ist, wandelt sich der Protumor in einen echten Tumor. Dabei verfärbt und vergrößert er sich. Der Übergang vom avaskulären zum vaskulären Stadium ist vollzogen. Jetzt werden die benachbarten Gewebe komprimiert oder zerstört. Metastasen sind möglich, die gewachsene Geschwulst läßt sich diagnostizieren.

Der stimulierende TAF wird nur vom Zytoplasma der Tumorzellen erzeugt, nicht vom normalen Gewebe. Bislang ist es gelungen, TAF anzureichern, doch steht eine chemische Analyse und Strukturbestimmung noch aus. Abgestorbene Tumorzellen produzieren keinen TAF mehr.

Nun mußte ein Organsubstrat gefunden werden, an dem man das Einwachsen von Kapillaren in einen In-situ-Tumor beobachten konnte. Dieses Substrat bot sich in Form der Kornea von Kaninchen an. Hornhaut ist bekanntlich ebenso wie adulter Knorpel nicht durchblutet. FOLKMAN und Mitarbeiter pflanzten Prostadien in die lebende Kornea ein und beobachteten, ob von den Randbezirken her Kapillaren einwachsen würden. Dies geschah. Offensichtlich wirkte der von den Tumorzellen abgegebene Angiogenese-Faktor „anziehend" auf die gefäßbildenden Bereiche. Sobald die Kapillarien das Prostadium erreicht hatten, wuchs es zum aktiven Karzinom aus.

Nun suspendierte man einen winzigen „schlafenden" Tumor in der Flüssigkeit der vorderen Augenkammer, statt ihn ins Gewebe einzupflanzen. So wurde der Tumor nicht flacher, und das vorgezogene Wachstum unterblieb. TAF gelangte aber zweifellos durch die Kammerflüssigkeit bis zur Iris, denn dort begannen die Kapillaren zu wuchern. Pflanzte man schließlich den noch immer avaskulären Tumor in das Irisgewebe ein, so vaskularisierte es

IX

sich und das Karzinom bildete sich voll aus.

Antiserum gegen TAF?

FOLKMAN folgert daraus, daß der Übergang vom Prostadium zum echten Krebs blockiert werden könnte. Zumindest theoretisch ist es möglich, ein Antiserum gegen TAF zu entwickeln, sobald der Faktor identifiziert ist. Eine Alternative wäre eine Hemmsubstanz, die verhindern könnte, daß TAF in den Bereich der Blutgefäße gelangt.

Experimentell sind im letztgenannten Fall Fortschritte erzielt worden. Wie schon erwähnt, enthält Knorpel im ausgewachsenen Zustand keine Blutgefäße, nur im Stadium des Wachstums finden wir darin noch Kapillaren. Es scheint als gebe adulter Knorpel an seine Umgebung einen Stoff ab, der Blutgefäße am Wachsen hindert. Experimente an der Kaninchenkornea stützen diese Annahme. Ein Tumor wurde in die Kornea eingepflanzt. Man schob zwischen ihn und den blutversorgenden Rand ein Stück adulten Knorpel. Die Kapillaren wuchsen nicht geradlinig an den Tumor heran, sondern versuchten, den Knorpel in weitem Abstand zu umgehen, sie erreichten ihr Ziel zum großen Teil gar nicht. Es bildete sich eine Hemmzone um das Knorpelstück aus, offenbar erzeugte das Gewebe einen Inhibitor für TAF. Die Arbeitsgruppe um FOLKMAN konnte neuerdings sogar eine solche Substanz aus Knorpel isolieren.

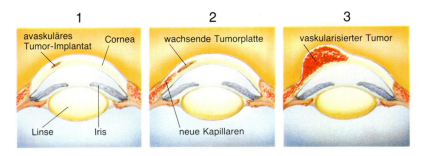

Ein vaskulärer Tumor wird in die Kornea eines Kaninchens implantiert (1). Der Angiogenese-Faktor TAF induziert das Kapillarenwachstum (2). Nach der Vaskularisation wächst der Tumor aus (3).

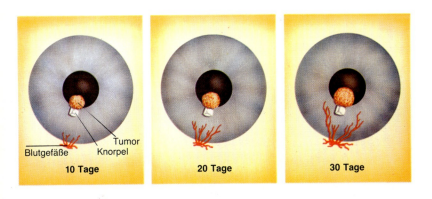

Auf der Kornea eines Kaninchens wird zwischen den In-situ-Tumor und die randlichen Blutgefäße ein Stück Knorpel eingeschoben. Obwohl die TAF-Wirkung zu erkennen ist, werden die einwachsenden Kapillaren vom Knorpel inhibiert.

12. Literaturverzeichnis

ANGERER: Handbuch der Augendiagnostik S. 241/42

ANGERER: Krebsgefährdung durch unsere Nahrungsmittel

ANGERER: Die modernen Denkmodelle der zellulären Aberration
(Methodik und Grenzen der Augendiagnostik 1976, Heft 1)

FOLKMAN J.: Selecta 41, 11. Okt. 1976
Kein Malignom ohne Vascularisation

JAROSZYK: Acta Biologica Pascoe 1974

KLITZEN M.: Archiv Bilder und Dias

MADAUS M.: Lehrbuch der Irisdiagnostik

MARKGRAF: Bildatlas der Augendiagnose

PITZ: Zellphysiologie des Krebses

REST Th.: Das Ypsilon in der Naturheilkunde, Naturheilpraxis 1974

REST Th.: Der Tumor im Strahlungsfeld magnetischer Kräfte.
Zeitschrift für Naturheilmethoden 3/80

THEEGARTEN: Die geopathischen Reiztransversalen in der Iris.
Naturheilpraxis 10/74

THIEL O. J.: Die Augendiagnose, Seite 262 und 267

WITTMANN: Hippokrates Heft 2 24/1953

WITTMANN: Die Entdeckung der polaren Felder,
Zeitschrift für Radiästhesie, 32. Jahrgang Jan.-März 1980

X. Der Säure-Basen-Haushalt

Werner H e m m , München

Inhaltsverzeichnis

Pathophysiologie	1.
Der Körper als Fließsystem	1.1.
Flüssigkeitsräume und deren Verteilung	1.2.
Humorale Konstanz und Regulation des Wasserhaushaltes	1.3.
Wasserstoffionenkonzentration und Puffer	1.4.
Säureelimination	1.5.
Die Bedeutung des Magens für den Säure-Basen-Haushalt	1.6.
Die Bedeutung von Leber und Bindegewebe für den Säure-Basen-Haushalt	1.7.
Latente Azidose und Folgeerscheinungen	1.8.
Augendiagnose	2.
Allgemeines	2.1.
Kristallose	2.2.

2.3. Säure-Iris

2.4. Rheumatisch-katarrhalische Konstitution

2.5. Hydogenoide Konstitution

2.6. Carbo-nitrogene Konstitution

2.7. Harnsaure Diathese und Fokaltoxikose

3. Diverse Bilder zu Thema Säure-Basen-Haushalt

4. Literaturverzeichnis

1. Pathophysiologie

1.1. Der Körper als Fließsystem

Der lebende Organismus ist ein offenes System, dessen Bestandteile und Funktionen bestrebt sind, ein chemisches Gleichgewicht anzusteuern.

Es handelt sich um ein Fließgleichgewicht; dauernd strömen Stoffe ein, werden transportiert, laufen Reaktionen ab und Reaktionsprodukte werden in bestimmten Rhythmen herausgeschleußt. Die Reaktionen finden auf dieses Gleichgewicht hin statt, und aus diesen Reaktionen, Verbrennungsvorgängen, erhält der Organismus die für alle Lebensvorgänge notwendige Energie.

1.2. Flüssigkeitsräume und deren Zusammensetzung

Das Säure-Basen-Geschehen steht in engem Kontakt mit dem Wasser- und Elektrolythaushalt und dessen Verteilung in den einzelnen Flüssigkeitsräumen wie dem Blutplasma, der interstitiellen und intrazellulären Flüssigkeit. Um Molekularbewegungen zu ermöglichen, müssen die Elektrolytkonzentrationen der verschiedenen Flüssigkeitskompartiments unterschiedlich zusammengesetzt sein. Dabei fallen folgende Unterschiede besonders auf:

a) die verhältnismäßig **niedrige Eiweißkonzentration des interstitiellen Raumes** im Vergleich zu Plasma und Zelle deren Eiweißanteil am größten ist,

b) die Tatsache, daß **extrazellulär** vorwiegend **Natrium-** und **Chlorionen, innerhalb** der Zellen jedoch **Kaliumionen** enthalten sind.

Eine entscheidende Rolle für die Flüssigkeitsverteilung, die energetischen Beziehungen der Teile untereinander und die Bewegung von Wasser und anderen Teilchen spielen die verschiedenen Membransysteme. Sie trennen die Kompartimente voneinander, halten Potentialdifferenzen, elektrische Ladungen aufrecht, sind Sitz der Natriumpumpe und energiereicher Verbindungen.

1.3. Humorale Konstanz und Regulation des Wasserhaushaltes

Trotz ständigen Austausches zwischen den Flüssigkeitsräumen werden Wasser- und Elektrolythaushalt in engen Grenzen konstant gehalten. Für den Wassertransport spielen osmotischer, kolloidosmotischer und hydrostatischer Druck eine wichtige Rolle.

Die humorale Konstanz dient der Aufrechterhaltung von Osmolalität und Volumen der extrazellulären Flüssigkeit. Die Osmolalität des Körpers ergibt sich aus dem Verhältnis von Gesamtkörpernatrium und -kalium zum Gesamtkörperwasser.

Der Ausgleich der Wasserbilanz wird im wesentlichen durch zwei Systeme geregelt:

a) durch das **Durstgefühl**

b) durch die **Nierentätigkeit,** die Wasser einspart oder ausschwemmt.

Beide Systeme unterliegen der hormonellen Kontrolle von **Adiuretin** und **Mineralokortikoiden.**

1.4. Wasserstoffionenkonzentration und Puffer

Weiterhin dient die humorale Konstanz der Erhaltung der spezifischen Ionenzusammensetzung der Extrazellularflüssigkeit (ECF), insbesondere des Blutes.

Im Fließgleichgewicht Organismus herrscht ein stetiger Kampf gegen die Überflutung mit Säureäquivalenzen. Der Säuregrad wird durch den Gehalt der Wasserstoffionen bestimmt, deren Konzentration durch den **pH-Wert** ausgedrückt wird, der für die **ECF bei 7,4** liegt, also leicht im alkalischen Bereich. Normalerweise hat der pH-Wert eine Schwankungsbreite von ± 0,05.

Zur Erhaltung der pH-Konstanz ist es erforderlich, dauernd Wasserstoff von basischen Substanzen aufnehmen zu lassen. Als solche Puffersysteme in Plasma und Interstitium dienen vor allem Hydrogenkarbonat, Proteinat und Phosphat, in den roten Blutzellen das Hämoglobin.

Säureelimination 1.5.

Die Ausscheidung der flüchtigen Säure (Kohlensäure) erfolgt über die Atmung. Die **Kohlensäure** steht im Gleichgewicht mit **Kohlendioxyd,** das über die Lunge ausgeatmet wird. Das System Hydrogenkarbonat/Kohlensäure (HCO_3^-/H_2CO_3) ist das wichtigste Puffersystem des ganzen Organismus. Bei normalem Blut-pH stehen Hydrogenkarbonat und Kohlensäure im Verhältnis zwanzig zu eins.

Die Nieren sind unsere wichtigsten Organe zur Ausscheidung nicht flüchtiger Säuren aus dem Intermediärstoffwechsel. Sie können sich dazu des Bikarbonat-, Phosphat- und Ammoniummechanismus bedienen.

Gestörte Lungen- und Nierenfunktionen können daher für respiratorische bzw. metabolische **Acidose** oder **Alkalose** in Frage kommen.

Normalerweise scheiden die Nieren langsam und energieaufwendig anfallende Säuren aus. Bei starker Belastung mit Säure entsteht im Gewebe aus flüchtiger nicht flüchtige Säure, allerdings unter Bildung des Salzes der Säure, das je nach Stoffwechsellage im Bindegewebe oder in der Leber gelagert und später wieder der Niere zugeführt wird.

1.6. Die Bedeutung des Magens für den Säure-Basen-Haushalt

Der Magen nimmt im Säure-Basen-Haushalt eine zentrale Stellung ein. Er ist das einzige Organ, welches alkalisches Natriumbikarbonat (Belegzelle) in großer Menge bereitstellt; und zwar jeweils bei Nahrungsaufnahme. Die postprandiale Alkaliflut besteht solange bis die Magensalzsäure durch die alkalischen Sekrete der Bauchdrüsen neutralisiert ist **(Kochsalzkreislauf).**

Eine Störung der Belegzellenfunktion des Magens ist wahrscheinlich die Ursache vieler Begleitgastritiden. Die postprandial entstandenen Basen werden von den alkalophilen Organen Pankreas, Leber, Darmdrüsen zur Sekretproduktion ebenso genutzt wie zur Auffüllung der Basendepots, die im Dienste der Säurepufferung stehen. Die vom Magen ausgelösten Basenfluten und -ebben korrespondieren mit dem von FORSGREN und SANDER beschriebenen Leberrhythmus.

1.7. Die Bedeutung von Leber und Bindegewebe für den Säure-Basen-Haushalt

Der von FORSGREN entdeckte Rhythmus der Lebertätigkeit stellt eine Sinuskurve dar, die sich alle vierundzwanzig Stunden wiederholt. Von zwei bis vierzehn Uhr befindet sich die Leber in der **„sekretorischen Phase"**, d. h. Austreibung von Galle in der Leberzelle, deren Höhepunkt um vierzehn Uhr liegt, von vierzehn bis zwei Uhr wiederum in der **„assimilatorischen Phase"**, d. h. Speicherung von Glykogen, die um zwei Uhr auf dem Höhepunkt angelangt ist. Im Rhythmus der Sekretion und Assimilation der Leber, Basenflut und -ebbe durch den Magen gestaltet sich das Bindegewebe als Zwischenlager bzw. Transitstrecke für anfallende

Stoffwechselprodukte. Hat doch das Bindegewebe durch die chemische Struktur seiner Fasern und Grundsubstanz die größte Toleranz gegen Metaboliten.

Nach SANDER läßt sich das gesamte Stoffwechselgeschehen schematisch in eine Tages- und Nachtphase zerlegen:

a) Bei Tage:

„Nahrungsaufnahme in den Magen, dadurch Auslösung des Kochsalzkreislaufes und Beginn der Basenflut.

Allmähliche Verdauung im salzsauren Milieu des Magens, währenddessen Belieferung der alkalophilen Drüsen mit Basen. Entschlackung des Bindegewebsorgans durch die Basenflut. Übertritt der Schlacken vom Gewebe in die Leber: Beginn der sekretorischen Leberphase.

Allmähliche Entleerung des salzsauren Mageninhaltes in das Duodenum verbunden mit dem Erguß von basischem Pankreassekret und basischer Galle. Dadurch Resynthese des in den Belegzellen gespaltenen Kochsalzes. Langsames Nachlassen der Basenflut. Beginn der Verdauung von Fetten, Eiweißen und Kohlehydraten im Darm."

b) Bei Nacht:

„Ende der Basenflut. Aufnahme der im Darm entstandenen Assimilationsprodukte durch das Blut und die Lymphe. Einwanderung jener und der eventuell noch im Bindegewebsorgan gespeicherten Assimilationsprodukte in die Leber: Beginn der assimilatorischen Leberphase.

Abdrängung der in der Leber gespeicherten Dissimilationsprodukte in das Bindegewebsorgan, soweit sie nicht auf einmal durch die Nieren ausgeschieden werden konnten: Beginn der „sekretorischen Phase des Bindegewebsorgans". Hierbei wandert die Galle nicht in die Gewebe, sondern in die Gallenblase.

Der Kochsalzkreislauf ruht, daher fehlt die Basenflut: Stark saurer Nacht- und Morgenharn."

Folgende physiologischen Vorgänge unterliegen dieser Periodik nicht:

a) Austausch zwischen Parenchymzellen und Bindegewebe

b) Harnausscheidung

c) Galleausscheidung.

1.8. Latente Azidose und Folgeerscheinungen

Das Bild der latenten Azidose zeigt ähnliche Beschwerden wie das **vegetative Überforderungssyndrom,** Zustände bei denen sich der Patient weder gesund noch krank fühlt. Klinische Untersuchungen fallen negativ aus.

Der augendiagnostische Befund weist bereits die Tendenz der Erkrankung auf. Saure Valenzen haben sich im Gewebe abgelagert, z. B. aufgrund einer schwachen Magenfunktion, einer verringerten Harnausscheidung, einer hormonellen Dysregulation etc..

X

Zwar erscheint der Patient „organisch gesund", doch wird oft geklagt über Abgeschlagenheit, Müdigkeit, Arbeitsunlust, Schlafstörungen, Sodbrennen, Appetitlosigkeit und/oder Heißhunger, Obstipation, Gallenschmerzen und häufig Kopfschmerzen. Schweißfüße, Neigung zum Schwitzen mit Erkältungsbereitschaft, Bronchitis mit viel Schleim, Fluor albus.

Oft lassen sich objektiv feststellen:

Rötung der Nase und Nasenpartien, Härte und Schmerzhaftigkeit der Nacken- und Schultermuskeln auf Druck, Schmerzhaftigkeit des Hinterhauptes auf Druck. Belegte Zunge. Foetor ex ore. Vergrößerte Tonsillen. Feuchte, schlecht durchblutete Hände und Füße.

Nicht selten werden solche Symptome im Sinne des Überforderungs- und Streß-Syndroms gedeutet.

Tatsächlich bestehen enge Beziehungen zwischen Säure-Basen-Haushalt und der vegetativen Tonuslage; und zwar zum gesamten vegetativen System.

Folgende Tabelle mag diese Wirkungen von Zuständen und Stoffen mit seiner sauren bzw. basischen Stoffwechselsituation aufzeigen: (nach SANDER)

	Saure Stoffwechsellage (Latente Azidosen)	Basische Stoffwechsellage
Vegetative Nerven	Sympathikus erregt	Parasympathikus erregt
Hormone	Adrenalin, Thyroxin, Follikelhormon vermehrt	Insulin, Corpus luteum-Hormon, Thymussekret, Cholin vermehrt
Lecithin	Anstieg	Abfall
Cholesterin	Abfall	Anstieg
Temperatur	Fieberanstieg	Fieberabfall
Blutdruck	erhöht	herabgesetzt
Atmung	Ein-	Aus-
Blutbild	Linksverschiebung, myeloisch, Leukozytose	Rechtsverschiebung, lymphatisch, Leukopenie
Blutzucker	erhöht	erniedrigt
Stoffwechsel	Anstieg	Abfall
Schlaf	Wachsein	Schlafbedürfnis
Entzündungsbereitschaft	erhöht	herabgesetzt

Entzündliche Vorgänge	angefacht	gedämpft
Lymphgewebe	vermehrt	vermindert
	(Tonsillen vergrößert)	(Tonsillen verkleinert)
Leistungsfähigkeit	rasche Ermüdung	größere Ausdauer

Faktoren wie Dysbakterie, Herde, endokrine Fehlleistung, Niereninsuffizienz, Insuffizienz der Belegzellen, Basenmangel in der Nahrung und Eiweißüberernährung fördern eine azidotische Stoffwechsellage.

Umgekehrt bewirken latente Azidosen ähnliche Krankheitsbilder, z. B.

– Magenerkrankungen, zunächst Hyperacidität, später Atrophie. Ulkustendenz

– Erkrankungen parenchymatöser Organe durch Schädigung des Bindegewebes

– Dyspepsie, Dysbakterie

– Schädigung von Haut und Schleimhäuten

– Gefäßerkrankungen (Kopfschmerzen, Hypertonie).

2. **Augendiagnose**

2.1. **Allgemeines**

Die Zeichensetzung im Hinblick auf Störungen des Säure-Basen-Haushaltes ist sehr vielschichtig. Außer der sog. **Säureiris** gibt es kein Phänomen, das unmittelbar auf das Säure-Basen-Geschehen hinweist.

Neben den Iriszeichen verdienen besonders Lumenphänomene (Chagrin, Schneeball) und Skleralphänomene (Nierengefäße) erwähnt zu werden, die jedoch anderen Orts besprochen werden.

In der Iris sollten wir der humoralen Region, den Sektoren der Hormondrüsen, der Leber, des Magens und der Nieren besondere Beachtung schenken.

Im folgenden sollen eine Auswahl iridologischer Phänomene dargestellt werden, die den Säure-Basen-Haushalt tangieren.

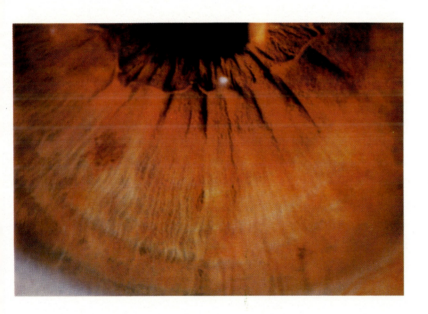

Z. L. re. Iris, weiblich, 50 Jahre

NN-Pigment, Substanzzeichen bei 30', Nierenzeichen, Klimaxbeschwerden, Rheumatoide Kniegelenksarthritis, Urinausscheidung vermindert, Müdigkeit

Th.: Natr. Nur., Sepia, Sulfur, Juniperuspräparate, Weidenrinde

2.2. **Kristallose**

Im Ziliarteil der Iris multipel auftretende kleine oviode Substanzzeichen.

Dieses Phänomen steht für Verfestigungstendenz der Säfte, erhöhte Viskosität, Steinbildungstendenz; im Hintergrund schwebt die Gefahr der malignen Entartung.

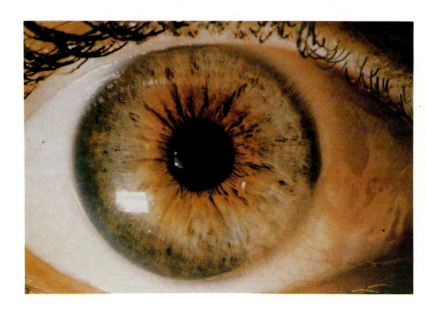

J. P. re. Iris, weiblich, 39 Jahre

Kristallose-Iris,

Ärztl. Diagnose: Sprechlähmung inf. Apoplexie

Klagen über Benommenheit, mangelnde Ausdauer, Schlappheit

Th.: Arnica, Cholesterinum, Petasites, Magn. phos., Crataegus, Hypericum, Melisse, Fumaria

H. W. li Iris, Sektor, weiblich, 45 Jahre

Kristallose Iris

Kochsche Diathese, Wirbelring

starke Dysmenorrhoe, HWS- und LWS-Syndrom

Th.: Manuelle Therapie, Araniforce, Natr. phos., Silicea, Onosis

2.3. Säure-Iris

Weiße Wolken und schleierartige Auflagerungen im Ziliarteil der Iris kennzeichnen das Zustandbild der Azidose.

Meist liegt der Beginn in einer hellen Zeichnung der Krausenrandzone, evtl. verbunden mit hyperplastischem Krausenrand. Hier ist gleichzeitig der Bezug zum vegetativen System hergestellt; der Krausenrand läßt Rückschlüsse zu auf die vegetative Reaktionslage eines Menschen. Bei gleichzeitigem Vorhandensein von heller Krausenrandzone und in seiner Nähe gelegenen Neuronennetzen erkennen wir die **neurohumorale Wechselwirkung** zwischen dem Informationssystem und den Körpersäften. Je weiter die Säuerung fortgeschritten ist, um so mehr bewegt sich die Hellung auf den Irisrand zu; zuerst über einzelne Brücken, dann auf dem gesamten Ziliarteil bis hin zur mesenchymalen und Schleimhautzone.

Im mittleren Ziliargebiet vorkommende Aufhellung ist im Sinne einer rheumatischen Azidose zu werten.

Besteht die Azidose lange Zeit, verfärben sich die beschriebenen Gebiete im Sinne der Pigmentlehre.

Störungen im Säure-Basen-Haushalt gehen den meisten Krankheiten parallel. Sie können lokalisiert und generalisiert auftreten. Ihr Einbeziehen in unser therapeutisches Konzept kann der Schlüssel zur Heilung bzw. Linderung von Krankheiten sein.

Jedes Entzündungszeichen in der Iris beinhaltet die Verschiebung des Säure-Basen-Milieus des erkrankten Gewebes. Entzündungsreize verändern die Wasserstoffionenkonzentration in Richtung Azidose.

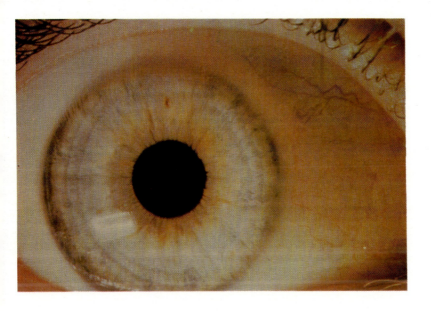

S. C. re Iris, weiblich 14 Jahre

Säureiris, verschmierte Säftezone, Kochscher Faden mit Kokon, Hypophysenpigment, Kontraktionsfurchen.

Kopfschmerzen seit fünf Jahren, Urticaria immer im Frühjahr, Vorderkopfschmerz, Schulmüdigkeit

Th.: Masernnosode, Hb. Artemisiae vulg., Cyclamen, Rubia, Hypericum oplx.

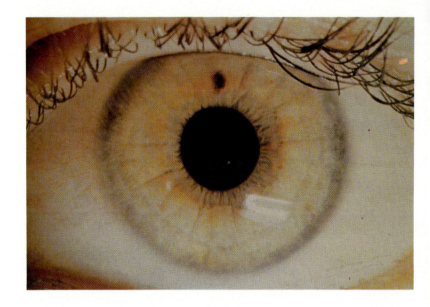

A. H. li Iris, Säure-Iris mit pigmentierter Säftezone und Hypophysenpigment (= Moospigment); li Iris, weiblich 32 Jahre

Müdigkeit, RR an oberer Grenze, Vater Nierensteine, Kind Wilmstumor

Th.: Solidagopräparate, Melissentee, Berberispräparate

X

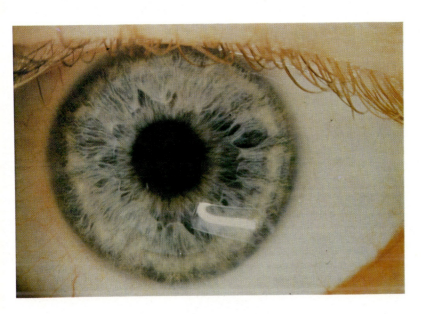

D. J. Säure-Iris, männlich, li Iris, 27 Jahre

Hellung im Mittelfeld und Mesenchym

Hyperkinetisches Herz-Kreislauf-Syndrom

Vater M. Bechterew

Th.: Biomagnesin, Magn. phos., Ledum, Spiraea, Urtica

X

2.4. Rheumatisch-katarrhalische Konstitution

Helle Säfteregion. Evtl. Tophi. Radiärenaufhellung. Krausenzone und Mesenchymzone dunkler werdend.

Schleimhautkatarrhe, Muskel- und Gelenkrheuma, Steinbildungstendez gehören zum Krankheitsbild. Die Sensibilität ist erhöht: verstärkte Reizantwort, erhöhte Wetterempfindlichkeit.

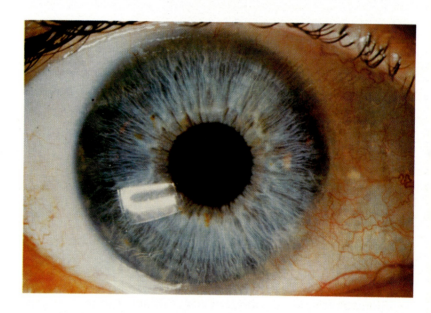

Dr. K. D. re Iris, männlich, 46 Jahre

Rheumat.-katarrhal. Konstitution

Schulter-Arm-Syndrom

Th.: Manuelle Th., Anabolloges, Berberis, Rubia, Kalium jodatum oplx.

Hydrogenoide Konstitution 2.5.

Rarefikation der Fasern. Aufhellung. Helle Säfteregion, helle Flocken und Wolken vor dem Ziliarrand sind hierbei die Stichworte.

Erhöhte Natrium- und Wasserretention sind kennzeichnend. Die Ursache liegt in einer Störung im neuro-hormonellen Bereich (Mineralokortikoide).

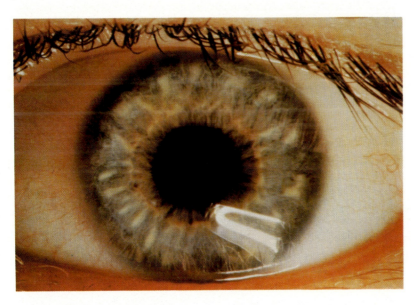

Sch. re Iris, männlich, 33 Jahre

Hydrogenoide Konstitution

Schulter-Arm-Syndrom, Kopfschmerzen, Diarrhoe bei Colitis ulcerosa

Th.: Eigenblutbehandlung mit Acirufan und Mucosa comp., Aranea-Galmesin, Natr. sulf.; Cefalymphat, Cefascillan

2.6. Carbo-nitrogene Konstitution

Krause peripher dunkler. Dunkel verschmierte Säftezone. Ziliarmittelzone heller. Dunkler Ziliarrand.

Metaboliten häufen sich bei schlechter Ausscheidung. Die Entgiftungssysteme sind überlastet. Mangelhafte Arterialisierung des Blutes.

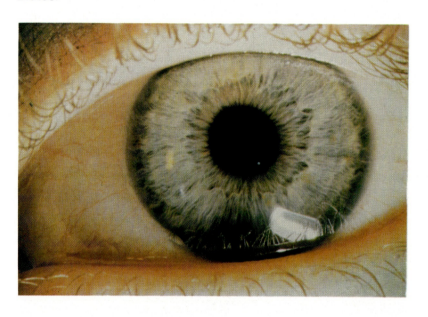

E. P. li Iris, weiblich, 38 Jahre

beg. carbo-nitrogene Konstitution

helles Mittelfeld, dunkler Mesenchymring, peripher dunkle Krause Nierensektor stark abgedunkelt

Meteorismus, Obstipation, Hämorrhoiden, deprimierte Stimmung, Stauungsleber

Th.: Juniperus oplx., Biopurgon, Momordica, Cheleidonium, Urtica, Trocken- und Naßbürsten. Melissenbäder.

Gerner Mixtura sternalis

Harnsaure Diathese und Fokaltoxikose 2.7.

Siehe Kapitel V.: „Die ererbte und erworbene Toxikose", vom gleichen Autor.

3. **Diverse Bilder zu Thema Säure-Basen-Haushalt**

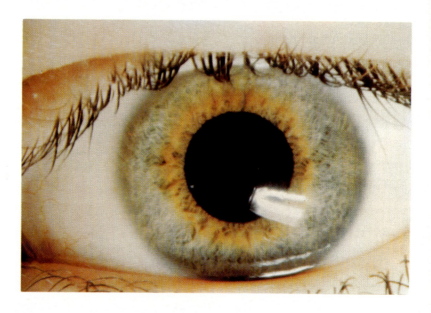

H. W., li Iris, 16 Jahre, männlich

Lymphat. Iris mit zentraler Heterochromie, Kristallose, Großpupille, Neurozeichen

Heuschnupfen, verminderte Harnausscheidung

Th.: Eigenblutbehandlung mit Psorinoheel und Acirufan, Galphimia D 6, Histaminum D 12, Luffa D 12, Natr. phos. Gelsemium oplx.

X

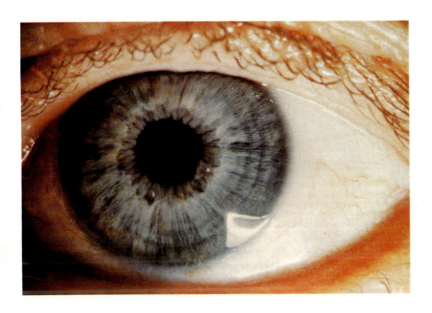

Sch. H., li. Iris, 67 Jahre, weiblich

Katarrhalisch-rheumatische Konstitution, Herzzeichen, Krausenrand bei 30' eingedrückt, Neurathenikerring, heller Krausenrand.

Hypertonie, LWS-Syndrom, Schulter-Arm-Syndrom, Meteorismus.

Th.: Acid. phos. oplx., Natr. carb. oplx., Reserpinum comp. Dr. Probst, Aesculus D 2, Gnaphalium D 2

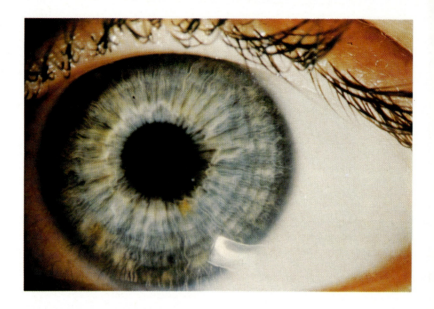

G. E., li. Iris, 33 Jahre, weiblich

Katarrhalisch-rheumat. Konst., hydrogenoider Einschlag, „Hautring" partiell abgedunkelt.

Obstipationstendenz, Anämie, Tendovaginitis, Interkostalneuralgie.

Th.: Ferrum sulf. D 1, Kressls Blutwein, Brenneselteetee, Ranuculus D 2, Gelsemium D 4, Mezereum D 4, Cefatendin. Eichhornia D 2.

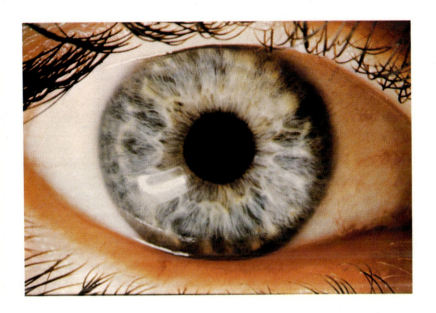

F. U., re. Iris, 41 Jahre, weiblich

Hydrogenoide Konstitution,

Operation wegen Morbus Crohn, Darmfistel, Diarrhoe seit 20 J.

Th.: Natr. sulf. Aktinoplex, Silicea Aktinoplex, Hb. Urticae, HB. Equiseti, Hepar sulf, Acidum hydrofluor. oplx., Paeonia D 4, Aesculus D 3.

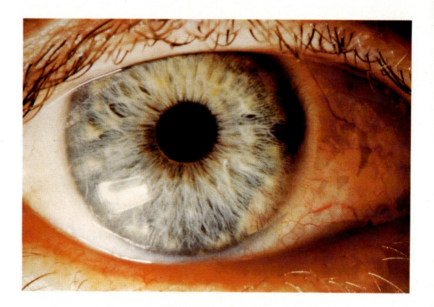

K. I., re. Iris, 48 Jahre, weiblich

Hydrogenoide Konstitution, leichte Pigmentation kranial, partiell verdunkelte Krause.

Durchgemachte Lues. Paraesthesien, Gehstörungen.

Th.: Neben fachärztlicher Behandlung lediglich Konstitutionsmittel.

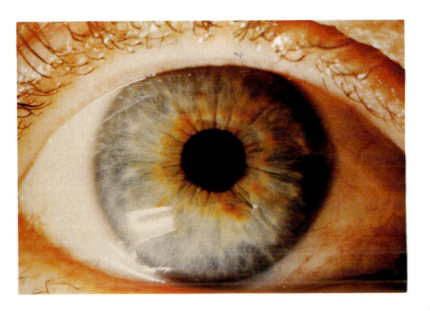

U. Th., re. Iris, 65 Jahre, männlich

Helles Mittelfeld, Tophi, stärkere Pigmentation, spast. Krause, Ohr-Blasen-Linie

Asthma bronchiale, Divertikulose des Dickdarmes, Prostatabeschwerden. Ohrensausen.

Th.: BgM, Baunscheidt mit GA 301, Kalium chlorat. D 3, Senega D 2, Yerba santa oplx., Aethiops antimonialis, Abdomilon, Gerner Mixtura sternalis.

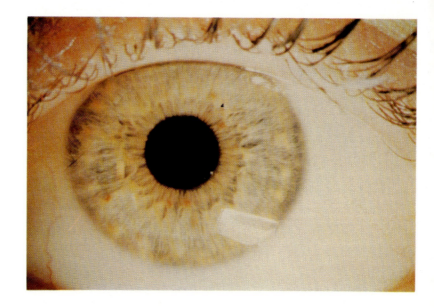

H. E., li. Iris, 29 Jahre, weiblich

Hydrogenoid mit Pigmentation

Gastralgie, Obstipation, Dysmenorrhoe; linker Leberlappen vergrößert. Perityphlitis.

Th.: Carduus manianus D 2, Bryonia D 4, Asa foetida D 3, Nux vom. D 4, Biopurgon, Colocynthis D 4.

X

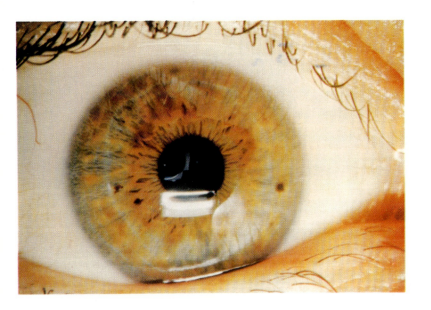

L. M., re. Iris, 40 Jahre, weiblich

Hydrogenoid, starke Pigmentaggregation, Pigment bei 17'

Ekzem an Händen und Hals, Operation wegen Mammacarcinom.

Th.: Krebsnachsorge bei anthroposoph. Arzt.
 Lign. Sassafras, Rad. Sarsaparill., Fol. Jugland., Fol. Senn., Lign. Guajac., Rad. Graminis — 2 Tassen Dekokt., Cortison D 400, Cistus canad. oplx., Sulfur D 6, Arsenicum D 6.

X

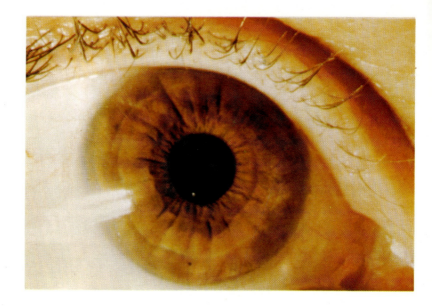

S. P., re. Iris, 66 Jahre, weiblich

Hydrogenoid, Kontraktionsfurchen, Trichterkrause

Asthma bronchiale, Krampfadern, Obstipation.

Th.: Manuelle Th., Biopurgon, Asthmavowen, Drosera oplx., Ipecacuanha cp. D 4 Iso, Acidophilus Jura, Hamamelis oplx.

X

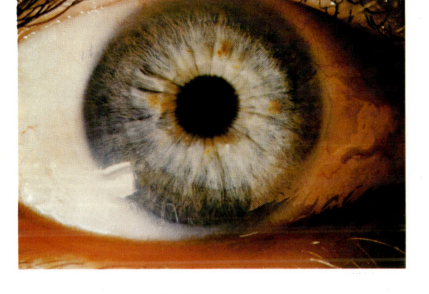

L. D., 52 Jahre, re. Iris, männlich

Helle Säftezone, Begleitschatten, Neurozeichen

leicht pigmentiert.

Ang. pect., Claudicatio, doppelter Harnleiter rechts.

Th.: Gerner Transit, Natr. carb. oplx., Secale D 3, Solidago Dr. Klein.

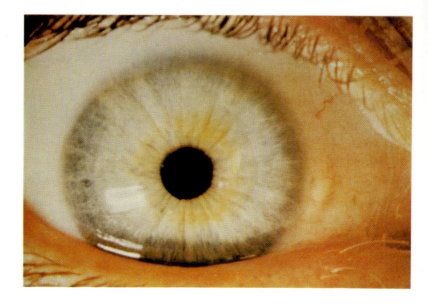

S. D., re. Iris, 41 Jahre, männlich

Hellung bis Ziliarrand, pigment. Blutzone, Nierenzeichen

Syndrom des empfindlichen Magens, Epikondylitis. Harn: reichlich weißl. Sediment, Kältealdyhyd.

Th.: Rubia oplx., Agaricus D 6, Ranunculus D 4, Pareira D 2, Equisetum Ø, Natrium phos. Aktinoplex. Serpalgin.

X

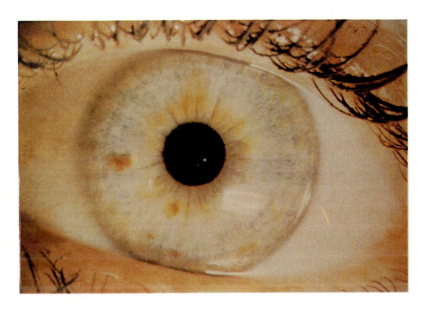

S. I., 42 Jahre, li. Iris, weiblich

totale Hellung der Iris, pigmentiert, Schilddrüsenpigment.

Hyperthyreose. Zusammenschnüren im Hals.

Th.: Natr. bicabonicum D 3, Tee aus Urtic., Angelic., Tarax., Meliss., Hypericum. Lycopus D 2.

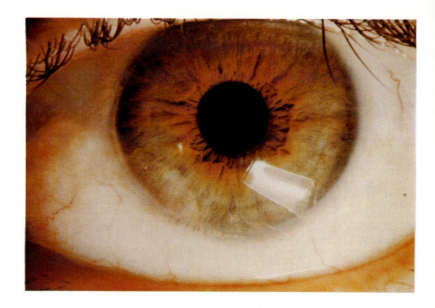

Sch. R., li. Iris, 57 Jahre, männlich

Säure-Iris bei dunkler Komplexion, Eisschollenrand

Rückenbeschwerden nach Prostatitis. Bechterew-Verdacht (Multifaktorielle Komponente).

Th.: Pichi-Pichi D 4, Rhus tox. D 15, Lithium chlorat. D 6, Spec. rheumat. cps. mod. Galmeda, Rheuma-Pasc.

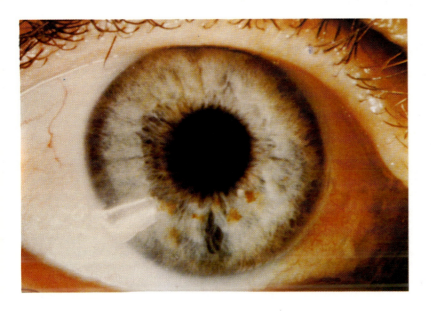

L. A., re. Iris, 68 Jahre, weiblich

Säure-Iris mit Nierenzeichen, perifokaler Pigmentation, partiell dunkler Limbus. Übergang zum carbonitrogenen Typ.

Ewige Bakteriurie, Ureterstein, Blasenschwäche (Husten!)

Cholecystopathie.

Th.: Uvalysat, Fluid grün, Enzym-Hapaduran, Ononis Ø, Natrium nitic. D 4, Digitalis D 10.

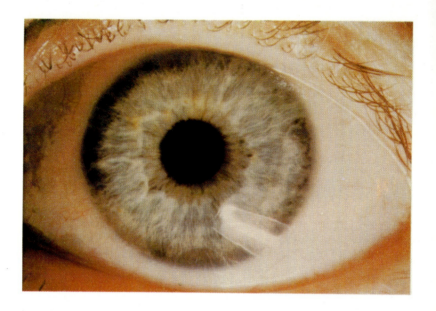

K. S., 63 Jahre, li. Iris, weiblich

Carbonitrogen. Limbus komplett dunkel, humorale Zone verwaschen pigmentiert. abged. Krause.

Wanderniere. Kreuzschmerzen, durchfälliger Stuhl, voll Traurigkeit und Verzweiflung, starke Selbstbeobachtung. Perityphlitis.

Th.: Pankreas M, Phönix Solidago, Biral, Kal. sulf. Aktinoplex, Grindelia oplx., Blutwein.

X

Literaturverzeichnis (Auch für Kapitel V.)   4.

ANGERER, J.: Handbuch der Augendiagnose
        Verlag T. Marczell, München 1975

BACHMANN, K.: Biologie für Mediziner
        Springer Verlag, Berlin, Heidelberg, New York, 1976

BROY, J.: Die Konstitution
        Verlag T. Marczell, München 1978

BUDDECKE, E.: Pathobiochemie
        Walter de Gruyter, Berlin, New York 1978

DECK, J.: Grundlagen der Irisdiagnostik
        Selbstverlag d. Verf., Ettlingen 1965

DECK, J.: Differenzierung der Iriszeichen
        Selbstverlag d. Verf., Ettlingen 1980

FUHRMANN, W.: Taschenbuch der allgemeinen und klinischen
        Humangenetik
        Wiss. Verlagsgesellschaft m.b.H. 1965

GANONG, W. F.: Lehrbuch der Med. Physiologie
        Springer Verlag, Berlin, Heidelberg, New York 1979

HAHNEMANN, S.: Organon der Heilkunst
        Karl F. Haug Verlag, Ulm 1958

HENSE, H.: Heilsystem Truw
        Thorraduranwerk Hense KG, Hüls 1958

JUNG, Ph.: Tuberkulosegefährdete Kinder
        Iris-Correspondenz 1933, Heft 10, Zeitschrift für Iridologie

KARL, J.: Therapiekonzepte für Naturheilkunde
Verlag T. Marczell, München 1979

KARLSON, P.: Kurzes Lehrbuch der Biochemie
Thieme Verlag Stuttgart 1977

KRIEGE, Th. u. LINDEMANN, G.: Grundbegriffe der Irisdiagnostik
Iris-Verlag Osnabrück 1978

MURKEN, J.-D. u. CLEVE, H.: Humangenetik
Ferdinand Enke Verlag, Stuttgart 1979

PISCHINGER, A.: Das System der Grundregulation
Haug Verlag Heidelberg 1975

SANDER, F. F.: Der Säure-Basen-Haushalt des menschlichen
Organismus
Hippokrates Verlag Marquardt & Cie. Stuttgart 1953

SCHNABEL, R.: Iridoskopie
Arkana Verlag, Ulm/Donau 1959

SCHNABEL, R.: Ophthalmo-Symptomatologie
Verlag v. Krüger & Co. Leipzig 1926

STAUFFER, F.: Homöopathie
Joh. Sonntag Verlagsbuchhandlung Regensburg 1924

XI. Das lympho-vasale Fließsystem

Wolfgang Schmitz-Petri, München

Entwicklungsgeschichte des Lymphgefäßsystems	1.
Aufbau des Lymphgefäßsystems	2.
Die Lymphkapillaren (initiale Lymphgefäße)	2.1
Die Lymphgefäße (Lymphkollektoren)	2.2
Lymphatische Feinstrukturen und Entstehung der Lymphe	3.
Extrazelluläre Flüssigkeit und Lymphe	4.
Die Rolle des Bindegewebes in der Lymphbildung	5.
Die Funktionen des Lymphgefäßsystems	6.
Lymphtransport in Richtung Blutbahn	7.
Veränderung der Zusammensetzung der Lymphe	7.1
Morphologische Zusammensetzung der Lymphe	8.
Das spezifisch-immunologische Abwehrsystem	9.
Immunglobulinklassen	9.1

9.2	Immunglobulin M
9.3	Immunglobulin G
9.4	Immunglobulin A
9.5	Immunglobulin E
9.6	Immunglobulin D
9.7	Immunkomplex
9.8	Immunkomplexphasen
10.	Lymphozyten
10.1	Lymphozyten-Subpopulationen
10.2	Lymphozyten-Bildungsstätten
10.3	Lymphozyten-Transformation
11.	Ziel der Immunantwort
12.	Das Lymphsystem im vorderen Augenabschnitt
13.	Lymphostatische Krankheitsbilder
14.	Lymphadenopathie
15.	Lymphgranulomatose
16.	Histiozytose
17.	Akute lymphatische Leukämie

Die Thymusdrüse	18.
Das Herz	19.
Die Milz	20.
Die Mesenterial-Drüsen	21.
Der Appendix	22.
Die Leber	23.
Die Nieren	24.
Die Lungen	25.
Literaturverzeichnis	26.

XI

1. Entwicklungsgeschichte des Lymphgefäßsystems

Die Geschichte der Morphogenese und Phylogenese des Lymphgefäßsystems liegt einigermaßen im Dunkeln und die Abklärung der morphologischen und funktionellen Bedeutung einiger seiner Sektoren ist noch nicht abgeschlossen.

Seine prälymphatische oder paralymphatische (interstitielle, lakunär-kanalikuläre) Phase geht der Bildung des blutführenden Systems voraus, an dessen Stelle sie bei einigen **Wirbellosen** und in embryologischen Anlagen die Aufgabe der Nutrition und der Homöastase übernimmt. Das ist die prämorphologische Phase des Lymphgefäßsystems, welches sich bei den Wirbellosen nicht mit einem blutführenden System weiter entwickelt, sondern als hydro-interstitielles System bestehen bleibt. Bei den **Vertebraten** bleibt sie einerseits als Interstitium erhalten und entwickelt sich andererseits zum Lymphgefäßsystem.

Nur in einigen Organen (zum Beispiel im Gehirn) findet diese Entwicklung der prä- oder paralymphatischen Phase zu einem Lymphgefäßsystem nicht statt; dieses Stadium bleibt aber als Primitivorganisation des paralymphatischen Typs erhalten.

Der **endothellose** (prälymphatische, interstitielle) **Lymphsektor** ist beim Menschen (und bei den Vertebraten) als Interstitium oder Intermediarkörper für den Wasser- und Eiweißaustausch zwischen Blutkappilaren, Geweben und Lymphgefäßen erhalten geblieben. Erst mit dem Auftreten des endothelialen Lymphgefäßsystems (nur bei Vertebraten) hat der interstitielle, mesenchymatöse Körper seine beste Funktionsform gefunden.

Aufbau des Lymphgefäßsystems 2.

Zum Lymphgefäßsystem gehören nur die eine eigene Wand aufweisenden Kanäle verschiedenen Kalibers, die Lymphe transportieren.

BARBELS (1909) unterscheidet:

— **ein Kanalsystem**

(Ductus thoracicus und die Hauptstämme, Lymphgefäße, Lymphkapillaren, Lymphscheiden).

— **die Hilfsorgane**

Die Hilfsorgane sind seiner Ansicht nach die „Regeneratoren" und „Motoren". Zu den **„Regeneratoren"** zählt er neben den Lymphknoten die auch anderswo im Organismus anzutreffenden lymphoiden Gewebsinseln, so u. a. die Tonsillen, den Thymus, die Milz, ja auch das Knochenmark; die **„Motoren"** hingegen wären die bei den niedrigeren Wirbeltieren vorhandenen Lymphherzen. Dem Lymphgefäßsystem „nebengeschaltet" sind die serösen Hohlräume (Perikardial-, Peritoneal-, Pleura- und Skrotalhöhle), die Hohlräume des Zentralnervensystems (subduraler, subarachnoidaler Hohlraum, Hirnkammern, Zentralkanal des Rückenmarks) sowie die mit seröser Flüssigkeit gefüllten Höhlen von Auge und Ohr.

Obwohl die Hohlräume eine der Lymphe ähnliche Flüssigkeit besitzen, dürfen sie nicht als Teil des Lymphgefäßsystems betrachtet werden.

Die Lymphkapillaren bzw. initialen Lymphgefäße 2.1
Die Lymphkapillaren bzw. die neuere Bezeichnung: die initialen Lymphgefäße bilden ein klappenloses, geschlossenes endothe-

liales Röhrensystem. Sie beginnen blind mit handschuhfingerartigen Endigungen **(Junktionen)** oder stellen ein geschlossenes Röhrchennetz dar (MAC CALLUM 1903). Sie finden sich fast in jedem Organ und Gewebe. Eine Ausnahme bilden vor allem die Gewebe, die über keine eigene Blutversorgung verfügen, d. h. auch keine Blutkapillaren besitzen.

So finden sich keine initialen Lymphgefäße in der Epithelschicht der Haut und Schleimhäute, im Knorpelgewebe, in der Sklera und im Glaskörper, ferner weder im Hirngewebe und in der Plazenta noch angeblich im Milzparenchym.

2.2 **Die Lymphgefäße bzw. Lymphkollektoren**

Die Lymphgefäße verfügen bereits, von den kleinsten abgesehen, ähnlich wie die anderen Gefäße über eine aus drei Schichten (Intima, Media, Adventitia) bestehende Wand. In der Media befinden sich neben elastischen Fasern gewöhnlich auch glatte Muskelfasern. Für die ableitenden Lymphgefäße ist übrigens — im Gegensatz zu den initialen Lymphgefäßen — weder das Erscheinen der Muskelfasern noch die aus drei Schichten bestehende Gefäßwand charakteristisch, aber auch nicht das größere Kaliber, sondern — wie SHDANOW feststellt — das Erscheinen der **Klappen.** Die Anzahl der sich in die einzelnen kleinen Sammellymphgefäße ergießenden initialen Lymphgefäße ist je Organ, aber auch innerhalb der einzelnen Organe verschieden und beträgt im allgemeinen zwischen zwei und neun. Die **intraorganischen Lymphgefäße** bilden miteinander anastomosierende Bündel bzw. Netze. Aus den einzelnen Organen wird die Lymphe gewöhnlich nicht von einem, sondern von mehreren, längs der Blutgefäße verlaufenden Lymphgefäßen zu den entsprechenden regionären Lymphknoten geleitet. Die Anzahl der **abführenden Lymphgefäße** ist im allgemeinen größer als die Zahl der vom selben Organ oder Gebiet ableitenden Venen. Außerdem bilden die Lymphgefäße durch zahlreiche schräge, quere oder längsgerichtete Kollateralen untereinander dichte Anastomosen. Charakteristisch für die Form der Lymphgefäße sind neben hochgradigen Kaliberschwankungen in regelmäßigen Abständen auftretende Verengungen und Erweiterungen, die auf die Anwesenheit der Klappen zurückzuführen sind. Die Klappen reihen sich häufig so dicht nebeneinander, daß das **mit Lymphe gefüllte Lymphgefäß eine perlkettenartige Form** annimmt. Durch die Anwesenheit von Klappen fließt die Lymphe im allgemeinen nur in **zentripedaler Richtung.** Wenn sich unter pathologischen Verhältnissen die Lymphgefäße infolge großer Stauungen stark erweitern, werden die Klappen insuffizient, und in diesem Fall ist die Strömung nach beiden Richtungen möglich. Aber es finden auch unter normalen Verhältnissen **retrograde Strömungen** statt. ROTENBERG wies 1949 in den die Lymphgefäße von Leber und Magen verbindenden Kanälchen retrograde Strömungen nach. Es dürfte überflüssig sein zu betonen, welcher Bedeutung diese Beobachtungen vom Gesichtspunkt der retrograden Metastasen maligner Tumoren zukommen.

Lymphatische Feinstrukturen und Entstehung der Lymphe 3.

Das lymphatische System ist vorwiegend passiver Natur. Abgesehen von den Wandkontraktionen der größeren Gefäße sind es die zufälligen, jedoch ununterbrochenen **Schwankungen des Gewebsdrucks,** die das System und somit die Füllung der Gefäße und den Transport der Lymphe steuern. Die vom System her gesehen rein zufälligen Gewebsschwankungen lassen aber trotzdem das Lymphsystem erlauben, geordnet und gesteuert zu funktionieren. Die Druckvariationen werden vor allem durch Muskelkontraktionen — respiratorische, willkürliche, glatte und Herzmuskeln — und die Pulswelle verursacht.

Der Lympheintritt findet in den kleinsten Lymphgefäßen statt. Diese Gefäße sind ganz verschieden bezeichnet worden: kleine, terminale, periphere Lymphgefäße, Lymphkapillaren usw. Diese

XI

Begriffe sind eher irreführend, wie folgendes Beispiel zeigt: viele der kleinen Lymphgefäße haben einen Durchmesser von 50 µ, können aber größer sein als manche der großen Sammelgefäße. Sie sind nicht terminal, da sie den Anfang und nicht das Ende bilden. Sie liegen oft peripher, jedoch keineswegs immer; schließlich führt der Begriff „Kapillare" zur Verwechslung mit den Blutkapillaren. Daher hat Dr. CASLEY-SMITH den Begriff **„initiale Lymphgefäße"** vorgeschlagen. Die Gefäße, in welche die initialen Lymphgefäße münden, Gefäße also, welche die Lymphe eher transportieren als aus dem Gewebe erhalten, sollen als Lymphsammelgefäße oder Lymphkollektoren bezeichnet werden.

Die Feinstrukturen dieser beiden Gefäßarten sind ebenso verschieden wie ihre Funktion. Die initialen Lymphgefäße stellen nicht viel mehr als einen Zylinder von Endothelzellen dar. Hingegen besitzen die Lymphsammelgefäße bereits alle normalen Einschlüsse und Eigenschaften von flachen Mesenchymzellen.

Die Endothelzellen besitzen im Zellinnern nur wenig Einschlüsse von Interesse, abgesehen von vielen kleinen Vesikeln (Bläschen). Doch sind ihre wechselseitigen Beziehungen und ihr Verhältnis zum Bindegewebe von fundamentaler Bedeutung für die Funktionstüchtigkeit des gesamten Lymphgefäßsystems. An wenigen Stellen ihrer Peripherie, an ihren Verbindungsstellen mit Nachbarzellen, sind die verschiedenen Zellen durch besondere Modifikation ihrer Plasmamembranen vereinigt. Das sind die **Zonulae adhaerentes** und **ocdudentes.** Die Verbindung von 2 Endothelzellen durch die Plasmamembranen variiert zwischen dem, was vermutlich ein mukopolysaccharidartiger Kitt ist, und dem, was einer vollständigen Verschmelzung der äußeren Lamellen der beiden Plasmamembranen gleicht. Dabei treten zuweilen kontinuierliche Mikrofibrillen in Erscheinung, die von der einen zur nächsten Zelle übergehen. Die Endothelzelle besitzt oft Vorsprünge, die an die kollagenen Fasern und die Grundsubstanz des Bindegewebes angeheftet sind. Dadurch können die Zellen die Bewegungen der verschiedenen Gewebspartien folgen und die initialen Lymphgefäße, die oft **interzelluläre Endotheljunktionen** besitzen, der Situation entsprechend weit öffnen oder schließen. Solche offenen Junktionen sind in verhältnismäßig ruhigen Regionen weniger häufig, z. B. in der Ohrmuschel und der Haut. Hingegen sind sie vermehrt in stark aktiven Regionen wie Zwerchfell, Herz oder Darmzotten. Ebenso kommen sie in verletzten Geweben sehr zahlreich vor. Das Öffnen der Junktionen hängt von zahlreichen Faktoren ab. Durch häufiges Fehlen interzellulärer Haftvorrichtungen und den Mangel an Stützung durch das Bindegewebe, sind die Endothelzylinder nur locker miteinander verbunden. Diese Verbindungsart ermöglicht, daß die Bewegungen der benachbarten Muskeln und die Einflüsse des Pulses und der Atmung auf die Zellen übertragen werden. Die Architektur der Gewebe sichert gewöhnlich, daß verschiedene Teile der Gefäße in verschiedene Richtungen gezogen werden; auf diese Weise werden die Zellen getrennt. Außerdem bewirkt jede Gewebsschwellung, verursacht durch Schaden oder Gewebsaktivität, daß die Zellen von der Gefäßachse zentrifugal weggezogen werden und dabei die Initialgefäße bzw. die endothelialen Junktionen öffnen, um die großen Eiweißmoleküle mit ihrem osmotisch gebundenen Wasser aus dem Gewebe aufzunehmen. Die an den lymphatischen Initialgefäßen haftenden Fasern wirken wie Halteseile, indem sie die Gefäße während des Oedems gegen den erhöhten Gewebsdruck offen halten.

Im Gegensatz zu den erwähnten initialen Lymphgefäßen ist die Struktur der **Lymphkollektoren** derjenigen der entsprechenden venösen Gefäße viel ähnlicher. So besitzen sie geschlossene Junktionen, die durch die Zonulae adhaerentes und ocdudentes zusammen gehalten sind, und besitzen im Gegensatz zu den Initialgefäßen eine gut entwickelte Basalmembran. Die **Lamina elastica** wird mit Zunahme der Gefäßgröße stärker und stärker und auch die Muskulatur der Gefäßwand immer kräftiger. Deshalb bleiben die Junktionen der Lymphkollektoren selbst dann geschlossen, wenn Bewegungen oder Verletzungen viele Junktionen benachbarter Initialgefäße zum Öffnen bringen. Die offenen Junktionen sind sehr permeabel für große Partikel, sogar für Zellen. Geschlossene Junktionen mit fehlenden Zonulae occludentes werden zuweilen von wenigen Einweißmolekülen passiert. Hingegen sind die Zonulae undurchlässig für alle Moleküle, die größer sind als Ionen. So sind die meisten Junktionen der Blutgefäße und Lymphkollektoren, die gewöhnlich vollständige Ringe von Zonulae occludentes besitzen, undurchlässig für größere Moleküle.

Es sei vermerkt, daß die **Durchlässigkeit für kleine Eiweißmoleküle** bei den Junktionen einiger Blutgefäße nachgewiesen wurde. Es darf angenommen werden, daß diese geschlossenen Junktionen, die für kleine, nicht aber für große Moleküle durchlässig sind, den von einigen Physiologen wie PAPPENHEIMER, vorausgesagten „Poren" entsprechen. Es besteht noch ein Weg durch die kleinen Vesikeln im Zellinnern der Endothelzelle, wobei die Passage weit langsamer ist, als der Durchgang durch eine Junktion. Die Bläschen geben wahrscheinlich die Erklärung für das langsame Durchsickern von Eiweiß durch die Blutgefäße und für eine ähnlich langsame Passage von Proteinen durch das Endothel der Lymphgefäße in Richtung der vorherrschenden Eiweiß-Konzentrationsstufe. Es ist sicher, daß die Vesikel für die Passage bedeutungslos sind im Vergleich zu den Mengen, welche die geschlossenen Junktionen durchwandern.

4. **Extrazelluläre Flüssigkeit und Lymphe**

Die aus den Blutkapillaren filtrierte Flüssigkeit ist durchaus nicht mit der Lymphe identisch. ADLER und MELTZER (1896) sowie ASHER (1898) unterschieden bereits unter Gewebs- und Gefäßlymphe, d. h. die in den Lymphgefäßen befindliche Flüssigkeit ist ihrer Ansicht nach als Lymphe im engen Sinne des Wortes zu betrachten. Doch ist auch außerhalb der Kapillarwand Flüssigkeit vorhanden, die sich mit dem Kapillarfiltrat mischt; gleichzeitig wird auch die extrakapillare Flüssigkeit vom venösen Schenkel der Kapillaren und von den Lymphgefäßen ständig resorbiert. Aufgrund dieser Überlegungen unterschied KLEMENSIEWITZ (1912).

1. **„Nährsaft"**, nährende Transsudat, das z.B. mit STANDENATHS (1928) „Blutlymphe" oder nach der heutigen Nomenklatur mit dem Kapillarfiltrat identisch ist.

2. **„Gewebsflüssigkeit"**, die mit dem LUDWIGschen „Gewebssaft" sowie der „Gewebslymphe" von HEIDENHAIN, ASHER und anderen identisch ist, ferner

3. **Lymphe**, d. h. die Flüssigkeit in den Lymphgefäßen.

Schon seit langem wissen wir, daß der Organismus viel Wasser enthält, z. B. beträgt der Gesamtwasserhaushalt bei einem 60 kg schweren Menschen 40 l. Davon 40–50% intrazellulaer, 5% im Blutplasma und 15% extrazellulaere Flüssigkeit (Gewebswasser).

Die Rolle des Bindegewebes in der Lymphbildung

5.

Im Organismus kommunizieren Gefäße nirgends unmittelbar mit den funktionierenden Geweben, sondern zwischen Kapillaren und Parenchymzellen befindet sich immer Bindegewebssubstanz. Auch die aus den Kapillaren filtrierte Flüssigkeit vermag die Zellen nur durch das Bindegewebe zu erreichen, die Zellen können auch ihre Stoffwechselprodukte nur an das Bindegewebe bzw. in die in diesem befindliche Flüssigkeit abgeben, und endlich können auch das Kapillarfiltrat und die Zellprodukte nur auf dem Weg der Diffusion durch das Bindegewebe in die Lymphgefäße gelangen. **Das Bindegewebe ist eine lebende Substanz mit eigener Funktion,** die im intermediaren Stoffwechsel eine wichtige Rolle spielt, vor allem dadurch, daß sie zwischen Blutbahn und Zellen den Umsatz von Wasser und gelösten Substanzen vermittelt (Transitweg).

Noch einmal zusammenfassend: die erste Aufgabe des Lymphapparates besteht darin, Substanzen den Eintritt in die initialen Lymphgefäße zu ermöglichen und zu verhindern, daß sie diese wieder verlassen. Dieses Ziel wird erreicht durch Öffnen der Junktionen in aktiven Regionen und durch ihren zeitweiligen Verschluß während kurzdauernder Gewebskompression.

6. **Die Funktionen des Lymphgefäßsystems**

Die Funktionen des Lymphgefäßsystems sind solcherart, daß die großen Moleküle — diejenigen, welche aus den Blutgefäßen durchsickern, diejenigen, welche sich aus verschiedenen Geweben freimachen — in die Blutbahn transportiert werden.

Die Anhäufung solcher großen Moleküle erfolgt gegebenermaßen in Anwesenheit osmotisch gebundenen Wassers und nachfolgender **Schwellung der Gewebe** — (was sich ebenfalls ereignen wird, wenn Blutgefäße verletzt sind). Daher ist immer ein gewisser Grad von Gewebsschwellung vorhanden, wenn es des Lymphgefäßsystems bedarf, um Anhäufungen großer Moleküle wegzuschaffen.

Eine ähnliche Schwellung wird folglich in einer anderen Situation, welche die Dienste der Lymphgefäße benötigt, verursacht: dann, wenn das System als Drainage wirkt, um ein Übermaß an Flüssigkeit aus aktiven Muskeln wegzuschaffen. Die Schwellung, welche dem Bedarf nach den Leistungen des Lymphgefäßapparates vorangeht, ist verschieden groß und klinisch oft nicht erkennbar. Dennoch ist sie sehr wichtig für das Öffnen der Junktionen und die **Erhöhung der hydrostatischen Drücke** im Bindegewebe, wodurch verursacht wird, daß die Flüssigkeit in die Lymphgefäße übergeht. Dieser Flüssigkeitsstrom befördert die großen Moleküle und Partikel mit sich weiter; sie bewegen sich aber zu langsam vorwärts, als daß hier ein signifikanter Faktor vorliegen könnte. Zusätzlich zur Schwellung, welche die Junktionen öffnet, pflegt die eine Hälfte der Gewebsbewegung — beruhend auf Muskeltätigkeit, Atmung und Puls — sich am Öffnen der Junktionen zu beteiligen.

Andererseits wirkt die zweite Hälfte der Gewebsbewegung in entgegengesetzter Richtung und zielt auf den Verschluß der Junktionen und die Kompression der Gewebe hin. Diese Gewebskompression führt zur Erschlaffung der Fibrillen, welche am Endothel der Lymphgefäße verankert sind. In der Folge vermögen die erhöhten Gewebsdrucke die Lymphgefäße zu komprimieren, was die Verringerung ihrer Durchmesser und ihre Verkürzung verursacht. Sodann neigen die Endothelzellen dazu, vermehrt übereinander zu greifen und, da die Gefäßwände gegen die gestaute Lymphe gepreßt werden, zeigen die Junktionen die Tendenz, sich zu schließen. Somit sind die Junktionen während der Gewebskompression versiegelt, was einem Rückfluß der großen Moleküle ins Gewebe vorbeugt. Hier funktionieren die interzellulären Endoteljunktionen als Eingangsklappenventile und die vorhandenen Klappen in den Lymphgefäßen (ähnlich den Venen) übernehmen die Rolle von Ausgangsklappenventilen, mit Ausfluß in die Lymphkollektoren, in welche die Lymphe während der Gewebskompression hineingetrieben wird. **Daher wirken die Initialgefäße des Lymphsystems wie Millionen von winzigen Druckpumpen.** Sobald die Gewebskompression nachgelassen hat — dank der Muskulatur, der Atmung oder des Pulses — wird den geschwollenen Geweben gestattet, sich wieder auszudehnen. Das führt zu einer Spannungserhöhung in den Fibrillen, so daß infolge des Zuges die Lymphgefäße und ihre Endoteljunktionen geöffnet werden. Die Erweiterung der Lymphgefäße verursacht eine Druckabnahme in ihrem Innern und stellt so den normalen Grad des hydrostatischen Drucks zwischen den Geweben und dem Lumen der Lymphgefäße wieder her. Alsdann wird das Einfließen der Flüssigkeit wieder beginnen.

7. **Lymphtransport in Richtung Blutbahn**

Die zweite Hauptaufgabe des Lymphsystems befaßt sich mit dem Transport der aufgenommenen Lymphe in Richtung Blutbahn. Die Verhinderung des Entweichens der Lymphe beruht auf dem Verschluß der Junktionen. Es ist dargelegt worden, daß sich die Junktionen der Initialgefäße während der Gewebskompression schließen; die Junktionen der Lymphkollektoren sind immer geschlossen. Sie verhindern daher das Entweichen der großen Moleküle. Die kleinen hingegen werden natürlich immer befähigt sein, durch die Junktion auszutreten — besonders wenn der Druck im Innern der Lymphgefäße durch die Kontraktionen der glatten Wandmuskulatur der größeren Lymphgefäße erhöht ist (solche Drücke können während einer Lymphstauung sehr hoch ansteigen, bis zu 100 mm Hg). So gelangen die kleinen Moleküle, die den Gefäßen entwischen, zweifellos rasch in die Blutbahn. Es ist zu beachten, daß in Stauungszonen scheinbar kein eindeutiger Abgang von Flüssigkeiten aus den Lymphgefäßen stattfindet, der Austritt beginnt, sobald die Lymphkollektoren in schwellungsfreie Zonen übertreten. Daher schafft das Lymphsystem die überzählige Flüssigkeit fortwährend aus den Stauungszonen weg und übergibt sie der Blutbahn, aber nicht in der Weise wie große Moleküle, die mit minimalem Verlust wegbefördert und an einer lymphatisch-venösen Anastomose übergeben werden.

Es sollte beachtet werden, daß sich die Lymphe in ihrer Zusammensetzung beim Übergang aus den Geweben in die Initialgefäße sowie im Verlauf der Lymphbahn ändert. Die kleinen Moleküle haben die Tendenz zu entweichen, was eine Konzentrationszunahme bedingt (tatsächlich dringen auch einige der großen Moleküle in die Endothelzellen ein und durchwandern sie via Bläschen/Vesikeln), aber der Gesamtbetrag ist klein.

Veränderung der Zusammensetzung der Lymphe 7.1.

wird ferner akzentuiert durch die Wegschaffung und Addition von Substanzen und Zellen innerhalb der Lymphknoten. Ferner kommt dazu die Vermischung von Lymphe aus verschiedenen Körperregionen mit unterschiedlichem Aktivitätsgrad und Permeabilitätszustand der Blutgefäße als Folge der Vereinigung der Lymphkollektoren unter Bildung großer Lymphgänge.

Morphologische Zusammensetzung der Lymphe 8.

enthüllt einen Aspekt der vielfältigen Aufgaben des Lymphsystems. Es gibt Organe (Gelenke, Haut, Leber), deren Lymphe vor den Lymphknoten keine Zellelemente oder höchstens einige Lymphozyten besitzt (pränodale, parvolymphozytäre Lymphe). Reich an Lymphozyten (multilymphozytar) ist hingegen die pränodale und die postnodale Lymphe des Darms.

Schließlich besitzen andere Organe Lymphe von komplizierter morphologischer Zusammensetzung: die pränodale Lymphe der Lunge und des Uterus, besonders des graviden, ist sehr reich an morphologischen Elementen (gemischte lymphozytäre-hystiozytäre Lymphe). Das weist darauf hin, daß der Lymphfluß in diesen Organen mit der phagozytären Funktion zusammenhängt, besonders im Fall der Lunge, die täglich eine enorme Menge von im pulmonären Interstitium produzierten Histiozyten in die Lymphe ablädt, die dann in den Lymphzentren zerstört werden (tatsächlich ist von ihnen in der postnodalen Lymphe keine Spur zu finden (dies wies OTTAVIANI und SOTTA nach)).

Zwischen den Muskelfasern selbst sind keine Lymphgefäße vorhanden, sie finden sich aber reichlich im Bindegewebe, das die Fasern trennt. Das scheint eine Anpassung an den Umstand zu sein, daß höchstwahrscheinlich alle Lymphgefäße — sowohl Sammel- als auch Initialgefäße — während der Kontraktion stark zu-

XI

sammengepreßt würden. Die Initialgefäße wären deshalb nicht in der Lage, sich in die Lymphkollektion zu entleeren. In den Bindegeweben hingegen, besonders in den großen Faszienhüllen, dürften die Kompressionen nicht so stark sein. So werden die hier untergebrachten Lymphkollektoren stets befähigt sein, die Lymphe aufzunehmen, wenn sie aus den Initialgefäßen ausgetrieben wird.

Das Gehirn ist ein ganz besonders interessanter Fall. Es besitzt keine Lymphgefäße und trotzdem läßt die Unterbindung der Lymphgefäße des Halses ein zerebrales Lymphödem entstehen, ein Krankheitsbild, für das der neue Begriff **„Lymphostatische Enzephalopathie"** geprägt worden ist. Es ist nachgewiesen worden, daß vorgebildete, nicht mit einer Endothelialschicht versehene „Kanäle" vorhanden sind, die in der Wand der Blutgefäße des Gehirns verlaufen, und aus der Schädelhöhle heraustreten und dort, also außerhalb, bei Lymphgefäßen enden. Diese sind als prälymphatische Bahnen bezeichnet und auch in anderen Gebieten nachgewiesen worden.

Eine andere Region, in der keine Lymphgefäße vorkommen ist der Knochen, wo vermutlich – innerhalb dieser starren Struktur – die Druckschwankungen nicht groß genug sind für den Einsatz des Lymphsystems. Überzählige Flüssigkeit und große Moleküle müssen durch geringste Anstiege des hydrostatischen Drucks aus dem Knochen befördert werden, sie werden durch die Lymphgefäße außerhalb des Knochens übernommen.

In einzelnen differenzierten Körperregionen besitzen Blutkapillare endotheliale Fenster, um das Lymphsystem zu unterstützen. Die Fenster sind gerade in jenen Regionen vorhanden, in denen sich scheinbar viele große Moleküle in den Geweben vorfinden. Sie kommen hauptsächlich auf der venösen Seite der Blutkapillaren vor und zeigen sich durchlässig für recht große Eiweißkörper.

Das spezifisch-immunologische Abwehrsystem 9.

Man unterscheidet im Abwehrsystem unspezifische und spezifische Wirkungsmechanismen. Spezifisch bedeutet dabei erworbene Reaktionsbereitschaft mit einem bestimmten Antigen, unspezifisch bedeutet antigen unabhängige, sogenannte breite Reaktionsbereitschaft.

Unspezifisch	Spezifisch
Leukozyten	B-Lymphozyten
Monozyten	T-Lymphozyten
Komplementsystem	Immunglobuline
Properdinsystem	TgM
Interferon	IgG
Transferfaktor	IgA
u. a. m.	IgE
	IgD

Immunglobulinklassen

Die Lymphozyten werden im lymphatischen Gewebe (RES), also in den Lymphknoten, den Tonsillen, der weißen Milzpulpa und im Thymus gebildet. Heute bezeichnet man den Thymus, der nicht nur Wachstum, Entwicklung der Keimdrüsen und Sexualorgane steuert, als primäres Immunitäts-Organ neben Appendix und Tonsillen.

Immunglobulinklassen (IgM, IgG, IgA, IgE, IgD) 9.1

Immunglobuline werden von Plasmazellen produziert und in das Blut sowie in die Gewebsflüssigkeit sezerniert. Beim Menschen konnten bisher fünf Hauptklassen identifiziert werden: die Im-

XI

munglobuline M, G, A, E und D.

9.2 Immunglobulin M

Immunglobulin M ist phylogenetisch und ontogenetisch die erste Immunglobulinklasse. Es spielt eine besondere Rolle in der ersten Phase der Immunantwort. Wegen der hohen Bindungsvalenzen kann IgM von allen Immunglobulinen Komplement am effektivsten binden. Es ist häufig an zytotoxischen und zytolytischen Reaktionen beteiligt; außerdem besitzt es stark agglutinierende Aktivitäten. IgM-Globulinmoleküle finden sich auch als Antigenrezeptoren auf der Oberfläche der B-Lymphozyten. Halbwertszeit im Plasma: ca. 5 Tage.

9.3 Immunglobulin G

Immunglobulin G ist mit rund 80 % die vorherrschende Antikörperklasse im Blut. IgG kann die Plazenta passieren und verleiht dem Neugeborenen den ersten passiven Immunschutz. IgG enthält vor allem Antikörper gegen Virusinfektionen des Respirations- und Darmtraktes, z. B. gegen Masern-, Influenza- und Herpesviren, sowie Antikörper gegen verschiedene Bakterien und ihre Toxine. IgG kann Komplement binden. Halbwertszeit im Plasma: ca. 23 Tage.

9.4 Immunglobulin A

Immunglobulin A wird vor allem in den Plasmazellen der Schleimhäute und exokrinen Drüsen produziert. IgA ist in den meisten Sekreten vorhanden, die mit der äußeren und inneren Körperoberfläche ständig in Kontakt stehen: Speichel, Kolostrum, Nasen-, Bronchus- und Darmsekret. Es schützt die exponierten Körperoberflächen gegen Mikroorganismen. Das Schleimhaut-IgA unterscheidet sich durch ein besonderes, von der Schleimhaut produziertes Sekretstück von dem Serum-IgA. Bei unzureichender IgA-Produktion durch die Schleimhäute kann trotz hohem IgA-Serumspiegel eine ausgesprochene Anfälligkeit gegenüber zahlreichen Virusinfektionen bestehen (Influenza-A- und -B-Virus, Parainfluenza-Virus, Rhinoviren, Masernviren, Coxsackie, Echo- und Polioviren). Halbwertszeit im Plasma: ca. 6 Tage.

Immunglobulin E 9.5

Immunglobulin E kommt nur in geringer Konzentration im Blut und in Gewebsflüssigkeit vor. Es besitzt eine hohe Bindungsaffinität für basophile Granulozyten und Mastzellen (sog. zytophile Antikörper). IgE-Antikörper bezeichnete man früher auch als Reagine. Sie sind im wesentlichen verantwortlich für anaphylaktische Reaktionen (Immunreaktion Typ I). Nach ihrer Reaktion mit Antigen kommt es zur Degranulation der Mastzellen, wobei biologisch hochaktive Stoffe (biogene Amine) frei werden. Halbwertszeit im Plasma: ca. 2 Tage, an basophilen Granulozyten bzw. Mastzellen bis zu 28 Tage.

Immunglobulin D 9.6

Die Antikörperaktivitäten dieses Immunglobulins wurden bisher nur selten nachgewiesen. Es kommt in sehr geringen Konzentrationen im Serum vor und wird auch auf Lymphozytenoberflächen gefunden. Halbwertszeit im Plasma: ca. 3 Tage.

Immunkomplex 9.7

Während der Immunantwort lagern sich Antigen und Antikörper zu einem Komplex zusammen. Die biologischen Eigenschaften dieses Immunkomplexes werden durch seine Größe, seine Löslichkeit und seine Fähigkeit zur Komplementbindung bzw. -aktivierung bestimmt.

9.8 Immunkomplexphasen

— In der Anfangsphase einer Infektion (Inkubationszeit) sind zirkulierende Immunkomplexe im Antigenüberschuß vorhanden; sie sind klein und deshalb löslich.

— In der Spätphase erreicht die Antikörperproduktion ihren Höhepunkt. Die Antikörper haben jetzt alle Determinanten am Antigen besetzt. Diese Immunkomplexe sind auch löslich, jetzt aber im Antikörperüberschuß.

— Dazwischen liegt der sogenannte Äquivalenzbereich: alles Antigen ist von Antikörpern besetzt, es herrscht ein ausgewogenes Gleichgewicht. Dieser Immunkomplex ist sehr groß. Da die Antigen-Antikörpermoleküle hierbei gitterartig vernetzt sind, bleibt der Komplex nicht mehr in Lösung, sondern er kann ausfallen (Präzipitation).

Präzipitierte Immunkomplexe führen zu entzündlichen Reaktionen, z. B. im Bereich der Nieren, des Herzens, der Blutgefäße, der Gelenke, des Gehirns und des Darmtraktes. Sie sind besonders deshalb „toxisch", weil sie stark Komplement binden können. Dadurch werden entzündliche Vorgänge induziert bzw. erheblich intensiviert. Diese aggregierten Immunkomplexe werden durch Leukozyten- und Makrophagen-Phygozytose abgebaut.

10. Lymphozyten

Während man früher die Lymphozyten für kurzlebige Zellen hielt, weiß man heute (seit Ende der fünfziger Jahre), daß sie monate- bis jahrelang überleben können und vom Lymphknoten über Lymphe und Blut rezirkulieren. Als zentrale Schaltstelle des spezifisch-immunologischen Abwehrsystems üben sie verschiedene Funktionen aus. Lymphozyten sind für die Erkennung des Antigens verantwortlich und speichern diese Information über

Jahre (Gedächtniszellen). Nach erneuter Stimulierung (durch Antigenkontakt) werden sie immunologisch wirksam (Effektorzellen).

Lymphozyten-Subpopulationen 10.1

Mit bestimmten immunologischen Methoden – jedoch nicht zytomorphologisch – kann man T- und B-Lymphozyten unterscheiden. Daneben gibt es noch weitere Unterklassen, z. B. die sog. Null- und die „Killer"-Zellen.

Lymphozyten-Bildungsstätten 10.2

B-Lymphozyten werden vorwiegend in den Follikeln der Lymphknoten, T-Lymphozyten dagegen in den parakortikalen Zonen der Lymphknoten und den periarteriolären Lymphozytenscheiden der Milz gebildet.

Lymphozyten-Transformation 10.3

B-Lymphozyten tragen auf ihrer Oberfläche Immunglobuline, die als Antigenrezeptoren wirken. Daneben sind auch andere Rezeptoren und Lymphozytenoberflächen nachgewiesen worden. Trifft ein solcher Lymphozyt auf das entsprechende Antigen, erfolgt auf seiner Zelloberfläche eine Antigen-Antikörper-Reaktion. Das bewirkt die Transformation des Lymphozyten zum Lymphoplasten, der sich daraufhin teilt. Nach einer Reihe weiterer Teilungen differenziert sich der größte Teil zu Plasmazellen, die spezifische Antikörper produzieren und sezernieren. Andere wiederum entwickeln sich zu kleinen Lymphozyten mit Oberflächenrezeptoren; sie sind die Träger des immunologischen Gedächtnisses.

Trifft ein Antigen auf einen T-Lymphozyten, so wird dieser dabei ähnlich aktiviert und wandelt sich anschließend zu einer sog. Effektor-T-Zelle um. Diese Zellen können eine Anzahl von Mediatorsubstanzen (sog. Lymphokine) abgeben oder auch direkte Zytotoxizität erlangen. Zwischen T- und B-Zellen finden ständig Wechselwirkungen statt.

11. Ziel der Immunantwort

Normalerweise können die T- und B-Zellen eine ausreichende Infektabwehr aufbauen und im Zusammenwirken mit den Granulozyten und Monozyten die Erreger einer Infektion vollständig eliminieren. Ist dies geschehen, wird die jeweilige Immunreaktion gestoppt; häufig resultiert eine lebenslange Immunität. Mit Beendigung der Immunreaktion hören alle Begleitreaktionen (z. B. Entzündungsvorgänge) auf. Bei unvollständiger Eliminierung des Erregers oder des Antigen laufen zelluläre und humorale Immunreaktionen weiter. Die Entzündungsvorgänge können chronisch werden.

12. Das Lymphsystem im vorderen Augenabschnitt

Nachdem ich versucht habe, Entstehung, Funktion und die Hauptaufgaben des Lymphgefäßes zu beschreiben, wird Ihnen vieles verständlicher bei der Betrachtung bzw. Beobachtung des vorderen Augenabschnittes.

Ich möchte mich hier nur auf die Iris beschränken, obwohl sich Eiweißstoffwechselstörungen sehr deutlich im Bereich des Konjunktival- und Skleralfeldes abzeichnen. Z. B. von Eiweißablagerung in der Media und Intima der kleinsten Gefäße oder durch toxische Lymphbelastungen in Form von Kugelzysten.

Das Lymphsystem zeigt sich in der Ziliarzone der Iris, direkt am Krausenrand. Eine **Lympheinheit** ist nach Rudolf SCHNABEL **die Krausenrandzone** oder nach KRIEGE die zweite große Zone, **die Blut- und Muskelzone.** Die Bezeichnung Blutzone oder „dritte, kleine Zone" ist deshalb so gewählt, weil das Blut alle Organe des gesamten Körpers ernährt und mit ihr die Lymphe in engem Zusammenhang steht. In dieser dritten, kleinen Zone liegen Herz, Pankreas, Nieren, Nebennieren, Appendix und Hypophyse mit ihren Zeichen direkt an der Iriskrause an. Hingegen haben Harnblase, Prostata, Gallenblase, Uterus, After, Tonsillen, Thymus und Nasen-Nebenhöhlen keine direkte Verbindung zu der Iriskrause.

Störungen im lymphovasalen Blocksystem kommen bei allen Konstitutionen vor. Nur bei den blauen Iriden (**lymphatische Konstitution**) mit ihren Untertypen und ihren Mischformen läßt sich wegen der guten Stromazeichnung jede pathologische Veränderung besser beobachten als bei den braunen Iriden (**hämatogene Konstitution**).

Bei der hämatogenen Iris erreicht man eine differenzierte Diagnose nur unter zuhilfenahme des ganzen vorderen Augenabschnittes.

Die lymphatische Konstitution 12.1.

Die Iris ist grau bis blau-grau und mit zarter Stromaführung und heller Krause. Kaliberschwankungen der Radiären führen zur Bildung transparenter, diffuser Wolken in der Ziliarzone. Die lymphatische Konstitution neigt mehr zur chronischen Entzündung, die Abwehr gegenüber gesundheitsschädlichen Noxen erfolgt eher defensiv im Gegensatz zur hämatogenen Konstitution, die aggressiv mit Entzündung antwortet. Nach DECK neigt auch die lymphatische Konstitution aufgrund ihrer erhöhten Reaktionsbereitschaft des lymphatischen Systems zur Anfälligkeit für katarrhalische Affektionen aller Schleimhäute (Tonsillen, Nasen-Rachenraum, die Hili der Lungen, die Schleimhäute von Magen, Darm, Blase und Genital). Die Disposition zu Herderkrankungen vornehmlich im Kopfbereich (Tonsillen, Sinusitis maxilaris und frontalis) führen zu Lymphknotenschwellungen, chronischer Bronchitis, Niereninsuffizienz, Steinbildung bis zur Arthritis mit vegetativer Dystonie auf der Grundlage einer Überfunktion der Schilddrüse mit tuberkulösem Hintergrund. Die Disposition zur psychischen Labilität unterstützt die Kristallose, die im Alter zu ernstlichen Drüsenerkrankungen bis zum CA führen kann.

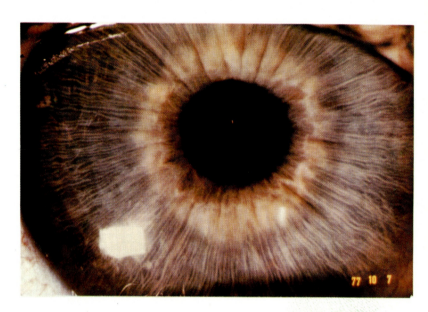

Bild 1:

Lymphatisch-hyperplastische Konstitution, rechte Iris
aufgehellte Blut- und Lymphzone um den Krausenrand im Sinne einer skrofulösen Anlage. Patientin ist 57 Jahre alt und leidet an einer Bronchitis, die einmal jährlich auftritt, sonst ist die Patientin beschwerdefrei.

Die hämatogene Konstitution 12.2.

Die rein hämatogene Konstitution wird durch eine strukturarme, sattbraune Iris gekennzeichnet. Die Stromastrukturen sind infolge der dichten Chromatophoren schlecht zu erkennen. Strukturen werden durch Organzeichen deutlich. Ringförmige Kontraktionsfurchen sind fast immer vorhanden (nach DECK laviert tetanischer Typ). Die hämatogene Konstitution neigt zu Stoffwechselerkrankungen im Sinne einer Dyskrasie, Leukopenie und Lymphopenie. Anfälligkeit der Kreislauforgane, Leber- und Gallenleiden mit folgendem varikösem Symptomenkomplex: oft pustulöse Hauterkrankungen, Furunkulose und Tendenz zu Verhärtungen speziell der Lymphknoten mit maligner Umwandlung. Auf eine weitere Erläuterung über die speziellen Untertypen der einzelnen Konstitutionen möchte ich hier nicht eingehen. Dies wird unter dem Kapitel „Konstitution" differenzierter beschrieben.

Lymphostatische Krankheitsbilder und ihre Zeichensetzung in der Iris. 13.

Lymphostatische Enzephalopathie ist ein cerebrales Lymphödem durch Blockierung bzw. Abflußstörung der Lymphdrüsen am Hals. Wie am Anfang kurz erwähnt, besitzt das Gehirn keine Lymphgefäße, sondern hier herrscht noch die paralymphatische Phase vor. Jeder Tumor, jede traumatische oder infektiöse Erkrankung im Kopfbereich kann ein cerebrales Lymphödem entstehen lassen. Im akuten Stadium brauchen wir nicht in die Iris zu blicken, um das cerebrale Lymphödem zu erkennen. Wohl aber, um die Ursache zu finden. Es besteht ein stark aufgeschwollenes oder gedunsenes Gesicht mit dicken Lymphpaketen an der Halsregion. (Ähnlich einem Cortison-Gesicht oder bei hohen Vitamin-A-Gaben.) Hier hilft nur die sofortige stationäre Behandlung, aber bei unerkannten subakuten leichten cerebralen Lymphödemen gibt die Iris uns schon frühzeitig wichtige Hinweise und zwar in Form von verstärkten, aufgequollenen hellen Radiären perivoca- 13.1.

len Zeichen in Form eines **Silberfadens**. Hell aufliegende Flocken, vaskularisierte Stauungstransversalen, radiäre Spasmenfurchen, große Pupille, als Folge einer sympathikotonen Reaktionslage geben uns immer einen Hinweis auf spastische Stauungszustände im lymphovasalen System. Angefangen von Sehstörungen, Kopfschmerzen, Schwindel bis zu epileptoiden Anfällen. Die besondere Aufmerksamkeit sollte man auf das **Tulpenzeichen** nach SCHNABEL legen. Es ist ein genetisch angelegtes Strukturzeichen mit fast sicherem Hinweis auf eine Geschwulstbildung im cerebralen Bereich. Man sieht es in der Iris zwischen 12 und 1 Uhr.

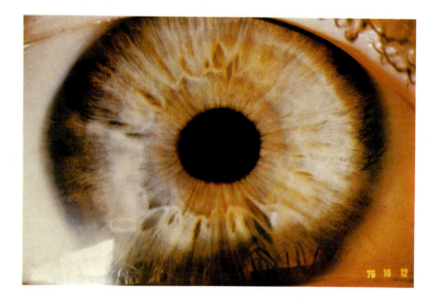

Bild 2:
Lymphatisch-hyperplastische Konstitution. Rechte Iris einer 26-jährigen Patientin mit Hypophysenschwäche (zu sehen bei 60 Min. als Hypophysenlakune mit linksanliegendem Defektzeichen), die sich in Form einer starken Virilisierung am ganzen Körper zeigt (Hirsutismus).

Bild 2a:
rechte Iris einer 36-jährigen Frau mit hormonellem Kopfschmerz (Hypophysenlakune mit Brückenkrausenrand bei 2 Min.; zu deuten als Neurospasmus im cerebralen Bereich — Psychosen) Struma, Dysmenorrhoe, Neurastenie, zur Zeit in psychotherapeutischer Behandlung.

Die Tonsillen 13.2.

Die Tonsillen gehören zu den lymphoiden Gewebsinseln und sind beteiligt an der Lymphozyten-Produktion. Sie werden unterteilt in Gaumentonsillen (Tonsilla palantina), Zungenmandeln (Tonsilla lingualis) und die Rachenmandeln (Tonsilla pharyngea). Die Tonsillen — aufgrund ihrer exponierten Lage am Eingang des Respirations- und Verdauungstraktes — unterscheiden sich von anderen lymphatischen Organen durch den ständigen massiven direkten Kontakt mit Umwelt-Antigenen. Die Tonsillen haben in der Infektionsabwehr eine spezielle Aufgabe: Sie sind in die humorale und zelluläre, aber auch in die lokale allgemeine Abwehr integriert. Überspitzt kann man formulieren: es ist die Aufgabe der Tonsillen, sich zu entzünden. So wird die **Bildung von Antikörpern** am besten gefördert; zudem sind die Hauptquellen des für mikrobielle Mundflora wichtigen Immunglobulin A nicht nur **die Tonsillen,** sondern auch **die Speicheldrüsen.** Vermutlich können sie die spezifischen immunologischen Aufgaben der Mandeln übernehmen. Vier- bis Sechsjährige dürfen pro anno 3—5 Halsentzündungen durchmachen; mit 7—8 Jahren sollte die Frequenz auf ein bis zwei absinken. Zum Zeitpunkt der Geburt ist der lymphatische Rachenring bereits vollständig angelegt. Als Reaktion auf die Umwelt-Antigene setzen Rachen- und Gaumenmandeln bis zum 8. oder 10. Lebensjahr an Masse an. Sobald das übrige Immunsystem ausgereift ist, sistiert ihr Wachstum; danach verkleinern sich die Organe wieder, indem überflüssiges lymphatisches Gewebe abgebaut wird. Etwa zwischen 12. und 15. Lebensjahr verschwinden die Adenoide fast ganz. Das Funktionsmaximum der Gaumenmandeln aber reicht bis zum Ende des zweiten Lebensjahrzehnts. Eine Adeno-Tonsillektomie sollte nie übereilt vorgenommen werden. Als Kontraindikation gilt das Asthma bronchiale. Die Erreger, die eine Tonsillitis auslösen, sind häufiger Staphylokokken als Streptokokken. Die Tonsillen stellen sich meist durch ein Dispositionszeichen mit perivocaler Aufhellung oder Silberfaden rechts bei 10 min, links 50', aber nicht den Krausenrand berührend, dar. Wichtig ist, immer die gegenüberliegende Seite einzubeziehen, z. B. hier das Nierenbecken.

Bild 3:
Katarrhalisch-neurorheumatische Konstitutionen. Der 36-jährige Patient leidet an chronischer Tonsillitis (in der rechten Iris bei 10 Min. Mandellakune) erhöhter Harnsäure (Tophi in der 5. kleinen Zone), die zu chronischen Colitiden führt (siehe Bild Nr. 4).

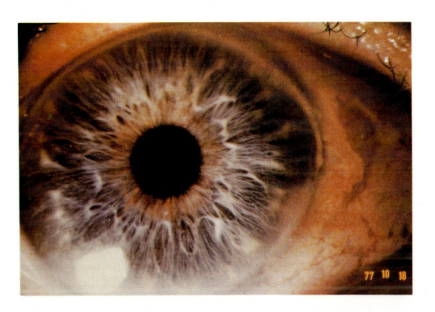

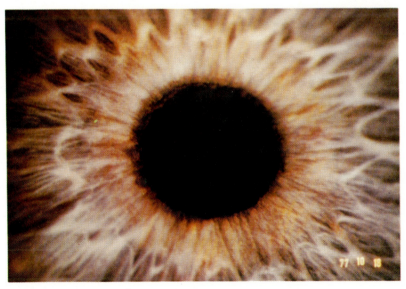

Bild 4: linke Iris des gleichen Patienten.

Die Tonsille kann leicht zum Focus werden, auch nach Tonsillektomie steuert sie Herderkrankungen, von der chronischen Pylonephritis bis zur Arthritis, von der Cholithiasis bis zur Adnexitis. Hier haben sich neuraltherapeuthische Injektionen an die Mandelpole mit Cefasept sehr bewährt. Wichtig ist, hier anzumerken, daß es sich bei allen rheumatischen Erkrankungen gleichermaßen um eine mesenchymale Systemerkrankung handelt. Außerdem kann eine Dysfunktion der Ovarien eine Tonsillitis verursachen und umgekehrt.

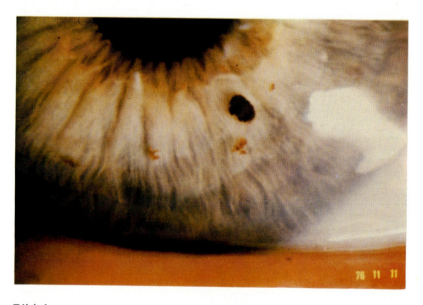

Bild 4a:
linke Iris einer 40-jährigen Frau, die an einem Ovartumor — linksseitig — erkrankt ist (bei 25 Min. plastisches Teerpigment mit perifokaler Aufhellung).

XI

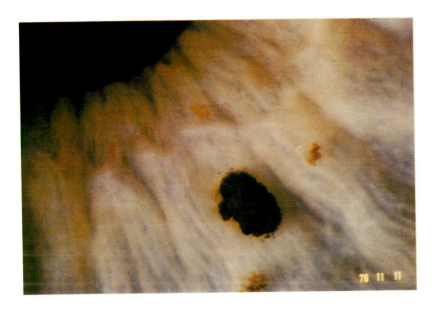

Die Sinusitiden

Die pathologischen Zeichen stellen sich in der Iris rechts zwischen 5' und 10' und links zwischen 50' und 55' dar. Nach KRIEGE liegen sie in der zweiten und dritten großen Zone. Pathologische Veränderungen im Sinus frontalis maxillaris markieren sich durch eine kleine Lakune oder Defektzeichen (selten Krypten) häufig zeigen sich gleichzeitig helle, weiße, rundliche Flocken. Sie weisen auf Entzündungen der Schleimhäute bzw. der serösen Häute hin. Auch das von SCHNABEL beschriebene Silberfädchen, welches besonders gerne im Grunde tiefer Lakunen aufleuchtet, muß im Sinne der Herdlehre als Focus mit Fernwirkung angesehen werden. Oft wird das **gegenüberliegende Organfeld** beeinflußt, z. B. rechts die Gallenblase und links die Milz, wenn wir eine Linie in der Iris vom Sinusbereich zum gegenüberliegenden Organbild ziehen. Nach Tonsillektomie kommt es oft zur Blockade des Lymphstromes im Rachenraum durch funktionsloses Narbengewebe. Dies hat zur Folge, daß sich eine Entzündung der peri-

und retrotonsillären Lymphdrüsen mit Rückstaueffekt der Lymphe in die Nasen-Nebenhöhlen bis zum Innenohr ausweitet. Auch Rachenmandeln können den Nasopharynx komplett verlegen und chronische Sinusitiden verursachen. Das gleiche gilt auch für eine mechanische oder entzündlich verursachte Dysfunktion der Eustachischen Röhre, verschlimmert oft durch chronische seröse oder rezidivierende eitrige Otitiden.

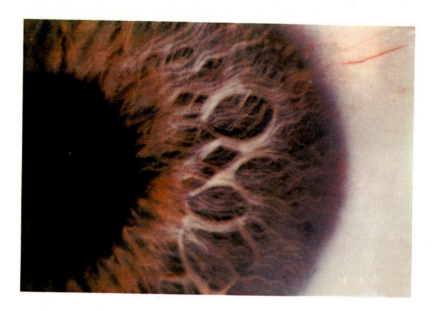

Bild 5:
Lymphatisch-hypoplastische Konstitution mit sehr lockerer Irisstruktur. Patient 25 Jahre leidet an chronischer Sinusitis (zu sehen als Lakune bei 8 Min. zwischen der zweiten und dritten großen Zone mit perifokaler Aufhellung).

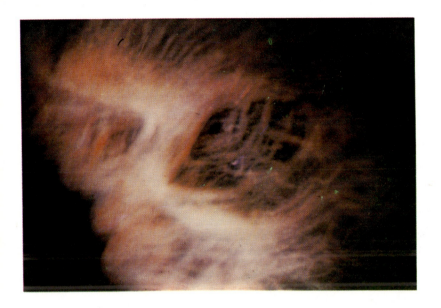

Bild 6:
Rechte Iris einer 57-jährigen Patientin mit Sinusitis und begleitender Ostitis im rechten Oberkiefer verursacht durch einen beherdeten Zahn.

Mit einbeziehen sollte man auf jeden Fall bei der Betrachtung der Iris den **Oberkieferbereich.** Er liegt rechts bei 12 Min. und links bei 48 Min. neben der Kieferhöhle, denn beherdete Zähne, Wurzelreste, Zysten-Amalganreste, tiefe paratondotische Taschen können infolge Durchwanderungsostitiden eine chronische Sinusitis auslösen. Bei einer Betrachtung der Akupunkturmeridiane, Stirnhöhlen- und Blasenmeridian, Kieferhöhlen – Magenmeridian, Siebbeinzellen – Dickdarmmeridian, sehen wir Zusammenhänge, die wir oft in der Praxis erleben. Denn die Schleimhäute der Nasen-Nebenhöhlen hängen metabolisch-energetisch mit dem jeweiligen Organsystem zusammen. D. h. bei einer Obstipation übernehmen die Siebbeinzellen eine Ventilfunktion in Form einer

Rhinitis. Hier ist also die prima causa nicht die Siebbeinzelle, sondern der Dickdarm. Wird hier die Obstipation beseitigt, so verschwindet auch die Rhinitis. Ich bin auch ganz gegen die Anwendung von Rhinosprays, die die Funktionsfähigkeit und die Ventilfunktion der Schleimhaut herabsetzen durch vasokonstriktorische Substanzen. **Bei Daueranwendung von Rhinosprays entstehen meist Osteosinutiden** durch völlige Zerstörung der Schleimhäute mit ihrer Immunglobulin-A-Produktion. Dr. med. dent. Helmut SCHIMMEL stellt im Institut für Herddiagnostik und Herderkrankungen in Baden-Baden bei chronischen Sinutiden, die die Funktion eines Focus übernommen haben, folgende Zweiterkrankungen fest: Herzerkrankungen zu 23%, Kopfbeschwerden allgemeiner Art zu 25%, Depressionen 30%, psychische Beschwerden im Sinne von Erkrankung des Urogenitale (Prostata, Nebenhoden, Adnexe, Niere) 40%, rheumatische bzw. rheumatoide Erkrankungen 21%. Beeinträchtigung des Sehvermögens über den Nervus opticus wurde bei chronischen Siebbeinentzündungen beobachtet. Bekanntlich besitzt der Mensch 8 Nasen-Nebenhöhlen, 2 Kieferhöhlen, 2 Stirnhöhlen, 2 Siebbeinzellsysteme, 2 Keilbeinhöhlen. Schon von Geburt an sind die Kieferhöhlen und Siebbeinzellen am besten entwickelt, die Keilbeinhöhlen sind ab dem 8. und die Stirnhöhlen ca. ab dem 10. Lebensjahr entwickelt. Entsprechend der Entwicklung der Nasen-Nebenhöhlen kann eine akute Entzündung in Siebbeinzellen und Kieferhöhlen schon bei einem Kleinkind auftreten, während mit einer Stirnhöhlenentzündung erst im Schulalter zu rechnen ist.
Die Gefahr von Komplikationen bei Stirnhöhlenentzündungen ist bei Kindern größer als bei Erwachsenen, weil der dünne Gesichtsknochen des Kindes mit seinem reichlichen Netz venöser Gefäße, eine Fortleitung der Entzündung zum Schädelinneren wenig Widerstand entgegensetzt und als Folge eine eitrige Meningitis entsteht. In der Mehrzahl der Fälle breitet sich die Infektion durch einen Thrombophlebitis der Knochengefäße aus.

Lymphadenopathie: gut- oder bösartig?   14.

Benigne Lymphadenitis. Die bakteriell verursachte Lymphadenitis, meist in der Hals- und Leistengegend lokalisiert, geht mit regionaler Lymphknotenschwellung einher. Sie beruht auf einer Infektion im Drainagegebiet einer Eintrittspforte. Ihre Erreger sind häufiger Staphylokokken als Streptokokken. Die akute Lymphadenitis ist als Zweiterkrankung zu verstehen. So begleitet die Otitis media eine lokale isolierte retroauriculäre Lymphadenitis die Tonsillitis eine Lymphadenitis im medialen Halsbereich. Dabei schwellen ein oder mehrere Lymphknoten oft erheblich an. Vorübergehend kann der Zustand als malignes Lymphom fehlgedeutet werden, allerdings sprechen einige Faktoren für eine Lymphadenitis. Z. B. Infektion in der Anamnese (grippaler Infekt) oder im Blutbild eine Linksverschiebung mit Leukozythose und drittens eine schmerzhafte Schwellung der Lymphdrüsen.

14.1.

Noch einmal zusammenfassend: Schwellungen der regionären Lymphknotengruppen gehören zum Erscheinungsbild fast aller stärkeren durch Mikroben ausgelösten Entzündungen.

An eine tuberkulöse Lymphadenitis ist zu denken, wenn vergrößerte Lymphknoten derb und oberflächlich lokalisiert sind, keine Beschwerden bereiten und auch andere Allgemein-Symptome fehlen.

Die Lymphknotentuberkulose, die als Teilerscheinung des tuberkulösen Primärkomplexes am bekanntesten ist. Außerdem gibt es, wenn auch nicht häufig, Organtuberkulosen, die sich auf einzelne oder mehrere Lymphknotengruppen beziehen und dann eine Tendenz zum Fortschreiten und zur Generalisierung zeigen. Tuberkulintest und Thoraxaufnahme klären die Diagnose, da Patienten mit tuberkulöser Lymphadenitis meist bereits röntgenologische Veränderungen in der Lunge aufweisen.

14.2.

XI

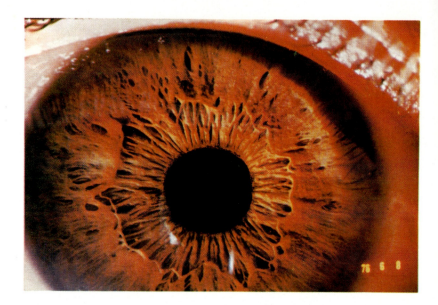

Bild 7:

Rechte Iris einer 40-jährigen Patientin, die mit 10 Jahren an einer Mesenteriallymphdrüsen-Tb erkrankt war (zu sehen am Koch'schen Faden mit Drüsenballon; siehe Vergrößerung Bild Nr. 8 bei 40 Min.). Heute leidet die Patientin an einer lymphogenen Cholangitis.

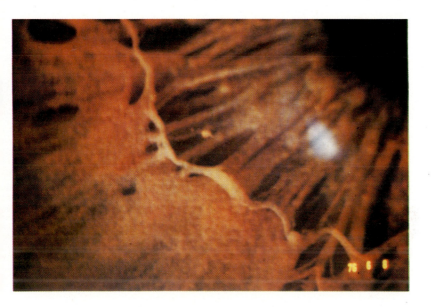

Bild 8:
vergrößerter Ausschnitt von Nr. 7

14.3. **Die Sarkoidose** (Morbus Böck), für die jeder symmetrische Befall der Hilus-Lymphknoten mit polyzyclischer Begrenzung im Röntgenbild und der negative Ausfall der cutanen Tuberkulinreaktionen typisch sind. Fast regelmäßig findet sich eine Beteiligung des Scalenus Lymphknoten und oft Veränderungen am Knochensystem. Mediastinale Lymphknotenschwellungen mit oder ohne Beteiligung des Lungenparenchyms sind als für Sarkoidose obligat anzusehen.

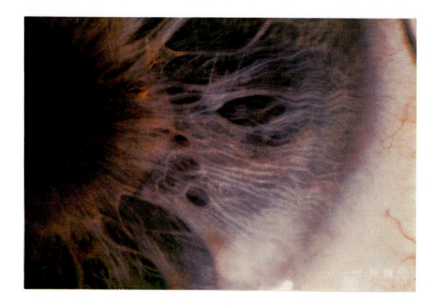

Bild 9:
Linke Iris eines 35-jährigen Patienten, der seit 10 Jahren an einem Mb. Boeck leidet, vor allem im Hilusbereich (zu sehen bei 15 Min. als Lungenlakune in der 3. großen Zone mit peripherer Aufhellung und Vaskularisation im Hilusbereich, vom Ziliarrand bis zur Pupille reichend).

XI

Lymphadenitis mesenterialis 14.4.

Die abszedierende reticulo-cytäre Lymphadenitis oder Lymphadenitis mesenterialis (Masshoff). In der Symptomalogie finden sich Ähnlichkeiten mit der Appendizitis, auch Bilder, die der Ileitis regionalis gleichen, kommen vor. Diagnostisch ist der positive Ausfall der Agglutination-Reaktion gegen Pasteurella pseudo-tuberkulosa entscheidend.

Die lympho-glanduläre Verlaufsform der Toxoplasmose. 14.5.

Die klinische Symptomatik kann recht uncharakteristisch sein. Pathognomisch ist der Titen-Verlauf der Sabin-Feldmann-Reaktion in der Toxoplasmose-KBR. Histologisch findet sich oft das Bild einer unspezifischen Lymphadenitis oder die charakteristischen Veränderungen einer epideloidzelligen Lymphadenitis. Im Lymphknoten kann der Erreger-Nachweis gelingen. Zu erwähnen sind an dieser Stelle weiterhin die **Tularämie** in ihrer glandulären Form, die **Bruzellosen,** Nachweis im Blut, die **Actinomykose** (harte schmerzlose Infiltrate mit Tendenz zur Einschmelzung und Durchbruch nach außen) und die **Syphilis.** Multiple Lymphknotenschwellungen kommen außerdem häufig bei rheumatischen und allergischen Krankheitsbildern sowie Kollagenosen vor. Zu erwähnen sind hier das Felty-Syndrom (Polyarthritis, Splenomegalie, Leukozytopenie), die Still-Chauffard'sche Erkrankung (klinisch ähnlich dem Felty-Syndrom bei Kindern), die Endocarditis Libman-Sachs (Pericarditis, Herdnephritis, Pleuritis), die Endocarditis fibro plastika-Löffler (Endocarditis, Splenomegalie, Eosinophilie), der lupus erythematodes disseminatus, das Sjögren-Syndrom, das Reiter-Syndrom usw.

Die infektiöse Mononucelose (Pfeiffer'sches Drüsenfieber). 14.6.

Die Erkrankung erfolgt eindeutig im Sinne einer spezifischen Virusinfektion. Ein Kardinalsymptom der Erkrankung sind die

XI

generalisierten Lymphknotenschwellungen; am häufigsten sind die Occipital- und Hals-Lymphknoten befallen, doch können auch andere Lymphknotengruppen ergriffen werden. Die Schwellungen sind mittelgroß und meist schmerzhaft. In etwa der Hälfte der Fälle tritt ein Milztumor auf. Differentialdiagnostisch kommen vor allen Dingen eine lymphatische Leukämie, akute Leukämie und bei leukocytopenischen Formen die Agranulozytose in Frage. Sternalpunktion und die serologischen Befunde gestatten aber im allgemeinen sichere Unterscheidung.

14.7. Die Lymphocytosis infectiosa acuta

Bei dieser Erkrankung handelt es sich um eine spezifische Infektionskrankheit mit heute noch einem unbekannten Erreger. Es wurden häufig im Verlauf einer akuten fieberhaften Erkrankung hohe Leukozytenwerte bis zu 100.000 mm^3 mit einer Lymphozytose von 80—90 % festgestellt. Nicht selten findet sich ein scharlach- oder masernähnliches Exanthem. Fast stets sind kleine Lymphknotenschwellungen vorhanden. In erster Linie werden Kinder befallen.

Differentialdiagnostisch kann also auch das Knochenmark eine lymphatische Infiltrierung zeigen; die Abgrenzung gegen lymphatische Leukämie kann manchmal schwer sein. Das Erkrankungsalter, der fieberhafte Beginn und Verlauf, die stärkere Polymorphie der lymphatischen Zellen und die meist zu beobachtende Eosinophilie im peripheren Blut weisen in der Regel den richtigen Weg. Eine ätiologische Therapie gibt es bisher noch nicht.

14.8. Der Burkitt-Tumor

Diese erstmals im Jahre 1968 von dem englischen Tropenarzt BURKITT beschriebene Erkrankung befällt ausschließlich Kinder und Jugendliche, Knaben häufiger als Mädchen; sie kommen nur in tropischen Gebieten, in bestimmter Höhenlage und einem bestimmten Niederschlagsminimum vor. (Zentralafrika, Neuguinea, Columbien, Brasilien). Als Überträger werden Insekten vermutet. Die Erkrankung ist durch multiple Tumoren gekennzeichnet, die etwa in der Hälfte der Fälle zuerst an Ober- und Unterkiefer auftreten und einen schweren Exophtalmus verursachen können. Besonders häufig sind Dünndarm und Ovarien befallen; außerdem Schilddrüse, Nieren, Nebenniere, Brust-Speicheldrüse-Lymphknoten, Thymus und Knochenmark.

Die Prognose der Erkrankung ist ernst. Sie zählt zu den malignen Lymphomen.

Die Lymphogranulomatose (malignes Granulom, Sternberg'sche Krankheit, Hodgkin'sche Krankheit).

15.

Die Lymphogranulomatose ist eine diffuse Lymphknotenerkrankung, die ihrem Wesen nach eine eigenartige Zwischenstellung zwischen den Infektions- und Tumorkrankheiten einnimmt. Ätiologie und Pathogenese des Morbus Hodgkin sind noch unbekannt. Man weiß nur, daß die Ausgangszellen der Neoplasie Lymphozyten sind und die Lymphknoten der Halsregion zuerst anschwellen. Im Gegensatz zur akuten Lymphadenitis, die vornehmlich jüngere Kinder befällt, manifestiert sich die Lymphgranulomatose meist erst nach dem 8. Lebensjahr. Die Diagnose wird histologisch an Hand eines exstirpierten Lymphknotens gestellt. Als charakteristisch gilt auch das Hautjucken, das aber nur in etwa $1/4$ bis $1/5$ der Fälle gefunden wird. Bei allen Lymphogranulomatose-Kranken findet sich ein charakteristischer **Immundefekt.** Klinische Experimente haben gezeigt, daß die Störung der verzögerten Immunreaktion in einem funktionellen Defekt der Lymphozyten zu suchen ist. Differentialdiagnostisch kann der negative Ausfall der Tuberkulinreaktion von Bedeutung sein.

XI

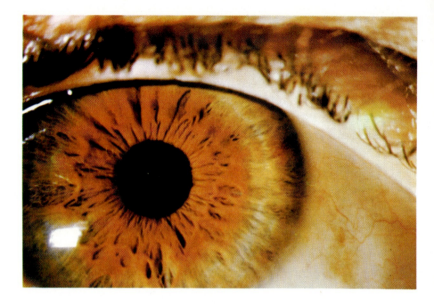

Bild 10:
Rechte Iris eines 41-jährigen Patienten, er leidet seit 5 Jahren an einem Mb. Hodgkin, beginnend mit Lymphknotenbefall der Halsregion und später der Leistengegend. Nach 120 Kobaltbestrahlungen: Nephropathie mit einem Kreatininwert von 3,2. Seit Kindheit an Durchfall leidend und chronischer Sinusitis (10 Min. drei kleine Substanzverlustzeichen). Durch hohe Kortisongaben entstand ein Leberschaden (Leberpigmentsklera).

Bild 11: Linke Iris des gleichen Patienten.

Bild 12:
Vergrößerung des Hypophysen- (60 Min.) und Epiphysensektors (große Wabe 6 Min.).

16. **Die Histiozytose**

Sie dient als Sammelbegriff für das eosinophile Granulom. Die ABT-Letterer-Siwe und die Hand-Christian-Schüller'sche Krankheit. Das eosinophile Granulom, die ABT-Letterer-Siwe'sche Erkrankung und die Hand-Schüller-Christian'sche Erkrankung werden jetzt als Letterer-Christian'sche Erkrankung zusammengefaßt, seitdem man ihre grundsätzliche Wesensgleichheit erkannt hat. Unter ihnen ist die Letterer-Siwe'sche Krankheit am seltensten. Da die drei genannten Unterkrankheiten sich in einigen klinischen Punkten unterscheiden, ist es notwendig, sie gesondert zu umreißen.

Das eosinophile Knochengranulom tritt in ²/₃ der Fälle monolokulär, sonst multilokulär auf; die stets osteolytischen Knochenherde können schmerzhaft sein und lokale Schwellungen verursachen.

16.1.

Die Hand-Schüler-Christian'sche Erkrankung ist durch die Symptomentriasis, Knochenveränderungen, Exophtalmus und Diabetes insipidus gekennzeichnet. Die Knochenläsionen treten besonders häufig am Schädel auf und können auch alle anderen Knochen befallen. Der ein- oder doppelseitig auftretende Exophtalmus entsteht durch Granulationsgewebe, welches von den Knochen der Orbita ausgeht und den retro-bulbären Raum einengt. Durch Infiltration im Bereich des Hypothalamus und des hypophysen Stils wird der Diabetes insipitus ausgelöst. Auffallend häufig sind begleitende Mittelohrentzündungen. Die Erkrankung hat ihren Häufigkeitsgipfel zwischen dem 2. und 5. Lebensjahr.

16.2.

Die Letterer-Siwe'sche Erkrankung bietet ein akutes Krankheitsbild mit Fieberschüben, generalisierten Lymphknotenschwellungen, Milz- und Lebervergrößerung. Recht charakteristisch ist weiterhin ein Hautausschlag mit gelblich-braunen macula-papulösen Effloreszenzen, die vorwiegend am Kopf und Rumpf auftreten.

16.3.

Weiterhin werden öfters Tonsillen, Darm, Pankreas, Nerven, Urogenitalsystem betroffen. Im Blutbild ist stets eine meist hypochrome Anämie nachweisbar. Die Leukozytenzahl ist in der Regel erhöht bis zu leukämischen Werten. Die Krankheit kommt fast ausnahmslos im Säuglings- und Kindesalter vor. Die Prognose ist ungünstig. Nur ca. 10% der Kranken werden geheilt. Manifestiert sich diese Krankheit nur an den Lymphknoten, ist die Diagnose schwierig.

XI

16.4. **Das groß-follikuläre Lymphoblastom** (Brill-Symmer'sche Krankheit).

Bei diesem erstmals 1925 von BRILL mitgeteiltem Krankheitsbild handelt es sich um eine chronische, langsam verlaufende Erkrankung des lymphatischen Gewebes mit charakteristischem histologischen Befund. Die Krankheit entwickelt sich in der Regel schleichend, Fieber besteht nicht; die ersten Lymphknotenschwellungen treten meist am Hals auf. In etwa $1/3$ der Fälle findet sich ein Milztumor. Die Lymphknoten sind schmerzhaft und bleiben gewöhnlich weich und beweglich; oft können sie monate- und manchmal sogar jahrelang in der Größe unverändert bleiben. Das kann aber auch rasch zu einem generalisierten Lymphknotenbefall kommen. Ferner entstehen Infiltrate in Lunge, Magen, Darm, Niere, Blase, Haut und Knochen. Typische Veränderungen von Blut und Knochenmark fehlen. Das häufigste maligne Leiden der Kinder ist die akute lymphatische Leukämie.

17. **Akute lymphatische Leukämie.**

Sitz des patologischen Geschehens ist das Knochenmark. Häufig sind Lymphknoten aber auch sekundär betroffen, insbesondere in der Hals- und Leistenregion. Durch Proliferation leukämischer Zellen verschwinden die normalen Vorläuferzellen der Thrombo-, erythro- und leukopoese. Anämie, Thrombozytopenie und Granulozytopenie sind die Folgen. Die Leukozytenzahl kann zwischen 1.000 und 300.000 mm^3 schwanken. Die Diagnose wird aus dem Knochenpunktat gesichert.

Die **chronische lymphatische Leukämie** ist weniger häufig als die myeloischen Leukämien und betrifft vorwiegend das höhere Lebensalter. Die subjektiven Beschwerden der Krankheit sind ähnlich wie bei der myeloischen Leukämie, doch treten die durch den großen Milztumor der Myelosen bedingten Beschwerden mehr in den Hintergrund. Dafür bemerken die Kranken oft selbst als erste Krankheitszeichen Lymphknoten. Manchmal sind es Druckerscheinungen durch Lymphknotentumore, welche in Form von Neuralgie, Ischias oder eines raumbeengten Prozesses im Mediastinum die ersten Symptome der Krankheit stellen. Nicht selten führen auch Hautjucken, chronische Ekzeme, Pyodermien oder leukämische Infiltrate den Kranken zu uns in die Sprechstunde.

Die Thymusdrüse

18.

Innerhalb des lymphatischen Systems nimmt der Thymus eine Sonderstellung ein. Die Thymusdrüse ist eine innere Brustdrüse oder Bries, eine retrosternales, im vorderen Mediastinum gelegenes, für die Entwicklung der Immunität wichtiges lymphatisches Organ. Aufgrund zahlreicher verschiedener angelegter Tierexperimente glaubt man im Thymus bei der Entwicklung des lymphatischen Systems mehrere Funktionen zusprechen zu können. Einmal soll in ihm, und zwar im Rindenbezirk, lymphatische Stammzellen (Thymozyten) gebildet werden, die erst die übrigen lymphatischen Gewebe mit Zellen bevölkern. Außerdem soll in der epithelial-retikulären Markzone ein humoraler Faktor gebildet werden, der vorhanden sein muß, um Thymozyten in immunkompetente kleine Lymphozyten zu verwandeln. Man hat auch festgestellt, daß der Thymus bei der Ausbildung der Immuntoleranz eine gewichtige Rolle spielt. In den letzten Jahren wurden zahlreiche autoimmunologische Krankheiten beobachtet, die mit einer krankhaften Veränderung der Thymusfunktion einhergingen und bei denen die Thymektomie eine Besserung brachte. Man vermutet heute, daß neben der Thymusdrüse auch möglicherweise die Gaumenmandeln und das lymphatische Gewebe des Darms eine zweite immunologische Funktion übernehmen.

XI

Die Thymusdrüse ist in der Iris rechts zu sehen bei 17' und links bei 43'. Sie schließt aber nicht direkt am Krausenrand an.

Bild 13:
Rechte Iris einer 41-jährigen Patientin an chronischer Cystitis leidend mit begleitender Tonsillitis, ständiger Infektanfälligkeit durch Thymusdrüsenschwäche (Lakune bei 15 Min.).

19. **Das Herz**

Herzzeichen zeigen sich in der Iris in der **dritten kleinen Zone** in Form von offenen oder geschlossenen Lakunen und Waben und sind immer unmittelbar der Krause angelagert. Herzzeichen stellen sich in der rechten Iris zwischen 40—50 Min. und in der linken Iris zwischen 10—20 Min. dar.

Die Lymphströmung ist für das Myocard bzw. für das Herz sehr entscheidend. Wenn z. B. eine myocardiale venöse Thrombose entsteht, sind die Folgen in hohem Maße vom Verhalten des Lymphgefäßsystems am Herzen abhängig. Wenn sich zur Venenthrombose des Herzens zusätzlich noch ein Verschluß der Lymphgefäße gesellt, führt es fast immer zum Tode. Verursacht durch ein interstitielles Ödem, das letztendlich zu einer Hypoxämie führt.

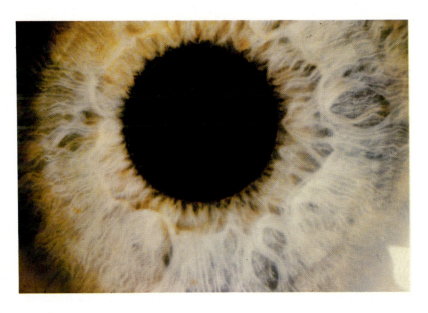

Bild 14:
Linke Iris einer 24-jährigen Patientin mit angeborener Myocardschwäche (Herzlakune 15 Min. mit Silberfaden als Reizzeichen; gegenüberliegende Schilddrüsenlakune bei 45 Min. beachten), hierdurch wird thyreogene Tachycardie verständlich.

20. **Die Milz**

Die Milz stellt sich in der **linken Iris** dar und zwar zwischen 20' und 25'. Meist zeigt dieser Sektor oft beginnend am Krausenrand häufig eine radiale Lockerung, die an der Krause beginnt und nach peripher bis zum Ciliarrand verläuft. Manchmal gibt es auch das dunkle Milzdreieck, ähnlich dem bekannten Leberdreieck, aber wir finden es nur selten. Milzzeichen korrespondieren vielfach mit einer auffallenden, hellen, dritten Region (Blut- und Lymphregion). Das Hauptfeld ist meist nicht so sektoral, sondern total dunkel.

Die funktionellen Aufgaben der Milz sind vielschichtiger als die der Lymphknoten. Sie werden offenbar durch den anatomischen Aufbau des Organs bedingt, der das Blut und die einzelnen Blutzellen in engen Kontakt mit dem RES und dem lymphatischen Gewebe bringt. Die Milz ist ein lebenswichtiges Organ, ihre Erkrankung hinterläßt eine Pigmentierung auf der Haut (die bis zur Melanosis führen kann) und auch eine Farbveränderung in der Iris. So ist durchaus denkbar, daß die Heterochromien im Zusammenhang stehen mit den Funktionsvorgängen in der Milz. Denn durch den ständigen Abbau des Blutfarbstoffes der Erythrozyten und durch den Umbau in Gallenfarbstoff, kann durch eine Blokkierung des Vorganges der gesamte Pigmenthaushalt des Organismus in Dysfunktion geraten. Die Infektabwehr ist nur im ersten postoperativen Monat gestört, falls die Splenektomie beim Erwachsenen vorgenommen wird. Hingegen bei Kindern unter dem 4. Lebensjahr kann diese Operation infolge verstärkter Infektanfälligkeit lebensbedrohliche Folgen haben. Es mag damit zusammenhängen, daß der prozentuale Anteil des lymphatischen Gewebes am Milzgewicht bei Kindern wesentlich größer ist als beim Erwachsenen, da bei einem Erwachsenen das Immunsystem als Reserve eintreten kann. Außerdem scheint die Milz besonders viel **Gama-M-Immunglobuline** zu bilden, die infolge ihres unspezifischen obsonisierenden Effekts bei der kindlichen Infektabwehr besonders wichtig sein dürfte. An der Produktion der Antikörper beteiligt sich die Milz in stärkerem Maße nur, wenn das Antigen i. v. appliziert oder in besonderen großen Mengen angeboten wird. Im Gegensatz zu den Verhältnissen bei den Erytrozyten speichert die normale Milz offenbar eine beträchtliche Menge an Thrombozyten. Bei Kranken mit Splenomegalie kann der Thrombozytenpol in der Milz auf das Fünffache der Norm ansteigen. Unter krankhaften Bedingungen, vor allem bei autoimmunologischen Vorgängen können Thrombozyten in großer Zahl in der Milz abgebaut werden. Doch ist es durch verschiedene Beobachtungen wahrscheinlich geworden, daß die Milz die Einwirkung verschiedener Hormone auf die Blutbildung beeinflußt. Die Tuberkulose der Milz entsteht hämatogen.

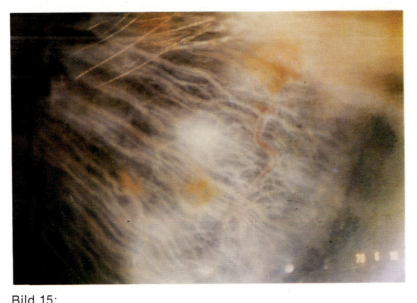

Bild 15:
Linke Iris eines 38-jährigen Patienten, der sich bei einem Autounfall eine Milzquetschung zugezogen hatte (zu sehen an der vaskularisierten Transversale, die vom Milzsektor bis zum Herzen reicht).

21. **Die Mesenterial-Drüsen**

In der Iris zeigen sich die Mesenterialdrüsen in der **dritten kleinen Zone,** direkt am Krausenrand und zwar rundherum. Eine Entzündung der Lymphe läßt sich durch eine verstärkte Aufhellung bzw. Aufquellung des Krausenrandes erkennen. Die Lymphkapillaren beginnen im Darm, in der Submucosa. Und der Motor des Lymphflusses ist auch im Darm die Bewegung.

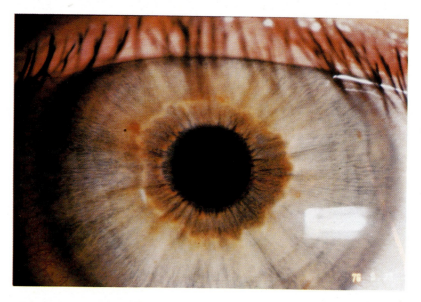

Bild 16:
Linke Iris eines 50-jährigen Mannes, mit in der Kindheit durchgemachter Mesenteriallymphknoten-Tb., die als Folge zu lymphogenen Gastritiden und latentem Diabetes mell. führte (Pankreaspigment bei 50 Min. am Krausenrand).

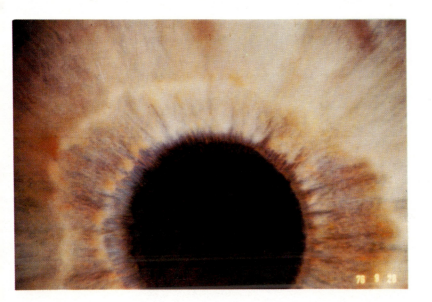

Bild 17:
Vergrößerung von 16

Die lymphogene Steatorrhoe 21.1.

Der größte Teil des Fetts aus dem Darm wird durch die mesenterialen Lymphgefäße resorbiert. Das gleiche gilt auch für Cholesterin. Die überwiegende Mehrheit des Fettes aus dem Darm gelangt in den Ductus thoracicus. Zur Vena portae hingegen wird nur ein verschwindend geringer Teil des Fettes resorbiert. Eine wichtige interessante Frage ist, warum das Fett nach den Lymphkapillaren und nicht nach den Blutkapillaren resorbiert wird. CHAIKOFF und Mitarbeiter (1952) nahmen zwei Möglichkeiten an: die eine Möglichkeit wäre, daß die Blutkapillaren für Fette impermeabel seien, die andere, daß die Fettresorption durch die Endothelzellen der Lymphkapillaren ein mit Energieverbrauch verknüpfter aktiver Prozeß sei.

Unter die pathologische Fettresorptionsstörung fällt auch die lymphogene Steatorrhoe. Wir wissen, daß die tuberkulöse bedingte Obliteration der Lymphknoten und Lymphgefäße des Mesenteriums bei Kindern zum **Aufhören der Fettresorption** zu Infantilismus und Atrophie führt.

Dabei sind die Mesenterial-Lymphgefäße bis zum Bersten im Chylus gefüllt und zwar durch eine tuberkulöse Verkäsung der Lymphknoten des Mesenteriums. Auch BROKUS hat 1946 schon darauf hingewiesen, daß bei allen Fällen von idiopathischen Steatorrhoen die Möglichkeit einer organischen Erkrankung (Tuberkulose, Lues) der mesenterialen Lymphknoten besteht, die nur durch Autopsie geklärt werden kann.

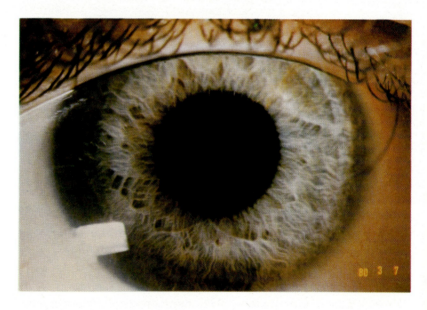

Bild 18:
Rechte Iris eines 16-jährigen Patienten mit Zöliakie und Mb. Crohn (doppelter Krausenrand bei 30 Min.: Hinweis auf eine

Störung der nervalen und vasalen Versorgung der glatten Muskeln).

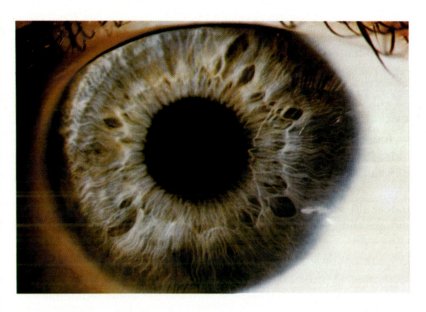

Bild 19:
Linke Iris des gleichen Patienten (hier ist der doppelte Krausenrand zwischen 10 und 20 Min. als Hinweis für einen Neurospasmus der Mesenteriallymphdrüsen im Colonbereich anzusehen). Jeder neurovegetative Reiz erzeugt einen Durchfall.

21.2. Die Ileitis regionalis

Bekanntlich ist für das pathologisch-anatomische Bild der Ileitis regionalis die mächtige Verdickung der Darmwand mit Einengung des Lumens und Ulceration der Schleimhaut auf dem Gebiet des erkrankten Darmabschnitts charakteristisch. Kennzeichnend ist ferner die ödematöse Verdickung des zum erkrankten Gebiet gehörenden Mesenteriums und die Anschwellung der regionären Lymphknoten. Histologisch tritt im Frühstadium die ödematöse Schwellung des Submucosa in Erscheinung mit Hyperplasie der lymphatischen Gewebselemente und Obleration der Lymphgefäße, d. h. mit obstruktiver Lymphangitis. Heute weiß man, daß die Ileitis regionalis eine in den Bereich der Lymphgefäßpathologie gehörende Erkrankung darstellt. Es gibt Autoren, welche die akute mesenteriale Lymphadenitis und die akute Ileitis für die gleiche Erkrankung halten. Ähnlich wie bei der Ileitis regionalis fällt wahrscheinlich in der Pathologie der **Colitis ulcerosa** der Erkrankung des Lymphgefäßsystems im Darm eine Rolle zu, wenn auch hier das histologische Bild nicht in so hohem Maß für Lymphödem charakteristisch ist, wie bei der Ileitis regionalis.

Im Frühstadium ist die Schleimhaut und Submucosa des erkrankten Darmabschnittes ödematös, hyperämisch und die Darmwand verdickt. In geringerem Grade ist auch die Muscularis ödematös. Später wird die Schleimhaut nekrotisch und ulcerös. Die Zusammenhänge zwischen Colitis ulcerosa und dem Nervensystem sind wohl bekannt. Könnte hier nicht auch ein neurogener Lymphangiospasmus eine Rolle spielen? Ein wenige Tage dauernder funktioneller Lymphgefäßverschluß könnte zur Entwicklung anatomischer Veränderungen ausreichen.

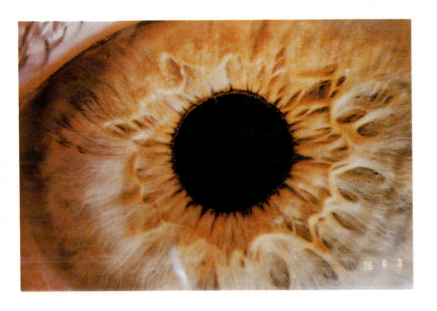

Bild 20:
Linke Iris eines 52-jährigen Patienten, an einer Colitis ulcerosa leidend, auf tuberkulöser Basis (die ödematöse Lymphschwellung ist an der Darmwand bzw. dem Krausenrand bei 20 Min. als Aufquellung sichtbar).

Bild 21:
Vergrößerung von 20.

21.3. Die lymphogene Sympathico-Ganglionitis

Die abdominalen sympathischen Ganglien und großen abdominalen Lymphknoten sind an vielen Stellen nebeneinander gelagert; sie liegen geradezu beisammen. So, daß die anatomischen Verbindungen zwischen den sympathischen Ganglien und dem Lymphgefäßsystem zweifellos auch klinische pathologische Auswirkungen haben müssen. Entzündliche Prozesse, Lymphangitiden, können unmittelbar per continuitatem auf die Ganglien übergreifen. Auch die perineuralen Räume des Auerbach'schen Plexus stehen mit den intermuskulären Lymphkapillaren in Verbindung. So können schließlich auch abdominale Lymphangitiden auf Hirnnerven übergreifen. Oder bei Cholezystitis wandert der Entzündungsprozeß auf die Lymphgefäße der Gallenblase; von dort auf die ableitenden Lymphgefäße und von diesen auf den Vagus über.

Die Bedeutung des Lymphgefäßsystems bei der Entstehung eines Ulcus im Magen.

Durch eine starke Vagusreizung wird die Funktion des Nervensystems vom Magen geändert. Dadurch entsteht ein neurogener Lymphangiospasmus.

Die Abflußstörung der Lymphe führt in der Submucosa zu einem Ödem. Das Ödem veranlaßt eine Vermehrung des Histamin im Parenchym, welches dann zur Permeabilitätsteigerung der Blutkapillaren führt. Wenn die Permeabilität der Blutkapillaren erhöht ist, strömt eiweißreiche Flüssigkeit ins Interstitium. Nun hängt es von der Funktion des Lymphgefäßsystems ab, ob das Kapillarfiltrat restlos abgeleitet wird, oder ob Flüssigkeit im Organ zurückbleibt und wieder ein Ödem entstehen läßt. Wenn also das Lymphgefäßsystem außerstande ist, die Lymphe abzutransportieren, also im Organ die eiweißhaltige Ödemflüssigkeit stagniert, besteht die Gefahr der Fibrose bzw. Sklerose. Selbstverständlich ist die Insuffizienz des Lymphgefäßsystems im Magen nicht die einzige Ursache, die zur Vernarbung des chronischen Magengeschwürs führt. Es ist mit Sicherheit anzunehmen, daß ebenso wie bei der Entstehung des Magengeschwürs, der Veränderung der Funktion des Nervensystems die entscheidende Rolle zukommt. Wie es auch von der Veränderung der Funktion des Nervensystems in dieser oder jener Richtung abhängt, daß das Magengeschwür des einen Kranken spurlos heilt, das andere hingegen chronisch wird und vernarbt. Wenn das Geschwür heilt, hört zweifellos auch die pathologische Histamieproduktion auf, so daß sich auch die gesteigerte Permeabilität der Blutkapillaren zurückentwickelt. Dazu jedoch, daß das Ödem in der Umgebung des Geschwürs und die eiweißartigen Produkte der Gewebsnekrose resorbiert werden und im Magenparenchym „restitutio ad integrum" zustande kommen, bedarf es eines gut funktionierenden Lymphgefäßsystems.

Erfüllt jedoch das Lymphgefäßsystem des Magens aus irgendeiner Ursache eine Aufgabe nicht, z. B. weil neurogener Lymphangiospasmus vorliegt, können sich die pathologischen Erscheinungen nicht zurückentwickeln.

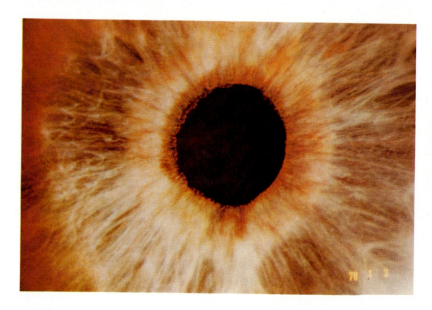

Bild: 22
Linke Iris eines 74-jährigen Patienten. Es besteht ein Diabetes mell., es wurden zweimal Polypen aus der Blase entfernt (altes Ulkuszeichen 45' am Rand des Uvealblattes, erkennbar als dunkles Substanzverlustzeichen).

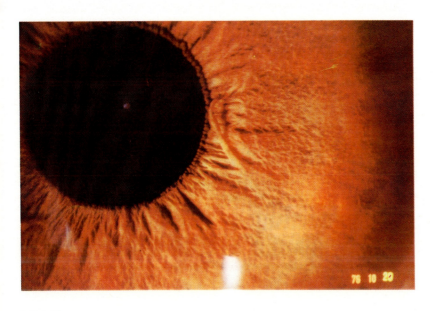

Bild 23:
Rechte Iris einer 47-jährigen Frau mit spastischen Magenschmerzen, Sodbrennen und reflektorischen Kopfschmerzen (Torbogen 15 Min. am Mageneingang, entspricht genetischer Ca-Belastung auf neurovegetativer Basis; beide Eltern sind an Magen-Ca verstorben).

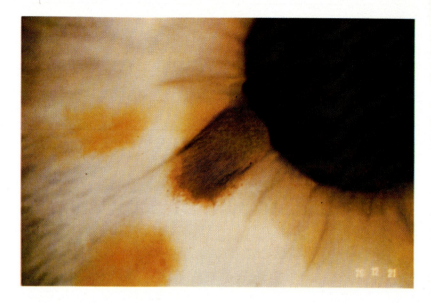

Bild 23a:
Rechte Iris einer 79-jährigen Patientin mit genetischem Magen-Ca-Zeichen (Filzpigment, vom Vater ererbt, doch durch gesunde Lebensweise keine Aktivierung).

Der Appendix

Unter dem Kapitel „Das spezifische immunologische Abwehrsystem" habe ich schon besprochen, daß neben der Thymusdrüse und der Tonsille der Appendix zum **primären Immunitätsorgan** gehört. Erfahrene Praktiker nannten den Blinddarm die Tonsille des Bauches. Darum sollte bei allen Magen-Darm-Beschwerden immer an eine chronische Appendizitis gedacht werden. Die focal-toxischen Effekte einer chronischen Appendizitis reichen weit über den Bauchraum hinaus, z. B. von chronischer Obstipation bis zur Adnexitis, Prostatiden, Pyelonephritis oder Neuritiden (besonders Ischias rechts) bis zum Gelenkrheumatismus. Neben der chronischen Osteosinusitis hält SCHIMMEL eine alte chronische Appendizitis für den schwersten Focus. Und am Ende einer langen focal-toxischen Einwirkung auf das Immunsystem beginnt oft die Entwicklung einer Präkanzerose und das Finalstadium in Form einer malignen Erkrankung.

Heute gibt es noch verschiedene Theorien über die Parthogenese der Appendizitis. So z. B. die Infektion, das primäre sei und der neuro-reflektorische Gefäßspasmus sekundär. Dadurch entsteht eine trophische Ernährungsstörung; als Folge entwickelt sich ein Ödem, ein Spasmus, Stase und Thrombose in den Lymphgefäßen des Appendix. Bei der gewöhnlichen Appendizitis entsteht in den Lymphgefäßen des Appendix frühzeitig eine Thrombose, die den Weg der lymphogenen Verbreitung der Infektion zu den regionären Lymphknoten hin verschließt. Auf diese Weise bleibt der Prozeß zumindest anfangs auf den Appendix bestehen lokalisiert. Bleibt nun die Lymphgefäßinsuffizienz im Appendix, so entwickelt sich eine Nekrose in der Appendixwand. Hier besteht die Gefahr, daß die akute oder chronisch rezidivierend verlaufende Blinddarmentzündung zur Phlegmone und Perforation in den Bauchraum führen kann.

Der Appendix zeigt sich in der rechten Iris bei 30' bis 35' und liegt direkt an der Krause. Das Substanz- oder Schwächezeichen kann sowohl innerhalb als auch außerhalb der Krause liegen.

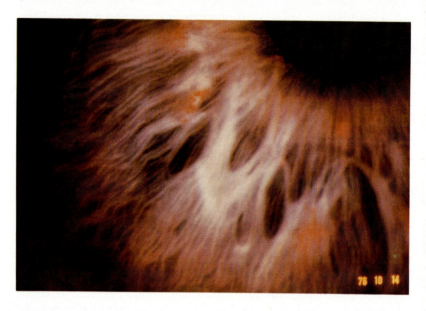

Bild 24:
Rechte Iris eines 51-jährigen Mannes mit chronischer Appendizitis (35 Min. Lakune mit perifokaler Aufhellung), chronischer Obstipation und latentem Diabetes mell.

Die Leber

Die Leber stellt sich in der **rechten Iris** dar zwischen 35' und 40'. Das sogenannte Leberdreieck verläuft in seiner Basis kongruent mit dem Ziliarrand und reicht mit seiner Spitze bis etwa in die 4. kleine Region. Eine Verdunklung des Leberdreiecks ist ein Hinweis auf eine Organdysfunktion, Ernährungs- oder Durchblutungsstörung.

Während eine Aufhellung auf Entzündungsvorgänge oder Schmerzen hinweist. Die Blutversorgung der Leber ist ungefähr ebenso groß wie der beiden Nieren zusammen. Die **Leberlymphgefäße** transportieren verhältnismäßig viel Lymphe (auch im Ruhezustand) mit hohem Eiweißgehalt, der dem des Blutplasmas nahekommt mit etwa $^5/_6$, weil die Leberkapillaren gegenüber den Serumeiweißen über eine höhere Permeabilität verfügen und dadurch der effektive kolloid-osmotische Druck in der Leber stark abnimmt. Bei Erhöhung des Kapillardrucks wird die Lymphbildung und Strömung stark vermehrt. Nach Schätzung BOLLMANN's (1951) strömt innerhalb eines Tages beinahe die Hälfte der gesamten Plasmaproteine des Organismus durch das Lymphgefäßsystem der Leber. Der Begriff der **serösen Entzündung** stammt bekanntlich von RÖSSLE (1944). Seiner Auffassung nach ist die unter normalen Umständen aus den Blutkapillaren in das Interstitium transsudierte Flüssigkeit praktisch eiweißfrei. Die geringe Eiweißmenge, die jedoch ins Interstitium gelangt, wird teils von den Lymphgefäßen abgeführt, teils von Bindegewebszellen aufgenommen und verdaut. Nach EPPINGER handelt es sich bei einer serösen Entzündung um eine pathologische Steigerung der Permeabilität der Leberkapillaren, bzw. Sinusoide. Anstelle des unter normalen Verhältnissen praktisch eiweißfreien Kapillarfiltrats, tritt aus den Kapillaren Plasma ins Interstitium (das Blut wird eingedickt). Dieses Plasma füllt die Disseschen Räume aus und die Zunahme des Lymphkreislaufs der Leber deutet darauf hin, daß der Abtransport des ausgetretenen Plasmas vom Lymphgefäßsystem der Leber vorgenommen wird. Der Druck der Ödem-Flüssigkeit auf die Parenchymzellen sowie die Erschwerung der Sauerstoffdiffusion von den Blutkapillaren zu den Zellen, führt zur Schädigung des Parenchyms. Nach Ansicht EPPINGER's geht die Erweiterung der Disseschen Räume, die Plasma-Ausströmung durch die Wand der Sinusoide der Leberzellennekrose, die von anderen Autoren als Phase in der Pathologie der Leberzirrhose angesehen wird, voraus. Die Eiweißstauung im Interstitium führt sodann laut EPPINGER zum Erscheinen neuer Bindegewebsfasern, zur Vernarbung. EPPINGER ist der Auffassung, daß in der Eiweißstauung nicht die Insuffizienz des Lymphkreislaufes entscheidend ist, sondern die beschränkte proteolytische Funktion der Leberzellen. Denn ein Teil des ausgetretenen Eiweißes vermag — nach EPPINGER — der Lymphkreislauf zu beseitigen, die Hauptaufgabe fällt aber den Leberzellen und dem intramuralen Mesenchym zu, die fähig sind, das Parenchym wahrscheinlich auf fermentativem Wege vor den Folgen des Plasmaaustrittes zu schützen. Meines Erachtens ist die Leberzelle wahrscheinlich imstande, das ins Interstitium ausgetretene Eiweiß in sich aufzunehmen und nach einer gewissen Zeit im abgebauten Zustand zur interstitiellen Flüssigkeit hin weiterzugeben. Sowohl die seröse Entzündung als auch deren Folgeerscheinung, die **Zirrhosis hepatis,** gehen mit bedeutender Lymphströmung aus der Leber einher. Die Tatsache, daß das Lymphgefäßsystem der Leber die Disseschen Räume nicht trokken zu halten vermag, bedeutet die dynamische Insuffizienz der Lymphzirkulation der Leber. Die Aszites-Flüssigkeit ist bei der Zirrhose hepatis mit der durch die erweiterten Lymphgefäße der Leberkapsel in die Bauchhöhle transsudierten Lymphe identisch. Mit zunehmendem Alter wird das Lymphgefäßnetz der Leber allmählich ärmlicher, seltener; bei älteren Individuen kommt es bereits vor, daß ein Lymphgefäßnetz nicht mehr nachgewiesen werden kann und lediglich einzelne größere Lymphgefäßstämme ohne Teilung bzw. Seitenäste an der Kapsel entlanglaufen. Man hat auch festgestellt bei älteren Individuen, daß die größeren

Lymphgefäße des Darmgekröses vertrocknet oder verstopft sind. Es ist also therapeutisch sehr wichtig, daß im jungen Organismus eine viel umfangreichere Lymphströmung vor sich geht und das Lymphgefäßsystem entwickelter ist als im alten Organismus.

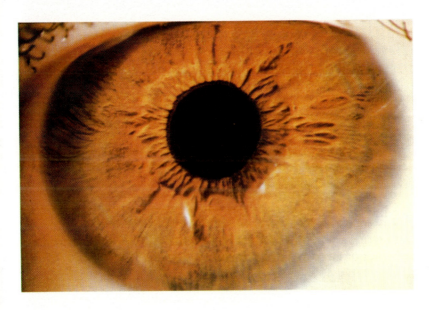

Bild 25:
Rechte Iris eines 45-jährigen Mannes, der vor 5 Jahren eine Hepatitis infektiosa durchmachte und jetzt an einer Cholelithiasis leidet (Lakune mit zirkulären Spasmenfurchen bei 35 Min.).

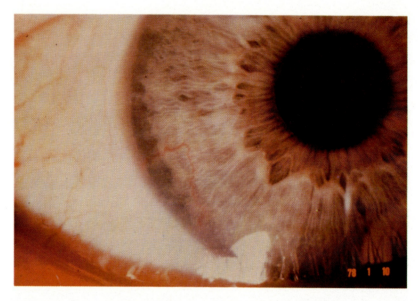

Bild 25a:
Rechte Iris einer 60-jährigen Patientin mit Leberhypertrophie, Stauungen im großen Kreislauf, Ödemen am rechten Unterschenkel (bei 40 Min. Stauungstransversale im Leberdreieck).

24. **Die Niere**

Die Niere zeigt sich in der Iris in der **dritten kleinen Zone** im rechten Auge bei 32' und im linken Auge bei 28'. Die Niere schließt direkt am Krausenrand an. Die Lymphe des Ductus thoracicus enthält in bedeutender Menge Histaminase, etwa das 30-fache des Histaminasespiegels im Plasma. Es ist sehr interessant, daß die Histaminase im ductus thoracicus, vor allem auch von der Darmwand, sezerniert wird. Cervikale Lymphe und Leberlymphe enthalten nur soviel Histaminase wie das Plasma. Der Histaminase-bildenden Funktion der Niere kommt im Leben dieses Organs zweifellos große Bedeutung zu. BABICS und

RENYI-VAMOS haben festgestellt, daß der Histamingehalt der Nierensubstanz bei Hydronephrose stark zunimmt und die Kapillarpermeabilität erhöht wird.

Es ist sehr wahrscheinlich, daß die **tubuläre Resorption** infolge des Durchströmens verschiedener Stoffe durch das Interstitium ständig zum Freiwerden von Histamin führt und die renale Histaminase die Sekretion der Niere gegen die Wirkung der toxischen Stoffe schützt. Der normale menschliche Harn enthält stets Eiweiß und zwar von 1 bis zu 155 mg. Das durch die Glomerulus-Kapillaren kontinuierlich filtrierte Eiweiß wird größtenteils von den Tubuli resorbiert. Das gleiche geschieht auch beim Zucker; unter normalen Verhältnissen wird die filtrierte Glukose praktisch vollständig resorbiert, während bei Erhöhung der Zuckerfiltration das Auftreten der Glucosurie die Sättigung der tubulären Zuckerresorption bedeutet. Folglich entsteht eine Albuminurie auch dann, wenn in der Zeiteinheit mehr Eiweiß filtriert wird als die Tubuszellen zu resorbieren vermögen. Wir wissen heute, daß das **Lymphgefäßsystem der Niere** ein sehr ausgebreitetes Netz ist, daß sowohl mit dem Sekretionsapparat der Niere als auch mit dem Interstitium in enger Verbindung steht und daß unter normalen Verhältnissen die Stauung der Eiweiße im Interstitium der Niere, vor allem durch das Lymphgefäßsystem verhindert wird. Vermag der Lymphgefäßapparat der Niere diese Aufgabe aus irgendeinem Grund nicht zu bewältigen, so ist dies mit sehr schweren Folgen verknüpft. Anfangs bindet das im Interstitium stagnierende Eiweiß infolge seines kolloidosmotischen Drucks Wasser, das ein Organödem hervorruft. Das Ödem verursacht ein Abrücken der Zellen von den Blutkapillaren, also auch vom Sauerstoff. Die Folge ist eine hypoxämische Zellschädigung. Späterhin versucht das stagnierende Eiweiß — wie stets — Bindegewebsvermehrung. Also, es kommt zur Fibrose.

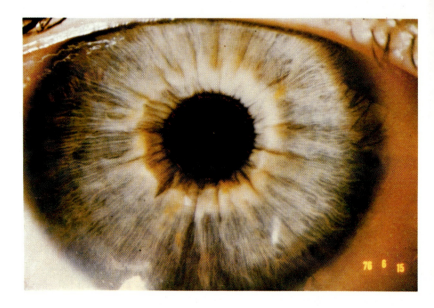

Bild 26:
Rechte Iris einer 6-jährigen Patientin mit generalisierter Lymphschwellung, renalen Ödemen der Extremitäten bedingt durch rechtsseitige Niereninsuffizienz und Pruritus generalis (Niere bei 32 Min. als dunkles Dreieck mit Vaskularisation sichtbar).

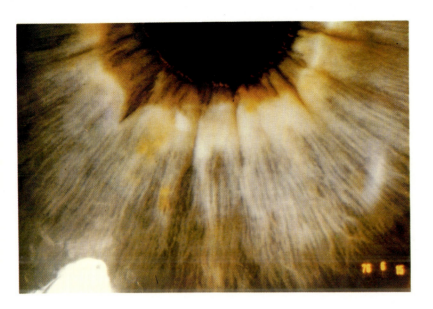

Bild 27:
Ausschnittvergrößerung von 26.

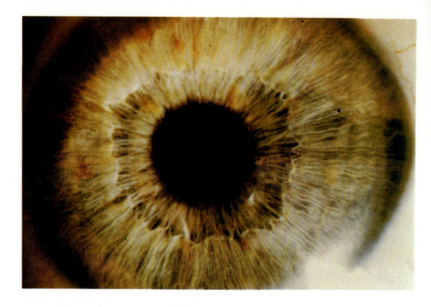

Bild 27a:
Linke Iris eines 65-jährigen Mannes, verstorben an linksseitigem Nierentumor (31 Min., abgedunkeltes Nierenfeld mit einem von hellen Radiären umgebenen Substanzzeichen.) Latenter Diabetes (35 Min. Torpedolakune mit anliegendem Pankreaspigment.)

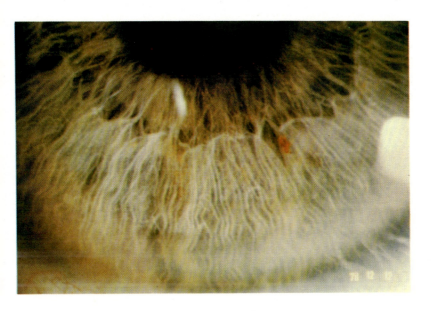

Bild 27b:
Vergrößerung (Bild 27) des Nierensektors.

Die Bedeutung des Lymphkreislaufes der Niere beim Verschluß des Ureters.

Es ist seit langem bekannt, daß das Nierenparenchym nach Obliteration oder experimentellem Verschluß des Ureters wochenlang keine schweren Veränderungen aufweist. Nach Auffassung von BABICS und RENYI-VAMOS ist die Tatsache die verschlossene Niere am Leben bleibt und weiter funktioniert, darauf zurückzuführen, daß der erzeugte Harn aus dem Pyelum in das Interstitium der Niere gelangt und von hier nach den Lymphgefäßen hin fortlaufend resorbiert wird. Im Sinne dieser Theorie handelt es sich also bei Ureterverschluß nicht um vollständige Harnstauung. Eine ständige Strömung findet auch in diesem Falle statt, nur daß der erzeugte Harn nicht vom Ureter, sondern von den Lymphgefäßen der Niere abgeleitet wird. Das Eindringen des Harns in das Nieren-Interstitium führt zum Freiwerden von Histamin; letzteres wieder zur pathologischen Steigerung der Kapillarpermeabilität. Dies hat zur Folge, daß aus den Kapillaren die Exsudation eiweißreicher Flüssigkeit in Gang kommt, auch diese Flüssigkeit wird vom Lymphgefäßsystem der Niere abtransportiert. Die auf diese Weise entstandene Gleichgewichtslage bietet die Erklärung dafür, daß die Zerstörung der verschlossenen Niere relativ spät eintritt.

25.   **Die Lunge**

Die Lunge zeigt sich in der Iris **rechts** bei 45' vom Ziliarrand bis hin zur kleinen vierten Zone und auf der **linken Seite** zwischen 12' und 15'. Hingegen die Hili verlaufen in der rechten Iris bei 45', in der linken Iris bei 15' direkt an den Krausenrand. Die Lunge besitzt ein außerordentlich reiches Lymphgefäßsystem, welches laut MILLER (1947) reicher ist als das der meisten parenchymatösen Organe. Die pränodale Lymphe der Lunge ist neben dem Uterus sehr reich an morphologischen Elementen (gemischte lymphozytäre histiozytäre Lymphe). Das weist darauf hin, daß der Lymphfluß in diesem Organ mit der phagozytären Funktion zusamenhängt. Besonders im Falle der Lunge, die täglich eine enorme Menge von den pulmonären Interstitium produzierten Histiozyten in die Lymphe ablegt, die dann in den Lymphzentren zerstört werden.

25.1.   **Das Lungenödem**

Die neueste Definition der Pathogenese des **Lungenödems** lautet folgendermaßen: Ein Lungenödem entsteht dann, wenn in der Lunge zwischen Produktion und Abtransport des Kapillarfiltrats eine Diskrepanz zustandekommt. D. h. in allen Fällen, wo das Lymphgefäßsystem der Lungeninsuffizienten nicht imstande ist, die Lunge trocken zu halten. Das Erscheinen des Lungenödems ist letzten Endes das Primum movens, die Senkung des kolloidosmotischen Drucks, die Steigerung der Blutkapillarpermeabilität im kleinen Kreislauf oder eine Aspiration von Wasser. In allen Fällen die Folge irgendeiner Art der Insuffizienz des Lymphkreislaufes. Die Entstehung des **Lungenödems bei Mitralfehler** geht in folgender Weise vor sich: Das Vitium verursacht eine Erhöhung des Widerstandes im kleinen Kreislauf. Dies führt zur Steigerung des pulmonalen Kapillardrucks, das Staling'sche Gleichgewicht im kleinen Kreislauf ist gestört; die Kapillarfiltration nimmt zu; entweder kann hier ein suffizientes Lymphgefäßsystem durch erhöhte Lymphströmung eine Kompensation, also ein Gleichgewicht herstellen, oder hier entsteht durch ein insuffizientes Lymphgefäßsystem ein schweres Lungenödem.

Nochmal eine **Zusammenfassung:** Ein Lungenödem kann entstehen, wenn

1. die Filtration aus den Lungenkapillaren zunimmt
a) durch Steigerung der Kapillarpermeabilität
b) durch Erhöhung des Kapillardrucks
c) durch Sinken des kolloid-osmotischen Drucks.

2. von außen in die Alveolen eiweißhaltige oder sekundär eiweißhaltig werdende Flüssigkeit eindringt, falls — in all diesen Fällen — das Lymphgefäßsystem der Lunge insuffizient ist.

3. bei mechanischer Insuffizienz des Lymphgefäßsystems der Lunge. Unlösliche organische Substanzen, so auch Staub, werden von den Lymphgefäßen aus den Alveolen abgeführt. TENDELOO (1902) stellte fest, daß der Staub in den ableitenden Lymphgefäßen teils frei strömt, teils intrazellulär in phagozytiertem Zustand ist. Die den Staub phagozytierten Zellen werden allgemein für Histiozyten gehalten. Nach einigen Autoren stammen sie aus dem Kapillarendothel. Sowohl von dem freien als auch von dem

intrazellulär stömenden Staub gelangt ein Teil in die Lymphknoten der Lunge, ein anderer Teil mit dem Lymphstrom an verschiedene Stellen der Lunge. Ja, auch in die Pleura-pulmonalis und pleura costalis. Ein Teil des Staubes bleibt im Lungengewebe stecken und verursacht hier reaktive Entzündung. Wenn die Zellen zugrunde gehen, werden die intrazellulär befindlichen Staubpartikelchen frei und es kommt vor, daß sie von anderen Zellen erneut phagozytiert werden. Sehr wichtig ist die Feststellung STAEHELINS (1925), wonach die Lymphgefäße, wenn sie zum Bersten voll mit Staub gefüllten Zellen oder freien Staubpartikeln sind, obliterieren können.

25.2. **Die Rolle des Lymphgefäßsystems der Lunge bei Lungentuberkulose.**

Bekanntlich können gewise Formen der Lungentuberkulose auch zur Lungenzirrhose führen. Auch in diesen Fällen steht zweifellos der Verschluß des Lymphgefäßes im Mittelpunkt des Krankheitsprozesses. Nach RICH (1951) gibt es folgende Unterschiede:

Im Kindesalter stellen die Lungenspitzen nicht die Prädilektionsstelle der Lungentuberkulose dar, jeder beliebige Lungenteil kann gleichmäßig erkranken.

Im Kindesalter entsteht keine Fibrose, der Ausgang ist im allgemeinen Verkäsung.

Im Kindesalter vergrößern sich die regionären Lymphknoten und verkäsen.

Dem gegenüber vergrößern sie sich bei Erwachsenen nicht, auch erhalten sie nur kleine, tuberkulöse Herde.

Im Kindesalter kommen auffallend viele metastatische Herde vor.

Nach KRAUSE (1925) sind diese Unterschiede dadurch zu erklären, daß bei Kindern die Lymphgefäße der Lunge weiter sind und eine viel stärkere Strömung aufweisen als bei Erwachsenen. In der Lunge des Kindes sind zwischen den oberflächlichen und tiefliegenden Lymphgefäßen noch reichliche Anastomosen vorhanden, mit fortschreitendem Alter verschließen sich diese Verbindungen allmählich. Im Gefäßapparat der Lunge entsteht manchmal eine retrograde Strömung, die vor allem ein Problem in der Pathologie der Lungentuberkulose und in der Verbreitung der intrapulmonalen Tumormetastasen darstellt.

25.3. Die lymphogene Infektion der Lunge

Wie bekannt, können bakterielle Erkrankungen in der Tonsille in der Lunge Metastasen hervorrufen. Die Krankheitserreger gelangen aus den Tonsillen über die regionären Halslymphknoten in den Truncus cervicalis; von hier in das Venensystem, durch diese in die rechte Herzhälfte, so dann in die Arteria pulmonalis und in die Blutkapillaren der Lunge. Wenn sie hier steckenbleibend in das Interstitium gelangen, können sie mit dem Lymphstrom auch in die tracheo-bronchialen Lymphknoten eindringen.

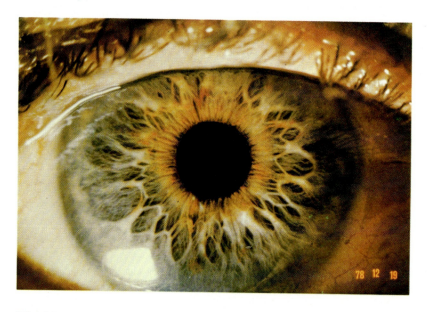

Bild 28:
Rechte Iris eines 77-jährigen Patienten Carcinom der Trachea und Metastasierung in die Lunge (Substanzverlustzeichen im Lungensektor bei 45 Min.).

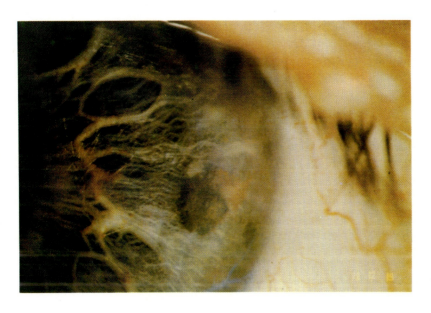

Bild 29:
Linke Iris Detailvergrößerung des Lungensektors. (Teerpigment bei 15 Min. mit umliegendem Aktivierungszeichen im Bereich der Trachea).

Die lymphostatische Hämangiopathie 25.4.

Ich möchte noch einmal zur Erinnerung anführen: wichtigste physiologische Aufgabe des Lymphgefäßapparates besteht im Abtransport von Eiweißkörpern aus den Geweben. Wir wissen heute, daß keine Blutkapillare des menschlichen Körpers Eiweißkörpern gegenüber vollständig undurchlässig ist. Im Laufe von 24 Stunden verläßt etwa die ganze zirkulierende Plasmaproteinmenge die Blutbahn und wird durch die Lymphbahn in den venösen Blutstrom zurückgeleitet. Lokale Störungen haben ein Lymphödem zur Folge. Es entsteht in seiner einfachsten, typischen

Form, im subkutanen Bindegewebe dadurch, daß das rückgestaute Eiweiß infolge seiner kolloid-osmotischen Kraft Wasser im Gewebe zurückhält. Früher glaubte man, daß dieses Ödem ausschließlich extrazellulär lokalisiert sei; es hat sich jedoch gezeigt daß auch ein **intrazelluläres Ödem** entsteht mit ausgeprägten morphologischen und funktionellen Veränderungen der Zellen. HAUSS bezeichnet den Weg, über welchen der extravasale Stofftransport vom Kapillarlumen bis zu den Zellen fließt, als Transitstrecke. Sie besteht aus den Endothelsaum, den Blutkapillaren sowie einer Mucopolysacharidzone, letztere setzt sich aus der Basalmembran der Kapillaren und der Grundsubstanz des Bindegewebes zusammen. Die Mucopolysacharidzone untersteht in ihrem Stoffwechsel dem Einfluß mesenchymaler Zellen. Das bedeutet, daß alle Störungen des Mesenchymstoffwechsels selbstverständlich eine Störung der Transportfunktion, also auch der Transitstrecke zur Folge haben. Es kommt sodann zur Mangelversorgung der Parenchymzellen, wodurch ihre Funktion beeinträchtigt wird. Veränderungen dieser Art spielen u. a. bei der Kollagenose eine wichtige Rolle. Normalerweise sorgen die eigenen Lymphgefäße der Blutgefäße, die Vasa lymphatica vasorum, für den Abtransport von Eiweißkörpern aus der Wand der Arterien und Venen. Aber auch die Basalmembran der Blutkapillaren, welche sowohl biochemisch und strukturell als auch in funktioneller Hinsicht der Grundsubstanz des Bindegewebes entspricht, bedarf eines ständigen Abtransports von Eiweißkörpern.

Die inneren Wandschichten haben keine Blut- und Lymphkapillare. Der Anstrom für Intima und inneres Drittel der Media erfolgt aus dem Lumen. Und nur die äußeren Schichten werden von den Kapillaren der Adventitia versorgt. Der Stoffwechseltransport für den größten Teil der Gefäßwand verläuft auf außerordentlich langen Transitstrecken. Die meisten cerebralen Blutkapillaren besitzen eine einfache Basalmembran mit einer zentralen Lamina densa und zwei peripher anliegenden Laminae rarae. Die Blutkapillaren gewisser Gebiete, z. B. diejenige der Area postrema haben eine doppelte Basalmembran mit einem bindegewebigen Raum von 0,1–0,5 µ zwischen den beiden Membranen. Bei einer **lymphostatischen Hämangiopathie** wird die übliche einfache Basalmembran stellenweise ödematös verbreitert, aufgelockert, manchmal sogar explosionsartig gesprengt. Der Spaltraum doppelter Basalmembranen wird durch Ödemflüssigkeit bis auf das 30-fache des normalen Durchmessers vergrößert. Innerhalb der Flüssigkeitsansammlung sind die Bündel neu gebildeter, abnormaler kollagener Fasern zu beobachten. In den Endothelzellen der Blutkapillaren erscheinen große, auf eine Transportstörung hinweisende Vakuolen, sowie vereinzelte, geschädigte Mitochondrien. Die funktionelle Bedeutung der lymphostatischen Hämangiopathie liegt auf der Hand. Eine ödematös durchtränkte, fibrös verbreiterte Blutkapillarwand schädigt zwangsläufig den Stofftransport und muß zu hypoxisch-metabolischen Organschädigungen führen. Dort, wo es zu einer Einengung des Lumens kommt, muß die Blutströmung selbst beeinträchtigt werden. Es ist eine allgemeine Regel der Lymphologie, daß das **Lymphgefäßsystem** neben der geschilderten Aufgabe des Eiweißtransportes auch noch eine sogenannte **Sicherheitsventilfunktion** ausübt.

Dies bedeutet, daß der Lymphstrom normalerweise ein plötzlich eintretendes Mehrangebot an eiweißhaltigem Blutwasser bis zur äußersten Transportkapazität abtransportiert und dadurch z. B. bei Entzündungsprozessen das Gewebe vor schwerwiegenden Folgen schützen kann. Sind aber die Lymphbahnen wegen irgendeines pathologischen Prozesses, Lymphgefäßthrombose, Lymphangiospasmus usw. verschlossen, so bleiben die toxischen lymphlichtigen Stoffe im Gewebe liegen und verursachen ausgedehnte Nekrosen des Parenchyms. Die Venen sind in dieser Hinsicht besonders gefährdet, da die Lymphgefäße, welche auch ihre Vasa lymphatica aufnehmen, oft in ihrer unmittelbaren Nachbarschaft verlaufen. Kommt es zu einer **Phlebitis,** so kann es leicht zu einer **Periphlebitis** mit einer konsekutiven Perilymphangitis und Lymphangitis kommen. Es ist experimentell bewiesen worden, daß eine solche Sicherheitsventilinsuffizienz der Lymphdrainage der Venenwand, d. h. eine Kombination einer Phlebitis mit einer lymphostatischen Phlebopathie zu außerordentlich schweren Wandschädigungen der Venen und zu einer Thrombose führt. Ein Lymphödem ist nun stets die Folge einer mechanischen Insuffizienz der Lymphströmung. Bei sämtlichen Lymphödemformen besteht eine starke Disposition für lokale Infektion. Bei der Mehrzahl der **europäischen Elephantiasisfälle** kann die Infektion als entscheidender pathogenesischer Faktor nachgewiesen werden. Nicht selten kommt z. B. in der Anamnese Insektenstich vor, nach welcher eine banal erscheinende Lymphangitis mit Schwellungen der inguinalen Lymphknoten Lymphadenitis auftritt. In wenigen Tagen sind die sichtbaren Anzeichen der akuten Entzündung verschwunden, aber nach Wochen oder Monaten schwillt die Extremität allmählich an und wird ödematös.

Anfangs ist das Ödem noch von orthostatischem Charakter und beschränkt sich auf den Knöchel. Später greift es auf den Unterschenkel, sodann auch auf den Oberschenkel über und wird chronisch. Nach einer gewissen Zeit beginnt jedoch die Fibrose und Sklerose des ödematösen Bindegewebes mit ständiger Verdickung und Deformation der Extremität. Für den Ablauf der Erkrankung (Elephantiasis) ist es sehr charakteristisch, daß zeitweise Streptokokkeninfektionen auftreten und sich nach innen abklingend der Zustand sich noch stets verschlechtert. Dies ist leicht verständlich, wenn wir bedenken, daß die Entzündung teils zur Anhäufung eiweißhaltiger Stoffe führt, d. h. die abzutransportierende, stagnierende Eiweißmenge erhöht, teils wenn gegebenenfalls offene und ableitende Lymphgefäße noch vorhanden waren, Lymphangitis und Obliteration zustande bringt. Wir unterscheiden folgende Lymphödeme:

1. das nichtentzündliche Lymphödem
a) primär:
Lymphodema praecox

Kongenitales Lymphödem
hereditär (Milroysche Krankheit), einfach oder nicht
Lymphodema tarda.
Erscheint nach dem 35. Lebensjahr

b) sekundär:
Verschluß bzw. Entfernung von Lymphbahnen.
Neoplastische Invasion der Lymphbahnen
Obstruktive Lymphangitis (pyogene Infektionen filariasis, Trichophytose, Tuberkulose, Syphilis).
Degenerative Lymphangiopathie
Lymphknotenerkrankungen
Posttraumatische Lymphangiopathie
Iatrogen: Blockdissektion
Iatrogen: Bestrahlung (Röntgen, Radium)

c) Akinetische Insuffizienz der Lymphströmung
Kausalgie
Paralyse

Therapie

jede bakterielle oder mykotische Infektion muß drastisch behandelt werden. Die Diagnose aus dem Auge und die dazugehörige Konstitution erleichtert uns die Mittelwahl. Z. B. zur Steigerung der Abwehrkraft denken wir an Echinacea, Aristolochia Ferrum phosphoricum; Arnika bei der hämatogenen Konstitution; Calendula bei der lymphatischen Konstitution. Wärme verschlechtert jedes Ödem. Mit Recht: sie führt zu einer Hyperämie mit Erweiterung der Blutkapillaren. Die Permeabilität wird erhöht, so daß zusätzlich Eiweißkörper in die Gewebe austreten. Selbstverständlich ist eine Abkühlung ebenfalls schädlich. Auch venöse Stauungen müssen aus demselben Grunde peinlichst vermieden werden. Da eine Akkinesie einer Extremität ein Lymphödem zur Folge haben kann, ist die pumpende Tätigkeit der Muskelkontraktion der wichtigste Motor der Lymphströmung in der mit Klappen reichlich versorgten Lymphbahn.

Es ist verständlich, daß man mit klug dosierten schonenden physiotherapeutischen Verfahren wie Gymnastik, Massage, Lymphdrainage, oft markante therapeutische Effekte erzielen kann. Ein zuviel ist jedoch schädlich. Eine grobe Massage schädigt die basalmembranlosen Lymphkapillaren in dem Maße, daß sich ihr Inhalt widerstandslos in das Interstitium ergießt. Leicht ist sogar ein solcher Zustand erreicht, bei dem auch die Blutkapillaren selbst geschädigt werden und zwar mit einer konsekutiven Albuminurie ins Gewebe im Sinne von EPPINGER. Lymphödematöse Extremitäten sollten während der Nacht hochgelagert werden. Die Nierenfunktion bzw. die Diurese sollte angeregt werden, um die Lymphe zu entlasten (Extrakt Ononidis, Solidago, Extrakt Meliloti).

Es sei besonders hervorgehoben, wie wichtig es ist, auch beim lymphödem Kranken den ganzen kranken Menschen zu untersuchen. Eine Rechtsinsuffizienz des Herzens belastet das Lymphsystem genauso wie eine Hypoproteinämie oder eine hormonell bedingte Salz- und Wasserretention. Adnexitiden können ebenfalls zu erhöhter Lymphproduktion und durch Lymphangitiden zum Verschluß von Lymphbahnen führen und auf diesem Wege bei hypoplastischen Lymphbahnen ein Lymphödem der unteren Extremitäten verursachen.

Kongenital hypoplastische oder aplastische Lymphbahnen können selbstverständlich auf keinem konservativem Weg normal gestaltet werden. Es ist aber häufig so, daß das Lymphödem trotz der angeborenen Anomalie erst mit der ersten Menstruation erscheint und sich dann oft mit jeder Regel verschlimmert. Der Grund dafür ist durch die Hyperämie erhöhte Lymphproduktion im kleinen Becken. Die lumbalen Lymphstämme werden dadurch mit Lymphe prall gefüllt und erschweren rein funktionell den freien Einstrom der ohnehin spärlichen Extremitäten-Lymphe.

Die klinische Lymphologie gehört selbst heute noch zum am wenigsten bekannten, stark vernachlässigten Gebiet der Angiologie.

Literaturnachweis

RUSZNYAK, FÖLDI, SZABO (Gustav Fischer Verlag, Jena)
„Physiologie und Pathologie des Lymphkreislaufes"

H. BEGEMANN, L. HEILMEYER, H. G. LASCH (Springer-Verlag)
„Innere Medizin, Thema: Benigne und maligne Lymphknotenerkrankungen"

GOTTHOLD, HERHEIMER (Bergmann Verlag 1927)
„Grundrisse der pathologischen Anatomie"

T. FUCHS (Boehringer Mannheim)
„Pyelonephritis"

F. MENKEN (Verlag W. Girachet, Wuppertal-Elberfeld)
„Photokolposkopie und Photoduoglaskopie"

J. R. CASLEY-SMITH, Adelaide Australien
„Lymphatische Feinstrukturen und Entstehung der Lymphe"

M. FÖLDI, Goslar
„Lymphatische Hämangiopathie"

M. FÖLDI, Goslar
„Über die konservative Behandlung des Lymphödems"

G. OTTAVIANI, Parma
„Biologie und Klinik des Lymphgefäßsystems"

J. ANGERER (Tibor Marczell Verlag München)
„Handbuch der Augendiagnostik"

J. BROY (Tibor Marczell Verlag München)
„Die Konstitution"

G. JAROSZYK (Medizin Verlag E. Jaroszyk)
„Augendiagnostik"

G. KLOOS (Verlag von Rudolph Müller und Steinicke München)
„Grundriß der Psychiatrie und Neurologie"

Th. KRIEGE (Selbstverlag Th. Kriege, Osnabrück)
„Grundbegriffe der Irisdiagnostik"

H. HERGET, H. SCHIMMEL (Pascoe, pharmazeutische Präparate)
„Grundsätzliches zu Zeichen und Pigmenten in der Iris und deren physiologische Zusammenhänge"

H. SCHIMMEL (Pascoe, Gießen)
„Bewährte Therapierichtlinien bei chronischen Erkrankungen"

XII. Das vielfältige Bild der Kristallose

Franz K o h l, München

Inhaltsverzeichnis:

Einleitung   1.

Störungen der Barysphäre   1.1

Störungen der Lithosphäre   1.2

Störungen der Hydrosphäre   1.3

Störungen der Atmosphäre   1.4

Die Kristallose   2.

Allgemeine Therapie der Kristallose   2.1.

Nephrolithiasis   2.2.

Die Phänomene der Nephrolithiasis   2.3.

Allgemeine Therapie der Nephrolithiasis   2.4.

Cholelithiasis   3.

Die Phänomene der Cholelithiasis   3.1.

3.2.	Allgemeine Therapie der Cholelithiasis
4.	Rheumatische Diathese
4.1.	Entzündlicher Rheumatismus
4.2.	Die Arthritis
4.3.	Die Phänomene des rheumatischen Formenkreises
4.4.	Allgemeine Therapie des rheumatischen Formenkreises
5.	Degenerativer Rheumatismus
5.1.	Arthrose
6.	Arthritis urica = Gicht
6.1.	Pyrophosphat-Arthropathie
6.2.	Phänomene der Arthritis urica
6.3.	Allgemeine Therapie der Arthritis urica
7.	Ödeme
7.1.	Ödem-Therapie
8.	Aszites
8.1.	Aszites-Therapie
9.	Bild-Hinweis
10.	Literaturnachweis

Einleitung

πάντα ῥεῖ — alles fließt. Durch dieses Wort drückten bereits die altgriechischen Philosophen aus, daß der ganze Kosmos aus auf- und abbauenden Strömungen besteht, die sich normalerweise das Gleichgewicht halten. So bestehen auch im menschlichen Organismus solche auf- und abbauende Kräfte, die sich gegenseitig im Gleichgewicht halten.

Danach ist **Gesundheit** Ordnung, Harmonie — während **Krankheit**, Unordnung, Disharmonie der lebendigen Kräfte des Menschen im Zusammenhang mit dem Kosmos bedeutet.

Eine der wichtigsten Kräfte stellt das Flüssigkeitssystem dar, dessen Zustandsbild sich vom Ödem bis zum Stein, von der Hydrose über die Rhinose bis zur Arthrose erstreckt.

Die Inklination zu Stein und Kristall auf der einen Seite und zur Ödembildung auf der anderen Seite ist vielfach vererbt. Nach ANGERER zeigen sich bei den Vorfahren folgende Störungen:

Störungen der sog. Barysphäre = Störungen des Metallhaushaltes, vor allem des Eisenstoffwechsels, des Kupferstoffwechsels.

Anomalien der Lithosphäre = Störungen des Mineralhaushaltes (Kalkmangel, Osteoporose, Gelenkstörungen).

Krankheit der Hydrosphäre = der Wasserhaushalt des Bindegewebes ist anomalisiert und führt daher zur Schweißbildung oder Ödem oder aber zur Austrocknung und Arthrose.

Die Fehlfunktion der Athmosphäre führt zur Kristallose der Schleimhäute.

Im folgenden soll die Kristallose als wohl wichtigste Störung im Flüssigkeitssystem — unter der die Menschen bereits seit frühester Menschheitsgeschichte leiden (so wurden bereits in Mumien aus Pharaonengräbern Steine nachgewiesen) — behandelt werden.

2. Die Kristallose

Die Kristallose kann in allen Hohlorganen wie Niere, Galle, Lunge, in Nasen- und Gehirnhöhle, sowie im Darmbereich und Synovialräumen vorkommen.

Die Kristallbildung besteht zum einen aus einem primären kolloid-chemischen Vorgang, bei dem sich die labilen mukoiden Kolloide zu einem Eiweißklumpen verdichtet haben, in welchem sich dann die Kristalloide inkrustieren, zum anderen aus organischen Bestandteilen.

2.1. Allgemeine Therapie der Kristallose

1. Störfeldsanierung (Zähne, Mandeln, Blinddarm, Gallenblase, Narben)

2. Ausschaltung der genetischen Erbschäden
   TB-Belastung, GO-Belastung = Therapie mit Nosoden

3. Gesunde Lebensweise

   a) früh Schlafengehen

   b) wenig Alkohol

   c) wenig Fleisch

   d) seelische Entspannung; permanenter Streß fördert die

Kristallbildung

e) alkalische Ernährung

Am häufigsten kommen Formen der Kristallose bei den ableitenden Harnwegen vor. Hier soll zunächst die Nephrolithiasis, (λίϑος = der Stein; νεφρός = die Niere) die Steinbildung in der Niere, besprochen werden.

Nephrolithiasis 2.2.

Klinisches Erscheinungsbild:

Die Symptome des Nierensteins, der zu 25 % aus organischen Bestandteilen und zu 75 % aus Mineralsalzen besteht, sind zu unterscheiden zwischen dem akuten Anfall als Ausbruch der Steineinklemmung und dem chronischen Steinleiden. Letzteres macht sich durch Druckgefühl oder dumpfe Schmerzen in der Lendengegend bemerkbar, die sich bei körperlichen Bewegungen steigern.

Deshalb wird es oft mit rheumatischen Beschwerden, Wirbelleiden und Adnexerkrankungen der Frau verwechselt.

Beim akuten Steinanfall treten meist ohne Vorboten heftigste, krampfartige oder stechende Schmerzen in der Lendengegend der befallenen Seite auf, die bis in die Gegend der Harnblase ausstrahlen.

Steinarten:

Die vorkommenden Steinarten unterteilt man in primäre und sekundäre Steine.

Bei klarem, saurem, aseptischem Urin treten die primären **Urat-**

und **Oxalsteine** auf, selten kommen die **Zystinsteine** vor und noch seltener die **Xanthinsteine**. Bei trübem, alkalischem, infiziertem Urin kommen die **Phosphatsteine** und die **Kalziumkarbonatsteine** am häufigsten vor; seltener dagegen die **Eiweißsteine**, die **Fibrinsteine** und **Bakteriensteine**.

Lage der Steine:

Weiter unterscheiden wir je nach Größe und Lage des Steins im Bereich des Nierenkelchsystems, des Nierenbeckens und der ableitenden Harnwege:

Nierenbeckensteine, Ventilsteine, einfache Nierenkelchsteine, Nierenkelchsteine mit Hydrokalix, Nierenkelchsteinnest und Parenchymsteine.

Komplikationen:

Im allgemeinen bleibt das Nierensteinleiden solange symptomenlos, bis durch Einklemmung eines abgehenden Nierensteins in dem engen Ureter eine Steinkolik ausgelöst wird. Dieses akute Krankheitsbild, das durch heftigste Schmerzen gekennzeichnet ist, gewinnt jedoch seine ernste Bedeutung durch die häufigen Komplikationen, die sich aus der durch einen eingeklemmten Nierenstein entstehenden Harnstauung entwickelt. Aus dieser Aufstauung zunächst aseptischen Harns wird bald eine infizierte Harnaufstauung.

Diese kann über den Weg der Pyelitis, Pyelonephritis, Pyonephrose intravenaler und epinephritischer Abszeßbildung durch allmähliche Zerstörung des Nierenparenchyms zur **Schrumpfniere** oder durch bakteriellen Einbruch in die Blutbahn zur **Urosepsis** führen.

Die Phänomene der Nephrolithiasis 2.3.

1. Plastisch gelbe Flocken um den Krausenrand kennzeichnen renale Steindiathese.

2. Steinstraßen im Nierensektor

   a) Lithiasisstraßen, die sich mit den Kontraktionsringen kreuzen.

   b) Schmerzlinien, die Hinweise auf eine Nierenkolik sind.

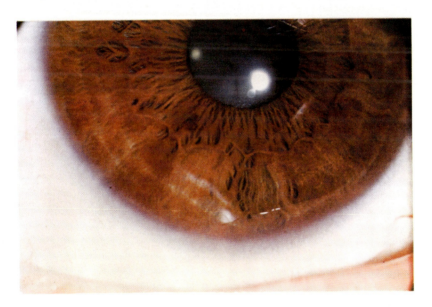

Bild 1:

Krankengeschichte:

Männlich, 62 Jahre. Seit seinem 35. Lebensjahr häufig Nierengriesabgang, Nierensteinkolik, mit 45 Jahren angeblicher Abgang eines Steines, nochmalige Kolik mit 52 Jahren, röntgenologischer Befund: Nierenstein in der rechten Niere. Patient ließ sich bis jetzt nicht zu einer Operation überreden, vor allem, da er seit 6 Jahren keine Koliken oder Beschwerden mehr hat.

Therapie:

Teufelskrallentee, Kalkurenal, Renodoron — Weleda.

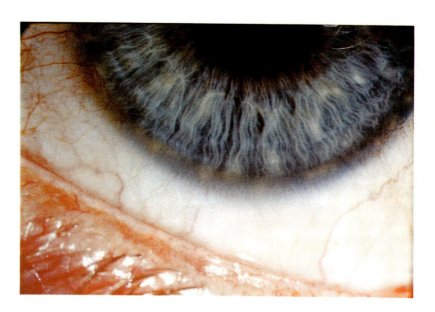

Bild 2:

Krankengeschichte:

Männlich, 46 Jahre. In seiner Jugend häufig Mandelentzündungen. Patient litt immer an einer auffallenden Durstlosigkeit; mit 37 Jahren zum ersten Mal Nierenbeschwerden, mit 42 Jahren Nierensteinoperation, linke Niere.

Therapie:

Reichliche Flüssigkeitszufuhr, Sauna, Trockenbürsten, regelmäßige Einnahme der Nierensteintinktur nach Zimmermann und als wichtigstes: regelmäßige Injektion nach Angerer in die Mandelnarben mit Cefasept 1 ccm und Impletol 0,5 ccm.

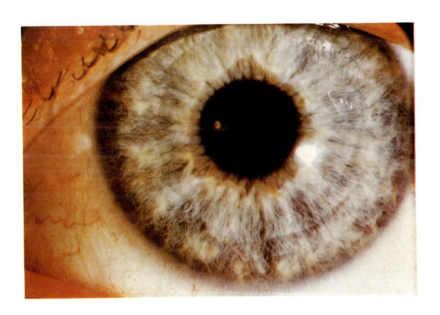

Bild 3:

Krankengeschichte:

Weiblich, 67 Jahre, Adipositas, lymphatische Diathese. Mit 45 Jahren Diagnose: Gichtniere, mit 52 Jahren wiederholt Nierenkoliken; nach einer Kur bei einem Kollegen mit 57 Jahren reichlich Abgang von Nierengrieß, seither keine subjektiven Beschwerden mehr. Patientin lehnt eine Untersuchung durch den Urologen ab.

Therapie:

1. Lymphtherapie, 2. Ausleitende Maßnahmen, 3. Senkung des Harnsäurespiegels. Regelmäßige Injektionen mit dem Präparat: Urologikum (Vogel & Weber) in die Akupunkturpunkte: Blase 36 und Blase 52.

Bild 3a:

Krankengeschichte:

Patientin, 50 Jahre, bereits in ihrer Jugend häufig Nierengrießabgang, Nierensteinoperation mit 45 Jahren. Seither ist sie in Behandlung wegen regelmäßigem Abgang von Nierengrieß.

Therapie:

Es wurden im Oberkiefer links zwei beherdete Zähne, unter anderem der Sechser extrahiert. Die Patientin muß täglich 4 Tassen Gerner Urologicum trinken, außerdem wurde Kalkurenal u. Cefalithin verordnet, und die Patientin zu einer säurefreien Kost angehalten.

Allgemeine Therapie der Nephrolithiasis 2.4.

Die Prophylaxe

Unbedingt Zahn- und Mandelherde beachten. Beherdete Zähne müssen extrahiert werden. Beherdete Mandeln oder Mandelnarben einmal wöchentlich mit Cefasept und Impletol abspritzen.

Reichliche Flüssigkeitszufuhr.

Fleisch und Alkohol meiden.

Sauna und aktives Schwitzen sind unbedingt zu empfehlen.

Einzelmittel:

1. Rubia tinctorum — Färberröte

2. Saxiphraga granulata

3. Berberis vulgaris

4. Acidum bencoicum

5. Acidum oxalicum

6. Calcium oxalicum

7. Die Nosode, die man von einem abgegangenen Stein in einer Potenz D 6 oder D 12 herstellen läßt.

8. Urtica diocca

9. Pichi – Pichi

10. Lycopodium

Bei den **Komplexmitteln** sei besonders die Nierensteinmischung nach Doktor ZIMMERMANN hervorzuheben.

Sie hat folgende Zusammensetzung.

Herniaria D 1

Solidago D 2

Berberis D 3

Rubiatinkturum D 1

Lithiumcarbonicum D 8 āā

Außerdem ist das Präparat Kalkurenal der Fa. Müller Göppingen bestens bewährt; Cefalithin von Cefak.

Renodoron der Firma Weleda sowie die nach Rezepten von Rudolf Steiner hergestellten Mittel

Lapis Cancrorum D 3, D 6 od.

Lapis Cancrorum compositum.

Bei Uratsteinen hat sich auch das Präparat Ferrum deurticam 0,1 % der Firma Weleda sehr bewährt.

Eine Teemischung nach Dr. HEUSTERBERG:

Herba saxiphragae

Herba solidago wirg. aurae.

Fructus rose caninae āā 50,0

Von diesem Tee soll der Patient täglich 5 Tassen trinken.

Von den **Injektionspräparaten** sei hier besonders die Mischspritze der Firma Hevert zu empfehlen, die sich zusammensetzt aus

Hevert Nier I

Hevert Nier II

Iriscompositum Hevert.

Diese Mischinjektion sollte jeden 2. Tag möglichst in den zuständigen Akupunkturpunkt injiziert werden; man erzielt oft sehr gute Wirkung damit.

Cholelithiasis 3.

Die wohl häufigste Funktionsstörung durch Kristallose im Oberbauch ist das Gallensteinleiden, die Cholelithiasis.

Klinisches Erscheinungsbild:

Diese häufigste und wichtigste Erkrankung der Gallenblase und der Gallengänge tritt vor allem bei Frauen auf.

Bei sonst voller Gesundheit setzen (meist nachts) plötzlich heftige, kolikartige Schmerzen in der Gallenblasengegend ein, die in die rechte Schulter, bzw. den rechten Arm ausstrahlen. Oft auch begleitet von einem heftigen, kurzen Schüttelfrost, mit für einige Stunden nachfolgendem Fieber von 38—39° C. Charakteristisch ist auch die außerordentliche Druckempfindlichkeit unterhalb des rechten Rippenbogenrandes mit deutlicher Bauchdeckenabwehrspannung.

Zu den oben geschilderten Symptomen des sog. akuten Gallensteinanfalls oder der Gallensteinkolik kommt es jedoch erst, wenn einer der vielfach zunächst „stummen" Steine, die oft nur durch zufällige röntgenologische Untersuchung entdeckt werden, bei einer Gallenblasenkontraktion in den engen Ductus cysticus eingeklemmt wird.

Ursachen:

Für die Entstehung eines Gallensteins gibt es vielfältige Ursachen.

Bereits Bernhard NAUNYN (1839—1925), der bekannte Internist, formulierte die Ursache des Entstehens der Steine in der Gallenblase und in den Gallengängen in dem kurzen Merksatz:

„Ohne Gallenstauung keine Gallensteine".

In den meisten Fällen ist jedoch ein Zusammenwirken von Gallenblasenentzündung, Gallenstauung und Dyscholie die Ursache für seine Entstehung.

Steinarten:

Zur Zusammensetzung der Gallensteine bleibt noch zu erwähnen, daß sie hauptsächlich aus Cholesterin, Calciumkarbonat, Bilirubin oder Eiweiß bestehen. Um einen aus Schleimhautabschilferungen bestehenden Kristallisations- bzw. Kondensationskern lagern sich Cholesterin- und Bilirubinkristalle ab und bilden

Steine, die sowohl als Solitär- als auch als Herdensteine vorkommen. Dabei ist die häufigste Steinart der **Cholesterinpigmentkalkstein**. Daneben treten noch kleinste grießartige Gallensteine auf, die ob ihrer Struktur als **Gallengries** bezeichnet werden.

Die Phänomene der Cholelithiasis 3.1.

Radiäre Steinlinien, die an den Schnittpunkten mit den Kontraktionsringen beim Übergang zur Steinkrise eine typische Gewebsaussparung aufweisen.

Der wie von einer Säure zerfressene Irisrand ist meist Hinweis für eine Prädisposition zu Gallensteinen.

Kalkwolken auf dem Sektor von Leber und Galle sind Hinweis auf einen erhöhten Kalkausfall und damit für eine Neigung von Gallensteinen.

Amorphe dunkelbraune Leberpigmente treten als Hinweis für reine Pigmentsteine auf, die im wesentlichen keine Beschwerden machen und daher ruhende Steine sind.

Schmerzlinien im Bereich der Gallenblase deuten immer auf Gallenkoliken.

Überschichtige Transversalen sind Hinweise auf Gallendyskinesien nach Cholecystitis.

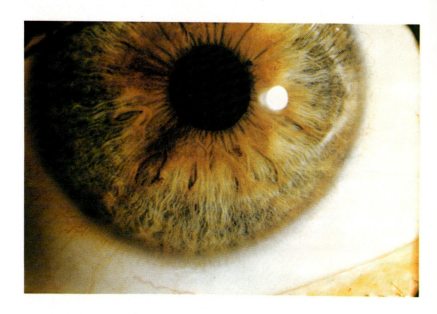

Bild 4:

Krankengeschichte:

Weiblich, geboren 7. 2. 24, leichtes Übergewicht, rheumatische Beschwerden, Gallenbeschwerden nach Genuß von fettem Essen oder Kaffee. Röntgenologisch mehrere Gallensteine vorhanden, da jedoch keine ausgesprochenen Koliken bis jetzt stattgefunden haben, konnte sich die Patientin noch nicht zur Operation aufraffen.

Therapie:

Allgemeine Entsäuerung, Aristochol, im Wechsel mit Glisitol und im Wechsel mit Galleelixier Weiß.

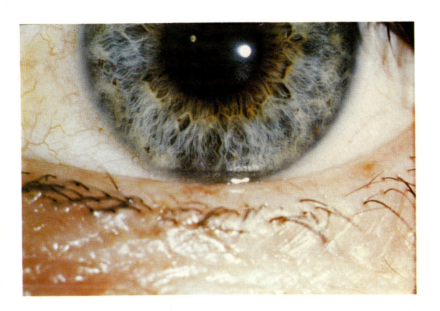

Bild 5:

Krankengeschichte:

Weiblich, 39 Jahre, lymphatische Grundkonstitution. Nach der 2. Geburt plötzlich auftretende Gallebeschwerden, die die Patientin zu einer freiwilligen Gallendiät veranlaßt haben. Die Beschwerden treten vor allem auf nach Genuß von Röststoffen.

Therapie:

Diät, regelmäßige Injektionen mit Cefachol und Cefatropin in das Sonnengeflecht, entkrampfende Medikamente.

3.2. Allgemeine Therapie der Cholelithiasis

Operiert werden muß immer, wenn bereits ein Ikterus vorhanden ist oder wenn öfter starke Koliken auftreten.

Gallengries ist häufig sehr gut mit sog. Ölkuren zu beseitigen z. B. die Ölkur unseres Kollegen THEEGARTEN.

Das wichtigste für den Patienten ist die Einhaltung einer Diät.

1. Verbot sämtlicher tierischer Fette.

2. Verbot von Schweinefleisch, Röstprodukten, Alkohol jeglicher Art.

Bewährt hat sich eine **Injektion** nach Josef ANGERER:

Cefachol 1 ccm

Cefatropin 1 ccm

Impletol 0,5 ccm im Bereich der Galle subkutan injizieren.
Einzelmittel: Chelidonium majus

    Cynaria e flor

    Taraxacum officinale

    Menthapiterita

    Berberis vulgaris

sehr bewährt hat sich eine **Mischung** unseres Kollegen Josef KARL:

Bento   10,0

Atropinum sulfuricum   10,0

Oleum menthe piperitae 5,0

bei Bedarf ¼ bis ½ stündl. 10 Tropfen auf ein Stück Brotrinde.

Fertigpräparate

Neurochol

Rowachol

Cefachol

Olissitol

Galleelixier Weiß

Rheumatische Diathese 4.

Wenn auch wie vorher beschrieben die Nieren- und Gallensteinbildung eine sehr häufig vorkommende Form der Störung im Flüssigkeitssystem darstellen, so gewinnt gerade in neuerer Zeit die Kristallose in Form der Rheumatischen Diathese immer mehr an schmerzhafter Bedeutung. Was ist nun unter rheumatischer Diathese zu verstehen?

Der Begriff „**Diathese**" bezeichnet eine besondere Bereitschaft des Körpers zu einer bestimmten krankhaften Reaktion, eine besondere Anfälligkeit zur Disharmonie der lebendigen Kräfte des Menschen. Ungleich schwieriger ist dagegen die Bezeichnung Rheuma- bzw. Rheumatismus zu definieren. Wie bereits das Wort $\дotέῦμα$ = Fluß, d. h. Fließen der Schmerzen ausdrückt, tritt

Rheuma mit einer vielfältigen klinischen Symptomatik auf. Bis jetzt gibt es noch keine allgemein gültige, international einheitliche Klassifizierung der Rheumaerkrankungen. Trotz vieler Überschneidungen haben sich dennoch drei sog. Hauptgruppen herauskristallisiert und zwar **der entzündliche** Rheumatismus, **der degenerative** Rheumatismus und der Weichteil- oder **extraartikuläre Rheumatismus**.

4.1.   **Entzündlicher Rheumatismus**

Klinisch besonders wichtig ist die Gruppe der entzündlichen Gelenkserkrankungen. Hier gelang es erst im Laufe der letzten Jahrzehnte, eine weitere Unterteilung zu treffen. So faßt man heute neben der **progredient-chronischen** Polyarthritis auch noch die **juvenile chronische Polyarthritis** (STILL'sche Krankheit, das FELTY-Syndrom-/STILL'sche Krankheit der Erwachsenen), das SJÖRGEN-Syndrom (Versiegen der Tränen- und Speichelsekretion bei gleichzeitiger Drüsenschwellung), das CAPLAN-Syndrom (Silikose und primär-chronische Polyarthritis), die ankylosierende PELVI-Spondylitis (Bechterewsche Krankheit), die Psoriasis-Arthropathie und die Colitis-Arthropathie unter dem Begriff entzündliche Gelenkserkrankungen zusammen.

Die Ätiologie dieser entzündlichen Arthropathien ist in der Schulmedizin im einzelnen heute noch nicht bekannt.

Ophthalmotropische Ursachen:

Nach J. ANGERER stehen jedoch ophthalmotropisch als Ursachen vor allem im Vordergrund die genetische Anlage, die Fokalbelastung, Infektion und Intoxikation, alimentäre Stoffwechselbelastungen aus der Zivilisationskost und die elektronische Depolarisation. Als wichtigste Form des entzündlichen Rheumatismus soll hier zunächst die Arthritis betrachtet werden.

Die Arthritis 4.2.

Die Arthritis kann sowohl als **Monarthritis** oder auch als **Polyarthritis** auftreten. Man versteht darunter, wie bereits oben angedeutet, eine entzündliche Veränderung an einem einzelnen Gelenk bzw. die Entzündung zahlreicher Gelenke. Grundsätzlich kann jedes Gelenk befallen werden, doch ist sie besonders häufig an Knie-, Finger-, Hand- und Fußgelenken lokalisiert. Die **Symptomatologie** ist im Frühstadium sehr uncharakteristisch. Sie zeigt sich anfangs durch allgemeine Müdigkeit, subfebrile Temperaturen, Kältegefühl und schmerzhafte Steifheit der Finger und Hände, besonders am Morgen — später dann durch symmetrische Anschwellungen der Mittel- und Grundgelenke der Finger mit spindelförmiger Auftreibung der Gelenke. Typisch sind dabei die subcutane Knötchenbildung und die Kragenbildung am Gelenkrand.

Die Phänomene des rheumatischen Formenkreises 4.3.

Der **Rheumahautring** zeigt miteinander verschmelzende Rheumaflocken, die nach Dr. MARKGRAF Hinweise auf Rheuma, besonders der kleinen Gelenke sind.

Die **Dachtransversale,** die ein Hinweis auf Arthritis, bes. der Knie- und Hüftgelenke ist.

Der **Torbogenkrausenrand,** welcher als ein Zeichen für arthritische Schübe genommen werden kann.

Die **Katarakt-Dessziminata,** Glaukomatose, die vor allem rheumatische Beschwerden der langen Röhrenknochen anzeigen sowie der **Rosettenkatarakt,** der ein Hinweis für polyarthritische Schwellungen ist.

In diesem Zusammenhang sei auf das Buch von Josef ANGERER

"Die Cornealsphäre" hingewiesen, in dem viele Kristallosephänomene beschrieben sind.

Das sog. **Regentropfenzeichen** am Krausenrand findet sich nach ANGERER bei pankreatogenem Rheuma und Arthritis mit wässriger und teigiger Schwellung der Hand- und Fußgelenke.

Eine gelb bis bräunliche Verfärbung des sog. **Acidoserings** bietet ebenfalls nach ANGERER die Möglichkeit eines Umschlagens von Rheuma in ein Asthma bzw. Ekzem.

Das **Schimmelpilzpigment** im Darmfeld, ebenfalls ein Hinweis auf ein klassisches Rheuma, ebenfalls das Vitamin-D-Mangelzeichen am Krausenrand.

4.4. Allgemeine Therapie des rheumatischen Formenkreises

1. Absolute Fokalsanierung (Zähne, Mandeln, Blinddarm, Gallenblase, Adnexen)

2. Umstellung der Ernährung in eine absolut säurefreie Diät.

3. Ausschaltung der genetischen Noxen wie DT-Veranlagung, GO-Erbhinweis usw.

4. Regulierung des Nervenhaushaltes durch regelmäßigen Schlaf und Entspannung.

5. Einzelmittel:

Cholchicum   Pichi — Pichi

Rhus tox.   Harpagophytum

Bryonia

Ledum

Berberis

Dulcamara

Natrium carbonicum

Caulophylum

Guajacum

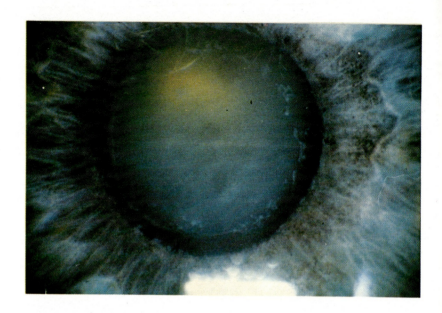

Bild 6 und Bild 7:

Krankengeschichte:

Männlich, 52 Jahre

Die Krankengeschichte dieses Patienten stellt einen Beweis dar, daß das Krebsgeschehen und die kristallinen Erscheinungsbilder häufig miteinander gekoppelt sind. Der Patient wurde mit 45 Jahren an der rechten Niere wegen eines Nieren-CA. operiert. Zwei Jahre später stellte sich eine massive Polyarthritis ein mit gleichzeitiger Kataraktbildung. Der Patient ist jetzt 51 Jahre; es wurden keinerlei Metastasen gefunden, jedoch wurde der Katarakt so stark, daß der Patient sich einer Augenoperation unterziehen mußte. Die rheumatischen Beschwerden sind vorhanden, jedoch durch die Therapie erträglich.

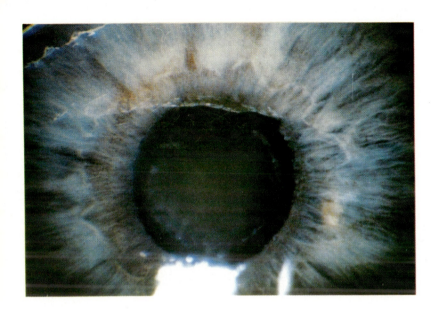

Therapie:

Mixtura Antikanzerosa der Gerner Pharma, reichlich Zufuhr von Phosphor, Vitamin A und E, sowie eine allgemeine rheumatische Therapie. Der Patient bekommt regelmäßig einmal im Monat eine Injektion mit 2 Ampullen Cefaktivon novum und 2 ccm Eigenblut.

Bild 8:

Krankengeschichte:

Patientin, 71 Jahre, Vater an Bauchspeicheldrüsentumor gestorben. Die Patientin leidet seit 20 Jahren an immer wieder auftretenden polyarthritischen Schüben, vor allem der kleinen Gelenke, sowie der beiden Kniegelenke.

Therapie:

Regelmäßige Injektion an die beiden Mandelpole nach Josef ANGERER mit 1 ccm Cefasept und 0,5 ccm Impletol. Ausgleich des Hormonhaushalts mit dem Medikament Gerner Tonikum F, sowie eine nervliche Beruhigung z. B. mit dem Präparat Gerner Tranquill 3 x 25 Tr.

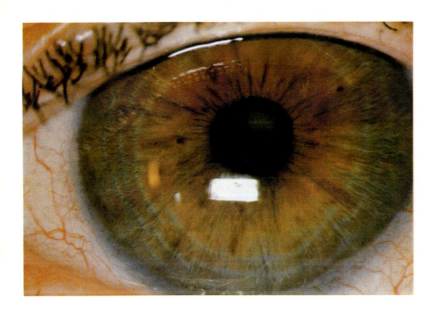

Bild 9:

Krankengeschichte:

Patientin, 57 Jahre. Seit ihrer Jugend leidet die Patientin an Obstipation und einem Römheld'schen Symptomenkomplex. Seit ihrem 46. Lebensjahr (beim Eintritt in den Wechsel) klagt die Patientin immer wieder über arthritische Schübe, vor allem der rechten Schulter, der beiden Kniegelenke und der Handgelenke.

Therapie:

Für die Schulter Dioscorea Felke-Komplex; Ausgleich der Darmflora; Ausgleich des Hormonhaushaltes mit dem Präparat: Hokura Femin., sowie absolutes Kohlehydratverbot.

Die Patientin bekommt alle 3 Wochen eine Injektion mit Cefakti-von novum + Cefalymphat in das Suprapubale Gebiet.

5. **Degenerativer Rheumatismus**

Beim degenerativen Rheumatismus unterscheidet man je nach Sitz der degenerativen Veränderungen:

— Arthrosen und Polyarthrosen,

— Spondylosen und Spondylarthrosen (Zervikalsyndrom, Lumbalgie und Ischialgie),

— degenerative Gelenkerkrankungen besonderer Genese (Hämophilie, Alkaptonurie, Psoriasis, Tabes, Syringomyelie, Akromegalie und Morbus CUSHING),

— Tendinosen (Omarthritis).

5.1. **Arthrose**

Hier sei jedoch nur die Arthrose näher untersucht, da sie zu den häufigsten Erkrankungen des Menschen gehört.

Sie beginnt meist unbemerkt und zeigt sich erst, wenn bereits deutliche Gewebeveränderungen vorliegen, mit den charakteristischen **„Einlaufschmerzen"**, d. h. bei Beginn der Gelenkbelastung treten Schmerzen auf, die sich nach einigen Minuten wieder verlieren und nach einer Ruhestellung bei erneuten Bewegungsreizen wieder auftreten. Dieser Gelenkschmerz führt dann reflektorisch zu Muskelspasmen und eventuell Kontrakturen, wodurch der Knochen zu vermehrter Kalkeinlagerung (Sklerosierung) und bindegewebiger Proliferation angeregt wird.

Ursache dafür ist nach ZINN, daß die Vitalität des Knorpels beim Erwachsenen langsam abnimmt. Von den Chondrozyten wird immer weniger Mukopolysaccharid synthetisiert, womit auch der Wassergehalt und die Permeabilität der Grundsubstanz zurückgeht. Der hyaline Gelenkknorpel verfügt nicht über eigene Blutgefäße, sondern wird nur durch Diffusion von der Synovialflüssigkeit ernährt. Läßt mit zunehmendem Alter diese Beflutung nach, reduziert sich automatisch die Vitalität des Knorpels und damit seine Elastizität. Es kommt zur Absplitterung kleinster Knorpelteilchen. Wenn nun diese abgesprengten Knorpelteilchen die Synovialmembran reizen, kommt es durch die entzündliche Reaktion gelenknaher Kapselschichten zu einer Reizung der dort liegenden freien Nervenendigungen und sympathischen Fasern der kleinen Gefäße und somit zu Schmerzen. Nach ZINN charakterisiert sich die Arthrose zusammenfassend durch Verlust von Knorpelsubstanz, Verschmälerung des Gelenkspaltes, Sklerosierung des subchondralen Knochens und Bildung von Geröllzysten.

Bild 10:

Krankengeschichte:

Patientin, 78 Jahre. Seit ihrem 45. Lebensjahr leidet die Patientin an einer zunehmenden Versteifung der beiden Hüftgelenke, der beiden Kniegelenke, sowie beider Schultern. Regelmäßige Kuren in Abano, sowie eine seit 20 Jahren durchgeführte vegetarische Ernährung konnten das Leiden nur verlangsamen, jedoch nicht aufhalten.

Therapie:

Regelmäßige Injektionen mit Cefaktivon novum und Eigenblut, tägliches Duschen mit Ozonitsauerstoffduschbad, regelmäßige Injektionen mit den Präparaten Traumeel, Zeel und Arthrose (Vogel & Weber) in die einzelnen Gelenke, sowie die Rezeptur des Medikamentes: Mixtura Symphyti pericrini A nach Josef ANGERER und die Gabe von Vitamin B 15 — Dragees machen der Patientin, die früher unter äußerst starken Schmerzen litt, das Leiden einigermaßen tragbar.

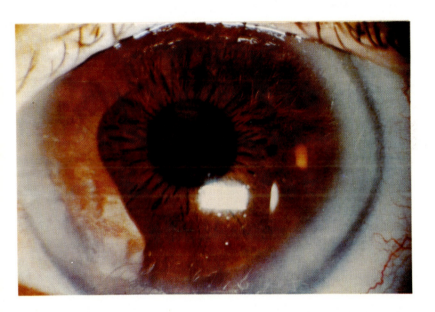

Bild 11:

Krankengeschichte:

Rechtes Auge, weiblich, 64 Jahre, seit Beginn der Menopause leidet die Patientin an sich allmählich steigernden, hochakuten polyarthritischen Schüben mit einer seit 5 Jahren röntgenologisch nachgewiesenen Arthrose beider Hüftgelenke.

Therapie:

Massive Entsäuerung des Gewebes mit Mixtura Membranae,

sowie im ständigen Wechsel die Medikamente Araniforce, sowie Mixtura Antiarthritica; physikalische Therapie und die Injektionen mit dem Präparat Arthrose (Vogel & Weber) intravenös.

6. **Arthritis urica = Gicht**

Neben den entzündlichen und degenerativen Rheumaerkrankungen steht als selbständige Rheumaform die Arthritis urica, die Gicht oder nach ZINN die **Kristallarthropathie**.

Meistens äußert sich die Gicht als akute monoartikuläre Kristallsynovitis, die in $^2/_3$ der Fälle das Grundgelenk der großen Zehe befällt (Podagra). Symptome sind heftige Schmerzen im befallenen Gelenk, das hochrot, teigig geschwollen und sehr druckempfindlich ist. Daneben finden sich oft Zeichen einer allgemeinen Reaktion des Körpers wie Fieber, Tachycardie, erhöhte Blutsenkung und Leukozytose.

Nach GUTMANN unterscheidet man eine primäre und eine sekundäre Gicht. Die **primäre Gicht** ist eine wahrscheinlich erblich bedingte Störung im Harnsäurestoffwechsel und steht in einem interessanten Zusammenhang mit den Sexualhormonen. Dagegen tritt die **sekundäre Gicht** als Gefolge anderer Krankheiten, meist als Folge von proliferativen Knochenmarkstörungen oder anderen neoplastischen Krankheiten in Form eines gesteigerten Purinstoffwechsels auf. Besondere Anfälligkeit finden wir nach ANGERER beim **pyknischen Konstitutionstyp**. Drei Aspekte stehen dabei im Vordergrund: Adipositas − Hypertonie − Diabetes.

6.1. **Pyrophosphat-Arthropathie**

Erst Ende der 60iger Jahre wurde die Pyrophosphat-Arthropathie, die **sog. Pseudogicht** als selbständige Krankheit erkannt. Die Verkalkung des Gelenkknorpels (Chondrocalcinose) entsteht hier durch Ablagerung des Calciumsalzes der Pyrophosphorsäure. Die Harnsäure im Serum bleibt dagegen konstant normal. Nach J. ANGERER geben hier die Skleralphänomene der Ophthalmotropen Phänomenologie einen besonders guten differenzial-diagnostischen Aspekt.

Phänomene der Arthritis urica 6.2.

1. Die **Negativ-Lagune**

Nach Dr. MARKGRAF ein Hinweis auf Stoffwechselstörungen, vor allem auf die larvierten Formen der Gicht.

2. Die sog. **Berberisflocken**

3. Der **Rheumahautring,** der immer einen Hinweis auf eine harnsaure Diathese darstellt.

Siehe hierzu auch die Arbeit von Joachim BROY in seinem Buch: „Die Konstitution".

Allgemeine Therapie der Arthritis urica 6.3.

1. Absolut alkalische Ernährung

2. Regelmäßiges aktives und passives Schwitzen des Patienten

3. Ausgleich der Psyche durch autogenes Training

4. Reichliche Flüssigkeitszufuhr, am besten in Form von Nierentee oder Teufelskrallentee oder entsprechendem Mineralwasser.

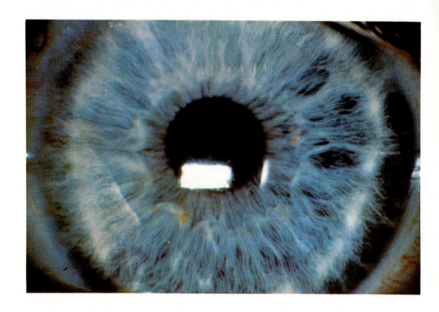

Bild 12 und 13:

Krankengeschichte:

Patient männlich, 56 Jahre. Der Patient, der als ausgesprochener Feinschmecker und Weinliebhaber ständig mit seinem Übergewicht kämpft, bekommt zwei bis dreimal im Jahr einen arthritischen, akuten Anfall, vor allem an den Zehengrundgelenken. Seine Familie leidet unter seiner cholerischen Aggressivität.

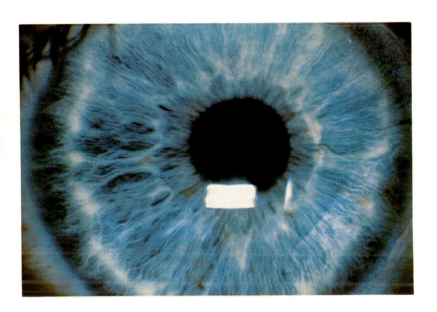

Therapie:
Im akuten Anfall Gernerasept 4—5 Teel. pro Tag, Salicort der Firma Kattwiga 3 x einen Teel., sowie 2 x wöchentlich eine Injektion mit Cefasept und Impletol in die Mandelpole nach Josef ANGERER. In der anfallsfreien Zeit Versuch einer Ernährungsregulierung, sowie alle Maßnahmen zur Entsäuerung des Organismus mit den Präparaten Dolorosa, Restructa forte oder Kampiosan von Müller-Göppingen.

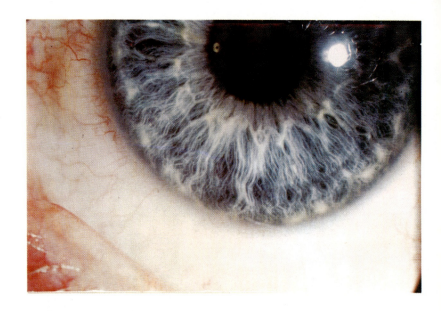

Bild 14:

Krankengeschichte:

Patientin, 52 Jahre. Bei der regelmäßigen Blutuntersuchung durch ihren Internisten zeigt sich immer wieder eine Neigung zur Erhöhung des Harnsäurespiegels. Die Patientin klagt selbst nur über gelegentlich auftretende Schmerzen in den Schultergelenken.

Therapie:

Meditonsin und Cefalymphat, Formica rufa-komplex, der Firma DGM 3 x 25 Tropfen, eine Mischung nach Josef ANGERER aus Cefarheumin + Cefalithin + Infus Harpagophyti.

Ödeme

Die Schulmedizin rechnet das Wasser zu den unbelebten anorganischen Bestandteilen im menschlichen Körper. So besteht der menschliche Fötus im 3. Monat zu 97,5 % aus Wasser, das Neugeborene zu 65–75 %, der Erwachsene nur noch zu 58 bis 65 %. Mit zunehmendem Alter nimmt also der Wassergehalt ab. Nach HEUSTERBERG geht alles Feste aus dem Flüssigen hervor; Wachstum ist demnach ein Festigungs- und Mineralisierungsprozeß. Der ganze Flüssigkeitsstrom im Menschen ist von Leben durchdrungen und nur im Wäßrigen kann sich das Leben halten.

Die Kristallose tritt hier als Funktionsstörung in der Form der Ödeme auf.

Im Pschyrembel finden wir die **Definition der Ödeme:** „Schmerzlose, nicht gerötete Schwellungen infolge Ansammlung wässriger (seröser) Flüssigkeit in den Gewebsspalten". Ödeme entstehen also durch eine Vermehrung der Intrazellularflüssigkeit. Was aber ist die Ursache für diese Vermehrung? Als **Ursache** werden Fehlsteuerungen durch Hormone, kolloidosmotische Faktoren oder durch Kapillarschädigungen angenommen und danach eine Reihe von Ödemen verschiedenartigen Ursprungs unterschieden. Z. B.: Das kardiale Ödem, Lungenödem, Ödem beim nephrotischen Syndrom, das nephritische Ödem, das hepatogene Ödem, Eiweißmangelödeme, endokrine Ödeme, Schwangerschaftsödem, venöses Ödem, Lymphödem, statisches, allergisches Ödem, medikamentösbedingtes Ödem, Hirnödem usw. Ihre physikalische Erklärung befriedigt jedoch nicht. Vielmehr muß, wie bereits in der Einleitung erwähnt, die Ursache in der Störung des Gleichgewichts der auf- und abbauenden Kräfte des Flüssigkeitssystems gesucht werden. Die eine Kraft will nach HEUSTERBERG bestimmte unbrauchbare und brauchbare Stoffe mit großen Mengen Wasser ausscheiden; die andere, die lebendige, empfindende Kraft des Blutes will alle notwendigen Stoffe wieder zurücknehmen. Weiter muß gesehen werden, daß zwischen dem Kochsalzgehalt und dem Wasservorkommen im Körper ein enger Zusammenhang besteht. Überall in der Körperflüssigkeit findet sich NaCl und ist somit wichtigste Substanz im Organismus. Ja, mehr noch — 1 g Kochsalz vermag 6 Liter Wasser zurückzuhalten.

Bei Addition dieser Komponenten ist also die Ödementstehung zum einen im **Nachlassen der Lebenskraft des Blutes** zu suchen, zum anderen in einer **Retention des NaCl**. Somit retentiert auch das Wasser.

Als Abschluß sei jedoch NONNENBRUCH zitiert, der sagt: „Beim Ödem handelt es sich um eine Störung in diesem Lebensprozeß, der unendlich vielseitig in seinem Wie und Warum, doch zu immer wieder dergleichen Ödembildern führt, die wir zwar nach der besonderen Ödembeschaffenheit unterteilen, aber nicht in jedem Falle auf einen speziellen Nenner bringen können. Nur aus dem Ganzen heraus ergibt sich dann oft ein tieferes Verständnis. Man hüte sich aber vor der allzu schematischen Einteilung in kardiale, renale, trophische und dergleichen Ödeme."

7.1. **Ödem-Therapie**

Die Phänomene und die Therapie des Ödems bezieht sich auf seine jeweils spezifische Ursache.

8. **Aszites**

Als letzte Funktionsstörung durch die Kristallose wollen wir noch den Aszites betrachten. Bei dem Aszites, oder auch Bauchwassersucht, handelt es sich um eine **Ansammlung seröser Flüssigkeiten** in der freien Bauchhöhle. **Ursache** ist Versagen des gestauten Pfortader-Kreislaufes als Ausdruck der **hämodynamischen Störung**. Ferner ist die Aszites auch Folge tiefgreifender

Stoffwechselstörungen. Durch das Aufhören wichtiger Leberfunktionen verändern mangelhafte Eiweißsynthesen das Serumeiweißbild und weiten sich dadurch in onkotischen Druck mit allgemeinen Wasser- und Mineralhaushaltsverschiebungen aus.

Am häufigsten kommt die eiweißarme Aszites bei der Leberzirrhose vor. Davon ist die Aszites der Herzinsuffizienz, der Peritonitis chronica tuberculosa, der Pfortaderthrombose und der Bauchfellkarzinose abzugrenzen.

Aszites-Therapie 8.1.

Die Phänomene und die Therapie bei der Aszites richten sich ebenfalls nach der primären Ursache, da die Aszites immer nur im Gefolge einer Grundkrankheit, z. B. Leberzirrhose oder Herzinsuffizienz einhergeht.

Bild-Hinweis 9.

Die von mir verwendeten Bilder, auf denen ein runder Blitz zu sehen ist, wurden mir freundlicherweise von meinem Lehrer, Josef KARL, zur Verfügung gestellt, dem ich hiermit danken will.

10. Literaturnachweis

1. Angerer: Handbuch der Augendiagnostik

   Angerer: Ophthalmotrope Phänomenologie, Band 1: Die Bulbusbindehautgefäße, Band 2: Das Skleralfeld, Band 3: Die Cornealsphäre

   Angerer: Substanzanalyse der Rheumatologie, Festvortrag 18. Tagung für Naturheilkunde, München

2. Broy Joachim: Die Konstitution, Humorale Diagnostik und Therapie

3. Colbet Rudolf, Prof. Dr.: Klinik der Gegenwart, Band I

4. Deck: Differenzierung der Iriszeichen

5. Heusterberg Karl Heinz Dr.: Die biodynamische Behandlung urologischer Krankheitserscheinungen (Haug Verlag)

6. Karl Josef: Therapiekonzepte für Naturheilkunde

7. Jaroszyk Günther: Augendiagnostik: Erfahrungen und Erkenntnisse

8. Markgraf Dr. med.: Bildatlas der Augendiagnostik

9. Pschyrembel Willibald Prof. Dr. med.: Klinisches Wörterbuch

10. Sturm Alexander Prof. Dr. med.: Grundbegriffe der inneren Medizin

11. Zinn W. M.: Einführung in die Klinische Rheumatologie

12. Schnabel Rudolf: Iridoskopie

13. Schimmel Dr. med.: Bewährte Therapierichtlinien bei chronischen Erkrankungen

Nachwort

In einer Zeit, in der die isolierte Betrachtungsweise von Gegenständen in einem Umbruch steht, die Wendung des Blickes vom Organ zum System, vom Phänomen zur erzeugenden Ursache und vom Symptom zur zentralen Lenkungskette sich vollzieht, hat die Referentengemeinschaft dieses Buches zum Thema

„Systembilder der Iris"

einen Vorstoß gewagt in eine totalitäre Entwicklung einer Diagnostik.

Dafür bedankt sich der spirituelle Autor dieses Buches bei Herrn BLEY für seine visuelle Projektion in die Fermente, bei Herrn BROY für seine Einführung in die iridologische Kybernetik, bei Herrn HEMM für seine Schienenlegung in das Land der Toxikose, bei Herrn KARL, der das Gelände des Alterns und die Melodien der nervlichen Vegetation aufschlüsselte, bei Herrn KOHL, der die Wanderung in die iridologische Bergwelt der Kristallose eröffnete, bei Herrn LINDEMANN für seinen Sprung in die geheimnisvolle Welt der Schleimhäute und den Funktionsmechanismus der Biomembranen, bei Herrn REST für seine moderne Signalstellung in die ophthalmotrope Phänomenologie der Kanzerose, bei Herrn SCHMITZ-PETRI für seine Tiefschneefahrt in den Lawinenbereich der Lymphe und bei Frau SUTTER für den evolutionären Blick in das jugendliche Auge.

Nicht vergessen dürfen wir den Altmeister der graphologischen Darstellung, Herrn BÖHM, und seine einzigartige Zeichensetzung der inneren Vorgänge sowie Frau WOLFF mit ihrer literarischen Einordnung der angesprochenen Materie.

Der Dank an die Mitarbeiter für ihren intensiven Einsatz möge seinen Ausdruck finden im wachsenden Interesse der Welt für die Naturheilkunde und der totalitären Schau in die Schöpfung.

München, den 23. 3. 81

Josef ANGERER

Sachregister

Acetylcholin IV. 10.1.
Acidose X. 1.5.
Acidosering XII. 4.3.
Achromie II. 3.1.
Actinomykose XI. 14.5.
Addison Mb. IV. 3.2.
— , IV. 7.2.2.
Adenohypophyse III. 2.
Adiuretin X. 1.3.
Adrenalin III. 2.
— , III. 2.1.
— , IV. 7.1.1.
Adreno-corticotropes Hormon IV. 3.1.3.
Adrenosteron IV. 7.2.2.
Alkalose XI. 1.5.
Allele V. 1.1.
Allergiegefäße I. 7.
Ameisenhügel IV. 8.
Aminosäuren VIII. 7.2.
Amylasenphänomen VI. 4.5.2.
Anachromie VI. 5.4.
Androgene IV. 12.2.
Anthelon IV. 11.7.
Antigonadotrope Funktion IV. 2.1.
Appendix XI. 22.
Arthritis XII. 4.2.
— , XII. 6.
Arthrose XI. 2.3.2.
Astheniker-PR VII. 5.1.

Astheniefurchen III. 2.
Aszites XII. 8.
ATP VIII. 7.2.

Bakteriologische Keimverschiebung I. 4.
Barysphäre XII. 1.1.
Basalmembran VIII. 5.
Begleitschatten VI. 4.4.2.
Blood-Sludge-Phänomen III. 18.
Blutzucker III. 18.
— , IV. 4.2.1.
Bohnenzeichen III. 9.5.
Bruzellosen XI. 14.5.
Burkitt-Tumor XI. 14.8.

Calcitonin III. 12.
— , III. 20.
Carbo-nitrogene Konstitution X. 2.6.
Cataracta tetanica IV. 5.1.
Cholelithiasis XII. 3.
Cholezystokinin IV. 11.11.
Chromosomen V. 1.1.
Coliflora I. 6.
Colobom IV. 2.2.5.
Corpus-luteum-Hormon IV. 3.1.2.
Corticosteroide IV. 7.2.

Dachtransversale XII. 4.3.
Darmsäftering VI. 4.6.2.
Disaccharidase-Mangel VI. 3.3.1.
Diathese III. 1.
Dornenkronenphänomen VI. 11.3.
Druckmulde IX. 8.15.
Duokrinin IV. 11.9.
—, IV. 11.10.

Ehers-Danlos-Syndrom VIII. 9.5.
Eiweißstoffwechsel IV. 4.2.3.
—, V. 1.2.
Ergastoplasma VIII. 8.6.
Enophthalmus IV. 3.1.5.
Enteramin IV. 11.8.
Enterogastron IV. 11.5.
Enterokinase VI. 4.3.3.
Enterokrinin IV. 11.4.
Enteropeptidase-Mangel VI. 3.3.2.
Enzym(Ferment)-System II. 2.1.3.
—, VI. 3.
—, VI. 4.
—, VI. 5.
—, VI. 6.
—, VI. 7.
—, VI. 8.
Epiphyse II. 2.1.2.
—, IV. 2.
—, IV. 2.1.
—, IV. 2.3.
Erbgang V. 1.4.1.
—, V. 1.4.2.

Erbtoxine V. 1.6.
—, V. 2.1.
Exophtalmus IV. 3.1.5.
—, VII. 2.
Exsikkation VIII. 9.
Extrazellular-Flüssigkeit XI. 1.4.
exzentrische Pupille VI. 4.4.

Fäulnisdyspepsie VI. 4.2.
Fischernetz IV. 7.1.1.
Fließsystem X. 1.1.
Fokalintoxikationen V. 2.2.9.
FSH IV. 3.1.1.
—, IV. 12.1.1.

Gärungsdyspepsie VI. 4.1.
Gärungsvesikel VIII. 9.7.
Gastrin IV. 11.1.
Gastritis, atrophische VI. 3.1.1.
Gefäßbildungen IV. 7.1.2.
Gefäßgabel IV. 9.3.
Gefäßlabyrinth IV. 7.1.1.
Gelbkörnerpigment IV. 12.1.2.
Gitterzeichnung VI. 8.3.
Glukokortikoide IV. 7.2.2.
Glukose-Galaktose-Mangel VI. 3.4.1.
Glykogen Förderung/Hemmung III. 18.
Golgi-Apparat VIII. 8.4.

Hämorrhagische Schollen IX. 8.7.
Hand-Schüller-Christian'sche Erkrankung XI. 16.

Harnsäure V. 2.2.8.
Harnsaure Diathese X. 2.7.
Hartnup-Erkrankung VI. 3.4.2.
Heparin-Hormon IV. 9.2.
Herz XI. 19.
Herzlakune IV. 4.2.3.
Heterochromie II. 2.1.3.
—, IV. 6.3.
—, IV. 7.2.2.
—, V. 2.2.1.
—, V. 2.2.2.
—, VI. 5.1.
—, VI. 10.
—, VII. 10.
Heterozygotie V. 1.4.1.
Hippus VI. 4.3.
Histamin IV. 10.2.
Histiozytose XI. 16.
Honigwabe III. 18.
—, VIII. 9.3.
Hunter-Syndrom VIII. 9.5.1.
Hydration VIII. 9.
Hydrogenoide Konstitution III. 11.3.
—, X. 2.5.
Hydrosphäre X. 1.3.
Hyperchromie VI. 5.3.
Hyperparathyreodismus VI. 3.2.4.
Hypertrophie VI. 2.1., 2.4.
Hyperfollikulie IV. 3.1.1.
Hyperkaliämie VIII. 9.7.
Hyperkinesie VI. 1.
Hypophyse II. 2.1.2.
—, III. 10.1.–10.2.
—, IV. 3.–3.3.

Hypoporie VIII. 9.
Hypothalamisch-limbisches- System III. 3.
Hypothalamus III. 2.
—, III. 3.
Hypotrophe Situation VI. 2.2.

Igelpigmente III. 18.
—, IV. 8.
Ileitis regionalis XI. 21.
Immungenetik V. 1.6.
Inkretin IV. 11.12.
Iriskrause, achrom IV. 7.2.1.
Irisfasern IV. 11.7.
Irisrand-Exsudate IV. 5.2.
—, IV. 9.2.

Jodlakunen IV. 4.1.
Junktionen V. 2.

Kalkbänder, Iris IV. 6.2.
Kapillarmembran VIII. 5.
Kardinalwappenpigment IV. 6.4.
—, IV. 7.2.2.
Keilzeichen III. 8.
Kinderaugen-Betrachtung I. 2.
Knoten, perlschnurartig VIII. 9.7.
Kochsalzkreislauf X. 1.6.
Koch'sche Perlenkette IV. 3.1.3.
Kohlensäure/Kohlendioxyd X. 1.5.
Kollagentraube VIII. 9.5.
Kommazeichen IX. 8.25.

Konjunktiva-Blutungen IV. 5.2.
—, -Gefäße VI. 12.2.
Korkenzieherfasern II. 2.1.1.
—, VI. 9.
Krause VII. 6.1.–6.4.
—, IX. 8.20.
Krausenrand
—, vaskularisiert IV. 4.3.3.
—, vaskularisiert IV. 11.2.
—, offen IV. 4.1.
schmutzig
—, IV. 10.1.
—, weit ausgezogen IV. 10.2.
—, nasal achrom IV. 11.4.
—, zackig IV. 11.5.
—, innerer Säuregürtel IV. 11.6.
—, anachrom VI. 2.3.
—, eckig, zackig VII. 7.1.
—, viereckig VII. 7.2.
—, niedergedrückt VII. 7.3.
—, Schneebrettphänomen VII. 7.4.
—, struktueriert VII. 7.5.
—, vaskularisiert VIII. 9.4.
Kreuzblume III. 9.3.
Kristallöcher VIII. 9.3.
Kristallose X. 2.2.
Kristallnadeln VIII. 9.6.1.
Krypten III. 2.

Labfermentring VI. 4.6.1.
Lactobazillus I. 3.
Lakunen
—, genetisch III. 2.

—, -Nester III. 8.4.
—, Riesenlakunen III. 9.2.
—, Blattrippenlakune III. 9.4.
—, Zigarrenlakune III. 9.6.
—, Jodlakune III. 9.7.
—, Thyroxin-Lakune III. 9.8.
—, kreisrunde Lakune III. 9.9.
—, Zwillingslakune III. 9.11.
—, Torpedo-Lakune IX. 8.13.
—, Kreuzblumen-Lakune IX. 8.14.
—, Zigarrenlakune IX. 8.16.
—, Schnabel-Lakune IX. 8.17.
—, Staffel-Lakune IX. 8.19.
—, flukturierende Lakune IX. 8.21.
—, Blattrippen-Lakune IX. 8.23.
—, Zwiebel-Lakune IX. 8.24.
—, Leiter-Lakune IX. 8.30.
—, Zwillings-Lakune IX. 8.32.
Lamellenzeichnung VI. 8.2.
Langerhansschen Inseln III. 18.
—, IV. 7.2.2.
laviert tetanischer Typ XI. 12.1.
Leber XI. 23.
Leberpigment IV. 9.1.
Leberschollen I. 6.
Letterer-Siwe'sche Erkrankung XI. 16.
Leukämie XI. 17.
Linearrelief VI. 6.1.–6.1.8.
Lipasemangel VI. 3.3.3.
Lipidablagerungen IV. 4.2.2.
Lipide VIII. 7.1.
Lipoidproteinose VIII. 9.7.
Lipombildung VIII. 9.4.
Lithosphäre XII. 1.2.

Luetische Zeichen V. 2.1.3.
Lunge XI. 25.
Lunula II. 3.2.
— , VII. 11.1.
Luteotropes Hormon IV. 3.1.6.
Lymphadenitis XI. 14.1.
— , XI. 14.4.
Lymphbrücken VIII. 5.1.
Lymphe XI. 1.–9.
Lymphknotentuberkulose
 XI. 14.2.
Lymphoblastom XI. 16.
Lymphocytosis acuta XI. 14.7.
Lymphogranulomatose XI. 15.
Lymphostatische
 Enzephalopathie XI. 13.1.
— , XI. 8.
Lymphozyten XI. 10.

Malignom-Theorie IX. 1.2.
Marfan-Syndrom VIII. 9.5.
Maßliebchen-Iris III. 2.
— , III. 9.
Melanoid-Sklera VIII. 9.4.
Melanom-Iris IX. 8.2.
Melatonin IV. 2.5.
Mendelsche Genetik V. 1.4.
Mesenterial-Drüsen XI. 21.
Metabolische Alkalose VIII. 9.7.
— , Acidose VIII. 9.7.
Methionin-Malabsorption
 VI. 3.4.4.
Mikroangiopathie VIII. 9.
Milz XI. 20.

Mineralokortikoide X. 1.3.
Miosis VII. 4.1.
Mitochondrien VIII. 8.5.
Mononucleose XI. 14.6.
Morgenrotkrause IV. 8.
Mukopolysaccharidose VIII. 9.5.1.
Mukoviszidose VI. 3.1.4.
Mutations-Theorie IX. 1.1.
Mydriasis III. 2.
— , III. 18.
— , VII. 4.2.
Myomlakune IV. 3.1.1.

Natrium-Kalium-Ionen X. 1.2.
Nebenniere IV. 7.
— , III. 19.
— , III. 20.
Nebenschilddrüse IV. 5.
Nephrolithiasis XII. 2.2.
Netzzeichnung VIII. 8.4.
Neurohormonelle Iris VII. 9.
Neurohypophyse III. 2.
Neurolappen II. 2.1.1.
— , VII. 5.2.
Neurolymphatische Diathese
 II. 2.1.1.
— , II. 3.3.6.
Neurolymphatische Konstitution
 III. 11.1.–2.
Neuron VIII. 8.
Neuronennetze III. 6.6.
— , VIII. 9.6.
Nieren XI. 24.
Nierenkristallose IV. 7.2.2.

Noradrenalin III. 2.
—, IV. 7.1.2.

Ödeme XII. 7.
Östrogene IV. 12.1.
Oberlid-Überhang IV. 7.2.2.
Odontone VIII. 9.6.
Ontogenese I. 3.
Osteogenesis imperfekta VIII. 9.5.

Pankreasinsuffizienz IV. 8.
—, VI. 3.1.2.
Pankreaspigment IV. 11.3.
—, IV. 11.12.
Pankrezym IV. 11.3.
Parasympathikus VI. 7.1.
Parat-Hormon III. 12.
Parathyreodin IV. 5.
Parotin IV. 11.13.
Pepsin VI. 4.3.1.
Pfaunler-Hurler-Syndrom VIII. 9.5.1.
Pigmente II. 2.1.2.
—, allgemein III. 2.
—, Beerenstrauch III. 10.2.
—, schwarzbraunes Diabetes-P. III. 18.
—, Igel-Pigment III. 18.
—, Sexualpigment IV. 12.1.1.
—, Pankreaspigment IV. 11.3.—11.4.
—, Leberpigment IV. 9.1.
—, Igelpigment IV. 8.

—, Kardinalwappenpigment IV. 6.4.
—, —, IV. 7.2.2.
—, Sternschnuppenpigment IV. 7.2.2.
—, Thyreopigment IV. 5.3.
—, gelb-transparent V. 2.2.3.
—, gelb-ockerfarben V. 2.2.4.
—, Teerpigment V. 2.2.5.
—, Moospigment V. 2.2.6.
—, Schnupftabakpigment V. 2.2.7.
—, Blumenkohlpigment IX. 8.4.
—, schwarzes Härchenpigment IX. 8.5.
—, eingefilztes Pigment IX. 8.6.
—, Beerenstrauchpigment IX. 8.8.
—, imprägnierte Trabekel. Pigmente IX. 8.9.
—, gelbes-uterogenes Pigment IX. 8.10.
—, Polypöses Pigment IX. 8.12.
—, Multiple Pigmente IX. 8.29.
—, Teerpigmente IX. 8. 31.
Pigmentwölkchen IV. 7.2.1.
Progesteron IV. 7.2.2.
—, IV. 12.1.2.
Proteine VIII. 7.2.
Psora V. 2.1.1.
Pterygium VII. 12.1.
Pupillenrand II. 2.1.1.
—, VII. 5.1.—5.4.
Pupillenabflachung IV. 11.13.
Pyrophosphat-Arthropathie XII. 6.2.

Querfaserung VI. 8.5.

Radialen auseinandergedrängt IX. 8.28.
Regenbogenhaut IV. 3.1.4.
—, IV. 3.1.6.
—, IV. 3.3.
—, IV. 11.13.
Regentropfenzeichen IX. 8.
Reizradiären III. 2.
Rheumahautring IX. 8.
—, IX. 10.
Rheumakristalle IV. 7.2.1.
Rheumatisch-katarrhalische Konstitution XII. 4.
Rheumatismus XII. 4.1.
Rhytmin-Hormon IV. 9.3.
Ricker'sches Stufengesetz VIII. 9.
Rosettenkatarakt XII. 4.3.

Säuerungsvorgang I. 5.
Säuglingsauge I. 3.
Salzsäure VI. 4.4.1.
Sarkoidose XI 14.3.
Sekretin IV. 11.2.
Sexualhormone IV. 12.
Silberfäden II. 2.1.1.
—, III. 2.
—, XI. 13.1.
Sklerafalten VII. 13.
Skleron IV. 2.2.5.
Solarstrahlen III. 2.
Somatotropes Hormon III. 12.
—, IV. 3.1.4.

Spasmenfurchen VII. 8.1.–2.
Spargelkopf IV. 3.1.1.
—, VIII. 9.3.
—, IX. 8.18.
Sykose V. 2.1.3.
Sympathico-Ganglionitis XI. 21.
Sympathikus III. 2.
—, VI. 7.2.
Synapsen VIII. 9.3.
Syphilis XI. 14.5.
Schilddrüse III. 12.1.–4.
—, IV. 4.
Schimmelpilzpigment XII. 4.3.
Schimmelpilzhautring VI. 4.6.3.
Schneebrett, episkleral VIII. 9.6.
Schwann'sche Scheide VIII. 8.1.
Schwellungszeichen III. 8.2.
Schweres Auflockerungszeichen III. 8.3.

Steatorrhoe XI. 21.
Stehkragen VII. 11.2.
Sternschnuppenpigmente IV. 7.2.2.
Staketen I. 6.
Steintropfen VIII. 9.6.
Strickmuster VIII. 9.6.

Tangentialgefäß I. 6.
Teleangiektasien VIII. 9.4.
Thymusdrüse IV. 6.
Thyreopigment IV. 5.3.
Thyreotoxikose III. 13.

Thyreotrope Hormon IV. 3.1.5.
Thyroxin III. 12.
— , IV. 4.3.
Testosteron IV. 12.2.
Tetanierillen IV. 4.4.
— , IV. 5.1.
Thymusdrüse XI. 18.
Tophie III. 2.
Torbogen III. 18.
Torbogenkrausenrand XII. 4.3.
Torpedolakune IV. 6.1.
— , IV. 6.5.
Toxoplasmose XI. 14.5.
Tränenfilm/Hornhaut IV. 4.5.
Traube III. 9.10.
Traumagabel I. 6.
Tuberkulotoxikose V. 2.1.2.
Tulpenzeichen IX. 8.20.
— , XI. 13.1.
Tumorgabel IX. 8.22.
Trypsinogen-Mangel VI. 3.3.2.
Trypsin VI. 4.3.2.
Tularämie XI. 14.5.

Überforderungs-Syndrom X. 1.8.
Unterlid-abfallend IV. 7.2.2.

Urogastron IV. 11.6.
Uvealblatt II. 3.4.–5.
Vererbung V. 1.5.
Vitamin-K-Rillen IV. 5.2.

Wabengefäße IV. 4.1.–2.
Wasserfall IX. 8.11.
Wellenbildung VIII. 9.3.

Yakriton-Hormon IV. 9.1.

Zellkern VIII. 8.3.
Zellmembran VIII. 3.5.
Zick-Zack-Radiären III. 2.
Zollinger-Ellison-Syndrom VI. 3.1.3.
Zopfbildung IX. 8.27.
Zottenkarussell IV. 11.9.–10.
Zuckerring III. 4.5.1.
— , VI. 4.5.1.
Zystinose VIII. 9.6.1.
Zystinurie VI. 3.4.3.

Josef Angerer:
Ophthalmotrope Phänomenologie

Seit 10 Jahren ist das „Handbuch der Augendiagnose" von Angerer vergriffen. Der vielen Nachfragen wegen entschloß sich der Autor, in großem und völlig neuem Umfang seine 40-jährigen Erfahrungen in einem auf voraussichtlich 12 Bände angelegten Werk herauszubringen. Sein Schüler Josef Karl wird es mit Farbfotos dokumentieren, ein hervorragender Graphiker wurde zur weiteren Illustrierung gewonnen.
Da es seit je Angerers besonderes Anliegen ist, von der reinen Iridologie das Sehfeld zu erweitern, beginnt Band I mit der Bulbusbindehaut, den reichen Gefäßbildern und deren Auslegung, der Lidbindehaut mit der von Angerer in Vorträgen bereits aufgezeigten Nosodologie.
Nachdem der Materialanfall zum Thema des ersten Bandes wider Erwarten den projizierten Umfang erheblich überstieg, wurde Band I in zwei Teile: Band I / A und Band I / B aufgegliedert.
Der Leser wird es begrüßen, daß jedes erreichbare Material (Farbfotos und farbige Abbildungen) zur Bereicherung des Werkes beiträgt.

Band I / A: **Die Bulbus-Bindehaut-Gefäße**
168 Seiten, Papier 100 g Kunstdruck, Format 21 x 14,8 cm, 51 Farbtafeln, 53 Farbfotos, Einband Leinen mit farbigem Schutzumschlag. Preis DM 96,—

Band I / B: 120 Seiten, Papier 100 g Kunstdruck, Format 21 x 14,8 cm, 43 Farbtafeln, 17 Farbfotos, Einband Leinen mit farbigem Schutzumschlag. Preis DM 69,—

Band II: **Das Skleralfeld**
154 Seiten, Papier 90 g Opal-Offset, Format 21 x 14,8 cm, 42 Farbtafeln, 58 Farbfotos, Einband Leinen mit farbigem Schutzumschlag. Preis DM 96,—

Band III: **Die Cornealsphäre**
192 Seiten, Papier 100 g Kunstdruck, Format 21 x 14,8 cm, 69 Farbtafeln, 61 Farbfotos, Einband Leinen mit farbigem Schutzumschlag. Preis DM 96,—

Band IV: **Die Iris** Preis DM 295,—

Band V: **Die Linsenphänomene** In Vorbereitung

Bestellungen erbeten an:
Verlag Marczell, Nederlinger Str. 93, 8000 München 19, ☏ 0 89 / 15 59 85

Nachdruck des Werkes:

Josef Angerer:

Handbuch der Augendiagnostik

3. Auflage

Das vor 20 Jahren in vier Bänden erchienene Werk gehört zu den wesentlichsten und zugleich umfangreichsten Büchern der Iris- und Augendiagnose.

Auf wiederholtes Bitten seiner Schüler und vieler Kollegen hat Herr Josef Angerer die Erlaubnis zum Nachdruck dieses inzwischen historisch gewordenen Grundlagenwerkes der Augendiagnose gegeben. Dadurch soll vor allem den jungen Kollegen die Möglichkeit des Basisstudiums gegeben werden.

268 Seiten mit 451 farbigen Abbildungen auf Tafeln und 42 Abbildungen im Text, Papier 90 g Offset, Format 21 x 14,8 cm, Einband mit Prägung.

Preis DM 89,—

Auch die **Iris-Topographie** — Farbtafel von Angerer, überarbeitet und auf den heutigen Stand gebracht, wird neu herausgegeben.

Format 43 x 61 cm auf Papier 90 g Offset, mehrfarbig.

Preis DM 20,—

Bestellungen erbeten an:

Verlag T. Marczell · **Nederlinger Straße 93** · **8000 München 19**